Sewell und Gerry haben ein großes Ziel im Leben: Sie wollen eine Dauerkarte für ihren Lieblingsverein Newcastle United. Doch die ist teuer und für die beiden Teenager ohne Job nahezu unerschwinglich. Sie sind bereit, selbst auf so angenehme Dinge wie Alkohol, Joints oder Frauen zu verzichten, nur um im Stadion von Newcastle auf den eigenen Plätzen sitzen und sich jedes Spiel ihrer Mannschaft anschauen zu können. Um die Kasse aufzubessern, versuchen sie es mit kleineren Gaunereien und Einbrüchen in die besseren Häuser von Gateshead. Ihre Versuche sind in den seltensten Fällen von Erfolg gekrönt. Gerry hat schließlich die ultimative Idee, dass es nur einen Menschen auf der Welt gibt, der ihnen helfen kann: Kevin Keegan. Er, den die Leute auch »Special K« nennen, wird sie verstehen, er wird ihnen helfen. So machen sich die beiden Freunde auf den Weg nach Fulham, werden aber unterwegs aus dem Zug geworfen und verirren sich schließlich in den Wäldern Northumbrias.
Nachdem alle Bemühungen fehlgeschlagen sind, an eine Dauerkarte zu kommen, planen die beiden aus purer Verzweiflung einen echten Raubüberfall, der natürlich auch schief geht. Sie werden noch in der gleichen Nacht geschnappt. Aber der Traum von der Dauerkarte bleibt.

Jonathan Tulloch arbeitet als Lehrer in Gateshead. Dies ist sein erster Roman, für den er im Jahre 2000 den Betty Trask Award erhielt.

Unsere Adresse im Internet: www.fischer-tb.de

Jonathan Tulloch

Die Dauerkarte

Roman

Aus dem Englischen von Christine Strüh

Fischer Taschenbuch Verlag

Deutsche Erstausgabe
Veröffentlicht im Fischer Taschenbuch Verlag,
ein Unternehmen der S. Fischer Verlag GmbH,
Frankfurt am Main, April 2003

Die Originalausgabe erschien 2000
unter dem Titel ›The Season Ticket‹
im Verlag Jonathan Cape, London

Satz: Pinkuin Satz und Datentechnik, Berlin
Druck und Bindung: Clausen & Bosse, Leck
Printed in Germany
ISBN 3-596-15014-0

Für Shirley

Kapitel 1

Am Südufer des Tyne, dort, wo der Fluss sich über dem Gezeitenschlamm ausbreitet, liegt die Großgemeinde von Gateshead.

Zwei Gestalten, die eine groß, die andere klein, beide im Teenageralter, wanderten den Fluss entlang. Vielleicht war der Große zwei oder drei Jahre älter, trotzdem ging der Kleine vorneweg. Er hatte einen leicht schwankenden Gang, der ihn geschmeidig von einer Seite zur anderen wiegte, die Ellbogen etwas abgespreizt, sodass der Kopf sich ständig in Bewegung befand – ein magerer Stadtfuchs, der suchend auf einer Fährte dahintrabt. Der Größere, der einen halben Schritt hinter ihm folgte, ging leicht nach vorn gebeugt mit hochgezogenen Schultern und gerunzelter Stirn, als würde er gegen seinen Willen an einer Leine geführt. Seine Schritte, die fast doppelt so lang waren wie die seines Gefährten, schienen langsam und unbestimmt. Die beiden waren in eine ernste Diskussion vertieft. »Die kriegen wir nie wieder zu Gesicht, Mann. Nie wieder«, seufzte der Größere.

»O doch, und ob«, entgegnete der Kleinere.

Trotz des Größenunterschieds – der eine deutlich über einsachtzig, der andere gerade mal einsfünfzig – trugen sie identische schwarze Jogginghosen, Sweatshirts und weiße Turnschuhe. Ihre Haare waren kurz geschnitten und mit Gel zu kleinen Zipfeln gezwirbelt, die ihnen wie die Zähne eines Kammes über die Stirn fielen. Außerdem hatte der Große noch eine von diesen dicken Trainingsjacken an, wie sie Fußballmanager und Spieler tragen, wenn sie auf der Bank sitzen. Den Reißverschluss bis zum Kinn hochgezogen, verkroch er sich so tief in die Jacke, dass Mund und Nase gänzlich verschwanden. Seine Hände steckten tief in zwei der zahlreichen Taschen. Wenn sein Freund aussah wie ein ausgehungerter Fuchs, dann erinnerte er an eine überdimensionale langsame Schildkröte.

In der milden Luft des Sommerabends hoben und senkten sich ihre Stimmen beim Reden. Die Stimmen passten genau zum jeweiligen Körperbau. Eine war langsam und bedächtig, die andere markanter, abgehackter. »Ach was, gib's ruhig zu«, wiederholte der Große, Langsamere. »Die Jungs kriegen wir nie wieder zu Gesicht.«

»O doch«, erwiderte der andere knapp.

Sie schwiegen und wanderten weiter. Nach einer Weile bogen sie vom Fluss ab und kletterten eine steile Böschung mit frisch gepflanzten Bäumen und verstreutem Müll hinauf. Mit jedem Schritt wurde das Gesicht des Großen röter. »Hör auf damit, Sewell«, sagte der Kleine unvermittelt, ohne seinen Freund anzusehen. Der brachte ein unartikuliertes, aber eindeutig fragendes Geräusch hervor. »Du hältst die Luft an«, erklärte der Kleine. »Lass es.«

Wie aus einem Ballon ließ Sewell die Luft entweichen, die ihn ein paar Schritte zurückwarf. »Ach, Gerry, Mann«, keuchte er, während er aufzuholen versuchte. »Ich wollt doch mein' Rekord brechen. Hundert Schritte ohne Luft holen. Fast hätt ich's geschafft.«

Gerry sah Sewell komisch an. Als sie oben auf der Böschung angekommen waren, überquerten sie eine stark befahrene Straße und setzten auf der anderen Seite ihren Weg fort. »Und überhaupt, wie sollen wir hinkommen?«, begann Sewell wieder. »Da kannste doch nich' einfach ...«

»Is' ganz leicht.«

»Aber wie denn?«

Einen Augenblick hielt Gerry inne, dann kamen langsam die Worte, ganz so als ob er ein Appetithäppchen probierte. »Dauerkarte«, erklärte er.

»Hä?«

»Wir holen uns 'ne Dauerkarte.«

Sewell blieb wie angewurzelt stehen und sein Mund öffnete und schloss sich, als würde er kauen. Ungerührt marschierte Gerry weiter. Sewell sah sich verwirrt um und schüttelte schließlich bedächtig den Kopf.

Die Straßen und Dächer von Gateshead sind grau. Oft steigt vom Fluss her Nebel auf, überrumpelt die Straßenlaternen und verwandelt die Wohnblocks in melancholische Inseln. Der Beton hat die gleiche Farbe wie der Flussschlamm, der bei Ebbe zum Vorschein kommt.

Für Sewell war es nicht leicht, Gerry wieder einzuholen, aber er versuchte es. Je mehr er das Tempo steigerte, desto schwerfälliger wirkte er, und er beugte den Rumpf dabei so weit vor, dass es aussah, als würde er gleich ins Stolpern geraten und mit der Stirn zuerst auf den Boden knallen.

»Also hör mal!«, sagte Sewell, als er endlich wieder den üblichen Abstand erreicht hatte. »Mann, Gerry, jetzt mach aber mal halblang, ja. Wo sollen wir die denn herkriegen?« Sie gingen ein paar Meter weiter. »Da kannste nich' einfach reinmarschieren und dir eine holen, weißte.« Sie bogen um eine Ecke und marschierten über Scherben einer Windschutzscheibe, die unter ihren Füßen knirschten. »Die können se nich' einfach so auf Stütze mal rüberreichen«, begann Sewell nach kurzem Schweigen von neuem, ordnete erneut seine Gedanken und streckte den Kopf vor, bis er wieder gleichauf mit Gerry war. »Sagen wir's mal so, Mann«, sagte er bedächtig. »Wenn du deine ganzen Zulagen für 'ne Dauerkarte ausgibst, wirklich alles, nix für Kippen und nix für Hasch, dann würd es sechs Monate dauern. 'n halbes Jahr, Mann. Und du kriegst nich' mal 'ne Beihilfe, weil du noch auf der Schule bist. Oder jedenfalls dort sein solltest. Mann, Gerry, red kein' Unsinn, Gerry, Mann. Wir werden uns nie 'ne Dauerkarte leisten können.«

In Gateshead gehen die Leute im Regen ganz langsam, sie setzen vorsichtig einen Fuß vor den anderen, wenn sie über zerbrochene Backsteine und Schutt steigen. Erwachsene Männer sind allein unterwegs, mit Plastiktüten, die an ihrem Handgelenk zerren wie Hunde an der Leine. Frauen und

Mädchen plaudern in Zweier- oder Dreiergrüppchen, eine schiebt ein Baby im Sportwagen vor sich her. Und die jungen Männer ziehen zu zweit umher, immer auf Draht.

»Nee, Sewell, Mann. Wir kriegen schon eine. Alle beide.«

»Null Chance, Gerry. Absolut null Chance.«

»Mann, Sewell, jetzt hör aber mal, Mann. Kapierste denn nich'? Dat is' überhaupt keine Frage. Wir müssen die Dauerkarte einfach kriegen, aus, fertig.«

Müll vermodert auf Gassen und Hinterhöfen. Schuhe. Kinderklamotten. Kaputte Kinderwagen. Matratzen. In Gateshead vermodert alles im Regen. Und in den überdachten Bushaltestellen drängeln sich die Leute und quasseln und schimpfen wie die Spatzen.

»Ich hab 'nen Plan«, erklärte Gerry, hielt auf einem erhöhten Pflasterstein einen Moment inne und sprang leichtfüßig wieder ab, wie ein Fuchs, der sich im hohen Gras auf ein kleines Beutetier stürzt. »Das ganze Geld, das wir kriegen, deine Sonderzulagen, alles was so anfällt, das sparen wir. Wir tun alles zusammen und stopfen es in eine Dose und die stellen wir bei meiner Schwester in' Schrank.«

»Bei deiner Schwester?«, wiederholte Sewell und machte einen Schritt zur Seite, um nicht mit Gerry zusammenzustoßen.

Gerry setzte sich wieder in Bewegung. »Ja. Da isses gut aufgehoben. Bridget hat im Leben noch nie was gestohlen.«

»Ganz schön komisch, was?«, entgegnete Sewell, gewann das Gleichgewicht wieder und stolperte Gerry nach.

»Ganz schön komisch.«

In Gateshead haben die Leute oft einen lauten, bellenden, lungenschmirgelnden Husten. Selbst im Sommer ist die Luft feucht, trotzdem stehen die Türen immer offen. Die Menschen reden mit Fremden auf der Straße, sagen ihnen die Tageszeit, bieten ihnen eine Zigarette an. »Jetzt is' Juni«, meinte Gerry. »Bis die Saison anfängt, ham wir genug zusammen.«

In Gateshead hängen die Menschen ihren Träumen nach, die sich häufen und zusammenballen wie Müll im hohen

Gras, und wenn dann der Wind kommt, bläst er sie weg, trägt sie hoch über Häuser und Straßen davon.

Eine Weile gingen Gerry und Sewell schweigend hintereinander her. Sie wanderten hinter der Spartan-Redheugh-Fabrik entlang, an den Superpitz-Fußballfeldern vorbei, suchten sich einen Weg über das freie Gelände, wo Durchreisende gelegentlich ihre Zelte aufschlagen, durchwateten den Team, einen kleinen Nebenfluss des Tyne, überquerten die Autobahn und kamen nach Dunston. Dann stiegen sie in Dunston den Berg hinauf bis nach Whickham, wo die Gutbetuchten wohnen. Unter ihnen schimmerte der Tyne rötlich in der untergehenden Sonne. Je höher sie stiegen, desto weiter wurde der Ausblick. Sie sahen den Dunston Tower, das höchste Hochhaus von Gateshead, das aussah wie eine Rakete kurz vor dem Abschuss. Sie sahen das Metro Center, das größte Einkaufs- und Freizeitzentrum Europas. Sie sahen Dächer und Fenster, meilenweit. Und jenseits des Flusses thronte würdevoll wie eine Monstranz über der Stadt St. James' Park, das Stadion von Newcastle United. »Platz der Träume«, seufzte Gerry, und sie blieben einen Augenblick stehen, bevor sie ihren Weg fortsetzten.

»Ab heut Abend?«, fragte Sewell, der von der Anstrengung schwitzte wie ein Pferd.

»Was wir heut Abend einsacken, kommt gradewegs in unsre Dose«, antwortete Gerry.

Hinter Whickham begrenzt eine Reihe von Feldern die waldige Schlucht namens Washingwell Woods. Dort warteten Gerry und Sewell, schlenderten auf und ab, saßen eine Weile auf einem Baumstamm, rauchten. Washingwell Woods gehört zum Great North Forest, ein weitläufiges ehemaliges Zechengelände mit nicht mehr genutzten Eisenbahntrassen; hier hat die Stadtverwaltung versucht, Bäume anzupflanzen und Wiesen anzulegen. Mittendrin, auf einer kleinen Erhöhung, sodass er wie ein wachsamer Riese über dem Ganzen aufragt, steht der »Angel of the North«. Man kann die immense Statue, die vom Rost so rot wie ein Sonnenuntergang ist, meilenweit sehen. Schützend breitet der Engel die Arme über den Great North Forest, über Gateshead. Liebevoll blickte Gerry zu ihm empor. »Uns kann sowieso nix passieren«, erklärte er Sewell. »Der Engel passt auf uns auf.«

»Hä?«, machte Sewell.

»Weißte das denn nich'? Er is' der Schutzengel aller Spitzbuben. So was wie unser Markenzeichen, weißte.«

»Spitzbuben«, wiederholte Sewell. »Das sind wir. Wir nehmen uns das Zeug, ohne den Eigentümer vorher groß zu fragen.«

Allmählich wurde es dunkel, und als die Straßenlaternen angingen, erschien ein gelblicher Heiligenschein über Gateshead. »Noch 'ne Kippe«, entschied Gerry.

»Ich hab 'ne Dose«, verkündete Sewell und wühlte in seinen Taschen.

»Lass sehn«, sagte Gerry.

Sewell brachte einen Gasbehälter zum Vorschein und legte ihn in Gerrys ausgestreckte Hand. Blitzschnell holte Gerry aus und schleuderte die Dose weg, so weit er konnte. Sie schlug ein paar Mal auf und war verschwunden.

»Was machste'n da, Mann?«, stöhnte Sewell und stand auf.

Mit einer Handbewegung zog Gerry ihn wieder herunter. »Kannste gleich knicken«, sagte er. »Nix Schnüffeln, nix Hasch rauchen, gar nix. Ab heut geben wir das alles auf. Nix davon, bis wir unsre Dauerkarten ham.«

Der blaue Rauch der Zigarette schwebte in der milden Abendluft empor. »Das wird echt stark«, meinte Gerry, während er den Rauch ausstieß.

»Wir hätten sie trotzdem ruhig erst alle machen können«, brummelte Sewell und blickte in die Richtung, in die die Dose geflogen war.

Gerry begann Rauchringe in die Luft zu blasen und Sewell sah ihnen nach, wie sie höher und höher waberten und schließlich in der Abenddämmerung verschwanden. »Stell dir das doch mal vor«, sagte Gerry verträumt. »Alle vierzehn Tage können wir hingehn und uns das Spiel anglotzen. Ich seh's direkt vor mir. Was macht'n ihr heute?, fragt uns vielleicht 'n Kumpel. Wir gehn zum Spiel, sagen wir. Da kommt ihr im Leben nich' mehr rein, sagt er. Warum denn nich'?, fragen wir. Da kommt heutzutage keiner mehr rein, sagt er mit 'nem eiskalten Siehstewohl-Lächeln. Echt?, sagen wir, aber wir ham Dauerkarten, weißte. Wie hört sich das an, ey, Sewell? Wahnsinn, oder nich'? Den ganzen Winter über, Mann. Und stell dir mal vor, wenn wir dann im Stadion hocken, dann kann uns keiner sagen, wir sollen uns vom Acker machen, weil das nämlich unsere Plätze sind. Die sind nur für uns, für niemand sonst. Ganz allein unsre.«

»Das wird Spitze.«

»Ich kann's nich' erwarten, Mann. So wird's sein. Wir kaufen jeder 'ne große Tasse Tee und nehmen sie mit zu unserm Platz. Zwei Stück Zucker. Milch nach Bedarf. Dann sitzen wir einfach da so rum, schlürfen unsern Tee und sehn uns das Spiel an.«

»Tee?«

»Mit Milch und Zucker. Luxus, ey?«

»Und was is mit Kippen?«, fragte Sewell, nahm Gerry die Zigarette aus der Hand und versuchte auch, Rauchringe zu blasen. »Zum Tee?«

»Ja, vielleicht stecken wir uns in der Halbzeit eine an und vertreten uns mal die Beine. Andrerseits rauchen wir vielleicht auch gar nich'. Oder wir stecken uns eine nach der andern an. Und weißte was?«

»Was'n?«

»Niemand kann uns deswegen anpflaumen, weil das nämlich unsre Plätze sind und nich' ihre.«

»Ich kann's nich' erwarten, Mann.«

»Klingt genial.«

»Total genial.«

Sewell zog noch einmal tief an der Zigarette und streckte sie Gerry wieder hin. »Nee«, wehrte der ab. »Drück sie aus und setz deine Mütze auf. Zeit, dass wir in die Pötte kommen.«

Beide zogen ihre Newcastle-United-Fußballmützen so tief in die Stirn, dass man ihre Gesichter kaum mehr erkennen konnte, dann machten sie sich auf den Weg nach Whickham. Hier waren die Straßen breit und von Bäumen gesäumt, die Bordsteine hoch. Parallel zum Gehweg verlief ein gepflegter Rasenstreifen. In der Ferne bellte ein Hund. Die Pubs, an denen sie vorüberkamen, schienen still und verlassen. Eine einsame Polizeisirene heulte die Dunston Bank entlang. »Schon mal ein Bullenauto weniger«, stellte Gerry fest.

Sie marschierten weiter. Inzwischen waren die Straßen dunkler, die Straßenlaternen wurden seltener. Sie näherten sich der Sackgasse. Sewell begann im Rhythmus ihrer sich beschleunigenden Schritte vor sich hin zu summen. »Psst, Mann«, sagte Gerry. »Ich hab dir doch schon oft genug was wegen deinem Gesumme gesagt. Warum machste das denn?«

»Keine Ahnung, kommt einfach so«, räumte Sewell achselzuckend ein. »Wenn ich nervös werd, dann fang ich an zu summen.«

»Aber es ist immer die gleiche Melodie, Mann.«

»Ich weiß. Ich mag das eben.«

»Spar dir das auf bis später. Übrigens sind wir da.«

Die Sackgasse bestand aus fünf oder sechs Häusern, die sich alle gegenüberstanden. Große Häuser mit Vorgärten und Gärten dahinter. In Dunston oder Teams gab es nichts dergleichen. Das waren die Sorte Häuser, in der Lehrer wohnten. Sewell und Gerry gingen ein paar Mal die Straße rauf und runter. »Wohnt hier nich' irgendwo Mr. Caird?«, flüsterte Sewell.

»Kann sein«, antwortete Gerry. »Aber sicher weiß ich's nich'.«

»Unterrichtet der immer noch in St. Jude's?«

»Ja. Jedenfalls als ich das letzte Mal da war.«

»Nervt der immer noch so mit seinem Rumgeschreie?«

»Ja, immer noch.«

»Ich wurde rausgeschmissen«, meinte Sewell nachdenklich.

»Weiß ich doch.«

»Weil ich zurückgeschrien hab.«

»Und noch einiges mehr«, lachte Gerry. »Scheiße!«, zischte er dann plötzlich. »Kuck nich' hin, aber da steht 'ne alte Frau und beobachtet uns von dem Haus da drüben.«

»Ach ja. Ich seh sie.«

»Ich hab dir doch gesagt, du sollst nich' hinsehn. Komm schon, gehn wir nochmal 'ne Runde und tun dann so, als würden wir uns verpissen. Ganz locker und unauffällig, als würden wir grade den Hund ausführen.« So drehten sie noch eine Runde und kehrten dann zu ihrem Ausgang zurück, als wollten sie weg. Aber sobald sie außer Sichtweite waren, flitzte Gerry ins Gebüsch. Sewell folgte ihm, dass die Zweige nur so krachten. »Sewell!«

»'tschuldige, Gerry, Mann.«

»Und da sag ich noch, du sollst locker und unauffällig sein. Das sah ja aus, als wolltest du für Crimewatch UK vorsprechen«, meinte Gerry. »Warum haste denn die Hand so komisch ausgestreckt?«

»Weil du gesagt hast, ich soll so tun, als führ ich den Hund aus. Ich mein, wie sollste das denn machen ohne Hund? Da denken die Leute doch, du bist bescheuert.« In diesem Moment hörten sie Stimmen. Eine Tür wurde zugeschlagen. »Ich hab mir schon immer 'nen Hund gewünscht, echt«, meinte Sewell versonnen.

»Runter!«, befahl Gerry und zog Sewell mit sich auf die Erde. Doch die Stimmen auf der Straße wurden schon wieder leiser, eine Tür wurde geöffnet und wieder geschlossen. Hinter einem Busch kam eine schwarze Katze hervor. Sie rieb sich an Sewells Wange. Sewell lachte leise und streichelte sie, woraufhin die Katze sich reckte, sich an ihn lehnte und anfing zu schnurren. »Wie 'n Hund, was?«, grinste Sewell. »Mensch, Gerry, die kannste doch für dein' Hund nehmen.«

»Hä?«

»Na, für den Hund, mit dem du unbedingt Gassi gehen willst.«

Gerry schüttelte mitleidig den Kopf. »Ach, komm.«

Als die Luft rein war, krochen sie aus dem Gebüsch und gingen erneut die Sackgasse hinauf und hinunter. »Das hier isses«, flüsterte Gerry und blieb vor einem Haus stehen, in dem kein Licht brannte. »Sie haben das Fenster offen gelassen. Na ja, klingeln wir lieber zur Vorsicht.«

»Wer sind wir diesmal?«

Gerry verzog das Gesicht. »Sewell, Mann, überlass das gefälligst mir. Ich kümmer mich um die Unterhaltung, falls einer die Tür aufmacht.«

»Aber was tun wir denn? Sammeln wir wieder für die Blinden?«

»Dass du bloß nich' wieder rumstehst und blöd lachst.« Die Klingel ertönte, aber nichts rührte sich.

»Vielleicht ist er ja bloß mal für 'ne Minute raus«, gab Sewell zu bedenken.

»Dann warten wir lieber noch 'n bisschen ab.«

Wieder schlenderten sie die Straße auf und ab. »Immer im Kreis rum, das nervt ja kolossal«, sagte Gerry. »Komm schon. Ich glaub, es is' keiner da, also machen wir uns auf die Socken.« Die schwarze Katze erschien erneut und Sewell hob sie kurz hoch, ehe er sie sanft davonschubste. »Du und dieses Vieh«, knurrte Gerry. »Jedenfalls hab ich alles genau geplant. Hör zu. Wir gehn jetzt da rein und nehmen uns, was wir kriegen können. Wenn wir fertig sind, haun wir durch den Garten ab und übern Zaun. Hinterm Zaun is der Bach, der führt zum Washingwell Woods. Selbst wenn einer uns verfolgt, hängen wir den im Wald ab. Alles klar? Falls wir getrennt werden, treffen wir uns an der Stelle, wo wir letztes Jahr das Feuer gemacht ham. Die Stelle kennste doch.«

»Alles klar«, antwortete Sewell und starrte an den Häusern vorbei in Richtung Bach, wo am Himmel noch die letzten hellen Streifen Tageslicht schimmerten. Heute war Sommeranfang, es würde also die ganze Nacht nicht richtig dunkel werden.

»Mann, Sewell, hör mal!«, sagte Gerry, blieb stehen und

blickte Sewell mit zusammengekniffenen Augen feierlich ins Gesicht. »Wir tun das für die Dauerkarte.«

»Unsre Dauerkarte.«

Leise und behutsam schlichen sie zum offenen Toilettenfenster. Sewell hob Gerry auf den Sims. Zwar war nur ein kleiner Spalt offen, aber Gerry schlüpfte mühelos durch. »Denk dran, wenn die Alarmanlage losgeht, dann ab übern Zaun und immer den Bach lang«, flüsterte Gerry.

Aber es gab keinen Alarm. Aufgeregt wartete Sewell ein paar Minuten, dann erschien ein Gesicht am Türglas. Er drehte sich um und wollte schon wegrennen. »Wo willste denn hin?«, zischte Gerry, während er die Tür aufmachte. »Willkommen zu Haus, mein Junge.«

Mühsam unterdrückten sie das Lachen und schlüpften ins Haus. Hier war es still und dunkel. »Gib mal die Taschenlampe«, sagte Gerry, als sie auf Zehenspitzen den Flur durchquerten.

»Hä?«

»Mann, Sewell, die Taschenlampe, Mann.«

»Ich hab keine Taschenlampe.«

»Du hast die Taschenlampe nich'?«

Sewell errötete. »Nee«, sagte er defensiv.

»Du machst Witze.«

»Nee, ich mach keine Witze.«

»Du hast die Taschenlampe nich', die wir immer mitnehmen, wenn wir 'nen Job erledigen?«

»Nee, ich hab sie nich'.«

»Komm schon, lass rüberwachsen. Wir brauchen die Lampe.«

»Ich hab sie aber nich'.«

»Du hast sie echt nich'? Sag mal ehrlich! Ohne Scheiß.«

»Ich dachte, ich hab sie, Gerry.«

»Und dann war sie nich' da, was? Du bringst die Taschenlampe immer mit, du bist für sie verantwortlich.«

»Hör mal, ich hab sie vergessen, ganz einfach. Tut mir echt Leid.«

»Was sollen wir denn anfangen ohne die Scheißlampe? Mann, Sewell, manchmal mach ich mir echt Sorgen um dich.«

»Ich hab doch gesagt, es tut mir Leid, Mann, aber du ...«, sagte Sewell und beendete den Satz unhörbar. »Ich hab dir gesagt ... du ...«

»Du bist siebzehn Jahre alt und vergisst, 'ne Taschenlampe mitzunehmen«, entgegnete Gerry. Unterdessen murmelte Sewell weiter hektisch vor sich hin. »Hä?«, machte Gerry. »Was haste gesagt? Was murmelste dir denn da in den Bart?«

»Ich sag bloß, vielleicht sollt ich keine Jobs mit Schulkindern machen«, antwortete Sewell deutlich langsamer, jetzt, wo er seine Stimme wieder gefunden hatte.

»Meinst du das ernst?«

»Vielleicht.«

»Hör mal, Sewell, Mann«, begann Gerry ernst. »Wir sind Kumpels und werden Kumpels bleiben. Aber solang wir's nich' beide klar haben, dass mein Gehirn zweimal so groß is' wie deines, kriegen wir nix auf die Reihe. Ich bin hier das Gehirn, richtig? Richtig?«

»Weiß ich doch, Gerry, Mann ...«

»Damit will ich nich' etwa sagen, dass Gehirn irgendwie besser is' als alles andre. Du bist stark. Hart. Das is' dein Talent. Mächtig stark und alles. Deshalb arbeiten wir ja auch so gut zusammen. Wir sind Partner. Wenn wir beispielsweise ein Fenster aufkriegen müssen, da wär ich aufgeschmissen ohne dich. Geb ich offen zu. Da würd ich dir jederzeit den Vortritt lassen. Komm schon, Sewell, würd ich sagen, übernimm du das Kommando. Aber wenn wir Einfälle brauchen oder wenn man clever sein muss, dann bin ich gefragt.«

»Wir sind Kumpels, ey?«, meinte Sewell. »Immer. Deshalb wollen wir ja auch die Dauerkarten. Damit wir uns zusammen die Jungs anschauen können.«

»Zusammen«, pflichtete Gerry ihm bei.

»Dann sitzen wir zusammen auf unsern eignen Plätzen, ja?«, sagte Sewell.

»Und trinken zwei große Tassen Tee.«

»Und vielleicht rauchen wir was oder wir rauchen nicht?«

»Japp, genau«, stimmte Gerry zu. »Das alles ham wir bald. Aber hör mal, Mann, wir müssen jetzt erst mal das Ding hier durchziehen. Ohne Taschenlampe.«

Die Teppiche waren weich und dick. »Da könnt man echt drauf schlafen, ey!«, flüsterte Sewell, bückte sich und bohrte seinen pummeligen Zeigefinger tief in den Teppich, während Gerry vor ihm her durch den Flur und die Treppe hinaufging. Der Teppich war so dick, dass keine einzige Stufe knarrte. »Das is' ja wie Schnee.«

»Weißte was, Sewell, Mann«, flüsterte Gerry aus einem der Schlafzimmer. »Hier drin is'n Fernseher und 'n Video, man sieht die Videouhr.«

»Ich seh überhaupt nix, echt«, entgegnete Sewell.

Auf dem Treppenabsatz begegneten sie sich und hätten sich in der Dunkelheit fast umgestoßen. »Ich auch nich'«, bestätigte Gerry.

»Kuck dir doch bloß mal das ganze Gedöns hier an«, wisperte Sewell aus dem Badezimmer. Gerry hörte ein lang gezogenes Zischen aus einer Sprühdose und folgte ihm rasch. Durch das Fenster schien eine Straßenlaterne und tauchte den Raum in ein mattes gelbes Licht. Das Bord über der Badewanne, das Bord über dem Waschbecken, das Fensterbrett, alles stand voll mit Toilettenartikeln.

Auf der Schwelle blieb Gerry stehen. »Was is'n das fürn Zeug?«

»Lilie des Tals oder so ähnlich«, erklärte Sewell und hielt den Sprüher hoch.

»Lass mal sehen.«

Sewell schnupperte anerkennend. »Da werden die Mädels garantiert auf uns abfahrn.«

Aber Gerry nahm ihm die Sprühdose ab. »Das is' Raumspray! Mit dem sprüht man sich doch nich' selber ein!«

»Warum nich'?«

»Das Zeug ist dafür, wenn man grade war, Mann.«

»Wenn man was war?«, fragte Sewell begriffsstutzig.

»Damit's nich' so stinkt.«

»Was meinste denn, Mann?«

»Womit du dich da eingesprüht hast, das ist kein Deo und auch kein Aftershave. Das is' dafür, wenn du grade geschissen hast. Wenn du nach dem Zeug riechst, denken die Mädels, du hast grad geschissen.«

Sewell machte ein langes Gesicht. »Und was is' das hier, Gerry?«, wollte er wissen und deutete auf einen niedrigen Porzellansitz.

Gerry kam näher. »Die ham ja wirklich alles hier.« Er pfiff leise durch die Zähne. »Sogar Trinkwasser im Bad. Siehste, da kannste dich draufsetzen und dann beugste dich runter und trinkst was aus der Düse da unten.«

»Ganz schön komische Düse«, meinte Sewell. »Sieht eher aus wie'n Babytöpfchen oder so was.« Verstohlen tastete Sewell nach der Dose mit dem Raumspray in seiner Tasche.

»Ich hab dir doch gesagt, du sollst das zurückstellen«, schimpfte Gerry.

Sewell holte die Dose wieder heraus, hielt sie gegen das gelbe Licht und inspizierte sie.

»Füll deine Taschen lieber mit Wertsachen, Mann«, sagte Gerry. »Man bricht echt nich' in'n Haus ein, um Raumspray zu klauen. Ich hab gesagt, stell das Teil zurück.«

»Na gut, aber …«

»Was brummelste jetzt schon wieder?«

»Wenn du unser Klo riechen könntest, nachdem mein Alter morgens drauf war und 'ne halbe Stunde Zeitung gelesen hat, wär das Raumspray für dich auch Gold wert.«

Gerry seufzte tief. »Na gut.«

»Ich kann das Teil also mitnehmen?«

»Von mir aus, nimm's mit, Mann. Aber nich' noch mehr so'n Quatsch.«

Glücklich stopfte Sewell die Sprühdose in die Brusttasche seiner dicken Sportjacke, klopfte sanft mit der Handfläche darauf und grinste: »Reines Gold.«

»Kuck ma!«, rief Gerry aus dem nächsten Zimmer.

»Wie viele Zimmer gibt's 'n hier überhaupt?«, fragte Sewell, als er sich zu Gerry vorgetastet hatte. Ein lautes Japsen war zu hören, als Sewell ein Streichholz anzündete, dessen Schein nun das ganze Zimmer erfüllte. »Wow!«, hauchte er. »Is' ja krass!«

Der Raum war vollständig in den Farben von Newcastle United ausgestattet. Bettzeug. Tapete. Sogar der Wecker auf dem Nachttisch hatte einen schwarz-weißen Fußball am Ende des Sekundenzeigers. An der Wand hingen Poster und gerahmte Fotos der Spieler. »Das is' ja wie 'n Schrein«, meinte Gerry und kratzte sich durch die dicke Kappe den Kopf. Dann leuchtete er mit Sewells Streichholz hinüber zur Ecke, wo ein Fernsehgerät und ein Videorecorder standen. Drei Videokassetten lagen obendrauf. Alle über Newcastle United.

»Bingo!«, rief Sewell. »Drei Weihnachtsgeschenke vorab.«

Unsicher befingerte Gerry die Kassetten. »Nee«, entschied er schließlich.

»Was?«

»Nee, das wär nich' richtig ...«, sagte Gerry und ließ sich einen Augenblick auf dem Bettrand nieder.

»Nich' richtig?«, wiederholte Sewell etwas weniger begriffsstutzig als sonst.

»Nich' richtig.«

»Was willste damit sagen?«

»Ich weiß auch nich'.«

»Du weißt es auch nich'?«

»Stimmt genau. Ich weiß es nich'.«

»Aber du glaubst, es is' nich' richtig?«

Gerry nickte. »Es is' nich' richtig.«

Sewell wedelte ratlos mit den Händen über die Videokassetten. »Nich' richtig, die drei hier mitzunehmen?«

»Wär nich' richtig.«

Sewell schnippte das Streichholz aus, kurz bevor die Flamme seine Finger erreichte. Das Licht der Videouhr leuchtete grün in der Dunkelheit. »Aber wir würden locker 'n Zehner kriegen für die Videos, womöglich mehr. Ganz zu schweigen von dem beschissnen Recorder.«

»Ach, komm schon. Sehn wir uns mal unten um.«

»Wie meinste'n das?«, japste Sewell, wild gestikulierend. »Immerhin liegen hier drei Videos in der Gegend rum.«

Wieder schabte ein Streichholz über Sandpapier, gefolgt von einem neuerlichen Lichtschein. Sewell tappte hinüber zu den Kassetten und hob sie auf. »Die Geschichte von Newcastle United«, las er vor. »Irre! Die hundert besten schwarz-weißen Tore. Genial! Ruhmeshalle Nordenglands. Lokale Berühmtheiten. Krass, echt. Absolut genial.« Liebevoll fummelte Sewell an der dritten Kassette herum. »Mann, Gerry, du bist vielleicht das Superhirn, aber was du jetzt machst, find ich gar nich' clever. Wir ham hier drei Videos, Mann, für die wir locker ...«

»Sewell?«, unterbrach ihn Gerry. »Gehört dein Onkel nich' dazu?«

»Hä?«

»Ich dacht, dein Onkel hat mal für die Jungs gespielt.«

»Mein Großonkel war das. Großonkel Arthur. Mittelstürmer war der ... ich weiß nich' genau, wann das war. Vor Urzeiten. Lange Shorts und fettige Haare und all so was. Und 'ne Kippe in der Halbzeit.«

»Vielleicht is'n Bild von ihm aufm Cover.«

Gerry kam herüber. »Schwer zu sehn«, meinte er, während er die Kassette in alle Richtungen drehte und wendete, um das Licht zu nutzen.

»Gib sie wieder her, Mann«, sagte Sewell. Es gab ein kurzes Handgemenge, bei dem die Kassette zu Boden fiel. Das Streichholz erlosch.

Beide erstarrten. »Mann, Sewell, biste jetzt total übergeschnappt, oder was?« Gerry schnappte sich die Streichhölzer und machte Licht. Sewells massive Silhouette erschien als riesiger Schatten an der Decke. In der Hocke hielt Gerry das Streichholz über die Videohülle. Auf ihr waren kleine Porträtfotos der Spieler, jedes mit einem heiligenscheinartigen Stern um den Kopf. »Ziemlich verschärfte Truppe«, lachte Gerry.

»Ich frag mich, wie das Leben damals wohl so war.«

»Genauso wie heute«, antwortete Gerry.

»Keinesfalls«, widersprach Sewell. »Heut dürfen die doch in der Halbzeit keine Kippe mehr zur Brust nehmen. Alan Shearer hat wahrscheinlich sein ganzes Leben lang noch keine gepafft.«

»Na schön, aber wir«, entgegnete Gerry und reichte Sewell das Video. »Für uns hat sich nix geändert. Für solche wie uns, weißte.«

»Wir werden die Stars von gestern niemals vergessen«, las Sewell etwas holprig den Spruch auf der Hülle. »In unserm Herzen werden sie ewig leben. Schade, dass mein Großonkel tot is', was, Gerry? Vielleicht hätt der uns 'ne Dauerkarte besorgen können.«

»So was gab's doch damals noch gar nich', Mann. Vielleicht war er ja gar kein Star, Sewell. Jedenfalls kein so großer. Na, egal.«

Das Streichholz erlosch. »Gerry, bitte lass uns die Videos mitnehmen«, bettelte Sewell.

Aber Gerry schüttelte den Kopf. »Das is' nich' richtig ... na ja, es is' einfach falsch. Komm schon, wir können hier nich' die ganze Nacht rumhängen. Lass sie hier. Den Recorder auch. Unten gibt's bestimmt was Besseres.«

Als sie auf der Treppe waren, schlug irgendwo eine Uhr. »Elf«, zählte Gerry. »Dann mal los.«

Sie gingen in die Küche. In einer Steckdose brannte ein Nachtlicht. »Wenigstens kannste hier die Hand vor Augen sehn«, stellte Gerry zufrieden fest. In der Ecke brummte der Kühlschrank wie ein schlafender Hund. Die Möbelelemente befanden sich auf Augenhöhe, IKEA-steril zusammengebaut. Töpfe und Pfannen hingen an der Wand in verschraubten Ringen. In einem schwarzen Emaillehalter steckten scharfe Messer. »Das Schwert im Stein!«, lachte Sewell und zog eines davon heraus. Stumpf glänzte die Klinge, als er einen kleinen Fechtkampf mit der Luft veranstaltete. »Die müssen nich' mal ihr eignes Geschirr abwaschen«, fügte er hinzu und öffnete die Geschirrspülmaschine. »Hier stopfen se einfach alles rein.«

»Mikrowelle«, bemerkte Gerry. »Die nehmen wir. Und was für uns zum Abendessen«, ergänzte er, nahm ein Hähnchen aus dem Kühlschrank und steckte es in die Mikrowelle.

»Pack nich' so viel da rein«, beschwerte sich Sewell. »Ich muss das Teil nachher schleppen. Is' vielleicht auch Kuchen da?«

Gerade wollte Sewell ins Wohnzimmer verschwinden, als ihn ein leises Knurren von Gerry erstarren ließ. »Zeit, dass wir verduften.«

»Und was is' mit dem Zeug da drin?«, erkundigte sich Sewell mit einer Geste zu dem reichen Angebot im Hauptraum des Hauses.

»Nee, lass uns lieber gehn. Der Kessel is' noch heiß, Mann. Da is' jemand in der Nähe.«

Während sie den Stecker der Mikrowelle herauszogen, begann Sewell zu summen. »Nich' schon wieder!«, fauchte Gerry.

Sewell folgte Gerry mit der Mikrowelle im Arm aus der Küche in den Flur. »Die nehmen wir auch mit, als Spardose«, meinte Gerry und schnappte im Vorbeigehen einen Glasbehälter von der Arbeitsfläche.

»Was is'n da drin?«, flüsterte Sewell.

»Kein' Schimmer. Reis oder so was. Spielt doch keine Rolle. Wir schmeißen das Zeug einfach weg. Dann isses unsre Spardose. Komm schon, für was andres ham wir keine Zeit mehr.«

In diesem Moment öffnete sich die Haustür. Gerry und Sewell blieben wie angewurzelt stehen, duckten sich instinktiv, als könnten sie sich kleiner machen. Eine verdrießliche Stimme schallte durch die Eingangshalle. »Müssen wir denn jedes Mal zu ihr, wenn ihre Ladyschaft ruft?«, fragte eine Frau.

»Sie ist unsere Nachbarin. Sie hatte Angst, Schnucki«, erwiderte ein Mann etwas matt.

»Sie macht das garantiert absichtlich.«

»Sie dachte, sie hätte zwei verdächtige Gestalten rumschleichen sehen. Pack, du weißt schon.«

»Es war aber niemand da. Es ist nie jemand da.« Wieder die Frauenstimme, die jetzt ziemlich wütend klang.

»Seit ihrer Scheidung lebt sie allein, Schnucki. Da bekommt sie eben manchmal Angst.« Der Mann hörte sich schüchtern, aber vernünftig an.

»Bei der kleinsten Kleinigkeit pfeift sie dich sofort zu sich.«

»Fang doch nicht wieder damit an, Schnucki.«

»O doch.«

»Das ist Cairdy«, wisperte Gerry, dem vor Erstaunen der Mund offen stand.

»Mr. Caird«, nickte Sewell.

Mit einem Knall fiel die Haustür ins Schloss und die Wohnzimmertür wurde ruckartig aufgerissen. Dabei ging das Gespräch weiter. »Die halten sich für was Besseres, weil sie hier wohnen«, fuhr die Frau eisig fort. »Ich war ihnen nie gut genug. Nur weil ich früher als Kassiererin gearbeitet habe.«

»Er hört sich hier aber ganz anders an«, hauchte Gerry.

»Ich hab ihn immer bloß schreien gehört«, bestätigte Sewell.

»Was Besseres? Die ist nicht besser als mein Arsch. Gott, hast du gesehen, was sie anhatte? Ordinär wie 'n Fettfleck. Wie die ihre Titten raushängen lässt. Das macht die absichtlich, das schwör ich. Mann, Paul, die hat's auf dich abgesehen. Würd sich am liebsten an dich ranschmeißen.«

»Mann, Denise, jetzt mach aber mal halblang«, wandte der Mann ein. »Vielleicht waren da ja wirklich Einbrecher. Ich musste nach dem Rechten sehen, das ging nicht anders.«

»Ach was, von wegen. Ich hab doch gesehen, wie du ihr in den Ausschnitt gegafft hast.«

Der Mann seufzte. »Das hab ich nicht, ehrlich, Schnucki.«

»Das hab ich nicht, ehrlich, Schnucki«, äffte die Frau ihn nach. Die Imitation war so gut wie perfekt. »Das hast du wohl, Scheiße nochmal!«

»Da würd ich auch drauf wetten«, flüsterte Gerry. »Komm

schon, Mann, lass uns abhauen.« Aber Sewell zitterte am ganzen Leib vor unterdrücktem Lachen. Plötzlich konnte auch Gerry kaum mehr an sich halten.

»Ich seh mir nie andere Frauen an, Schnucki«, meinte der Mann mit flehender, weinerlicher Stimme.

»Hör auf zu lachen«, zischte Gerry, aber inzwischen war er selbst kurz davor zu platzen.

»Du jämmerlicher Knilch«, fauchte die Frau.

»Ach Schnucki«, flehte der Mann weiter, »du hast doch viel schönere Titten als die.«

»Ich bin am Abnippeln«, stammelte Gerry halb erstickt. »Lass uns endlich verduften, Sewell.«

»Ich wollte, wir hätten ein Tonband«, entgegnete Sewell und balancierte die Mikrowelle auf den angezogenen Knien.

»Komm schon!«, sagte Gerry und wandte sich zur Hintertür. »Mann, Sewell, wo willste denn hin?«, zischte er, als Sewell in die Halle trottete und Anstalten machte, zur Haustür zu gehen.

»Hä?«, sagte Sewell und wandte sich um. In der Halle stand ein niedriger Tisch, auf dem eine Gruppe von Porzellanschafen aufgebaut war, die von einer Schäferin samt blumenumwundenem Hirtenstab behütet wurde. Als Sewell sich umdrehte, flog der Stecker der Mikrowelle über den Tisch und fegte eins der Schafe herunter. Es fiel laut scheppernd zu Boden. Einen Moment schwankte die Schäferin am Rand des Tisches, dann folgte sie pflichtbewusst dem verlorenen Schaf und fiel ebenfalls hinunter. Abrupt erstarb das Gespräch. »Was war das?«, ertönte schrill die Frauenstimme.

»Lauf! Lauf, so schnell du kannst«, drängte Gerry und sauste durch die Hintertür.

Sewell folgte ihm, stolperte aber über die erhöhte Schwelle und platschte der Länge nach auf den Bauch. Die Mikrowelle knallte auf den Boden, die Tür ging auf und das Hähnchen hüpfte heraus. Es dotzte ein paar Mal auf, dann kam es unter den Rosen zur Ruhe. Fluchend rappelte Sewell sich auf und packte die Mikrowelle. »Lauf, Mann, sie is' schon an der

Scheißtür!«, schrie Gerry, schon halbwegs überm Zaun. Sewell sah über die Schulter und entdeckte die untersetzte, rundliche Gestalt von Mr. Caird an der Tür. »Zieh die Mütze übern Kopp!«, drängte Gerry. »Sonst erkennen sie dich!«

»Hier geblieben, ihr Mistkerle!«, kreischte die Frau. »Mann, Paul, die Schweine waren die ganze Zeit über hier!«

Doch Sewell konnte sich immer noch nicht rühren, sondern stand da wie gelähmt, die Fußballmütze tief in die Stirn gezogen. »Lauf, Mann!«, hörte er Gerry rufen. »Schnapp dir das fette Arschloch!«, hörte er Cairdys Frau brüllen. »Hey, du!«, mischte sich jetzt auch Mr. Caird ein. Hunde bellten. Autoalarmanlagen schrillten. Nachbarn erschienen an den Fenstern. Aber Sewell stand im Garten wie ein Karnickel im Scheinwerferlicht. Er war völlig verwirrt. Doch dann endlich bahnte sich Gerrys Stimme einen Weg durch das allgemeine Chaos und traf ihn wie ein Schlag ins Gesicht: »MENSCH, MANN, LAUF ENDLICH WEG!«

Sewell warf die Mikrowelle von sich und rannte um sein Leben, stürzte sich über den Zaun wie ein verzweifelter Springreiter und rollte zum Bach hinunter, wo Gerry ihn bereits erwartete. So sprinteten sie den Bach entlang zum Wald, verfolgt von Flüchen und üblen Beschimpfungen wie von einem geifernden Wolfsrudel. »Wenn ich gewusst hätte, dass die sich so aufführen, hätt ich die Videos doch mitgenommen«, sagte Gerry.

Als kein Geschrei mehr zu hören war, ließen sie sich in einem Birkenwald nieder und verschnauften. Nachdem sie sich sicher waren, dass niemand ihnen folgte, zündeten sie sich eine Zigarette an und rauchten, bis das Päckchen alle war. Eine Weile später machten sie sich wieder auf den Weg, erklommen eine kleine Anhöhe und blickten lange, lange auf Gateshead hinunter. Schließlich fanden sie den Engel, der in der Mittsommernacht schimmerte, als schwebte er auf seinen sanft ausgebreiteten Flügeln. Gerry imitierte die Geste mit ausgestreckten Armen. Sewell machte es ihm nach. Sie schlugen mit den Armen, als wollten sie fliegen, und ließen sich lachend ins weiche Gras fallen. »Kopf hoch, Mann. Wenigstens ham wir unsere Spardose«, sagte Gerry und mit einer ruckartigen Bewegung aus dem Handgelenk schleuderte er den Inhalt des Glasbehälters hoch in die Luft.

»Man kann 'nen Namen auf eins davon schreiben«, bemerkte Sewell, während er den Reiskörnern nachsah. »Unten aufm Markt, da machen sie das.«

Prasselnd landete der Reis auf dem Boden, wo er liegen blieb wie Schnee. »Unsere Namen stehn bald auf 'ner Dauerkarte«, entgegnete Gerry, sammelte eine Hand voll Reis auf und ließ ihn durch die Finger rieseln. »Wart's nur ab.«

Kapitel 2

Hell schien die Morgensonne durch das vorhanglose Fenster. Gerry drehte sich zur Wand. Bei jeder Bewegung ächzte die Matratze.

Unten hörte er seine Mutter husten. Er zog das Kissen über den Kopf, aber das half nichts. Er stopfte die Finger in die Ohren, aber er konnte sie trotzdem noch hören. Ein trockenes, unbarmherziges, verzweifeltes Bellen. Da Gerry ihm ohnehin nicht entrinnen konnte, lauschte er. Irgendwie klang es, als kämpfte sich seine Mutter durch tiefes Wasser; auf minutenlanges Gurgeln folgten ein paar Japser, wenn sie auftauchte, dann versank sie erneut. Ein Baby begann zu schreien, aber Gerry konnte nicht erkennen, ob das Geschrei aus ihrem Haus oder aus dem von nebenan stammte. Auch das Babygeheul kam in Wellen, als wäre das Kind ins gleiche Meer geworfen worden wie Gerrys Mutter. Husten. Heulen. Heulen. Husten. Die Geräusche schienen aufeinander loszugehen und sich dann zu vermischen, bis sie verschmolzen, mühevoll, schwächlich, verloren. Auf einmal wurden beide Geräusche gleichzeitig leiser und verstummten schließlich ganz, als wären Baby und Mutter ertrunken. Gerry beugte sich hinüber zu der leeren Dose Viborg Lager, die er am vorigen Abend als Aschenbecher benutzt hatte, und klaubte den aussichtsreichsten Stummel heraus. Dann lehnte er sich im Bett zurück, zündete ein Streichholz an und inhalierte tief. Sofort schüttelte ihn ein gemeiner Husten und er krümmte sich zusammen.

»Alles klar, Gerry?«, rief Sewell etwa zwanzig Minuten später und streckte den Kopf zur Schlafzimmertür herein.

»Wie spät ist es?«

»Keine Ahnung. Ungefähr zehn, denk ich. Gut geschlafen?«

»Was biste denn schon so früh auf den Beinen?«

»Ach, weißte, nach gestern Abend dacht ich, ich könnt mir mal unsre Spardose ansehn.«

»Mach uns 'ne Tasse Tee, Sewell, Mann.«

»Is'n überhaupt welcher da?«

Gerry setzte sich auf. »Nee«, antwortete er gähnend. »Wir ham kein' Tee im Haus. Und auch keine Milch. Und kein' Zucker. Wer is'n hier?«

»Deine Mam. Clare und das Baby.«

»Bridget nich'?«

»Nee.«

»Komm mit«, sagte Gerry, sprang aus dem Bett und zog die Sporthose über, die auf dem Boden lag. »Ich hab sie gestern Abend da reingestellt«, erklärte er Sewell, während sie über den Treppenabsatz ins andere Zimmer gingen. Es war ein winziger Raum, gerade lang genug für ein Bett, und so schmal, dass man, wenn man in der Mitte stand, mit ausgestreckten Händen beide Wände berühren konnte. Gerry machte den Schrank auf und holte eine Schuhschachtel heraus.

»Was is'n da drin?«, wollte Sewell wissen und bückte sich auch schon, um den Deckel abzunehmen.

»Komm schon«, unterbrach ihn Gerry und verpasste ihm einen Klaps auf die Hand. »Das ist Bridgets Raritätenkiste. Da kannste nicht dran. Aber das hier wollt ich dir zeigen.« Gerry hob eine Plastiktüte hoch. Darunter lag in der hintersten Schrankecke, in einem Nest aus alten Zeitungen, ihre Dose. Wie ein gläsernes Ei. Langsam und ehrfürchtig holte Gerry sie hervor.

»Das Ding is' ja nich' grade sehr groß«, meinte Sewell zweifelnd.

»Wir tun ja auch keine Granatsplitter rein«, meinte Gerry. »Sondern Geldscheine. Zwanziger. Fünfziger. Hunderter.«

»Is' ja eigentlich gar keine richtige Dose«, fuhr Sewell fort. »Konnt ich gestern Abend nich' so deutlich sehn. Is' eher 'n Glas, genau genommen.«

»Wird uns schon reichen«, beharrte Gerry und ließ das Glas ein paar Mal zwischen seinen Händen hin und her rollen, ehe er es in den Schrank zurücklegte.

»Ist es hier denn auch sicher?«, fragte Sewell.

»Na klar, Mann!« Auf dem Rückweg griff sich Gerry ein T-Shirt vom Boden und zog es über den Kopf. Dann rannte er, drei Stufen auf einmal, die Treppe hinunter. Sewell folgte ihm. Unten gingen sie ins Wohnzimmer. »Alles klar, Mam?«, sagte Gerry.

»Alles klar, Mrs. Macarten?«, sagte Sewell.

»Alles klar, Jungs«, sagte Mrs. Macarten. Sie war klein und sah Gerry sehr ähnlich. Ihre Zähne waren gelb und braun, die Haare fielen ihr in langen, grauen Rattenschwänzen auf die Schultern. In ihrem schmalen Gesicht wirkten die Augen riesig. Sie saß auf einem verschlissenen Sessel, ein Baby auf dem Schoß. Das Baby war nackt.

»Das stinkt!«, rief Gerry.

»Mann, Gerry, so haste auch mal gestunken«, entgegnete seine Mutter. Sewell lachte und Gerry stimmte ein. Sie setzten sich nebeneinander auf ein kleines Sofa, das genauso verschlissen war wie der Sessel und auf das nur zwei Leute passten.

»Alles klar, Jungs?«, rief Clare aus der Küche, die an das Wohnzimmer grenzte.

»Alles klar«, antwortete Sewell.

»Was machst du'n hier?«, erkundigte sich Gerry.

Clare war anders gebaut als ihre Mutter und ihr Bruder. Sie war größer, wenn auch nur im Vergleich zum Rest der Familie, und sehr dünn mit einem asbestweißen Gesicht. Sie hatte die Ärmel aufgerollt und wusch in der Spüle eine Windel. Hinter ihr stapelte sich schmutziges Geschirr auf dem Küchentisch. »Du stinkst!«, sagte Gerry noch einmal und beugte sich über seine kleine Nichte.

»Mensch, Gerry, lass sie in Ruhe. Außerdem biste selber schuld. Ich hab dir tausendmal gesagt, du sollst frische Pampers holen«, gab Clare zurück.

»Ey! Wo is'n der Fernseher, Mam?«, fragte Gerry und blickte suchend in die Ecke, wo sich bisher der Bildschirm befunden hatte.

»Gestern sind so Leute gekommen«, antwortete Mrs. Macarten, hustete einen Schleimpfropf aus und spuckte ihn in ein Stück Klopapier. Neben ihrem Ellbogen stand auf dem angeschlagenen hölzernen Fenstersims eine Klopapierrolle und daneben lagen etwa zwanzig zusammengeknüllte Stücke. »Die haben ihn einfach mitgenommen. Ich konnt nix dagegen machen, Schätzchen.«

»O Mann, Mam. Ich glaub's nich'«, jammerte Gerry. »Du darfst die Tür nich' aufmachen und die Leute in die Butze lassen. Wie oft muss ich dir das denn noch sagen?«

Clare kam von der Spüle herüber. »Halt den Mund, Gerry. Sie hat gedacht, es is' der Arzt.«

Nervös rutschte Mrs. Macarten auf dem Sessel herum und drückte Clare das Baby in den Arm. »Mir geht's nämlich nich' so gut«, sagte sie, ohne Gerry anzusehen.

Unbehagliches Schweigen trat ein. »Ich find, Sie sehn klasse aus, Mrs. Macarten«, sagte Sewell schließlich in die Stille hinein.

»Tja, mir geht's aber nich' klasse, Junge.« Mrs. Macarten begann wieder zu husten, und Gerry sah, wie sie nach Luft rang. Respektvoll wandte Sewell den Blick ab. Das Baby begann zu heulen. Clare reichte die Kleine an Gerry weiter, eilte in die Küche und kam mit einer Babyflasche voller Orangensaft wieder. Sie stopfte ihrer Tochter den Sauger in den Mund und nahm sie Gerry wieder ab. Mrs. Macarten hustete weiter, aber wenigstens war das Baby jetzt still.

Mit plärrendem Radio fuhr ein Auto am Haus vorbei. Sewell und Gerry sprangen auf und schauten aus dem Fenster. Argwöhnisch beobachteten sie den Wagen, der am Ende der Sackgasse wendete und wieder am Haus vorüber zurückfuhr. Als er weg war, setzten sie sich wieder. »Was habt ihr zwei denn heut vor?«, fragte Clare.

»Wir wollen …«, begann Sewell.

»Mal sehn«, fiel ihm Gerry ins Wort und warf seinem Freund einen viel sagenden Blick zu. »Und du?«

»Ich wollt hier mal aufräumen und für Mam ein bisschen abwaschen und so«, sagte Clare.

»Wo ist denn Oma?«, wollte Gerry wissen.

»Die ist grade in die Stadt gegangen, für ihr Gehörlosen-Bingo, weißte ja«, antwortete seine Mutter.

»Na, dann sehn wir dich vielleicht später«, meinte Gerry und stand auf.

Clare ließ das Baby auf ihrem Knie auf und ab hopsen. Als sie sah, dass ihr Bruder und sein Freund aufbrechen wollten, fragte sie: »Hat einer von euch zwein Bridget gesehen?«

»Seit gestern früh?«, fügte Mrs. Macarten hinzu und unterdrückte mühsam ein Husten.

»Wo isse denn jetzt wieder hin?«, fragte Gerry.

»Ich weiß es nich'«, gestand seine Schwester. »Wir dachten, vielleicht hast du 'ne Ahnung.«

»Nee«, entgegnete Gerry, schon unterwegs zur Tür.

»Nee«, sagte auch Sewell und folgte ihm.

»Bis dann dann«, verabschiedeten sie sich im Chor.

»Bis dann, ihr beiden«, sagte Clare.

»Bis dann«, wiederholten sie.

»Bis dann, Jungs«, sagte auch Mrs. Macarten.

Draußen war es beinahe heiß. Nebeneinander schlenderten sie die Straße hinunter. »Zieh doch mal deine Jacke aus, Mann«, sagte Gerry.

»Nee«, erwiderte Sewell.

Direkt gegenüber vom Reihenhäuschen der Macartens lagen zwei öffentliche Bolzplätze. Ein grüner Gitterzaun trennte Häuser und Spielfelder; er war verziert mit Zeitungen und Plastiktüten, und auf die Stacheln war aller möglicher Müll gespießt. Auf dem Platz spielten drei kleine Jungen Fußball; sie hatten ihre T-Shirts als Torpfostenersatz auf die Erde gelegt. Im gleißenden Sonnenlicht wirkten ihre Körper weiß und schmächtig, wie Insekten, die zu lange unter einem Stein gehaust haben. Ein Hund verfolgte das Spiel aus nächster

Nähe, bellte, jagte den Ball und war den Jungen bei jedem Schuss dicht auf den Fersen, fast wie ein übereifriger Schiedsrichter. Gerry und Sewell drängten sich durch eine der zahlreichen Lücken im Zaun und setzten sich zum Zuschauen auf die Wiese. »Mann, Sewell, so wird das bald sein«, sagte Gerry. »Nächste Saison in St. James' Park.« Mit einer ausladenden Armbewegung umfasste er den menschenleeren Rasen. »Wir gehn ganz früh hin, vor allen andern. Dann sitzen wir auf unsern Plätzen und gucken zu, wie die Jungs trainieren. Für die paar herrlichen Momente gehört uns der ganze Platz. Da sitzen wir dann und sehn uns alles von oben an. Stell dir das mal genau vor. Wir sitzen da wie zwei Könige, Sewell. Keiner sonst. Nur wir. Mit zwei großen Bechern Tee. Milch zum Abwinken. Zwei, nein, drei Stück Zucker. Wann fangen die mit dem Tee eigentlich an? Wann macht der Kiosk auf?«

Sewell sah Gerry an. »Da gibt's kein' Kiosk mehr. Jetzt geht's da zu wie bei McDonald's. 'ne Theke mit Burgern und all so'n Gedöns.«

»Oh«, sagte Gerry.

Eine Weile sahen sie dem Jungen und dem Hund schweigend beim Spielen zu. »Aber 'n Hund wär wahrscheinlich nich' dabei«, meinte Sewell nachdenklich. »Einmal hab ich bei 'nem Celtic-Spiel im Fernsehn 'n Fuchs gesehn.«

»Sewell«, meinte Gerry sanft. »Wann warst'n du das letzte Mal bei 'nem Spiel?«

Ohne ihn anzusehen, antwortete Sewell: »Is 'ne Weile her.«

Auf dem Spielfeld schoss einer der Jungen ein Tor. Er wedelte mit den Armen wie eine Windmühle, vollführte einen Freudentanz und kam zu Sewell und Gerry herübergelaufen. »Klasse Tor, ey«, sagte Gerry. »Eines Tages spielste bestimmt für unsre Jungs.«

»Haste 'ne Kippe?«, fragte der Junge.

»Verpiss dich«, befahl ihm Gerry. In diesem Moment erschien auch der Hund, schnüffelte und jaulte den Jungen an und begleitete ihn zurück auf den Platz. Gemeinsam rannten sie zurück zu den anderen, und das Spiel begann von neuem.

Es gab einen Einwurf und der Hund stürzte hinter dem fliegenden Ball her, der in der Luft tanzte. »Klasse Torhüter, was?«, meinte Gerry.

»Ich hätt gern 'nen Hund«, sagte Sewell bewundernd. »So einen wie den da. Der is' richtig schön, find ich.«

»Die kacken dir doch alles voll«, wandte Gerry ein. Eine volle Minute verstrich. Dann wandte sich Gerry wieder an Sewell. »Erzähl doch noch mal, wie das war.«

»Hä?«

»Wie das war, als du beim Spiel warst und so.«

Einen Moment kniff Sewell die Augen zusammen. Dann zuckte er die Achseln. »Ich bin immer mit meinem Dad hingegangen, als ich noch klein war.«

»Und woran kannste dich noch am besten erinnern?«, drängelte Gerry.

Vor lauter Nachdenken verzog Sewell das Gesicht und sagte dann ohne sein typisches Stocken, als hätte er die Sätze einstudiert: »Woran ich mich am besten erinnere, is' der Mantel von meinem Vater. Den hat er immer am Spieltag getragen und den seh ich noch ganz deutlich vor mir.«

Gerry grinste. »Er hat dir auch immer was vom Kiosk gekauft und alles, stimmt's?«

»Wir ham in der Halbzeit immer Tee getrunken«, nickte Sewell. »Der war warm und süß.«

»Und wie habt ihr ihn gekriegt?«, wollte Gerry wissen, legte den Kopf auf den gefalteten Händen zurück und schloss träumerisch die Augen.

»In so Styroporbechern. Wir mussten vorm Kiosk anstehen, da war immer 'ne mächtig lange Schlange. Aber mein Dad hat dafür gesorgt, dass sich keiner vordrängelt. Auf der Theke stand 'ne Schale mit Zucker. Die Plastiklöffel waren total verklebt mit Zucker. Aber das is' jetzt alles anders.«

Gerry lag reglos da, als schliefe er, aber dann sprang er plötzlich auf. »Weißte was!«, rief er. »Es is' Zeit, dass wir endlich mal'n bisschen Geld verdienen.«

»Daran hab ich auch schon gedacht«, meinte Sewell, während sie gemeinsam über die Wiese schlenderten. »Und ich hab auch schon 'ne Idee.«

»Herr im Himmel, rette sich, wer kann«, lachte Gerry.

»Nee. Ganz im Ernst, 'ne richtige Idee.«

Gerry seufzte tief. »Ich hab dir doch gesagt, wir können kein Hasch verkaufen. Die Bekloppten vom West End bringen uns um, wenn wir's versuchen. Außerdem ham wir beim letzten Mal sowieso alles selber aufgeraucht.«

Sewell räusperte sich, als müsste er die Idee erst hochhusten, ehe er sich wieder daran erinnerte. »Schrott.«

»Hä?«

»Ja, Mann, Schrott«, wiederholte Sewell mit stolzgeschwellter Brust.

»Schrott?«

»Schrott, Metall ... na, du weißt schon. All so'n Zeug, das die Leute nich' mehr brauchen können.«

Gerry spuckte aus, geduldig, aber mit Leidensmiene. »Du machst Witze.«

»Gar nich'. Denk doch mal nach.« Sewell hatte große Augen vor Begeisterung. »Schrott gibt's überall in Gateshead. Das Zeug ist Geld wert. Die Leute schmeißen doch dauernd irgendwas weg, das sie nich' mehr wollen. Also braucht man das Geld bloß aufsammeln.«

»Mann, Sewell«, entgegnete Gerry und blieb stehen, um seinen Worten Nachdruck zu verleihen. »Die wollen das Zeugs deshalb nich', weil's zu nix mehr nütze is'. Deshalb schmeißen sie's raus. Wenn's was wert wär, würden sie's doch behalten.«

Aber Sewell schüttelte den Kopf. »Ich weiß aber, dass man mit Schrott Geld machen kann, hundertpro.«

Gerry setzte sich wieder in Bewegung. »Und woher weißte das so genau?«

»Das weiß doch jeder. Ginga hat's mir gesagt.«

»Ginga?«

»Ginga. 'n alter Kumpel von meinem Dad.«

»Das hat uns grade noch gefehlt«, brummte Gerry vor sich hin und verdrehte die Augen.

Sewell hörte ihn trotzdem. »Was meinste denn damit?«, wollte er wissen und runzelte die Stirn.

Gerry dachte nach. »Hör mal, ich will deinem Alten oder einem von seinen Kumpels ja nich' zu nahe treten, aber, na ja, Sewell, Mann, die sind doch genauso pleite wie wir!«

»Und was is' mit deiner Familie?«

»Darum geht's doch nich'. Die sind alle pleite, allesamt. Das is' hier so üblich. Dass man pleite is'. Und wenn du mal 'n bisschen Geld hast, dann musste's gleich wieder ausgeben, und dann biste natürlich postwendend wieder pleite. Was ich damit sagen will – du und ich, Sewell, wir beide wollen doch raus aus dem ganzen Mist. Wir wollen was anderes, na, du weißt schon, was von Dauer.«

Sewell packte Gerrys Arm und zerrte heftig. Gerry zuckte zusammen. »Mann, Gerry, weißte was, versuchen wir's doch wenigstens. Ein' Tag lang. Bloß ein' einzigen Tag. Wir sammeln so viel Schrott, wie wir können, und bringen ihn zu Ginga. Der macht uns 'nen fairen Preis. Kennste Terry? Terry, den Schrotthändler? Der kann seine Tochter auf 'ne Privatschule schicken. Ich sag dir, die Straßen sind mit Schrott gepflastert, der nur darauf wartet, dass wir ihn in Gold verwandeln.«

Entnervt seufzte Gerry und zog seinen Arm weg. »Erklär mal, was meinste denn eigentlich genau mit Schrott?«

»Das weißte doch«, antwortete Sewell und nickte heftig.

»Nee, weiß ich nich'.«

»Alte Fahrräder, Schraubenschlüssel, Kupferdraht. All so'n Zeugs.«

»Metall is' aber schwer, weißte. Was meinste denn, wie wir das transportieren?«

»Unten im Fluss gibt's jede Menge Einkaufswagen von Tesco. Wenn wir uns beeilen, schaffen wir's noch vor der Flut.« Schon war Sewell vier, fünf Schritte in Richtung Fluss gegangen.

»Nee«, sagte Gerry, ohne sich von der Stelle zu rühren.

»Na los, komm doch«, flehte Sewell und machte wieder einen Schritt zurück.

»Nee.«

»Komm schon«, flehte Sewell, machte einen weiteren Schritt und noch einen. »Es is' doch schließlich für unsre Dauerkarte.« Jetzt stand er neben Gerry. Eine Weile sah Gerry streng vor sich hin. Dann zog er die Augenbrauen hoch, als ließe er sich allerlei weltbewegende Gedanken durch den Kopf gehen. Endlich erschien ein Lächeln auf seinem Gesicht. »Prima!«, rief Sewell. »Los geht's!«

Der Schlamm des Tyne, der bei Ebbe zum Vorschein kommt, ist dick und grau. Ein wachsamer kleiner Watvogel stelzt darauf herum und fliegt mit viel Getöse auf, wenn er menschliche Schritte auf dem erhöhten Plankenweg hört. Wegen seiner roten Beine heißt der Vogel Rotschenkel. Manchmal nennt man ihn auch den Kleinen Wächter der Sümpfe. Früher einmal, vor vielen Jahren, war das Flachland am Gateshead-Ufer des Tyne ein Sumpfgebiet, ein rauer, windgepeitschter Landstrich, auf dem sich die verschiedensten Lebewesen tummelten. Dann wurde das Metro Center gebaut. Vor kurzem bekamen IKEA und ein Asda-Großmarkt die Genehmigung, das letzte bisschen Feuchtgebiet zu schlucken. Jetzt ist von diesem verlorenen Königreich nur noch ein Schlammstreifen am Rand des Flussbetts übrig, das bei Ebbe auftaucht. Und außerdem der rotbeinige Wächter, der in den traurigen Überbleibseln noch etwas zu suchen scheint, woran sich nur sein Instinkt noch erinnern kann.

Von dem Plankenweg führen ein paar Stufen zum Fluss hinab, die Sewell und Gerry jetzt hinunterstiegen. Auf der untersten blieben sie stehen und sahen sich um. Zwanzig Meter dicker, klebriger, aschfarbener Schlamm erstreckte sich bis zum Wasser. Zwischen den algengekrönten Felsbrocken gab es alle möglichen interessanten Artefakte. Fahrradrahmen, verrostete Ketten, Autoreifen, ein ganzes Auto, das bis zur Antennenspitze versunken war, und auf halbem Weg zum Wasser lag tatsächlich ein Einkaufswagen vom Tesco-Supermarkt. »Komm schon«, sagte Sewell.

»Geh lieber nich' ...«, begann Gerry, aber es war schon zu spät. Sewell war bis zu den Knöcheln im Schlamm versunken und streckte Gerry Hilfe suchend die Hände entgegen. Aber der schüttelte den Kopf. »Wenn du schon mal drin bist, kannste auch gleich weiter raus waten und das Ding holen.«

Vorsichtig zog Sewell einen Fuß aus dem Matsch und machte einen Schritt vorwärts. Diesmal versank er ein wenig tiefer. »Mann, Gerry, komm schon«, sagte er flehend.

»Nee.« Gerry blieb eisern. »Wenigstens einer von uns muss respektabel aussehen, wenn wir nachher was verkaufen wollen.«

»Warum?«

»Weil so die goldne Verkaufsregel lautet, Mann. Vielleicht kann man aus Scheiße Geld machen, aber man darf nich' danach riechen.«

»Ginga wär das egal.«

»Wer weiß.«

»Ich weiß es. Er ist der beste Freund von meinem Alten.«

»Vergiss es, kümmer dich lieber um den Wagen.«

Qualvoll langsam plagte sich Sewell durch den Schlamm. Der Rotschenkel stieg hinter einem Felsen in die Lüfte und flog mit einem gellenden Warnruf an Sewell vorbei, ehe er hinter den Betonpfeilern der Eisenbahnbrücke verschwand. »Hat der se denn noch alle?«, murmelte Sewell.

»Beeil dich mal, wir ham nich' den ganzen Tag Zeit«, rief Gerry.

Aber der Einkaufswagen steckte tief im Matsch. Sewell zog und zerrte, ohne sichtbaren Erfolg. »Vielleicht isses ja der, auf dem wir letzte Weihnachten hier runtergefahren sind«, wärmte Sewell eine angenehme Erinnerung auf. »Den ganzen Weg von Tesco. Und ehe er umgekippt is', sind wir schnell abgesprungen.«

»Mit wem redst du'n da, du Spinner?«, lachte Gerry.

»Ich krieg das Ding nich' raus«, entgegnete Sewell.

»Na so was, sonst biste doch so stark.«

Gekränkt holte Sewell tief Luft und zerrte mit aller Macht.

Aber seine Hände rutschten ab und er fiel mit einem dumpfen Platschen in den Matsch.

»Mach keine Faxen, Mann«, rief Gerry vom Ufer. »Sieht aus, als kommt gleich die Flut.«

Sofort rappelte Sewell sich auf; inzwischen stand er knietief im Schlamm. »Die Flut?«, fragte er mit ratlosem Gesicht. »Wie meinste'n das? Es is' doch noch gar nich' Zeit.«

»Aber heut gibt's doch 'ne Mondflut. Weißste doch, Mann. Die Mondflut. Die höchste Flut des Monats. Kommt hoch, überflutet den ganzen Schlamm. Wenn du da unten bleibst, kannste ertrinken.«

»Ertrinken?«

Gerry kletterte zur obersten Stufe hinauf und blickte liebenswürdig auf seinen Freund hinab. »Bei uns is' mal so 'ne Frau in der Schule erschienen, die gehörte zur Flusspolizei und hat uns alles erzählt über die Leute, die im Schlamm stecken bleiben und ertrinken.«

»Mann, Gerry, du kannst mich mal.«

»Du hättest mal hören sollen, was die alles finden, wenn sie den Fluss aufräumen. Katzen, Hunde, vollständige menschliche Skelette. Die sind bis zu den Knien stecken geblieben. Ham um ihr Leben gekämpft, um rauszukommen, hat aber nich' geklappt. 'n schöner Tod, ey? Kalt. Einsam. Und das ganze eklige Wasser im Mund und in den Ohren. In den Lungen ...«

»Bitte hilf mir doch, Gerry«, flehte Sewell.

»Hee, Sewell, biste am Flennen?«

»Hol mich hier raus!«

Gerry tat so, als inspizierte er ein Loch in seinem Schuh. »Nur die Ruhe, Mann«, beschwichtigte er seinen Freund.

»Ich sitz hier in der Falle, Mann.«

»Du bist echt am Flennen.«

»Gar nich'.«

»Wie'n kleines Baby.«

»Mann, jetzt hör mal, Gerry. Die Flut kommt. Vom Mond.«

»Jetzt hörste dich schon an wie Clares Baby.«

»Ich spür schon das Wasser an den Knöcheln.«

»Mach dir bloß keine Sorgen«, meinte Gerry weise und spähte flussabwärts. »Du hast noch 'ne Menge Zeit.«

»Bitte ...«, flehte Sewell wieder und zappelte wild mit den Beinen, um sie aus dem zähen Matsch zu befreien.

»Weißte, es gibt 'ne richtige Flutwelle, wenn's losgeht. Der hat's nämlich echt in sich, der Mond.«

Sewell geriet aus dem Gleichgewicht und fiel nach vorn auf die Hände. »Das Wasser steigt schon, Mann!«

Mit einem leisen Platsch landete eine Holzplanke im Schlamm. Behutsam probierte Gerry, ob sie sein Gewicht aushielt. Mit zwei weiteren Brettern unter dem Arm balancierte er zum Ende des ersten. Dort ließ er das zweite in den Matsch fallen und trat darauf. Dann das dritte. Als er am Ende dieses Behelfsstegs angekommen war, konnte er Sewell jedoch immer noch nicht erreichen. Vorsichtig ging er ein Stück zurück, angelte sich das zweite Brett, ging wieder nach vorn und legte es als viertes vor sich. Es landete zwei Zentimeter von Sewell. »Bitte schön«, sagte Gerry. »Und maul jetzt bloß nicht«, fügte er hinzu, während Sewell sich den Matsch aus den Augen wischte, der von dem Brett hochgespritzt war. »Mann Gottes, du stinkst ja wie die Pest. Wusstest du, dass vierzig Prozent von dem Zeug hier reiner Klärschlamm sind?«

»Lass mich doch in Ruhe, Mann«, brummte Sewell.

»Puh! Dich riecht man ja meilenweit gegen den Wind, Mann. Na schön, eins, zwei, drei.«

»Was machste'n da?«

»Wir müssen erst mal den Wagen rausziehen. Dann retten wir dich. Eins, zwei drei!« Mit aller Kraft zerrten sie an dem versunkenen Tesco-Einkaufswagen. »Und noch mal, eins, zwei, drei.« Der Wagen hob sich ein, zwei Zentimeter. »Und eins, zwei, drei!« Mit einem gewaltigen Furzgeräusch löste sich der Wagen aus dem Schlamm. »Damit hätteste auch warten können.«

»Sehr witzig, Gerry, Mann.«

»Ha, ha, ha.«

Mit seinen Metallrippen, von denen der Schlamm tropfte, und seinem roten Tesco-Griff, der abblätterte und zu einem Ockerton vergilbt war, wirkte der Einkaufswagen wie eine Leiche, die bei einer Ausgrabung zum Vorschein kommt, oder wie die archäologischen Überreste einer längst ausgestorbenen, seltsamen Kreatur, einem uralten Lasttier, das in der ganz besonderen chemischen Mixtur des Tyne-Schlamms konserviert wurde. Gerry zerrte ihn über den improvisierten Pier aus Holzplanken, wobei er das vierte Brett sorgfältig aufhob und wieder in die Lücke zwischen Brett drei und Brett eins platzierte. »Schön, bis bald dann«, sagte er, als er die Stufen erreichte.

Sogar vom Ufer aus war deutlich zu sehen, wie Sewell erbleichte. »Ich geb dir alles, was du willst«, rief er und seine Stimme klang mindestens eine Oktave höher. »Alles, das schwör ich dir! ABER HOL MICH AUS DIESEM BESCHISSNEN SCHLAMM RAUS!«

»Ich hab doch bloß 'n Witz gemacht«, sagte Gerry.

Als Sewell wohlbehalten am Ufer ankam und den Einkaufswagen auf den erhöhten Pfad geschleppt hatte, stand die Sonne hoch am Himmel und es war richtig heiß geworden. »Zieh doch endlich mal die Jacke aus«, drängelte Gerry. »Die is' ja voller Schlamm und stinkt gottserbärmlich.«

»Nee«, entgegnete Sewell, obwohl ihm der Schweiß auf der Stirn stand.

Sie beschlossen, ihre Aktion hinter der Spartan-Redheugh-Fabrik zu beginnen. »Die Leute schmeißen all ihr Gerümpel hinter die Fabrik«, meinte Gerry, der sich allmählich für Sewells Idee erwärmte. Die Räder des Tesco-Wagens quietschten jammervoll. Das vordere linke Rad klemmte. »Warum ziehst du die blöde Jacke eigentlich nich' aus?«

»Weil ich sie gern anhab. Darum.«

»Na, dann mach doch wenigstens den Reißverschluss 'n Stück runter.«

Parallel zur Rückfront der Spartan-Redheugh-Fabrik verläuft ein kleiner Weg, der durch eine Baumreihe von den Fußballplätzen abgeschirmt wird. Die Fabrik selbst ist von einem sehr hohen Stacheldrahtzaun umgeben. Irgendwie hat es trotzdem jemand geschafft, diese Barriere zu überwinden und mit ordentlichen Buchstaben, so groß wie Gerry, auf die Metallwand das Wort VERBRECHEN zu schreiben. Nach Spartan Redheugh führt der Weg am Gaswerk vorbei und nach dem Gaswerk an einem weitläufigen, abgesperrten Grundstück, das demnächst erschlossen werden soll. Schließlich kommt man an einen schwarzen Metallzaun, hinter dem sich Schäferhunde lümmeln wie Löwen im Zoo.

Im Sommer ist der Weg eher breit, im Winter schmal, aber immer ist man hier vor neugierigen Blicken geschützt. Eine Promenade für Verliebte. Ein Fluchtpunkt. Ein Umschlagplatz für illegale Waren aller Art. Hier entlang schoben Gerry und Sewell ihren Einkaufswagen. Das üppige Laub der Bäume leuchtete in lebhaftem Sommergrün. Heckenrosenbüsche säumten den Weg mit rosaroten und weißen Blüten. »Wenn du die Augen zumachst, isses hier wie im Wald«, bemerkte Gerry, während er dem Summen der Bienen lauschte, das den Menschen- und Autolärm von Gateshead übertönte. »Man könnt hier gut mal 'n Picknick veranstalten.«

»Ja, ohne das Gas schon«, meinte Sewell und schnupperte. Aus dem riesigen Gaswerk entweicht immer etwas. »Ich würd mich nich' mal trauen, hier 'ne Kippe anzuzünden. Da qualmste vor dich hin und plötzlich sitzte auf dem Dach vom Metro Centre. Ganz zu schweigen vom Gestank.«

»Gestank? Du hast gut reden, Mann«, entgegnete Gerry naserümpfend.

»Das bin ich nich'. Das is' der Einkaufswagen.«

»Egal, aber zieh doch endlich die Trainingsjacke aus. Du musst da drin doch verkokeln.«

»Nee.« Sewell räusperte sich und leckte sich angeekelt über die Lippen. »Von wegen Kippen, ich könnt eine brauchen.«

»Was is' dir wichtiger?«, wollte Gerry wissen. »Dein Luxus oder 'ne Dauerkarte?«

»'ne Dauerkarte«, räumte Sewell sofort ein.

Auf dem Weg hinter der Fabrik lag alles Mögliche an Haushaltsgerümpel, das unterschiedliche Stadien des Verfalls aufwies. Gerry und Sewell füllten ihren Wagen mit allem, was sie zu fassen kriegten. Die Karosserie eines kürzlich ausgebrannten Autos war zwar bereits ausgeweidet, aber es hing noch eine Tür und die Kühlerhaube daran.

Als sie den Einkaufswagen voll hatten, konnte man ihn nicht mehr schieben, denn er war viel zu schwer. »Dann schmeiß den Müll einfach wieder raus«, schlug Sewell vor.

»Das ist doch alles Müll, Mann«, entgegnete Gerry.

»Na ja, dann schmeiß eben den richtig mülligen Müll raus.«

Als der Wagen drei Viertel leer war, ließ er sich wieder bewegen. Zu Ginga war es ziemlich weit.

»Wir ham nich' genug, Mann«, meinte Gerry traurig, als sie zwischendurch ausruhten. »Keine Qualität. Dafür kriegen wir nix.«

Bei der Ersteigung eines besonders hohen Bürgersteigs trafen sie dann eine Entscheidung. »Alles klar«, sagte Sewell.

»Also gehn wir bei den Häusern rum?«

»Alles klar.«

»Und fragen nach Schrott?«

»Alles klar.«

»Das Zeug lassen wir hier stehen«, meinte Gerry und deutete auf den Tesco-Einkaufswagen. »Später kommen wir dann zurück und laden das, was wir in den Häusern gekriegt haben, einfach obendrauf. Qualitätszeug wohlgemerkt. Nich' deine blöden Autodächer. Und außerdem, Sewell, frag ich dich jetzt zum letzten Mal – warum ziehste deine bescheuerte Jacke nich' aus, Mann?!«

Inzwischen war es richtig heiß geworden. Die Leute saßen auf Plastikklappstühlen vor ihren Häusern und schwitzten. Hie und da hatten sich welche um Radios oder Fernseher versammelt, die an ausgefransten Verlängerungskabeln hingen. Zwischen den Stühlen flitzten Kinder in einer Art Slalom um die Bierdosen herum.

Sie gingen weiter. »LUMPEN! ALTEISEN!«, begann Gerry zu rufen. »Alte LUMPEN! ALTEISEN aller Art!«

Sewell blieb stehen und zog den Kopf in die Tiefen seines Jackenkragens. »Was machste'n da, Mann?«, zischte er.

»Das machen die doch alle«, erwiderte Gerry. »LUUUMPEN! ALTEISEN! Alte LUUUUMPEN ...«

»Jetzt mach aber mal 'n Punkt, Mann«, unterbrach ihn Sewell und schleifte ihn eine Gasse hinunter. »So kannste doch nich' hier rumschrein. Wenn jemand uns sieht!«

Gerry schubste Sewell weg. »Na und?«, fragte er.

»Die lachen uns aus.«

Gerry kniff die Augen zusammen. »Die lachen uns aus?«

»Na klar.«

»Jemand sieht uns und lacht uns aus?« Er sprach ganz langsam und betonte jedes Wort.

»Genau das sag ich«, bestätigte Sewell knapp.

Gerry machte einen drohenden Schritt auf seinen Freund zu. »Willste jetzt die Dauerkarte oder nich'? Grummel nich' rum. Sag's mir ins Gesicht. Karte oder nich'?«

Verwirrt trat Sewell einen Schritt zurück. »Ich ...«

»Na?«

»Klar will ich die Dauerkarte. Mehr als sonst was auf der Welt.«

Gerry lächelte. »Dann musste dich wohl damit anfreunden. LUUUMPEN! ALTEIIIISEN! LUUUUUMPEN! AAAAALTEIIII-SEEN!«

»Sonst kommen aber immer andere«, sagte eine Frau, die unter der Haustür stand und sie beobachtete. Sie hatte die Arme fest vor der Brust verschränkt und die Lippen wie einen Schraubstock um eine Zigarette gelegt.

»Wir gehörn zum Ausbildungsprojekt für Jugendliche«, erklärte Gerry ihr. »Wissense, New Deal, Arbeitsbeschaffung und Chancengleichheit für junge Leute und so.«

Die Frau hatte ein hartes Gesicht, das in ihren kurzen, blond gefärbten Fransenhaaren nach oben steil zuzulaufen schien wie ein frisch angespitzter Bleistift. Sie trug schmutzige weiße Jogginghosen aus Frotteestoff, ein dazu passendes Sweatshirt und hatte den Mund voll mit Kaugummi. »Wo is'n euer Wagen?«

»Wir ham ...«, begann Sewell.

»Den ham wir um die Ecke geparkt«, fiel ihm Gerry ins Wort.

»Wie alt seid ihr überhaupt?«, fragte die Frau und machte eine ruckartige Kopfbewegung, um die Asche von ihrer Zigarette zu schütteln.

»Jünger als Sie«, konterte Gerry und rief Sewell, der kicherte, mit einem strengen Blick zur Räson.

»Pass bloß auf, was du sagst.«

»'tschuldigung, Madam.«

»Na, was soll's. Egal. Weiß Terry Bescheid, was ihr hier macht?«

»Terry?«

»Na sicher, Terry. Der Knabe, der normalerweise hier vorbeikommt.«

»Ach, Terry. Na klar. Terry. Terry, ey, Sewell?«

Eine kurze Pause entstand, dann begriff Sewell endlich und sagte: »Na klar, Terry!«

»Ich bin mit seiner Tochter in die Schule gegangen«, grinste Gerry.

Die Frau sah ihn an, als wäre er weit weg und sie brauchte ein Teleskop. »Na ja, wenn er euch kennt, dann kommt mal rein, ich hab was für euch. Aber macht die blöde Tür hinter euch zu.«

Nach dem grellen Sonnenlicht war es im Haus sehr dunkel. Sie gingen in die Küche. Vier Hunde unterschiedlicher Gestalt und Größe schnüffelten in einem Schrank herum. Zwei weitere lagen auf dem Küchentisch. »Raus mit euch, ihr Mistviecher!«, schrie die Frau und spie mit verblüffender Vehemenz ihre Zigarette nach den Hunden. Die drückten sich an ihr vorbei und die Treppe hinauf; einer jaulte. Reumütig hob die Frau ihre Zigarette wieder auf und verankerte sie noch fester im Mund, sodass sich ihre Worte mühsam an der

Zigarette vorbeidrängen mussten. »Das is' mein Sohn Matthew. Vielleicht kennt ihr ihn.« Sewell und Gerry nickten. »Dauernd schleppt er mir irgendwelche Hunde ins Haus. Mir würd das ja nix ausmachen, aber jede Woche kommt 'n neuer. Gestern Nacht ham hier achtundzwanzig Hunde gepennt. Aber ich kann nix dagegen tun. Wenn ich was sage, geht er gleich an die Decke. Die Viecher stinken. Kriechen in jeden Winkel, kacken überall hin. Wollt ihr 'ne Tasse Tee, wenn ihr schon für Terry arbeitet, Jungs? Ich kann euch auf dem Gaskocher schnell welchen machen.«

»Nein danke, Madam. Wir dürfen in den Häusern unsrer Kunden nix trinken.«

»Terry is' so was egal«, entgegnete sie mit einem rätselhaften Lächeln.

»Das is 'ne Regel von unserm Jugendprogramm, wissen Se«, erklärte Gerry.

»Das würd Terry nich' gefallen, der trinkt gern mal 'ne Tasse Tee, der Terry.«

»Ja, der gute alte Terry«, sagte Gerry. »Immer zu Scherzen aufgelegt. Ha. Ha. Ha.«

»Na ja«, sagte die Frau nur. In der Küche ließ sie die Zigarette in die Spüle fallen und drehte den Wasserhahn auf. Die Zigarettenglut zischte. Dann wandte sich die Frau wieder an Gerry und Sewell, die ihr gefolgt waren. »Das Sozialamt hat mir 'nen Neuen versprochen. Der da is' nämlich hinüber.«

Als Sewell und Gerry den Kühlschrank in die Mitte der Küche schoben, ging die Tür auf und ein Hund sprang heraus. Die Frau schrie ihm ein paar Verwünschungen nach. Dann blickte sie besorgt um sich. »Ihr müsst mir helfen, ihn einzufangen. Ich hab ihn grade erst wieder ins Haus gelockt.«

»Is' das nich' der Hund, der vorhin Fußball gespielt hat?«, fragte Sewell mit großen Augen.

Gerry nickte.

»Kommt schon, Jungs«, meinte die Frau flehentlich. »Mein Matthew dreht durch, wenn er zurückkommt und der Hund is' nich' hier. Der da is' nämlich sein Liebling.« Sie wollte sich auf den Hund stürzen, aber er wich ihr lässig aus und tappte auf die andere Seite der Küche. Wieder versuchte die Frau sich ihm zu nähern, doch der Hund entkam ihr abermals. Er sprang auf die Spüle und anschließend, nachdem er mit der Pfote das Fenster aufgestoßen hatte, mit einem Satz hinaus ins Freie.

Die Frau wimmerte leise. »Wenn ihr Matthew seht«, sagte sie zu Gerry und Sewell, »dann verratet ihm bloß nix davon. Der liebt seine Hunde, wisst ihr. Der kann nich' mit ansehn, wenn die Viecher obdachlos sind. Und egal, was ihr sonst macht, sagt ihm nix davon, dass ich ein' in den Kühlschrank gesperrt hab. Nich', dass es da drin kalt wär. Uns is' eh der Strom abgestellt. Aber der is' so 'n fixes Kerlchen. Na, ihr habt's ja selbst gesehn. Hat praktisch allein das Fenster aufgemacht, um rauszukommen.«

Der Kühlschrank war schwer, aber Sewell und Gerry waren glücklich. Sie trugen ihn zwischen sich, wobei Sewell die Hauptlast übernahm. »Ey, is' dir nich' zu warm in der dicken Jacke?«, rief die Frau Sewell nach und bezog wieder ihren Posten im offenen Türrahmen.

»Die will, dass du dich ausziehst, Mann«, kicherte Gerry.

»Ich zieh meine Jacke aber nich' aus.«

Auf halbem Weg zu Ginga stellten sie den Kühlschrank ab und ruhten sich erst einmal auf den Bänken einer Bushaltestelle aus.

»Ich bin echt am Japsen«, stöhnte Sewell. »Wir hätten bei der Alten doch 'n Tässchen Tee trinken sollen.«

Gerry grinste anzüglich. »Wusst ich's doch, dass du scharf auf die bist.«

»Ja, klar«, kreischte Sewell sarkastisch.

»Das kannste nich' abstreiten. Ich hab mitgekriegt, wie du sie angesehn hast, als sie an ihrer Kippe genuckelt hat.«

»Nee, Mann. Ich wollte bloß selbst 'ne Kippe. Und die Tussi war scharf auf dich.«

»Die wollte, dass du deine Trainingsjacke ausziehst. Vielleicht hat sie gedacht, du bist wie 'n Schotte.«

»Hä?«

»Die wollt sehn, was unter deiner Jacke is'!«

Beide krümmten sich vor Lachen. Als sie sich einigermaßen erholt hatten, schien es noch heißer geworden zu sein. Je weiter der Nachmittag fortschritt, desto höher kletterte das Thermometer.

»Ich geh bald die Wände hoch, wenn ich keine Kippe krieg«, sagte Sewell. »Ich würd alles tun für 'ne Kippe, 'n Happen zu essen und 'ne Tasse Tee.«

»Aber erst, wenn wir unsre Dauerkarte haben«, korrigierte ihn Gerry. »Wenn wir die Dauerkarte haben, dann isses Zeit für Snacks.«

Sewell lächelte. Dann seufzte er tief. »Ich frag mich, wo der Hund ist«, sagte er. »Das war 'n klasse Hund.«

Schließlich, nachdem sie sich die Saltwell Road hinab- und dann Whitehall Bank wieder hinaufgequält hatten, waren sie bei Ginga. Er wohnte in Bensham. Noch nie war ihnen die Straße so endlos lang vorgekommen. »Hier isses«, entschied Sewell und blieb vor dem letzten Haus einer langen, verfallenen Reihe stehen. »Diesmal bin ich sicher.« Bei den anderen Häuschen der Reihe fehlten Dachziegel; Fenster und Türen waren mit Brettern vernagelt – hier wohnte niemand mehr. Aber eine dünne Qualmwolke, die sich aus dem letzten Schornstein kräuselte, zeigte, dass einer hier geblieben war. Vorsichtig zog Gerry eine Hand unter dem Kühlschrank weg und klopfte an die Tür. Keine Antwort. »Du musst lauter klopfen«, meinte Sewell. »Wahrscheinlich wird er allmählich taub.«

»Dann halt mal 'n Moment«, sagte Gerry und zog den ganzen Arm weg, um richtig anklopfen zu können. Fast wäre Sewell unter dem Gewicht des Kühlschranks zusammengeklappt, während Gerry gegen die ramponierte Haustür hämmerte. Noch immer keine Reaktion. »Hallo?«, rief Gerry. »Ist jemand da?« In diesem Augenblick verließen Sewell die Kräfte und der Kühlschrank knallte zu Boden. Einmal, zweimal schlug er auf, dann sprang die Tür ab. »Mann, Sewell, was machste denn da?«, schimpfte Gerry.

»Ich konnt ihn nich' mehr halten«, erklärte Sewell.

»Hallo?«, kam eine Stimme durch einen Türspalt.

»Du konntest ihn nich' mehr halten?«, schoss Gerry zurück.

»Genau. Ich konnt einfach nich' mehr.«

»Hallo?«, wiederholte die Stimme. Inzwischen war auch ein Gesicht erschienen.

»Du hast also schlappgemacht?«

»Nee, du hast dein Ende losgelassen.«

»Hallo?« Noch immer klang die Stimme ruhig und gelassen.

»Ich weiß wirklich nich' mehr, was ich mit dir anfangen soll, Sewell«, sagte Gerry wütend.

»Und ich weiß nich', was ich mit dir anfangen soll, Gerry«, entgegnete Sewell.

»Wollt ihr beiden zu Ginga oder wollt ihr euch gern auf meiner Türschwelle streiten?«, erkundigte sich die Stimme freundlich, und neben dem Gesicht erschien jetzt eine Hand.

»Ginga!«, rief Sewell, als er endlich das Gesicht entdeckte.

»Wir ham Ihnen was gebracht«, sagte Gerry.

»Dann kommt mal lieber rein«, sagte das Gesicht und lächelte.

Ginga war ein alter Mann, obwohl man das seinem Gesicht nicht ansah. Er hatte dicke, lange, karottenrote Haare. Auch sein Bart, der sein Gesicht bis auf winzige Löcher für Augen, Nase und Mund gänzlich zu bedecken schien, war rot. Sogar die Haare auf seiner Hand, mit der er die Tür aufhielt, während er mit der anderen Gerry und Sewell freundlich hereinwinkte, waren rot. Erst als der Rest seines Körpers sichtbar wurde, konnte man sehen, dass er zerknittert und vom Alter gebeugt war. »Und glaubt bloß nich', ich schmier Henna drauf«, sagte Ginga mit einem Zwinkern zu Gerry.

»Nee«, erwiderte Gerry, konnte den Blick aber trotzdem nicht von Gingas Haaren abwenden.

»Schleppt euern Schatz ruhig mal rein«, sagte Ginga und deutete dabei liebevoll zu der Stelle, wo der türlose Kühlschrank auf dem Gehweg lag. »Stellt ihn hierher«, wies er sie in der Halle an, was sie sofort taten. »Kommt schon!«, rief er und führte sie durch den stockfinsteren Gang. Sie kamen in einen Raum, der nur wenig heller war. Ginga zog an einer Kordel, und sofort erfüllte fahles Licht das Zimmer. Alles, was sich in diesem Raum befand, jede bewegliche und jede unbewegliche Einrichtung, jede Verzierung, jeder Gebrauchsgegenstand, alles war aus Schrott. Hier war der Müll von Gateshead auferstanden. »Seit ihr Jungs angefangen habt, Spritztouren zu machen, is' alles anders geworden. Ihr verschafft mir die ganzen Polstermöbel. Setzt euch.« Gerry und Sewell ließen sich auf einem Sofa nieder, das eigentlich die Rückbank eines Autos war, während Ginga selbst auf dem Beifahrersitz Platz nahm. Fasziniert blickten sich Gerry und Sewell im Zimmer um. »Ihr würdet's nich' glauben, was die Leute alles rausschmeißen«, lachte Ginga und zupfte mit beiden Händen in seinem Bart herum. Ein ausgehöhlter Handstaubsauger diente als Wanderstab- und Schirmständer, zwei Teekisten mit einem Vorhang darüber waren ein Tisch mit Tischdecke. An der Decke hing Wäsche; die Leine lief über einen Flaschenzug, der mit einem an einem Fahrrad-Rad befestigten Pfannenstiel bedient wurde; die Wände waren meterweise mit alten Resopalplatten verkleidet, die zahllosen Kunstwerken als Abstellplatz dienten – Figuren aus Kleiderbügeln, Bauernhoftiere aus Plastiktüten und eine immense Flotte Papierschiffchen, die alle schon ziemlich alt und vergilbt ausschauten. »Na, seht ihr euch auch alles gründlich an, Jungs?«, lachte Ginga.

»Is' ja 'ne richtige Schatzkammer«, meinte Gerry und pfiff leise und anerkennend durch die Zähne.

»Was haste gesagt?«, fragte Ginga und hielt sich die Hand ans Ohr.

»Ich sag, das is' wie in 'ner Schatzkammer«, wiederholte Gerry. »Die Wunderhöhle von Aladin, wissen Se.«

»Ja, ja, alles drin.«

»Nee, ich sag, Ihr Haus is' wie 'ne Wunderhöhle. 'n Elsternnest.«

»Ja, ich find auch, dass es das Beste ist.«

»Er hört nich' mehr so gut«, erinnerte Sewell Gerry.

»Dich kenn ich nich'«, meinte Ginga und deutete lächelnd auf Gerry. »Aber du bist Billy Sewells Junge, stimmt's?«, meinte er mit einem Nicken in Sewells Richtung.

»Ja, Ginga«, bestätigte Sewell.

»Wie geht's ihm denn, deinem Alten? Hab ihn 'ne halbe Ewigkeit nich' gesehn.«

Sewell wurde rot. »Ganz gut«, antwortete er.

In einem kunstvoll gestalteten Kamin brannte ein Feuer. »Den hab ich mitgenommen, als die Häuser in Dunston abgerissen wurden«, erzählte Ginga, als er Gerrys und Sewells Blick bemerkte. »Früher hat der Bürgermeister von Gateshead sich dran sein Hinterteil gewärmt, wisst ihr.« Er hob ein Stück Holz von einem Zaunpfahl auf und warf es ins Feuer. »Ich liebe Gateshead, echt«, sagte er. »Früher war ich Matrose, hab die halbe Welt gesehn. Dann hab ich im Bergwerk gearbeitet, 'ne halbe Meile tief in der Erde. Aber ich würd sofort wieder nach Gateshead gehn. Nur das Wetter is' grässlich. Ich wusst gar nich', dass Billy Sewell 'nen Jungen hat. Dir muss doch furchtbar heiß sein in der Taucherjacke da.«

»Das ist 'ne Trainingsjacke, Ginga«, verbesserte ihn Sewell.

»Wie meinst'n das, 'ne Leninkappe?«

»Taucherjacken gibt's schon lang nich' mehr«, erklärte Gerry unbeirrt. »Die da is' für Sportler. So was ham heut die Manager an. Kevin Keegan und Kenny Dalgish und die ganzen Fußballmanager. 'ne Trainingsjacke eben.« Auf einmal hielt Gerry inne. »Ich kann Zeichensprache«, sagte er zu Sewell. »Wegen meiner Oma.« Eifrig begann er zu gestikulieren. Ginga sah ihn an und las seine Handzeichen aufmerksam.

»Ja, es is schon heiß für die Jahreszeit, aber mir sitzt immer noch die Feuchtigkeit in den Knochen«, meinte er nach einer Weile.

Gerry sah zu Sewell hinüber und schüttelte den Kopf. »Ich wollte ihm die Sache mit deiner Jacke erklären.«

»Wenn's um Feuchtigkeit geht, isses nirgends wie in Gateshead«, fuhr Ginga fort. »Manchmal werd ich wach und denk, ich bin immer noch auf See, aber in Wirklichkeit bin ich natürlich in Gateshead. Es liegt am Fluss. Wegen den Gezeiten, wisst ihr.« Abrupt unterbrach sich Ginga, als erwachte er aus einem Traum. »Tut mir Leid, dass ich euch kein' Tee anbieten kann, Jungs. Limonade auch nich'. Normalerweise trink ich nur Wasser. Und ich brau mir selbst was, aus Farn, den pflanz ich im Schrebergarten an.«

»Mann, Ginga, Sie sind schwer in Ordnung«, sagte Gerry.

Einen Moment schwiegen alle. Dann sagten Sewell und Gerry wie aus einem Mund: »Wir ham 'n Kühlschrank mitgebracht.«

Ginga kratzte sich mit seiner jugendlichen rot behaarten Hand auf seinem rot behaarten Kopf. Seine Augen funkelten intelligent. »Was denn für 'n Kühlschrank?«

»Keine Ahnung, Ginga, Mann. So einen, der Dosen kalt hält.«

Eine Weile schien Ginga nachzudenken, dann grinste er breit. »Na, dann vielen Dank, Jungs«, sagte er.

»Japp«, sagte Gerry.

»Japp«, sagte Sewell.

»Japp«, sagte Ginga.

Plötzlich erwachte eine der herumstehenden Uhren zum Leben, die Mechanik surrte und summte und schließlich kam eine kleine Plastikelster zum Vorschein, die aussah wie der Kuckuck aus der Kuckucksuhr. Es war drei Uhr. Wieder schwiegen sie eine Weile. Dann sagte Ginga: »Es is' wirklich nett, dass ihr Jungs mir den Kühlschrank vorbeigebracht habt. Was kann ich denn sonst noch für euch tun?«

»Hmm«, machte Sewell.

»Wir dachten, Sie würden uns vielleicht was dafür bezahlen«, sagte Gerry.

Ginga schüttelte den Kopf. »Ich kann dich nich' hören.«

»Bezahlen!«, brüllte Gerry. »Wir dachten, Sie würden uns was bezahlen. Für das Material und die Schlepperei.«

»Wir haben 'ne Ewigkeit gebraucht, das Ding hier raufzuschleppen«, erklärte Sewell und nickte nachdrücklich.

Gerry rieb mit dem Daumen über den Zeigefinger, als zählte er Geldscheine.

Jetzt kapierte Ginga. »Ich würd euch ja gern was geben. Aber ich hab kein Geld«, versicherte er lächelnd. »Außerdem könnt ich mir jederzeit Kühlschränke beschaffen, so viel ich will.«

»Oh«, sagte Gerry. »Oh«, sagte Sewell.

»Ich leb sozusagen jenseits der Bargeldwirtschaft.«

»Hä?«

»Seht mal, ich nehm den Kühlschrank und ihr dürft euch dafür was aussuchen von den Sachen hier. Was immer ihr wollt.«

Sewell und Gerry sahen sich um und inspizierten alles. »Wir nehmen ...«, begann Sewell.

»Die Elster-Kuckucksuhr«, fiel ihm Gerry ins Wort, stand auf und zeigte darauf.

»Eine gute Wahl«, lobte Ginga. »Interessiert ihr euch eigentlich für Fußball?«

»Ja, klar«, antwortete Gerry.

»Ihr erinnert euch wahrscheinlich nich' an Billy Sewells Onkel, oder? 'n echter Gateshead-Junge. Gebaut wie 'n Schleppkahn. Der hat in der Grube mit uns malocht. Das ganze Mittelfeld hat der beherrscht. Gesoffen wie 'n Loch, aber beim Spiel immer topfit. Schnelligkeit hat den nich' interessiert, der war das reine Kraftpaket. Bisschen wie der Knabe hier«, schloss er und deutete grinsend auf Sewell.

Der Rückweg war lang und heiß. Deprimiert schlurften Sewell und Gerry die Straße entlang. Auf der Autobahn hatte es einen Unfall gegeben und der Verkehr staute sich auf etwa eine Meile. Die Abgase stiegen hinauf zu den Häusern. Über allem flog der Polizeihubschrauber und hing eine Weile in der Luft wie eine wütende Wespe.

»Wir kriegen nich' genug zusammen, oder?«, meinte Sewell, als sie auf einer Brücke standen und auf den Stau hinunterblickten.

Mit leiser Stimme antwortete Gerry: »Nee. Ich dacht, zwei

oder drei Wochen würden reichen. Aber anscheinend hab ich mich geirrt.«

Einen Moment schwiegen sie. »Dann eben für die nächste Saison«, sagte Sewell.

»Japp«, bestätigte Gerry. »Dann muss es eben in der nächsten Saison passieren.«

Sewell lächelte. »Dann genießen wir's umso mehr, weil wir so lang gewartet ham. Aber wir müssen echt in die Pötte kommen. Bis jetzt ham wir noch keinen Penny verdient.«

Schweigend standen sie auf der Brücke, während der Verkehr unter ihnen brauste wie ein Wasserfall. Plötzlich sah Gerry auf. »Na klar!«, rief er.

Auch Sewell blickte hoch und starrte verwirrt auf den Helikopter, der immer noch in der Nähe kreiste. »Was?«, fragte er.

Gerry spuckte aus. »Wir brauchen 'n Knüller«, meinte er. »'nen echt großen Knüller, nich' irgendwelchen Pipifax.«

Der Hubschrauber brummte davon. Die beiden Freunde lehnten an der Brüstung. Hinter ihnen bellte ein Hund. Und gleich noch einmal. Sewell drehte sich um. »Mann, Gerry! Das is' der Hund! Der Hund, der Fußball gespielt hat! Der in dem Haus! Er hat uns gesucht!« Sewell ging in die Hocke und streckte dem Tier einladend die Hand entgegen. »Hier, mein Junge, komm zu Sewell.«

»Woher willste denn wissen, dass das ein Junge is?«, gab Gerry zu bedenken.

»Sieh dir doch mal seine Eier an, Mann. Er is' uns bestimmt gefolgt.«

Inzwischen lag Sewell fast auf den Knien. »Pass auf, dass er dir nich' an die Gurgel springt«, warnte Gerry.

»Hier, Hund, hier«, lockte Sewell. Der Hund kam ein paar Schritte auf ihn zu, zog sich dann aber vorsichtshalber wieder zurück. »Na komm schon, ich tu dir doch nix.« Der Hund jaulte ein bisschen.

»Garantiert riechst du komisch«, verkündete Gerry, der sich auf die Brüstung gesetzt hatte und die Situation beobachtete.

»Hä?«

»Na, du weißt schon. 'n böser, feindlicher Geruch. So was spüren Hunde.«

Sewell öffnete den Reißverschluss seiner Jacke, steckte den Kopf hinein und schnüffelte. »Glaub ich nich'. Das Vieh is' sicher bloß nervös. Er will zu mir, aber er is' sicher schon zu oft enttäuscht worden.«

In Gateshead gibt es kleine Hunde, böse Hunde, nette Hunde. Hunde mit Augenklappe, Hunde mit einem Schwanz, der sich über den Rücken ringelt. Trottende Hunde, hinkende Hunde, schnüffelnde Hunde, sitzende Hunde. Einfarbige Hunde, zweifarbige Hunde, Hunde mit vielen verschiedenen Farben. Gesellige Hunde, eigenbrötlerische Hunde. Hoch gebildete Hunde, furchtbar leichtsinnige Hunde. Dieser hier war größtenteils weiß mit rostfarbenen Flecken auf Gesicht und Körper. Immer wieder richteten sich seine Ohren auf und seine Haare sträubten sich, wie es sich für einen klugen Hund gehört. Er war ein bisschen größer als ein Border-Collie, mit einem Schwanz, der sich über den Rücken ringelte. »Hier, Hundchen. Hierher«, säuselte Sewell unendlich sanft. Wieder machte der Hund ein paar Schritte auf ihn zu und seine Schnauze zuckte schnuppernd. Dann stieß er plötzlich ein wildes Jaulen aus, stürzte auf Sewell zu und warf ihn mit den Pfoten platt auf den Boden.

»Lass ihn bloß nich' an deine Gurgel!«, rief Gerry von der Brüstung.

»Nur die Ruhe«, lachte Sewell. »Der leckt mich höchstens zu Tode. Er mag mich, weiter nix. Der mag mich echt.« Sewell strahlte vor Freude. »Ich glaub, ich nenn ihn Rusty.«

»Rusty?«

»Ja, weil er weiß is' und rostbraune Flecken hat.«

»Mann, Sewell, du kannst dem Köter kein' Namen geben. Der hat bestimmt längst ein'.«

»Dann hat er jetzt eben zwei.«

»Zwei?«

»Genau wie du. Du heißt doch auch Gerry Macarten, oder?

Und der Hund is' Rusty ... Rusty ... na ja, egal wie der andre Name is'.«

Mit ernster Miene schüttelte Gerry den Kopf. »Rusty Matthew. Hör mal, Sewell, Mann. Der Hund gehört Matthew. Du kannst ihn nich' behalten. Der Knabe is' verrückt nach Hunden, das haste doch gesehn, sogar seine Mam hat Angst vor ihm.«

Sewell stand auf und sofort sprang der Hund an ihm hoch. Seine Pfote lag in Sewells Hand, und so vollführten sie ein Tänzchen auf der Brücke. »Kuck doch mal. Der is' echt total intelligent, Mann.«

»O ja.«

»Garantiert kann er alle möglichen Tricks lernen und all so was. Ich bring sie ihm bei.«

Gerry hüpfte von der Brüstung und seufzte tief. »Na, dann fragen wir ihn doch zuallererst mal, wie wir die Kohle für die Dauerkarte zusammenkriegen.«

Kapitel 3

Die langen, langen Sommernächte werden kürzer. Jeden Morgen hebt sich der Nebel ein wenig später vom Tyne. Hinter der Spartan-Redheugh-Fabrik sind die Blätter plötzlich gelb und rot. Das Gras, das in Büscheln auf dem freien Gelände stark und drahtig geworden ist, sieht plötzlich müde aus und verwelkt. Abends versammeln sich Schwalben und Mauersegler über den Teichen auf dem Watergate Colliery Land Redevelopment Project und eines Morgens sind sie verschwunden. So hält der Herbst in Gateshead Einzug.

»Wie viel haben wir zusammen?« Mit dieser Frage platzte Sewell eines Morgens in Gerrys Schlafzimmer.

»Hä?«, erwiderte Gerry und rieb sich verschlafen die Augen. »Was'n los? Mann, Sewell, was willste denn?« Ein Bellen ertönte, dann hörte man rasche Schritte auf der Treppe und schon kam ein Hund ins Zimmer, schwanzwedelnd. »Ich dachte, ich hab dir gesagt, du sollst den Köter abschaffen«, sagte Gerry scharf.

Sewell machte ein langes Gesicht. »Hab ich doch versucht. Aber er läuft mir überallhin nach. Rusty hat sich eben an mich gewöhnt, Mann.«

»Na ja, dann muss er sich dich wohl wieder abgewöhnen und so weiter. Er gehört nich' dir, Sewell, Mann. Sondern jemand anders, nämlich diesem Psychokid Matthew.«

Sewell starrte zu Boden.

»Komm schon, flenn jetzt bloß nich' wegen 'nem blöden Köter.«

»Ich flenn nich' und Rusty is' nich' blöd.«

Eine lange Pause trat ein. Gerry drehte sich im Bett um und tat so, als würde er wieder einschlafen. Sewell beobachtete ihn geduldig. Nach längerem Schweigen setzte sich Gerry auf, als wäre er soeben wach geworden, und sagte: »Na schön. Du kannst ihn behalten, aber bloß für 'ne Weile.« In diesem Augenblick machte Rusty einen Satz auf Gerrys Bett und fing an, ihm wie wild das Gesicht zu lecken. »Unter der Bedingung, dass du ihn unter Kontrolle hast und er mich nich' abschleckt!«

Rasch beugte sich Sewell übers Bett und hob Rusty herunter, der sich fügsam von ihm auf dem Boden absetzen ließ, wo er sich ausstreckte und den Kopf auf Sewells linken Schuh legte.

»Was biste eigentlich so früh auf den Beinen?«, fragte Gerry.

»Mann, Gerry«, platzte Sewell heraus. »Wie viel ham wir denn inzwischen?« Gerry zog sich die Decke über den Kopf. »Komm schon, Gerry. Zählen wir unser Geld!«

Gerry gähnte theatralisch. »Ich dachte, wir ham uns drauf geeinigt, dass wir erst zählen, wenn wir wissen, dass wir genug haben.«

Sewell nickte eifrig. »Ja, schon«, räumte er ein. »Darauf ham wir uns geeinigt. Wir ham's ja auch noch nich' gezählt. Aber heut tun wir's. Heut ist ein besonderer Tag. Die Jungs ham 'n Heimspiel.«

»Mensch, Sewell, es is' noch total früh, Mann. Lass mich wenigstens in Ruhe aufwachen.«

Genau in diesem Augenblick begann die Kuckucksuhr, die sie mit einem Nagel an der Wand befestigt hatten, zu surren und zu schlagen. Und dabei erschien die Elster an der Feder. »Es ist neun Uhr, komm schon!«, meinte Sewell und zog Gerry die Decke weg. »Himmel, Mann, hast du gar nix an im Bett?«

Gerry kroch aus den Federn und schlüpfte in seine Jogginghose. »Gib mir 'ne Kippe, Sewell.«

Sewell klaubte zwei Zigaretten aus einem Zwanzigerpäckchen, gab Gerry eine davon und steckte sie an. »Komm schon, Gerry, sehn wir nach, wie viel wir ham.«

Unbehaglich sog Gerry den Rauch ein, während er seinem

Freund über den Treppenabsatz in Bridgets Zimmer folgte. »Is sie da?«, erkundigte sich Sewell.

»Hab sie lang nich' gesehn. Aber meine Mam sagt, letzte Woche war sie mal hier.«

»Alles klar mit ihr?«

»Keine Ahnung«, antwortete Gerry und verschwand in Bridgets Schrank. Mit dem Glasbehälter in der Hand kam er wieder zum Vorschein. »Ich hab ihn noch mal eingepackt, nur zur Sicherheit«, erklärte er Sewell, während er das schwarzweiße Papier zurückschlug und Sewell dann das Glas überreichte. Der nahm es mit ehrfürchtigem Gesicht entgegen wie eine Trophäe. Dann kippte er den Behälter, um den Inhalt besser sehen zu können. Eine Lawine von Münzen und Scheinen klapperte auf den Boden, und da es keinen Teppich gab, rollten die Geldstücke in alle Richtungen davon. »Na ja, aufm Boden lässt sich's sowieso leichter zählen«, redete sich Sewell gut zu.

Zwanzig Minuten lang krabbelten sie auf Händen und Knien hoch konzentriert im Zimmer herum, sammelten das Geld ein und zählten es sorgfältig. Unterm Bett, unter den Dielenbrettern, in den Ecken und Ritzen, überall gab es etwas zu retten. Rusty lag gemütlich in der Tür und beobachtete zufrieden das muntere Treiben. »Ich dachte, wir sparen bloß die Scheine«, bemerkte Sewell unsicher, während er ein Zwanzigpencestück zwischen den Fingern rollte.

»Später, Mann, später. Erst mal müssen wir alles nehmen, was wir kriegen können.«

Die Gesamtsumme belief sich auf achtundachtzig Pfund. »Niemals«, sagte Sewell und schüttelte ungläubig den Kopf. »Niemals.« Die zweite Zählung ergab nur siebzig Pfund. »Niemals«, sagte Gerry. »Niemals.« Beim dritten Mal brachten sie fünfundachtzig Pfund zusammen.

»Fünfundachtzig Pfund?«, stammelte Sewell.

»Fünfundachtzig Pfund«, wiederholte Gerry.

»Da ham wir so viel gemacht und jetzt ham wir bloß fünfundachtzig Pfund zusammengekriegt?« Sewell war verzweifelt.

»Es is' ein Anfang«, gab Gerry zu bedenken.

»Es is' aus«, meinte Sewell.

»Komm schon, Mann«, ermutigte ihn Gerry, während er seinem Freund mit den Geldscheinen unter der Nase herumwedelte. »Soo viel ham wir nun auch wieder nich' getan.«

»Nich' viel nennste das? Wir ham sämtliche Autos von Whickham gewaschen«, korrigierte Sewell, die Wangen ganz heiß vor Enttäuschung. »Wir ham in der Stadt Flugblätter ausgetragen, vier Samstage nacheinander, wohlgemerkt. Ich bin sogar Reklame gelaufen für Nobles Amusements. Wir ham das ganze Geld an der Obstmaschine im Cushie Butterfield gewonnen. Wir ham alle unsre geklauten Kugelschreiber verkauft. Und alle CDs. Wir ham sogar Geld für Guy Fawkes Day gesammelt, obwohl erst September is'. Wir trinken nix mehr, rauchen kaum 'ne Kippe, ich kann mich nich' mal mehr erinnern, wann wir das letzte Mal Hasch hatten, und da erzählste mir, alles, was wir gespart ham, sind poplige fünfundachtzig Pfund?«

Ruhig und ohne eine Miene zu verziehen, sah Gerry seinem Freund ins Gesicht. »Willste vielleicht andeuten, dass ich was genommen hab?«

Sewell tat diesen Verdacht mit einer wegwerfenden Handbewegung ab.

»Dann hör auf zu jammern, Sewell, Mann.«

Doch Sewell schüttelte nur deprimiert den Kopf. »Es is'n Schock, weißte das. Aber na ja, Gerry, was soll's? Da ham wir uns so angestrengt und sind nich' mal in der Nähe von einer Dauerkarte, nich' mal für die nächste Saison.«

Gerry blickte Sewell fest in die Augen. »Dann is jetzt vielleicht Zeit, Ernst zu machen«, sagte er, während er den Rückweg in sein Zimmer antrat, dicht gefolgt von Rusty.

»Zeit, ernst zu machen?«, fragte Sewell, der hinter den beiden her trottete.

»Japp. Zeit, mal 'n bisschen aufs Gaspedal zu treten.«

»Noch mehr Gas und wir explodieren, eh' wir unsre Karten kriegen«, wandte Sewell ein.

»Zeit, mal 'n richtiges Opfer zu bringen.«

Sewell schlug ungehalten die Fäuste aufeinander. »Was soll'n das jetzt wieder? Seit Monaten sparen wir uns alles vom Mund ab. Wir ham uns überhaupt nix mehr gegönnt, kein' Luxus oder so.«

Ruhig und fest schaute Gerry ihn an. Dann kniff er kurz die Augen zusammen. Und noch einmal. »Nee«, sagte er. »Ich sag dir was. Wir ham noch nich' mal richtig angefangen.«

»Aber ...«

Mit leiser Stimme fuhr Gerry fort. »Lass dich nie mehr mit einer von den fertigen Zigaretten erwischen, Sewell«, sagte er streng und fuchtelte ihm drohend mit dem brennenden Ende der Zigarette unter der Nase herum, die er vorhin von ihm bekommen hatte. »Ich glaub's ja wohl nich', Mann. Ich dachte, wir wären Kumpel. Und du gehst hin und verschwendest Geld für fertige Kippen. Wenn wir überhaupt Kippen ham, dann rollen wir sie selber, und das wird selten vorkommen.«

Schweigen. Man hörte, wie sich die Tauben auf dem Dach um Sitzplätze stritten, hörte durch die dünne Decke ihre Krallen auf den Dachziegeln kratzen. Von einem der Fußballplätze wieherte fröhlich ein Pony. »Was sollen wir'n jetzt machen?«, fragte Sewell kläglich und ließ sich aufs Bett sinken.

»Keine Sorge.« Gerry sah aus dem Fenster. »Ich lass mir schon was einfallen.«

Wieder ein kurzes Schweigen. »Haste 'ne Idee?«

»Nee.«

Gerrys Beispiel folgend, kletterte Sewell aufs Bett und starrte aus dem Fenster. Auch Rusty gesellte sich zu ihnen und legte die Vorderpfoten aufs Fensterbrett. Draußen umkreiste ein Trabpony die Fußballfelder, angetrieben von einem Fahrer, der sich in seiner leichten Kutsche weit zurücklehnte. »'ne Idee«, wiederholte Gerry leise vor sich hin. »Alles, was wir brauchen, is' 'ne gute Idee. Bloß eine einzige wirklich gute Idee.«

Unten ging die Haustür auf und fiel mit einem Knall wieder ins Schloss. »Jemand da?«, rief eine Stimme ins Treppenhaus.

»Das is' Clare«, stellte Gerry fest, sauste schnell zurück in Bridgets Zimmer und sammelte hastig die restlichen Münzen und Scheine auf und stopfte sie zurück in die Spardose. Dann packte er sie wieder in das Stück schwarzweißes Papier und verstaute sie in der hintersten Ecke von Bridgets Schrank. »Weißte was, Sewell, wir sagen ihr und meiner Mam nix, bevor wir nich' 'n bisschen mehr zusammen ham. Wir verraten überhaupt keinem was. Erst, wenn wir die Karten in der Tasche ham.«

»Was für 'ne tolle Idee soll das'n jetzt sein?«, wollte Sewell von der Tür her wissen.

»Hä?«, antwortete Gerry.

»Gerry? Ich weiß, dass du da bist«, rief Clare noch einmal, und man hörte ein glucksendes Geräusch von dem Baby, das sie auf dem Arm hatte.

»Na, die Idee, mit der alles gut wird«, drängte Sewell.

»Ich sag's dir später«, flüsterte Gerry ihm zu. »Alles klar, Clare!«, rief er die Treppe hinunter.

»Na, dann komm doch mal runter, Mann«, erwiderte sie. »Und du auch, Sewell.«

»Woher weiß sie, dass ich hier bin?«, wunderte sich Sewell auf der Treppe.

»Die weiß alles«, antwortete Gerry grimmig. »Also denk dran. Kein Wort zu ihr von … na, du weißt ja.«

Clare erwartete sie im Flur. Sie trug einen roten Minirock, ein gelbes Sweatshirt und weiße Sandaletten mit Pfennigabsätzen, die ungefähr den gleichen Farbton wie ihr Gesicht hatten.

»Ich kann nich' bleiben«, erklärte sie ihnen und schwenkte das Baby vor ihnen herum wie eine Rassel. »Alles in Ordnung, Sewell, Schätzchen?«

»Ja. Und bei dir?«

»Bleibste nich' mal 'n Moment?«, fragte Gerry.

»Nee.« Clare schüttelte den Kopf und entlockte dem Baby

damit ein weiteres Glucksen. »Mam war heut total früh auf und is' zu mir rübergekommen. Ihr geht's ziemlich mies, deshalb bleibt sie erst mal 'ne Weile bei mir. Oma kommt auch und so.«

»Ich hab sie gestern Nacht wieder husten gehört«, erzählte Gerry.

»Ach ja?« Clares weißes Gesicht war voller Sorge.

»Die ganze Nacht eigentlich.«

»Tja, jetzt weißte jedenfalls, wo alle zu finden sind, wenn du jemand brauchst. War Bridie hier?«

»Nee.«

»Wenn du sie siehst, sag ihr Bescheid wegen Mam.« Clare marschierte durch die Küche, blieb aber mittendrin stehen und wandte sich noch einmal an ihren Bruder und seinen Freund. »Gerry, was habt ihr zwei denn heut vor?«

»Wir ham 'n paar Sachen geplant«, antwortete Gerry vorsichtig.

»Ja?«

»Japp. Alles Mögliche erledigen und regeln und so, weißte.« Gerry zog geheimnisvoll die Augenbrauen hoch.

»Na ja, ich hab alle Hände voll zu tun mit Mam und Oma und so«, sagte Clare.

»Ach ja?«, erwiderte Gerry mit wenig Begeisterung.

»Ja. Du und Sewell, könnt ihr heut vielleicht mal das Baby nehmen?«

»Ähhhm …«

Ehe Gerry oder Sewell antworten konnten, hatte Clare das Baby bereits ihrem Bruder in den Arm gedrückt. »Ihr könnt? Das is' super, Jungs. Ich spendier euch auch 'n Pint, wenn wir das nächste Mal im Club sind.«

Die Tür fiel hinter ihr ins Schloss, dann hörte man sie die Straße hinunterstöckeln und schließlich entfernte sich das Geklapper um die Ecke. »Das is' ja echt spitzenmäßig!«, stöhnte Gerry, ging in die Küche und legte das Baby auf den Tisch. »Wie sollen wir uns 'ne geniale Idee einfallen lassen, wenn wir 'n Baby rumschleppen müssen?«

»Komm schon, Mann«, meinte Sewell, nahm das Baby hoch und ließ es behutsam auf dem Arm hüpfen. »Sei nett. Die Kleine hier macht doch keine Mühe. Außerdem ham wir doch Rusty und Kinder mögen Hunde, weißte.«

»Wo isser denn?«

»Hä?«

»Wo is'n der Köter?«

»Nimm sie mal 'ne Sekunde«, sagte Sewell, drückte Gerry das Baby in die Arme und rannte die Treppe hinauf. Eine Minute später kam er wieder herunter. »Er is' weg!«

»Wie?«

»Einfach weg. Wahrscheinlich isser mit Clare zur Tür raus.«

Sewell nahm Gerry das Baby wieder ab und starrte seinen Freund wütend an, während er der Kleinen zärtlich den Rücken rieb.

»Glotz mich nich' so dämlich an, Mann«, protestierte Gerry.

»Es is' doch bloß, weil du ihn nich' wolltest. Das hat er gespürt. Und jetzt isser weg und treibt sich wieder draußen rum. Ich muss ihn vor diesem irren Hundefritzen retten, Gerry, Mann.«

»Dich wird man retten müssen, wenn der rauskriegt, dass der Hund bei dir war.« Gerry kratzte sich in der Achselhöhle und ließ dann die Arme sinken. »Komm schon, Sewell. Wir ham genug um die Ohren mit dem Baby und der Idee, die wir uns einfallen lassen müssen.«

Nachdem Gerry kräftig gegen das Schloss getreten und den Schlüssel dreimal umgedreht hatte, ging die Schuppentür auf. »Das müsst gehn«, verkündete er, während er den Tesco-Einkaufswagen ans Tageslicht zerrte. Sie setzten das Baby hinein. »So 'ne Art Ställchen auf Rädern.«

Sie schoben den quietschenden Wagen vor sich her die Straße hinunter. Ruhig und zufrieden lag das Baby auf einem Kissen und betrachtete seinen Onkel und dessen Freund. »Geronimo! Auf in den Kampf!«, scherzte Gerry.

»Lass uns erst mal einkaufen gehn«, meinte Sewell.

»Keinesfalls, Mann«, widersprach Gerry. »Wir müssen Geld sparen, nich' welches verplempern.«

»Sei nett, Mann«, sagte Sewell. »Es is' doch für den Winzling hier.«

»Na schön«, räumte Gerry ein, allerdings in einem Ton, der hart an ein Fauchen grenzte. »Ich wart draußen auf euch, aber ich sag dir eins, und zwar ein für alle Mal, wag es nich', mir nochmal mit so 'ner emotionalen Erpressung zu kommen.«

Mit einem Kaugummi in der Hand kam Sewell wieder heraus. Er gab ihn dem Baby. »Was machste'n da?«, wollte Gerry wissen.

»Ich find, das Baby sieht 'n bisschen hungrig aus.«

»Das kann so was nich' essen, Mann, das weiß nich' mal, wie man das Papier abkriegt.«

»Und das hier is' für wenn es Durst hat«, fügte Sewell hinzu und zog eine Dose aus der Tasche seiner Trainingsjacke. »Kein schlechter Preis, echt. 'n Kaugummi und 'ne Dose Tango für 'n Penny.«

»Na schön«, meinte Gerry und nahm ihm die Dose lächelnd ab. »Das geben wir der Kleinen, wenn sie anfängt zu heulen. Das machen die Ulligen nämlich, wenn sie Durst ham.«

»Oder wenn sie grade geschissen ham«, ergänzte Sewell welterfahren.

Ein Stück weiter begann das Baby zu weinen. Sewell und Gerry sahen sich an. Achselzuckend öffnete Gerry die Dose. »Hier, bitte schön, Baby«, sagte er und hielt der Kleinen die Dose hin. Doch die schob das Getränk mit ihren fuchtelnden Armen weg und heulte noch mehr. »Komm schon, Mädel, trink was«, bettelte Gerry, aber ohne Erfolg. Also nahm Gerry die Dose und schüttete der Kleinen den Schluck direkt in den Mund, worauf sie würgte, spuckte und fast erstickte. »Das bringt's nich'«, stellte Gerry fest und wischte sich die Hände an seiner Sporthose ab. »Wir brauchen eins von diesen Schnabeldingern.«

»Vielleicht mag sie kein Tango«, gab Sewell zu bedenken. »Ich könnt losziehn und stattdessen 'ne Vimto holen. Die mögen alle Kinder.«

»Mensch, Sewell, Mann, die braucht 'n Fläschchen«, entgegnete Gerry verächtlich. »Aber wo kriegen wir jetzt möglichst fix eins her?«

»Warum gehn wir nich' schnell bei Clare vorbei?«

»Nee. Meine Mam ... meine Mam braucht 'n bisschen Ruhe, Mann.«

»Muss sie wieder ins Krankenhaus?«

»Keine Ahnung«, antwortete Gerry ausweichend. »Vielleicht.« Er blieb an einem Fenster stehen. »Es is' jetzt 10 Uhr 17«, teilte er Sewell mit und kniff die Augen zusammen, um das grüne Licht der Videouhr besser erkennen zu können. »10 Uhr 17 an einem Spieltag, und was tun wir? 10 Uhr 17 am Tag unsres absoluten Megaplans, und was machen wir? Versuchen 'n Fläschchen für 'n Baby zu finden.«

»Vielleicht geht die Uhr ja falsch.«

»Hä?«

»Vielleicht geht die Uhr falsch. Vielleicht isses überhaupt nich' 10 Uhr 17.«

Gerry seufzte. »Es geht nich' um die genaue Uhrzeit, weißte. Ich mein bloß, statt dass wir gespannt sind aufs Spiel, fahren wir mit 'nem heulenden Balg in 'nem Einkaufswagen durch die Gegend.«

»O nein«, stöhnte Sewell und fächelte sich mit der Hand Luft zu. »Ich glaub, jetzt hat sie auch noch geschissen, Mann.«

»Schnell, geh aus der Windrichtung!«, rief Gerry.

So zogen sie den Einkaufswagen mit dem Baby wieder zurück zum Haus. »Na schön«, sagte Gerry, räumte die schmutzigen Teller und Tassen auf den Küchentisch und platzierte seine kleine Nichte in die Spüle. »Sperr die Fenster auf und hol Luft durch 'n Mund.« Er drehte den Hahn auf, zog dem Baby die Papierwindel vom Po, warf sie aus dem Fenster und hob das Baby unter den Wasserhahn.

»Was machste'n da?«, fragte Sewell.

»Ich wasch die Scheiße weg, Mann.«

»Unterm Wasserhahn?«

»Japp.«

»Das is' ja fies!«

»Was is'n mit dir los, Sewell?«

»Wart wenigstens, bis das Wasser warm is'. Wo is'n das Tango? Ich schütt das mal hier rein«, verkündete Sewell, der ein Babyfläschchen im Schrank entdeckt hatte.

»Und ich mach das hier mal drum«, entgegnete Gerry, zerrte ein Geschirrtuch unter dem Geschirrberg hervor und band es dem Baby mit einer Schleife um den Bauch.

»Nich' so eng, Mann«, ermahnte Sewell ihn besorgt.

Dann waren sie wieder draußen auf den Straßen von Gateshead: Gerry, Sewell und das Baby im Einkaufswagen. »Komm schon«, sagte Gerry, bückte sich und sammelte eine leere Bierdose vom Pflaster auf. Er füllte ein paar Kieselsteine hinein, rappelte damit vor dem Baby herum und legte das Spielzeug schließlich neben seine Nichte in den Wagen. »Das hält sie bei Laune. Babys mögen Rasseln, weißte.« Das Baby starrte auf das grüne Wikingerschiff, das über die gelbe Viborg-Dose segelt.

Sie gingen an den Fußballplätzen entlang, auf denen das Pony immer noch umhertrabte. Ein Taubenschwarm flog über ihre Köpfe und änderte abrupt die Flugrichtung. Trabponys und Tauben sieht man in Gateshead häufig. Taubenschläge umranden die Wohngebiete von Gateshead wie riesige Barackensiedlungen, und die Trabponys umkreisen den Stadtbezirk, als müssten sie ständig die Grenzen der Metropole sichern.

»Haste schon nachgedacht?«, begann Sewell nach einer Weile. »Biste schon auf die geniale Idee gekommen?«

Gerry zögerte einen Moment und Sewell reckte erwartungsvoll den Hals. »Nee«, antwortete er schließlich. »Noch nich'. Lass mir noch 'n bisschen Zeit, ja?«

Sewell beobachtete das Pony. »Wie wär's, wenn wir uns

eins von denen anschaffen? Da gibt's große Wetten im Trabrennen, weißte. Das hab ich oben in Swallwell gesehn.«

»Nee«, entgegnete Gerry wegwerfend. »Wer soll'n damit rumfahrn? Ich kann Pferde nich' ausstehn, und du, Sewell, nimm's mir nich' übel, aber du bist wirklich um einiges zu schwer für so was. Wenn alle andern längst im Ziel sind, würd dein armer Gaul sich noch mit der ersten Runde abquälen.«

Wieder zog ein Taubenschwarm über den Himmel. »Dann vielleicht Tauben«, schlug Sewell vor. »Wir könnten welche fangen und verkaufen.«

Gerry schnaubte wütend. »Überlass das Denken doch lieber mir, ja?«

Auf den Einkaufswagen gestützt, klapperte Sewell mit der Viborg-Dose dem Baby vor der Nase herum. Das kleine Mädchen gluckste zufrieden.

Auf seinem Weg zum Tyne fließt der Team durch Gateshead. Dort, wo er über das freie Gelände sprudelt, auf dem Durchreisende manchmal zelten, ist er so breit wie eine Straße. Hier hat die inzwischen entschwundene Industrie eine Minischlucht hinterlassen, durch die das Wasser jetzt fließt, sowie eine Betonplatte, die als Brücke übrig blieb. Hier wachsen Bäume, Weiden, Eschen und Platanen und es gibt kleine Buchten, wo Stockenten brüten. Auf den Steinen landen Bachstelzen. Eisvögel mischen ihre Kaleidoskop-Farben in das monotone Gateshead-Grau. Diesen Weg führte Gerry jetzt Sewell und seine kleine Nichte entlang. Auf der Brücke blieben sie stehen. »Wir brauchen was wie letztes Jahr«, verkündete Gerry und ließ einen Stein ins Wasser plumpsen. Dann warf er Sewell einen viel sagenden Blick zu und ging hinüber auf die andere Seite der Brücke.

Sewell, der ins brausende Wasser geblickt hatte, schaute auf. »Hä?«, rief er und versuchte seinen Freund einzuholen, während er das Baby vor sich herschob.

»Das war 'ne Idee«, schwärmte Gerry. Sewell sah ihn fragend an. »Weißte denn nich' mehr?«, beharrte Gerry. »Das war, als meine Mutter den Rollstuhl hatte.«

»Ach ja, da sind wir überall in der Stadt in die British Home Stores gegangen«, erinnerte sich Sewell jetzt langsam.

»Wir ham alles unter Mams Decke gepackt. 'ne Spitzenidee war das. Hätte auch funktioniert, wenn die dumme Kuh nich' direkt vor dem Sicherheitsmenschen das ganze Zeug hätt fallen lassen.«

Sie gingen wieder zurück auf die andere Seite der Brücke; Sewell schob den Einkaufswagen über das Gelände, hob ihn über Steine und Schutt und überwand die Pfützen in den Vertiefungen uralter Betonblöcke. Als sie den Maschendrahtzaun erreichten, schlüpften sie durch eine Öffnung von der Größe einer Tür. Das Trabpony war vom Fußballplatz verschwunden. Sie gingen weiter zu den Häusern. Als sie an einem Fenster ohne Vorhänge vorbeikamen, spähten sie hinein. Das grüne Licht der Videouhr zeigte 12 Uhr 01. »Mittag am Spieltag«, stellte Gerry traurig fest. »Und wir ziehen durch die Straßen mit 'nem Kind im Einkaufswagen. Ich bin fertig. Hungrig und so.«

Sofort wurde Sewell munter. »Das kannste laut sagen. Holen wir uns was zu essen. Ich übernehm das.«

Bei diesen Worten zupfte er sich die Jacke zurecht und betrat den Spar-Supermarkt. Langsam ging er einen Gang hinauf und den nächsten wieder hinunter. Irgendjemand hatte schon Alufolie über das Objektiv der Überwachungskamera gelegt. Sewell grinste in sich hinein. Genüsslich stöberte er in der Abteilung mit den Kuchen. »Marmor- oder Zitronenkuchen? Oder vielleicht doch Schokolade«, murmelte er vor sich hin und schlenderte zum Sandwich-Regal.

»Alles klar?«, rief Gerry und grinste verschwörerisch hinter den Chips hervor.

»Gerry?«, stammelte Sewell. »Was machst du denn hier?«

»Ich helf dir 'n bisschen.«

»Aber du kannst das Baby nich' allein draußen lassen, Mann.«

»Warum denn nich'?«

»Womöglich klaut es jemand.«

»Klauen? Mit 'ner verschissenen Windel und allem?«

»Japp.«

»Na, das wär 'n Hammer!«

Mit zwei blitzschnellen Bewegungen verschwanden ein Geflügel-Sandwich und ein Thunfisch-Sandwich unter Sewells Jacke. Als Ablenkung nahm Gerry eine Tüte Chips aus dem Regal. »Zwanzig Pence«, sagte die Kassiererin. Ihre dauergewellten Haare fielen über die riesige Brille, durch die sie angestrengt spähte.

»Ey!«, rief Gerry, während er die Tüte zurückstellte. »Das is' ja Wucher am hellichten Tag!«, rief er entrüstet, sorgsam darauf achtend, dass er die beiden Chipstüten nicht zerdrückte, die in seinen Ärmeln steckten.

Draußen beugte sich Sewell über den Einkaufswagen und gurrte das Baby an. »Wie konntest du sie bloß allein lassen, Mann?«, fragte er ärgerlich.

Sie gingen weiter an der Bushaltestelle vorbei. Als sie um die Ecke waren, machte Sewell seine Jacke auf. »Geflügel- oder Thunfisch-Sandwich?«

»Thunfisch«, antwortete Gerry und holte wie ein Verschwörer die Chips aus den Ärmeln hervor. »Natur oder Pizzageschmack?«

»Pizza.«

Sie setzten sich auf eine Mauer. Gerry brach ein Stück von seinem Stück ab und gab es dem Baby. Dann rissen sie die Chipstüten auf und aßen schweigend. »Sie macht keinen hungrigen Eindruck«, stellte Gerry kauend fest.

Sewell verzehrte das letzte Restchen und leckte sich die Finger. Dann legte er den Kopf in den Nacken, formte die Tüte zu einem Trichter und ließ so die letzten Chipskrümel in seinen Mund rutschen. »Super«, rülpste er. Auf einmal bemerkte er, dass das Baby sich die Sandwichkruste an den Mund presste und hilflos daran nuckelte. »Mann, Gerry, sie hat keine Zähne«, sagte er. »Die schafft das nich'.« Er nahm dem Baby die Kruste weg und stopfte sie sich selbst in den Mund.

»Du alter Gierkopp«, rief Gerry und versuchte, ihm noch einen Krümel wegzuschnappen.

»Halt dich zurück!«, warnte ihn Sewell. Nachdem er eine Weile auf der Kruste herumgekaut hatte, spuckte er den Brei auf seine Handfläche. Dann schaufelte er mit dem Zeigefinger der anderen Hand kleine Portionen heraus und steckte sie dem Baby wie mit einem Löffel in den Mund. Fröhlich gurgelnd verzehrte sie dankbar einen Bissen nach dem anderen. Als sie genug hatte, füllte Sewell ihr Fläschchen mit Tango nach.

»Mann, Sewell, du solltest mal dein Gesicht sehn. Siehst aus wie 'ne Tussi.«

»Willste das Stück hier?«, fragte Sewell und hielt ihm den Rest Kruste hin.

»Nee«, rief Gerry.

Also steckte Sewell sich den Kanten selbst in den Mund, kaute kurz und schluckte. Eine Weile saßen sie schweigend und gedankenverloren auf der Mauer. »Was wir brauchen, is' 'ne Idee wie die mit dem Rollstuhl«, überlegte Gerry laut. »Aber mir fällt einfach nix ein.«

Niedergeschlagen schlenderten sie in den Park, der angelegt worden war, als Gateshead zum Ausrichtungsort der Internationalen Gartenschau ausgewählt wurde. Beete und Pfade fielen allmählich zurück in den Zustand der hier allgemein vorherrschenden Vernachlässigung, zeigten aber an manchen Orten noch Spuren ihrer ursprünglichen Pracht. Über dem Park erhob sich der Dunston Tower, dessen obere Stockwerke heute allerdings vom immer trüber werdenden Wetter verschluckt worden waren. Schließlich begann es zu regnen.

»Das hat uns grade noch gefehlt«, schimpfte Gerry. »Was machste'n da, Sewell?« Sewell hatte seine Trainingsjacke ausgezogen, und Gerry sah mit offenem Mund zu, wie er sie über den Einkaufswagen breitete, sodass das Baby ein Dach über dem Kopf hatte.

»Die Kleine soll nich' nass werden«, erklärte er schlicht.

»Du siehst nackt aus ohne deine Jacke«, meinte Gerry.

»Wie 'n gerupftes Huhn. Immer noch fett, weißte, aber gerupft.«

Der Regen wurde stärker. Das Moos auf den verwahrlosten Parkwegen war glitschig. Die Räder des Einkaufswagens quietschten lauter denn je, während Sewell ihn durch die wild wuchernden Büsche und verwachsenen Blumenbeete schob. Aber das Baby lächelte unter seinem Baldachin. »Sie is' jedenfalls glücklich«, bemerkte Gerry.

Aber der Regen machte keine Anstalten nachzulassen und Sewell schüttelte sich wie ein Pony, wenn ihm die Tropfen in den Nacken liefen.

»Komm schon«, schlug Gerry vor. »Stellen wir uns lieber unter.«

Also machten sie kehrt und nahmen Kurs auf die schmale, verfallene, kaum noch frequentierte Promenade. Dort zogen sie den Einkaufswagen unter ein Betonvordach. Gerry setzte sich auf eine umgedrehte Milchflaschenkiste, Sewell nahm neben ihm Platz. Stumm starrten sie in den strömenden Regen, der vom Rand des Vordachs herabtropfte.

Auf einmal ging eine Ladentür auf und ein Mädchen kam heraus.

»Alles klar, Gemma?«, rief Gerry.

»Alles klar?«, sagte Sewell.

»Alles klar, Jungs«, antwortete Gemma und grinste breit. »Mann, Gerry, ich hab dich seit 'ner Ewigkeit nich' mehr in der Schule gesehn.«

»Na, weißte ...«, lächelte Gerry. »Ich hatte was Bessres vor.«

Auch Gemma lächelte und fuhr sich mit der Hand durch ihren wasserstoffblonden Wuschelkopf mit dunklen Haarwurzeln. Sie überragte Gerry nur um circa fünf Zentimeter, war aber so dünn – Arme, Beine, sogar Hände –, dass sie richtig groß wirkte, fast so wie ein Schilfrohr, das allein zwischen Betonblöcken auf unfruchtbarem Boden wächst. Trotz des mageren, fast spitzen Aussehens, das sie älter und erfahrener wirken ließ, als sie war, hatte ihr Gesicht die Schönheit einer Wüstenblume. Sie trug einen schwarzweißen Jogginganzug, den Reißverschluss gegen den Regen bis unters Kinn hochgezogen. Beim Anblick des Babys war sie außer sich vor Entzücken, beugte sich über den Einkaufswagen, schob Sewells Jacke beiseite und warf der Kleinen Kusshändchen zu. »Davon wusst ich ja gar nix«, sagte sie zu Sewell und drückte ihm seine Jacke in die Hand.

Sewell wurde puterrot, verbarg seine Verlegenheit aber geschickt, indem er sich umständlich seine Jacke überzog. »Das is' nich' meins.«

»Ach so«, sagte Gemma. »Isses das Baby von deiner Schwester, Gerry?«

»Japp«, antwortete Gerry.

»Ei, das is' ja stark«, freute sich Gemma. »Und sogar 'ne Rassel hat sie und alles.« Lachend klapperte sie mit der Viborg-Dose, dann nahm sie das Baby hoch und ließ es auf ihren mageren Armen hüpfen. Das Baby kicherte begeistert. »Wie heißt es denn?«

»Keegan.«

»Ich wollt, ich hätt auch eins.«

Sewell räusperte sich und spuckte den Schleim unbeholfen aus.

»Weißt du, wie spät es is', Gemma, Schätzchen?«, fragte Gerry.

»Halb drei«, antwortete Gemma, und als sie den Ärmel zurückschob, um auf die Uhr zu sehen, sah man erst richtig, wie dünn sie war. Widerwillig gab sie das Baby zurück. »Ey, ihr zwei seid echt super«, schwärmte sie. »Spitze, wie ihr das macht mit dem Baby.« Sewell nahm ihr die Kleine ab und legte sie vorsichtig zurück in den Einkaufswagen. »Du hast es wirklich drauf«, sagte Gemma. »Ups, ich muss los. Bis später dann.«

Damit rannte sie in den Regen hinaus.

»Klasse Mädchen«, meinte Gerry. »Warum biste denn so knallrot geworden, Sewell, Mann?«

»Weil sie gesagt hat, sie will auch 'n Baby«, antwortete Sewell verträumt.

»Na ja, aber bestimmt nich' von dir«, lachte Gerry. Er sah Sewell an, aber der starrte immer noch Gemma nach. »Ach, vergiss es, Mann. Die geht mit 'nem total bekloppten Eishockeyspieler aus Sun'lun'.« Sie warteten. Ganz allmählich ließ der Regen nach und tat so, als wollte er aufhören. Vom Vordach tropfte es zwar noch, aber ansonsten schien es höchstens noch zu nieseln. Gerry seufzte tief. »Halb drei«, sagte er. »Halb drei an einem Spieltag, und was machen wir?«

»Is' doch nich' so schlimm«, meinte Sewell nach einer Weile. »Ich fand's gar nich' so übel, mich um das Baby zu kümmern.«

»Hä?«, machte Gerry und sah seinen Freund verwundert an.

»Ich sag, auf das Baby aufpassen war gar nich' so übel.«

Gerrys Augen wurden zu Schlitzen und ein Lächeln breitete sich auf seinem Gesicht aus. »Du hast's!«

»Hä?«

»Mann, Sewell, du hast es!«

»Was hab ich?«

»Unsre Idee. Du hast sie! Denk doch mal drüber nach. Ich fand's nich' übel, auf das Baby aufzupassen, haste selber gesagt. Und dann Gemma, was hat die gesagt?«

Nachdenklich kratzte sich Sewell am Kopf. »Dass sie auch gern 'n Baby hätt.«

»Nich' das, Mann. Sie hat gesagt, wir sind Naturtalente. Dass wir's drauf ham.«

»Was laberst du'n da?«

Aufgeregt rieb sich Gerry die Hände. »Kinderbetreuung, Mann. Ich red von Kinderbetreuung.«

»Warum?«

»Biste jetzt total vernagelt, oder was?«, schnaubte Gerry. »Mit Kinderbetreuung kannste 'ne Menge Geld machen. Vor allem in der Gegend hier, garantiert, die fangen ja schon so jung damit an. Wo du hinschaust, überall springen Kinder rum. Wir bieten unsre Dienste an. Mach mal Pause vom Baby, könnten wir's nennen. Oder: Bringt uns eure Babys.«

»Ah, jetzt versteh ich!«, rief Sewell und nickte. »Du meinst 'ne Grippe!«

»Grippe?«

»Ja, wo du die Ulligen lassen kannst, wenn du krank bist.«

Plötzlich war Gerry ganz ernst. »Das Ding heißt Krippe, Mann«, verbesserte er seinen Freund und legte dann den Finger auf die Lippen, damit er Ruhe hatte, während er mit hochgezogenen Augenbrauen nachdachte. »Wir müssen noch mehr Einkaufswagen aus dem Fluss fischen. Das wird unsre Grundausstattung. Mit Rädern dran sind das Kinderwagen, ohne Räder sind es Ställchen. Dann gibt's da noch das alte Planschbecken, das is' noch im Schuppen. Wir müssen bloß das Loch flicken, das Ding aufblasen, mit Tennisbällen oder so füllen und schon ham wir so'n Ballpool oder wie das Ding heißt.«

»Rasseln könnten wir auch noch mehr machen«, fügte Sewell hinzu und kickte eine Dose Yeoman Bitter unter dem Vordach vor und auf die Straße. »Und als Extra könnten wir sie füttern, wie wir's mit ihr hier gemacht ham.«

Plötzlich begann die Begeisterung in Gerrys Augen zu verblassen, aber Sewell merkte nichts davon und redete munter weiter. »Und wir könnten Ausflüge machen, runter zum Fluss und so. Wir könnten bei Boots Windeln holen. Weißte, die ham doch Wickelräume für Mutter und Kind, da kriegste Windeln umsonst. Wir können einfach rein und uns bedienen. Jedes Mal mit 'nem andern Baby, dann kann keiner meckern. Wir nehmen die großen Windeln, die halten länger. Wir können …«

»Vielleicht isses doch keine so gute Idee«, unterbrach Gerry mit einem zweifelnden Kopfschütteln.

»Warum denn nich'?«, wollte Sewell wissen. »Die is' idiotensicher.«

Gerry starrte auf seine Nichte hinab. Irgendwie hatte sie die Steine aus der Dose geholt und war dabei, sie in den Mund zu stecken. »Da is' der ganze Kram mit Gesundheit und Sicherheit und so.«

»Gesundheit und Sicherheit? Was meinste denn jetzt damit, Gerry, Mann? Kennste jemand, der gesünder is' als das Kind hier, und was die Sicherheit angeht ...« Sewell schlug krachend gegen das Metallgitter des Einkaufswagens. »Das Teil hier is' solide, Mann. Man braucht bloß noch 'n Dach drüber machen, da kommt kein Baby raus.«

»Ich glaub aber, dass wir das nich' durchkriegen. Heutzutage musste für so was 'n Kurs machen.«

Sewell zog ein skeptisches Gesicht. »Kurse, bah!« Aber dann starrte er seinen Freund besorgt an. »Wir brauchen uns doch nicht offiziell anmelden. Jedenfalls nich' am Anfang. Wir könnten einfach hier in der Gegend anfangen. Und dann Stück für Stück aufbaun.«

Gerry beugte sich über den Wagen und klopfte dem Baby kräftig auf den Rücken. Sewell stieß einen Entsetzensschrei aus. »Beruhig dich bloß«, sagte Gerry, und schon spuckte das Baby drei Steine auf Gerrys ausgestreckte Hand, einen nach dem anderen.

»Siehste«, sagte Sewell bewundernd. »Du bist doch ein Naturtalent.«

»Nee, Mann.« Unerbittlich packte Gerry die Steine wieder in die Bierdose. »Das is' nich' die tolle Idee, die wir brauchen. Wir fangen noch mal von vorn an.«

»Ich versteh dich einfach nich'!«, polterte Sewell. »Ausgerechnet, wenn ich grade drauf gekommen bin, wie wir Geld machen können ...«

Mit erhobener Hand brachte Gerry ihn zum Schweigen. Eine junge Mutter schob einen Kinderwagen die Ladenzeile entlang. »Alles klar, Schätzchen«, begrüßte Gerry sie. »Leanne, das is' doch Ihr Name, stimmt's?« Leanne nickte. Gerry lächelte. »Gehn Se heut Abend aus?« Leanne nickte erneut. »Darauf hätt ich auch gewettet«, meinte Gerry. »Und wer passt auf das Baby auf, während Sie sich ein' hinter die Binde kippen? Ich frag bloß, weil mein Freund Sewell hier grade aufm Gateshead College 'nen Kurs über Kinderbetreuung macht. Is' für seine Untersuchung.«

»Ich lass den Kleinen bei meiner Mam«, antwortete Leanne schlicht.

»Danke herzlich, Schätzchen«, gab Gerry zurück.

Leanne starrte ihn verwundert an. »War das alles?«, wollte sie wissen. »Müsst ihr das nich' irgendwo aufschreiben?«

Gerry deutete auf Sewells Kopf. »Behält er alles da drin. Phänomenales Gedächtnis. Der könnte jederzeit in 'nem Wettbewerb gewinnen.«

Nachdem Leanne in der Drogerie verschwunden, wieder herausgekommen und um die Ecke von dannen gezogen war, kam auch schon der nächste Kinderwagen in Sicht, diesmal wurde er von einem alten Mann geschoben. Das Baby war dick und zufrieden, der Mann hatte seine schütteren grauen Haare im Stil der fünfziger Jahre mit Frisiercreme angeklatscht. Wie eine Art Sonar ging ihm sein Raucherhusten voraus. »Entschuldigen Sie, Sir. Sie sind Mr. Armstrong, richtig?«, sprach Gerry ihn an.

Mr. Armstrong keuchte eine Bestätigung und schaffte es gerade noch hinzuzufügen: »Du bist doch der Jüngste von den Macartens, stimmt's nich'?«

»Japp. Mein Freund hier, Sewell, der Sohn von Billy Sewell, macht am Gateshead College 'nen Kurs über Rollenverhalten in der Kindererziehung. Dürfen wir Sie als Teil der Untersuchung fragen, ob das Ihr Baby is', Mr. Armstrong?«

Mr. Armstrong zog eine Zigarette aus der Tasche, hustete, zündete ein Streichholz an, hustete, steckte sich die Kippe an, hustete lange und schüttelte dann den Kopf. »Das is' mein Enkel. Am Wochenende kümmer ich mich immer um ihn, weil meine Tochter da arbeitet.«

»Vielen Dank«, säuselte Gerry.

»Was machste'n da eigentlich?«, wollte Sewell wissen, als Mr. Armstrong verschwunden war.

»Wirste schon sehn«, antwortete Gerry mysteriös.

Sie brauchten nicht lange zu warten, bis eine dritte Versuchsperson erschien, um in der Drogerie einzukaufen: Eine Frau in einem Minirock aus Lederimitat und einer Jacke, die so weit aufgeknöpft war, dass man einen guten Ausblick auf den Brustansatz hatte. Beim Näherkommen hüpfte ihre Heimdauerwelle auf ihrem Kopf. Der Buggy, den sie vor sich her schob, war für Zwillinge konstruiert, aber sie hatte drei Kleinkinder hineingepfercht. Dicht auf ihren Fersen folgten vier weitere Kinder. Gerry trat auf sie zu. »Alles klar, Audrey?«

»Alles klar, Gerry. Alles klar, Großer.«

»Alles klar.«

»Alles klar.«

»Mein Freund hier, Sewell der Große«, begann Gerry, inzwischen schon wie einstudiert, »ist zu einem Kurs über Kinderbetreuung am Gateshead College zugelassen worden.«

»Meinen Glückwunsch, Großer«, lächelte Audrey.

Sewell wurde rot. »Danke.«

Gerry hüstelte, um ihre Aufmerksamkeit zurückzugewinnen. »Aber bevor er mit seinem Kurs anfängt, muss er Daten sammeln. So Informationen, weißte. Würdste uns vielleicht verraten, wie du die Kinderbetreuung arrangierst?«

Audrey nickte und zeigte dann mit dem Finger auf das kleinste Kind. »Das hier is' Elliott«, erklärte sie und kitzelte den Kleinen unterm Kinn, worauf Elliott wie wild auf ihre Hand eindrosch. Anschließend ging Audrey im Schnelldurchlauf alle Namen ihrer Brut durch, das sie mit einem Kitzeln unter dem jeweiligen Kinn begleitete. »Dann noch Caitlin, Hannah-Jade, Dolly, der heißt Keegan und die hier auch.«

»Wir ham auch eine von der Sorte«, grinste Gerry. »Aber die sind nich' alle von dir, oder?«, hakte er vorsichtig nach und warf Sewell einen viel sagenden Blick zu.

»Die beiden gehören meiner Tochter Stacey«, erklärte Audrey und deutete auf zwei Köpfe aus der Schar. »Glaub ich jedenfalls«, fügte sie hinzu und versuchte, die beiden ruhelosen Gesichter in ihre Richtung zu drehen. »Ja, und der hier gehört Peggy, die da is' von Kelly, das is' die Tochter von meiner Schwester, und das hier is' die Enkelin von meinem Stiefbruder, und das hier ... das hier ...« Blitzschnell leckte sie über ihre Hand und rubbelte kräftig über das Gesicht, das zu ihr emporgestarrt hatte und jedes Wort mit großem Ernst zur Kenntnis nahm. »Und wer das hier is, weiß ich echt nich'. Ey, wer bist'n du eigentlich, Schätzchen?«

Das Kind, das ungefähr vier Jahre alt sein mochte, blinzelte ungerührt, sodass seine riesigen blauen Augen noch heller strahlten. Dann schniefte es heftig, wischte sich die Nase am Ärmel ab, was einen dunklen Schmierfleck auf seinem frisch gereinigten Gesicht hinterließ. »Ich bin Dalton O'Brien.«

»Ach, stimmt ja! Ich kümmer mich 'ne Weile um ihn für seine Mam.«

Nachdem Audrey und ihre Schutzbefohlenen weitergezuckelt waren, wandte sich Gerry an Sewell. »Siehste? Es hat überhaupt keinen Sinn. Wer in dieser Gegend soll uns dafür bezahlen, dass wir uns um ihre Blagen kümmern? Das erledigt die Familie, Mann. Was man so den größeren Familienkreis nennt, weißte.«

Jenseits des schützenden Vordachs war der Regen wieder stärker geworden, tropfte auf die Dächer und trommelte auf Auto- und Hausfenster. Seufzend hob Gerry das Baby hoch. Behutsam nahm Sewell ihm das kleine Mädchen ab, zog den Reißverschluss seiner Jacke auf und setzte es hinein. »Gerry?«, fragte er nach einer Weile. »Wir ham die große Idee immer noch nich', stimmt's?« Gerry antwortete nicht. Inzwischen rauschten Wasserbäche die Straße hinunter und rissen sämtliche Zigarettenstummel und Schokoladenpapiere des Lebens mit sich, ehe sie traurig gurgelnd in den Gullys verschwanden. Plötzlich erscholl ein Bellen aus dem Regen. Sewell hob den Kopf und horchte. Wieder ein Bellen. »Rusty!«, rief Sewell. »Rusty ist wieder da!« Fröstelnd, das Fell vom herabströmenden Regen angeklatscht, sodass er ganz dünn wirkte, hob der Hund die Pfote und winselte flehend. Fast unmerklich nickte Gerry. »Hierher, Junge!«, rief Sewell voller Freude. »Hier!«

Aufgeregt schnüffelnd warf Rusty sich auf Sewell. »Das is' Rusty«, erklärte Sewell dem Baby und beugte sich ein wenig vor, damit es den Hund anfassen konnte. »Er is' mein

Freund.« Die Kleine lachte, streckte die Hand aus und starrte den Hund aus großen Augen an. Anscheinend war sie fasziniert davon, wie sich der Schwanz des Hundes über seinen Rücken ringelte. Sofort kam Sewell ihrer Neigung nach und drehte die Kleine so, dass sie den Schwanz packen konnte.

»Schade, dass Rusty nich' 'ne Idee für uns hat«, meinte Sewell versonnen. »Ich meine, wir könnten einen Hunde-Ausführ-Dienst organisieren, aber die Hunde hier in der Gegend führen sich selber aus. Trotzdem, Rusty is' 'n echt schlauer Kerl. Der cleverste Köter, der mir je übern Weg gelaufen is'. Bestimmt kann er irgendwas für uns tun.« Sewell wühlte in seinen Jackentaschen und brachte schließlich ein Paket Kekse zum Vorschein. »Dacht ich's doch, dass ich 'n Nachtisch geholt hab«, sinnierte er und hielt Rusty, der das Baby ableckte, einen Marmeladenkringel hin. Vorsichtig nahm der Hund ihn entgegen, legte sich dann auf den Boden und aß den Keks zwischen den Pfoten. »Guck dir das mal an«, sagte Sewell. »Als hätt er Hände.« Während er dem Hund beim Essen zusah, holte Sewell noch zwei Kekse aus der Packung, aß einen davon selbst und warf Rusty den anderen hin. Geschickt fing der Hund ihn auf und legte sich wieder hin, um den Keks wie vorhin aus den Pfoten zu fressen. »Willste auch einen?«, fragte Sewell Gerry.

»Japp, lass mal einen rüberwachsen.« Wie ein Stein flog der Keks durch die Luft. Gerry streckte die Hand aus und wollte gerade zugreifen, aber Rusty kam ihm mit der Schnauze zuvor. Er schnappte sich den Keks, landete anmutig auf der Erde und ließ sich erneut nieder, um seine Beute zu verzehren. »Teufel auch!«, stieß Gerry völlig perplex hervor. »Haste das gesehn?«

»Hier, nimm den dafür«, sagte Sewell und warf diesmal den Keks in hohem Bogen bis fast ans Vordach. Aber wieder schnellte Rusty empor und schnappte sich den Keks in der Luft, mit einem unheimlich hohen Sprung. Genüsslich knabberte er ihn dann wieder aus seinen Vorderpfoten.

»Ich glaub's doch wohl nich'«, staunte Gerry. »Hier, gib mir mal die Packung.« Er ging zu Sewell und nahm ihm die Kekse ab. Dann warf er einen hoch und mit Schwung in die Luft. Rusty fing ihn. Gerry holte aus und warf den nächsten so kräftig er konnte. Sekundenbruchteile später mampfte der Hund den Keks.

»Wie 'n Torwart«, bemerkte Sewell voller Stolz.

»Hä?«

»Ich wette, nich' mal Gazza würd 'nen Elfmeter an Rusty vorbeikriegen.«

Gerrys Augen flitzten hin und her. »Ich glaub, ich hab's.«

»Du hast was?«

»Unsre Idee. Schlag den Hund. Man bezahlt, um den Hund zu schlagen.«

»Solang noch 'n Fünkchen Leben in mir is', lass ich nich' zu, dass jemand den Hund schlägt«, widersprach Sewell empört.

Gerry lachte laut. »Nich' die Art Schlagen. Schlagen wie Besiegen. Punkte machen, weißte.«

»Mann, Gerry, was laberste denn da wieder?«

Nachdenklich schloss Gerry die Augen. »Ich hab's, alles is' geplant. Das is' die Idee. Man zahlt, um 'nen Elfmeter gegen den Hund zu schießen. Haste je selbst gesehn, was der drauf hat. Und 'n Ball is' noch leichter als 'n Keks. Da machen wir jede Menge Kohle.«

»Niemals«, widersprach Sewell.

»Niemals?«

»Niemals. Das is' Tierquälerei. 'nen Ball gegen den Hund schießen.«

Gerry runzelte die Stirn. »Japp, richtig. Wir dürfen unsre Kapitalanlage nich' gefährden. Wir brauchen was Weicheres.« Gerry blickte sich um, stürzte dann plötzlich unter dem Vordach hervor und bückte sich zu einem Gully hinunter. Mit einem Wust aus tropfnassem Papier erhob er sich wieder und begann, ihn zu einem Ball zu formen. »Jetzt brauchen wir noch 'n schicken Namen«, rief er. »Irgendwas Auffallendes. Schlag den Hund, zehn Pence. Mit zehn Pence punkten Sie gegen den Hund. Ein Hund, ein Ball, mach ihn rund, den Hund. Nee, das is' nich' gut. Wir brauchen irgendwas echt Geniales.« Gerry trat wieder unters Vordach, warf den Ball hoch. Rusty sprang los.

»Schlag den Hund für 'n Viertelpfund«, sagte Sewell.

»Nochmal«, meinte Gerry und erstarrte.

»Ich mein Geld, nich' Gewicht.«

»Nein, das Ganze.«

»Was, schlag den Hund für 'n Viertelpfund?«

Mit ernster Miene ging Gerry zu Sewell und schüttelte ihm die Hand. »Wir haben's geschafft, alter Junge. Das is' die Idee.«

»'n Viertelpfund sind fünfundzwanzig Pence.«

»Vielleicht könnten wir auch 'n halbes verlangen.« Gerry stieß triumphierend die Faust in die Luft. »Wir könnten Rusty 'n Newcastle-T-Shirt anziehn und 'nen Schal um den Schwanz binden.«

»Nee«, widersprach Sewell, plötzlich ernst. »Wir machen ihn doch nich' zu 'nem Zirkushund. Er is' unser Geschäftspartner.«

»Na ja, is' auch egal«, meinte Gerry wegwerfend. »Aber wir brauchen 'n Platz. 'n Feld, verstehste, irgendwas, wo wir auftreten können. Aufm Gras geht's bei dem Regen nich'.«

»Machen wir's halt hier«, schlug Sewell vor.

»Und wir brauchen 'n Schild. Große Buchstaben. Wir hätten echt nich' alle Kugelschreiber verkaufen sollen, die wir geklaut ham.«

Sewell kniete sich hin, um Rusty zu streicheln. »Frag doch den fetten Ally.«

»Big Al?«

»Er hat das Schild an seinem Laden geschrieben, mit 'nem großen schwarzen Stift: Big Al's Obst und Gemüse is 'n Stück die Straße runtergezogen, weißte.«

Gerry ließ sich das durch den Kopf gehen und redete aufgeregt drauflos. »Japp, so machen wir das. Ein riesiges Schild. Größer als das von Al. Das größte Schild, dass man je auf dieser Seite vom Tyne gesehn hat. Ein echt fettes Schild.

Das ziehn wir hoch auf den Engel, dann sehen's die Leute meilenweit. Jetzt rückt die Dauerkarte endlich in greifbare Nähe. Erst 'n Viertelpfund, dann dreißig Pence, dann 'n halbes Pfund. Es gibt nix, was der Hund nich' fängt, und du weißt ja, wie die Leute hier so sind. Jeder glaubt, er is'n Gazza.« Auf einmal wurden Gerrys Augen groß. »Wir könnten Wettbewerbe organisieren, Wetten annehmen. Wir könnten sogar Gazza einladen, dass er's mal probiert. Denk doch bloß, was das für 'ne Publicity wär. Da würd gleich die Presse anrücken. Sogar das Fernsehn. Verfluchte Scheiße, Sewell. Wir sind aufm Weg zum Erfolg.« Gedämpfte Ehrfurcht schwang in seiner Stimme. Auf einmal schrie er: »Hey! Kommt mal rüber, Leute!« Eine Gruppe Jungen näherte sich, sie waren pitschnass, und die durchweichten T-Shirts klebten ihnen an den Rippen. »Wir müssen uns 'nen Preis ausdenken«, meinte Gerry. »Wie wär's, Viertelpfund, gewinn den Hund?«

»Niemand gewinnt den Hund!«

»Das is' doch der Punkt, Sewell. Niemand wird gewinnen. Du hast den Hund doch gesehen. Er is' einsame Spitze. Aber wir müssen ja 'n Stück Käse in die Mausefalle tun.«

»Wie wär's mit dem Einkaufswagen?«

»Toller Preis«, entgegnete Gerry. »Nein, wir brauchen schon was Anständiges.«

»Zwei Dauerkarten vielleicht«, schlug Sewell vor.

»Willste mich aufn Arm nehmen?«

»Ich dachte, du hast gesagt, es muss was halbwegs Anständiges sein.«

»Aber wir machen das Ganze doch bloß, um Dauerkarten für uns zu besorgen. Was für 'n Sinn würd es ergeben, wenn wir sie kriegen, bloß damit wir sie gleich wieder weggeben können? Wir brauchen was Unwiderstehliches. Es sei denn, wir machen's auf die Psychotour.«

»Hä?«

»Wir haun sie übers Ohr.« Gerry grinste in sich hinein. »Mögt ihr Fußball?«, fragte er die Jungen, die sich zu ihnen unters Vordach gesellt hatten.

»Japp«, antworteten sie.

»Habt ihr denn auch was aufm Kasten?«

»Na ja, schon, Mann.«

»Seid ihr echt gut?«

»Besser als du jedenfalls.«

Gerry lachte. »Ich red hier nich' von mir.«

»Von wem denn?«

»Sewell«, sagte Gerry, »bereite den Herausforderer für unsre Jungstars hier vor.«

»Haste vielleicht was geraucht?«, erkundigte sich ein Junge mit Brille, als Sewell Rusty zehn Meter die Ladenzeile hinunterführte.

»Leg los, du Kanone.« Gerry warf dem Brillenjungen den Papierball zu, der ihn auf dem Fuß hochspringen ließ und ihn etwas verwirrt auffing. »Wenn ihr tatsächlich was drauf habt, dann lasst mal sehn.«

»Seid ihr irre, oder was?«

»Ich dacht, du wärst irgendwie 'n guter Spieler. Da haste jedenfalls deinen Ball. Schlag den Hund.«

»Den Hund?«

»Den Hund da drüben. Als Pfosten nehmen wir den Bordstein und den Laden. Latte is' das Dach. Hier, halt mal 'n Moment.« Gerry hob die Kleine aus dem Einkaufswagen und halste sie einem der Jungen auf, der sie mit einem abgrundtiefen Seufzer übernahm.

»Und pass bloß auf, dass sie nix abkriegt«, mahnte Sewell, während er Rustys Beine massierte, als wäre er ein Profiathlet.

Der Brillenjunge zuckte die Achseln und kickte den Papierball fast ohne auszuholen auf den Hund. Rusty machte genau den richtigen Schritt zur Seite und fing den Ball, tänzelte hinüber zu Sewell und legte ihn vor ihm ab. »Her damit«, forderte der Junge, der geschossen hatte.

»Nochmal?«, fragte Gerry und grinste zu Sewell hinüber.

Der Junge knüllte den Ball etwas stärker zusammen und nahm diesmal Anlauf. Rusty schnellte in die Luft und lenkte den Schuss mit der Spitze seiner Schnauze zur Straße. Der Junge lief hinüber und hob den tropfenden Ball auf, der in einer Pfütze gelandet war. Diesmal nahm er so viel Anlauf wie möglich. Aber auch diesen Ball fing Rusty, scheinbar ohne jede Mühe. »Was lacht ihr so blöd?«, rief der Schütze seinen Freunden zu. »Ich wette, ihr kriegt das auch nich' besser hin.«

»Warum versucht ihr's nich' einfach?«, bot Gerry an. So mühte sich einer nach dem anderen ab, um den Hund zu schlagen. Zwischendurch geriet der Ball so aus der Form, dass er mit ein paar herumfliegenden Stücken Fish-and-Chips-Papier ausgebessert werden musste. »Na gut«, verkündete Gerry schließlich. »Das wären dann fünf Pfund fünfundzwanzig.«

»Hä?«, machten die Jungen.

»Fünf Pfund fünfzig«, verbesserte Sewell. »Viertelpfund pro Schuss.«

»Kommt nich' in die Tüte.«

Gerry klickte mit der Zunge und trat einen Schritt auf die Jungen zu, die sich wie eine nervöse Schafherde am Bordstein herumdrückten. »Mein Freund Sewell hier kann's nich' leiden, wenn man versucht, ihn für dumm zu verkaufen. Da wird er ziemlich sauer. Vor allem, wenn auch noch der Hund mit drinhängt. Stimmt's, Sewell?« Sewell nickte mit ernster Miene. »Ich kann euch versichern, dass er ordentlich in Rage gerät, wenn einer seinem Hund Geld schuldet und nich' damit an Land kommt.«

»Es is' aber gar nich' sein Hund«, warf einer der Jungs ein.

»Hä?«

»Ihr habt genau gehört, was er gesagt hat«, rief ein anderer. »Es is' nich' sein Hund.«

Gerry runzelte die Stirn. »Das is' aber gar nich' nett, so was zu behaupten. Da is' Sewell schnell beleidigt. Und ihr wisst ja, was das heißt.«

»Aber ich kenn einen, der macht noch ganz andre Sachen, wenn er rausfindet, was ihr hier abzieht«, mischte sich der

Junge ein, der vorhin auf dem Fußballplatz das Tor geschossen hatte.

Die ganze Gruppe wurde unruhig. »Der Hundesammler«, flüsterten sie wie aus einem Mund.

»Sewell is' der Härteste von ganz Gateshead«, prahlte Gerry.

»Ja schon, aber Matthew is' irre«, gab einer der Jungs zu bedenken.

»Er tickt nich' richtig«, bestätigte ein anderer.

»Er is' 'n echter Psycho«, riefen sie im Chor.

»Na ja«, begann Gerry. »Die Sache is' die ...« Plötzlich kam Bewegung auf und die Jungs verdufteten. Gerry wurde ohne Umschweife das Baby wieder in die Arme gedrückt. Dann rannten sie alle durch den strömenden Regen davon, zwei stolperten und fielen hin, rafften sich aber sofort wieder auf und machten, dass sie davonkamen. »Was'n in die gefahren?«, wunderte sich Gerry.

»Er hier«, antwortete Sewell und deutete mit ausgestrecktem Zeigefinger in Richtung Spielplatz, wo Matthew den verwahrlosten Platz umrundete, die beiden Freunde aber noch nicht entdeckt hatte. »Nix wie weg von hier!«, rief Gerry. Er sprintete etwa zehn Meter weit, blieb dann aber plötzlich stehen. »Hör mal, Sewell. Du kannst nich' einfach hier stehen bleiben. Der is' 'n echter Irrer.«

»Ich hab vor keinem Angst, ich nich'.«

Hektisch starrte Gerry zum Spielplatz hinüber. Inzwischen hatte Matthew das Rad am Karussell gedreht und kam jetzt langsam auf die Ladenzeile zu. »Wenn du keine Angst um dich selbst hast, dann wenigstens um den Hund. Du hast doch selber gesehn, aus was für 'nem Leben du ihn befreit hast.«

Zögernd trottete Sewell hinter Gerry her. Rustys Krallen klickten fröhlich auf dem Asphalt, während er ihnen nachjagte.

Als sie die sichere Zuflucht der Spartan-Redheugh-Fabrik erreicht hatten, blieb Gerry stehen und drehte sich zu Sewell um. Wassertropfen liefen ihnen beiden übers Gesicht. »So können wir nich' weitermachen«, stellte Gerry betrübt fest. »In diesem Tempo würden wir ja nich' mal zu den blöden Beddlington Terriers reinkommen.«

»Mann, Gerry, dir wird schon was einfallen.«

Gerry verzog nachdenklich das Gesicht. »Ja, schon, aber bis dahin ... bis dahin solltest du mich besser in Ruhe lassen.« Empört trat Sewell einen Schritt vor. Gerry hob warnend die Hand. »Das is' die einzige Möglichkeit. Ich muss mich konzentrieren. Nonstop. Volle Gehirnkraft voraus. Ich sag dir Bescheid, wenn ich alles auf der Reihe hab. Hier, nimm du das Baby.«

Kapitel 4

Gerry sah das Blaulicht, das kobaltblau durch den grauen Gateshead-Nachmittag blitzte. Er begann zu rennen. Als er beim Haus ankam, erkannte er den Notarztwagen im Hof.

Er war am Fuß der Treppe angelangt, als Sanitäter seine Mutter auf einer Trage heruntertrugen. »Komm schon, Junge, geh aus dem Weg«, sagte einer der Sanitäter. Aber Gerry war unfähig, sich von der Stelle zu rühren. Er schien keine Macht mehr über seine Beine zu haben. »Komm schon, Junge, wir müssen sie wegbringen«, wiederholte der Sanitäter.

Eine Frau in einem Frotteebademantel erschien auf der Treppe über der Trage. Sie hielt eine Dose Pils Lager in der Hand. »Sie is' einfach umgekippt, hat nich' mal ausgetrunken.«

»Wissen Sie, ob sie irgendwelche Medikamente genommen hat?«, fragte ein anderer Sanitäter.

»Ich geh und hol das Zeug.«

Die Stimme des Sanitäters schien von weit weg zu kommen. »Mach Platz, Junge.«

Mechanisch machte Gerry einen Schritt zur Seite, um sie durchzulassen.

Die Frau, die die Bierdose gebracht hatte, rannte mit einer Schüssel voller Pillenfläschchen an ihm vorbei. »Ich hab nur genommen, was ich auf die Schnelle gesehn hab«, erklärte sie. »Ich wohn nebenan, wissen Se. Bin bloß schnell auf fünf Minuten drüben gewesen.« Die Sanitäter hoben die Trage in den Wagen. Gerry ging auf sie zu. »Das is' ihr Junge«, sagte die Frau zu den Sanitätern.

»Na dann komm, Junge, steig hinten ein.«

Gerry starrte den Mann verständnislos an. »Er weiß nich', was hier abgeht«, meinte die Frau, während sie Gerry beim

Einsteigen half. »Ich bin Audrey, Schätzchen. Mich kennste doch«, sagte sie laut und langsam zu Gerry. »Deine Mam is' umgekippt. Ich hab den Notarzt gerufen. Clare und die andern sind in der Stadt. Wenn sie zurückkommen, sag ich ihnen Bescheid.« Das Funkgerät des Sanitäters plärrte und Gerry zuckte zusammen. »Sie hat Probleme beim Atmen, Schätzchen«, erklärte Audrey weiter.

Das Sirenengeheul hallte hysterisch von den engen Mauern des Wohnblocks wider. Regen prasselte auf das Dach des Krankenwagens, als sie davonsausten. Gerry starrte auf seinen nassen Jogginganzug und dann ins Gesicht seiner Mutter. Regentropfen hingen in ihren Haaren wie kleine, wertlose Edelsteine. Der Krankenwagen überfuhr mit heulender Sirene eine rote Ampel.

Autos wichen auf Bürgersteige aus, um sie durchzulassen, Fußgänger starrten ihnen nach. Die Jüngeren waren fasziniert von der Geschwindigkeit, die Älteren froh und dankbar, dass sie nicht selbst diejenigen waren, die da abtransportiert wurden. Die Religiösen bekreuzigten sich. Wie eine Welle über den Strand, so rollte der Krankenwagen über das Bewusstsein der Einwohner von Gateshead und zog eine Spur der Angst hinter sich her.

»Kommt sie … kommt sie wieder in Ordnung?«, fragte Gerry schließlich.

»Wir tun, was wir können«, versprach der Sanitäter unverbindlich.

Gerry schien ihn nicht zu hören und wiederholte seine Frage: »Kommt sie wieder in Ordnung?«

Endlich fuhr der Wagen am Krankenhaus vor. Die Sanitäter hoben Mrs. Macarten heraus und Gerry folgte dem kleinen Körper unter der blutroten Decke. Unter dem Beatmungsgerät wirkte das Gesicht seiner Mutter im grellen Blaulicht völlig ausgebleicht. »Hier darfste nich' mit rein«, erklärte eine Schwester, als Gerry seiner Mutter in die Notaufnahme folgen wollte. »Du musst dich in den Warteraum setzen.«

Gerry sah der Schwester ins Gesicht. »Kommt sie wieder in Ordnung?«

»Wir tun, was wir können, Schätzchen.«

Das Wartezimmer war halb voll. Die Stühle waren in Reihen mit Blick auf das Empfangspult angeordnet. Gerry setzte sich. Um ihn herum befanden sich Männer in Fußballsachen mit solchen Verletzungen wie verstauchten Gliedern, ausgerenkten Fingern und blutverschmierten Köpfen. Direkt vor ihm wiegte sich ein alter Mann, die Arme eng um sich geschlungen, auf seinem Stuhl vor und zurück. Er trug einen Regenmantel und eine flache Mütze, die ihn noch kleiner erscheinen ließen, so als wäre er gerade geschrumpft. Hinter Gerry saß ein blasses kleines Mädchen, das behutsam seine bandagierte Hand festhielt. Neben ihr starrte ein Mann mit verschränkten Armen vor sich hin. Gerry glotzte alle an, ohne wirklich etwas zu sehen.

»Tut mir Leid, Mr. Storey«, sagte eine Schwester, die einen Patienten auf einem fahrbaren Bett hinausrollte und an die Wand im Korridor schob. »Wenn Sie hier warten, besorgen wir Ihnen so bald wie möglich ein richtiges Bett.«

»Danke, Schwester«, meinte Mr. Storey freundlich, zuckte aber vor Schmerz zusammen, als sein Bett gegen die Wand knallte.

»Schwester!«, rief Gerry, stand auf und ging zu der Frau hinüber. »Kommt sie wieder in Ordnung?«

»Wer?«, erkundigte sich die Schwester.

»Meine Mam«, erklärte Gerry, suchte nach den richtigen Worten und fand sie sogar. »Mrs. Macarten. Ich bin ihr Sohn.«

»Der Arzt kommt gleich und unterhält sich mit dir.«

»Kann ich rein und sie sehn?«

»Setz dich erst mal 'n Moment hin, bitte.«

Gerry nahm Platz. Die nächste halbe Stunde verharrte er regungslos. Leute kamen und setzten sich zu den anderen Wartenden. Niemand ging weg. Gerry streckte seine Hände aus und inspizierte sie. Dabei stellte er fest, dass er nicht richtig sehen konnte, so, als blendete ihn immer noch das grelle

Blaulicht des Krankenwagens. »Unsre Jungs führen mit zwei Toren Vorsprung«, sagte ein junger Mann im Fußballdress zu einem anderen.

»Woher weißt'n das?«, fragte ihn der andere.

»Der da drüben, der hat 'n Radio.«

»Wie lang noch zu spielen?«

»Zehn Minuten.«

Wie fernes, gedämpftes, sinnloses Gemurmel drangen die Stimmen an Gerrys Ohr. Halbherzig sah er sich im Raum nach dem Radio um.

Ein lauter Schmerzensschrei ertönte von der Station. Der kleine Mann, der andauernd vor und zurück schaukelte, begann nun, vor sich hin zu brabbeln. »Komm schon, Liebling«, sagte er zu einer Person, die nicht im Raum anwesend war. »Das wird schon wieder, Mann, Liebling. Komm schon, Liebling. Wehr dich doch. Komm schon, Liebling.«

»Wo is'n das Radio?«, wollte einer der verletzten Fußballer wissen. »Kannste das nich' aufdrehn, damit alle was davon ham?«

»Ach, Liebling, Mann, komm schon«, jammerte der alte Mann und verschwand beinahe unter seiner Mütze und seinem Mantel, als suchte er dort die Person, mit der er sprach.

Das kleine Mädchen hinter Gerry wimmerte und starrte auf ihre verbundene Hand. Der grimmige Mann neben ihr blickte finster vor sich hin. Noch ein paar Leute kamen herein. Noch immer ging keiner. Allmählich wurde es heiß in dem Raum. Und laut. »Liebling«, flehte der alte Mann in seine Mütze hinein. »Liebling, Kopf hoch.« Dann begann der kleine Alte zu singen, als könnte der Zauber der Melodie ihn zu der begehrten Frau bringen. »Liebling, du kriegst 'n Fischchen auf 'nem kleinen Tischchen«, sang er.

Die Fußballer, die sich um das Radio geschart hatten, johlten auf. »Drei null«, sagte einer.

»Schwester«, rief Mr. Storey, als eine Krankenschwester an ihm vorbeisauste.

»Ja?«, fragte sie und drosselte kurz das Tempo.

»Ich will Ihnen ja nich' auf die Nerven gehn, aber wissen Sie, wann ein Bett für mich frei wird, Schätzchen?«

»Hä?«

»Ich hab noch kein Bett, wissen Se. Man hat mir aber gesagt, ich krieg eins, sobald eins frei wird.«

»Nein, ich weiß es auch nich', tut mir Leid.« Sie warf einen Blick auf das Klemmbrett an Mr. Storeys Behelfsbett. »Ich kann Ihnen auch nich' sagen, wann ein Bett frei wird, Mr. Storey.«

»Na ja, in Ordnung. Schon recht«, sagte Mr. Storey. »Ich dacht nur, ich frag mal lieber.« Damit schloss er die Augen und versuchte einzuschlafen, aber sein Gesicht war zerknautscht wie eine leere Papiertüte.

Wieder ertönte ein Schrei von der Station, und plötzlich rannten ein paar Schwestern und ein Arzt wie weiße Blitze zu einem Bett. Rasch wurde ein Vorhang vorgezogen. Gerry stand auf und streckte die Beine. Hinten im Warteraum rauchte jemand eine Zigarette. »Mach die Kippe aus, hier is' Nichtraucher!«, rief jemand.

»Wer sollt uns denn verpfeifen?«, entgegnete der Raucher und erntete zustimmendes Gemurmel von der Mehrheit der Wartenden.

»Liebling, auch Lachs sollste ham«, sang der kleine alte Mann.

»Jetzt sind wir Tabellenführer, stimmt's?«, sagte einer der Männer beim Radio. »Toon army! Toon army!«, stimmten die anderen den Kampfschrei von Newcastle United an.

Gerry fischte ein paar Tabakkrümel und ein Zigarettenpapier aus der Tasche. Dann presste er die Hand an die Stirn, als könnte er so die Worte vertreiben, die ihm im Kopf herumgingen. »Tabellenführer?«, murmelte er verständnislos. Mit zitternden Fingern rollte er die Zigarette und zündete sie an. Dann sog er den Rauch tief ein und stieß ihn durch die Nase wieder aus, aber die Zigarette war schlecht gedreht und kurz nachdem sie aufgeflammt war, erlosch sie gleich wieder. Gerry trat sie mit dem Absatz aus. Das kleine Mädchen mit der bandagierten Hand sah zu ihm herüber. »Weshalb bist du da?«, fragte sie Gerry.

Der Mann neben ihr flüsterte ihr etwas ins Ohr, das Mädchen erblasste, worauf der Mann aufstand und hinüber zur Toilette ging.

»Wegen meiner Mam, Schätzchen«, erklärte Gerry dem kleinen Mädchen, als der Mann verschwunden war. Auch seine eigene Stimme hallte ihm höchst unangenehm in den Ohren, obwohl er ganz leise gesprochen hatte.

»Muss sie sterben?«, wollte das Mädchen wissen.

Gerry starrte sie verblüfft an. »Ich ... ich weiß es nich'«, stammelte er.

»Meine Mam is' schon tot«, erzählte das kleine Mädchen. Sie hatte braune Augen mit riesigen Pupillen. »Ich wohn bei meinem Dad und seiner Freundin.« Zur Sicherheit machte sie eine Kopfbewegung in Richtung Toilette. »Das is' mein Dad.«

Gerry nahm einen langen Zug an seiner Zigarette, bis er auf einmal merkte, dass er sie ja ausgemacht hatte. »Was is'n mit deiner Hand passiert?«, fragte er zerstreut.

»Nix«, antwortete das Mädchen und fügte ängstlich hinzu: »Ich red jetzt lieber nich' mehr mit dir.«

»Liebling, du kriegst 'n Fischchen auf 'nem Tischchen«, sang der alte Mann und schaukelte sich noch weiter in seinen Mantel hinein.

»Toon, Toon, Toon Army!«, skandierten die Fußballer.

»Schwester!«, rief Mr. Storey mit gequälter Stimme, traurig wie eine Möwe auf dem Tyne. Aber die Schwester hörte ihn nicht und eilte von dannen. »Kann ich ein Bett kriegen?«, sagte Mr. Storey zu sich selbst. »Meine Wunde macht mir arg zu schaffen.«

»Mein Dad hat mir gesagt, ich soll sagen, es war ein Unfall«, raunte ihm das kleine Mädchen verstohlen zu.

Plötzlich begannen Gerrys Augen zu zucken, er krümmte sich zusammen und schlug die Hände vors Gesicht. In seinem Kopf heulte wieder die Sirene und verzerrte jedes Geräusch im Krankenhaus, bis alle im Warteraum in ihrem dringlichen Rhythmus zu sprechen schienen, eine verzweifelte, angstvolle Litanei.

»Liebling, auch Lachs sollste ham!«

»Geordies, Geordies, Tabellenspitze, Tabellenspitze, Tabellenspitze!«

»Wenn ich doch bloß in 'nem richtigen Bett liegen könnte.«

»Aber es war eigentlich gar kein Unfall.«

»Liebling, wenn das Boot endlich kommt.«

»Tabellenspitze, Tabellenspitze!«

»Mein Leben lang hab ich brav eingezahlt, warum krieg ich dann jetzt kein Bett?«

»Weißte, die Freundin von meinem Dad ...«

»Wenn das Boot endlich kommt, Liebling. Wenn das Boot endlich kommt. Mann, Liebling, jetzt gibt's aber gar kein Boot mehr. Es kommt kein einziges Boot mehr.«

Das heillose Durcheinander von Stimmen steigerte sich in Gerrys Kopf unablässig, bis der Lärm auf einmal abbrach und Stille einkehrte. Lange Zeit hörte er nur noch das Klopfen seines Herzens.

Im Krankenhaus vergehen die Stunden langsam. Draußen ist vielleicht Nacht, aber die grellen Leuchtröhren enthüllen alles, durchsuchen die Wartenden, finden die Ursache ihres Schmerzes und streuen ihr Licht überall hin. Die fahrbaren Behelfsbetten klappern wie Viehboxen, wenn sie an der Wand aufgereiht werden. Jetzt warten schon drei Patienten auf dem Korridor auf ein richtiges Bett. Dann sind es vier. Einer von ihnen wird sterben, ehe die Nacht vorüber ist. Mr. Storey wird hier sterben. Vierundzwanzig Stunden klebt sein Blut an der Wand, dann wird es endlich abgewaschen. Angst und Schmerz erfüllen die Luft. Menschen kommen ins Wartezimmer, aber niemand geht. Zusätzliche Stühle werden angeschleppt. Im Handumdrehen sind auch die besetzt. Ganz hinten an der Wand müssen ein paar Leute stehen. Sie alle können nichts weiter tun als warten. »Meine Mam«, sagte Gerry. »Kommt sie wieder in Ordnung? Sie hatte Probleme beim Atmen. Was is' los mit ihr? Ich bin seit Stunden hier und die lassen mich nich' rein zu ihr. Kann sie jetzt wieder richtig atmen?«

Gegen sieben Uhr torkelte ein Betrunkener herein. Er war klein, von undefinierbarem Alter, irgendwo zwischen fünfzig und siebzig. Eine Schwester trat ihm entgegen und entfernte eine Flasche Wodka aus seiner Jackentasche. Der Betrunkene starrte sie an. »Du bist ja 'n echt netter Knusperkeks«, meinte er. »Haste nachher schon was vor?«

Die Schwester warf ihm einen vernichtenden Blick zu. »Glaubste vielleicht, ich krieg keinen andern?«

»Weiß ich nich', Liebling«, erwiderte der Mann. »Kriegste einen oder nich'?«

Schwankend wanderte der Mann im Warteraum auf und ab und ließ den Blick über die Anwesenden schweifen. Als Gerry ihn erkannte, wurde er blass und blickte nervös um sich, als wollte er die Flucht ergreifen. Aber dann ließ er nur den Kopf sinken. Ohne auf den Schmerz zu achten, ballte er die Fäuste, so fest, dass sich die Nägel ins Fleisch gruben. Abrupt blieb der Betrunkene stehen, anscheinend hatte er gefunden, was er gesucht hatte. »Gerry!«, rief er und stolperte durch die Sitzreihen. »Gerry!«

Widerwillig hob Gerry den Kopf. »Mann, was machst du denn hier, Dad?«

»Wie meinste'n das?« Mr. Macarten schwankte und auch seine Stimme konnte sich nicht entscheiden, ob sie verdrießlich oder lieber angriffslustig klingen sollte.

Gerry streckte die Hände von sich. »Sie will dich garantiert nich' sehn, Mann, Dad.«

Mr. Macarten sank schwer auf einen Stuhl vor Gerry und schaffte es mit einiger Mühe, sich zu seinem Sohn umzudrehen. »Na, hör mal, Junge, ein Mann wird sich ja wohl noch für seine verfluchte Ehefrau interessieren dürfen, oder?«, sagte er herausfordernd. »Oder willste mir das auch noch wegnehmen?« Als hätte ihn jemand geschubst, klappte er unvermittelt zusammen und der Kopf sank ihm auf die Knie. Nach einer Weile raffte er sich wieder auf und drehte sich erneut zu Gerry um, tief aufatmend, als hätte er eine übermenschliche Anstrengung hinter sich. »Ich liebe sie«, verkündete er, nachdem er Luft geschöpft hatte. »Hab sie schon immer geliebt ...« Seine Worte gingen in einem lauten Rülpsen unter. Seufzend wandte Gerry den Blick ab. Mit einer wegwerfenden Handbewegung verscheuchte Mr. Macarten die Missbilligung seines Sohnes wie eine lästige Fliege und begann, in seiner Tasche zu wühlen. Aber er konnte die Flasche nicht finden und seine Hand kam leer wieder zum Vorschein. Schlingernd reckte er den Hals zu seiner Tasche hinunter, hielt sie mit den Fingern auf und spähte hinein. Dann richtete er sich wieder auf und kratzte sich verwundert am Kopf. »Haste 'n Schluck zu trinken für mich, Junge?«, fragte er.

Gerry antwortete nicht. Schweigen trat ein. Ohne seinen Sohn aus den Augen zu lassen, erhob sich Mr. Macarten mühsam auf die Füße, schubste allerlei Stühle aus dem Weg und plumpste schließlich auf den Platz neben Gerry. Gerry wurde steif vor Unbehagen. Achselzuckend verschränkte Mr. Macarten die Arme und lehnte sich zurück, sodass der Stuhl auf zwei Beinen kippelte. »Was isses denn diesmal?«, fragte er. »Wollt sie sich mal wieder umbringen, um 'n neues Haus zu kriegen?« Gerry antwortete nicht. Mr. Macarten blickte sich herausfordernd um. »Wo sind eigentlich die andern?«

»Clare war in der Stadt, Oma beim Bingo, glaub ich«, antwortete Gerry mechanisch.

»Die alte Giftspritze.«

»Die kommen nachher noch.«

»Und was is' mit Sean?«

»Der is' noch drin.«

»Aha. Und wer kümmert sich um das verfluchte Baby?«

»Der Kleinen geht's gut«, antwortete Gerry leise.

»Wie isse so? Ich hab sie 'ne Ewigkeit nich' mehr gesehn, Gerry, Mann. Ich vermiss sie. Sie is' immerhin meine Enkelin, weißte das.« Eine lange Pause trat ein, in der Mr. Macarten erneut seine Taschen durchsuchte. »Haste nich' doch 'n

Schluck zu trinken, Gerry?« Gerry schüttelte stumm den Kopf. »Und was is' mit Bridget, Junge?«

Gerry erstarrte wieder. »Weiß ich nich'.«

»Hä?«

»Ich weiß nich', wo sie is'. Sie is' verschwunden.«

»Na gut, aber sorg dafür, dass ich Bescheid krieg, sobald sie wieder auftaucht. In Ordnung? Ja?« Das Gesicht seines Vaters kam bedrohlich näher, als er leise sprach: »Was is'n los, Junge? Warum kannste mir nich' in die Augen gucken?«

Plötzlich packte er Gerrys Arm. »Ich will wissen, wo sich meine Tochter rumtreibt. Was is'n daran auszusetzen?« Sein Griff wurde fester. »Willste mir etwa sagen, du glaubst die ganzen Lügen, die deine Schwester und deine Mam verbreiten?« Gerry zuckte zusammen und konnte sein Gesicht gerade rechtzeitig abwenden, um seinen plötzlich aufflammenden Zorn zu verbergen. Er begann zu zappeln, als die Wut schlimmer wurde. Er spürte, wie sie sich in seinem Herzen zusammenbraute wie eine Flut hinter einem Damm. »Na, was is'n, sieh dich bloß mal an«, spottete sein Vater. Gerry riss seinen Arm weg, hob die Hand und ballte sie zur Faust. Schwitzend und mit rotem Gesicht stand er auf. Während er auf seinen Vater herabblickte, spürte er, wie sein Atem sich beschleunigte, bis es körperlich kaum noch zu ertragen war und ihm furchtbar übel wurde. Plötzlich gaben seine Knie nach, er sank auf den Stuhl und rang nach Luft. Seine Brust hob und senkte sich krampfhaft, als müsse er würgen. Doch dann merkte er, dass sein Vater ihn nur verständnislos anstarrte. Gerry registrierte erleichtert, dass es ihm tatsächlich gelungen war, seine Wut zu verbergen. »Das glaubst du doch nich'? Was die daherreden, das glaubst du nich', oder?«, brabbelte sein Vater. »Natürlich nich'. Du bist doch mein guter Junge, ja? Ja?«

»Na klar«, flüsterte Gerry.

Auf einmal fing Mr. Macarten an zu lachen und sah sich suchend im Raum um. Langsam wanderten seine Augen zurück zu Gerry. »Gib mir die Adresse, sag mir, wo deine Mam und die andern wohnen.«

Gerry sah weg. »Wer hat dir gesagt, dass ich heut Abend hier bin?«

»Ich bin Audrey in der Kneipe übern Weg gelaufen, Mann«, antwortete sein Vater mit einem lüsternen Lachen. »Die haut ein' ja echt um in ihrem Minirock, die alte Audrey.«

Nach einem seltsamen Moment des Schweigens stand Mr. Macarten abrupt auf. Er drängelte sich durch die Wartenden, bahnte sich torkelnd und stolpernd einen Weg über den Korridor, der inzwischen mit Behelfsbetten und sterbenden Menschen überfüllt war. »Wo wollen Sie denn hin, Sir?«, fragte eine der Schwestern, als Mr. Macarten in die Notaufnahme stürmte.

»Ich will meine Frau sehn.«

»Tut mir Leid, Sir, aber Sie müssen im Wartebereich bleiben.«

»Fangen Se bloß nich' wieder damit an«, schrie er. »Sehn Se den Jungen da draußen?«, brüllte er und deutete in die Richtung, in der ungefähr das Wartezimmer lag. »Der hindert mich daran, meine Frau und meine Kinder zu sehn. Ein ganz übles Subjekt. Und ich liebe sie, Jesus Christus weiß, wie sehr ich sie alle liebe. Sie is' meine Frau. Das sind meine Kinder.« Die Schwester versuchte ihn hinauszuführen. »Finger weg«, warnte er sie. »Sonst beiß ich.«

Gerry stand auf und lief seinem Vater nach. Um ein Haar wäre er hingefallen. Die Schwester sagte irgendetwas, aber er konnte es nicht hören. Die Gesichter im Warteraum verschwammen. Er stolperte um Behelfsbetten und durch Vorhänge und fand seine Mutter und seinen Vater in der vorletzten Kabine.

»Mam, alles in Ordnung, Mam?«

Mrs. Macarten sah mager und verhärmt aus. In ihren Armen steckten Nadeln mit Schläuchen, die Haare klebten ihr feucht auf der Stirn und sie starrte ihren Ehemann mit leerem Blick an. Als sie Gerry bemerkte, wandte sie sich sofort an ihn. »Ich glaub, diesmal isses echt 'n bisschen weit gegangen, Schätzchen.«

»Dann geh ich jetzt mal lieber und hol was zu trinken,

Mann«, verkündete Mr. Macarten und torkelte los. Fast wäre er gestürzt, bekam aber im letzten Moment den Vorhang zu fassen und hielt sich an ihm aufrecht. Sein Gewicht zog den Vorhang ums Bett.

»Ich hab's ihm nich' gesagt, Mam, ehrlich«, flüsterte Gerry heiser. »Kein Sterbenswörtchen.«

»Der findet doch immer raus, wo wir wohnen. Jetzt müssen wir schon wieder umziehn«, sagte Mrs. Macarten zwischen zwei angestrengten Atemzügen. Dann begann sie zu husten. Die Schwestern wuselten eifrig um sie herum. Sie alle trugen sterile Handschuhe und einen Mundschutz aus Papier. Ein Arzt in ähnlicher Ausrüstung marschierte herein.

»Was zum Teufel tun Sie denn hier?«, wollte er wissen.

»Sie is' meine Mam«, keuchte Gerry. »Sie hat Probleme beim Atmen. Kommt sie wieder in Ordnung? Sagen Sie ihr, dass ich ihm nix verraten hab. Das schwör ich. Ich hab's ihm nicht gesagt. Er findet uns nich'. Ich sag's ihm nich', niemals. Und wenn der nochmal einem von uns wehtut, dann bring ich ihn um. Ich schwör's, ich bring ihn um.«

Benommen ließ er sich von den Schwestern hinausführen. Vage bekam er mit, dass es am Empfangsschalter Unruhe gab. »So kannste hier nich' rein«, hörte er jemanden sagen. »Hunde sind hier nich' erlaubt.« Mit aller Kraft konzentrierte er sich auf die Szene. Drüben sah er eine große Gestalt, die entschlossen allen Versuchen trotzte, sie wegzuscheuchen. In der einen Hand hielt die Gestalt ein Baby, in der anderen eine improvisierte Hundeleine. Am Ende der orangen Schnur war ein Hund, ein weißer Hund mit rostbraunen Flecken. Als der Hund Gerry entdeckte, begann er zu scharren und wollte zu ihm. Begeistert kratzten seine Krallen auf dem Linoleumboden. »Schon gut«, sagte Sewell. »Wir ham dich überall gesucht. Vor der Kneipe hab ich Audrey getroffen, die hat uns dann gesagt, dass du hier bist.« Er senkte den Kopf und schnüffelte an dem Baby. »Au Mann!«, japste er. »Gibt's hier vielleicht so'n Mutter-Kind-Raum, ich glaub nämlich, das Geschirrtuch muss mal wieder gewechselt werden.«

Kapitel 5

Gerry stand auf der Betonplattenbrücke. Unter seinen Füßen rauschte der Team durch seine schmale Schlucht. »Mann, Sewell, ich hab gesagt, du sollst die Augen zumachen. Nich' blinzeln. Und kneif die Augen nich' so komisch zusammen, du siehst ja aus wie'n Eskimo. Und jetzt geh rüber.«

»Hä?«

»Komm schon, Augen zu, und dann gehste über die Brücke rüber zu mir.«

Unbehaglich starrte Sewell zum Wasser hinunter. Dann tastete er nach Rusty, der gehorsam bei Fuß wartete. »Da unten is' aber 'n Fluss, Mann.«

»Das is' doch bloß der Team, Mann. Komm schon, Augen zu. Die neue Idee is' die beste, die ich je hatte, das schwör ich dir. Letzte Woche beim Umzug hatt ich 'nen Geistesblitz, aber wenn wir 'ne Chance haben wollen, musste mir auch vertrauen.«

»Was is'n die große Idee, Gerry?«

»Ich hab's dir doch gesagt, ich verrat's erst, wenn du so weit bist.«

»Wie, so weit?«

Von der anderen Brückenseite winkte Gerry seinem Freund zu. Sewell sah sich um, als suchte er Hilfe im Schutt und im spärlichen Pflanzenwuchs. Widerwillig kehrte sein Blick zurück zu der Betonplatte zwischen den hohen Böschungen des Flusses.

»Du hast doch Rusty bei dir«, lockte Gerry. »Gut. Jetzt komm mit geschlossenen Augen zu mir rüber.«

Sewell packte die orange Schnur, die als Leine für Rusty diente, und wickelte sie fest um seine verkrampfte Faust, schloss die Augen und machte einen Schritt auf die Brücke zu. Glasscherben knirschten unter seinen Füßen. »Und du versprichst, dass du mich warnst, wenn ich zu nah an' Rand komm?«

»Ja, klar.«

»Komisch«, bemerkte Sewell, als er halbwegs über die Brücke war. »Das Wasser hört sich auf einmal ganz laut an, als wollte es was sagen. Ich kann hören, wo's tief is' und wo nich' so tief.«

»Komm schon, Sewell, ich hab dir gesagt, du sollst über die Brücke gehn, nich' sie neu bauen. Und geh nich' weiter nach links, da biste nämlich bloß 'n Fliegenfurz vom Rand weg.«

Sorgfältig fühlte Sewell jeden Schritt mit der Turnschuhspitze vor. Zwischendurch griff er nach unten und berührte zur Beruhigung Rustys kalte Hundeschnauze. »Na wunderbar, weiter so«, spornte ihn Gerry an. »Jetzt haste den Bogen raus.«

Als Sewell sein Ziel endlich erreichte, war er kalkweiß im Gesicht und Schweißtropfen rannen über seine Stirn und die Nase entlang. Erleichtert öffnete er die Augen. »Du hast's geschafft«, stellte Gerry fest und streckte ihm die Hand hin.

Sewell zuckte die Achseln. »Sagste mir jetzt, wofür das alles gut war, Mann?«

»Worum es geht, Sewell, is' Geld. Worum es geht, is' unsere Dauerkarte. Darum geht's, Sewell, einzig und allein darum.« Gerry blickte sich argwöhnisch um, stellte fest, dass niemand in der Nähe war, zog Sewell näher zu sich und räusperte sich. »Wir brauchen 'ne dunkle Brille, 'nen Stock und den Hund.«

»Hä?«

»Du tust so, als wärste blind und Rusty ist dein Blindenhund.«

Sewell wich einen Schritt zurück. »Nee.«

»Warum nich'?«

»Ich hab gesagt, nee.«

»Aber warum?«

»Ich mach das einfach nich'.«

Gerry starrte seinem Freund fest in die Augen. »Du weißt ja

noch nich' mal, warum. Und 'nen Grund musste mindestens ham. Du kannst nich' einfach Nee sagen.«

Sewell kratzte sich am Kopf und erwiderte Gerrys Blick durch halb geschlossene Augenlider. »Na ja ...«

»Es muss aber 'n guter Grund sein.«

Nach einer kurzen Pause sagte Sewell: »Warum bist du nich' der Blinde, Gerry?«

»Wann haste das letzte Mal 'nen Blinden gesehn, der so groß war wie ich?«, konterte Gerry, ohne lange nachzudenken.

Eine etwas längere Pause folgte. Rusty gähnte und ließ sich zufrieden und entspannt zu Füßen seines Herrchens niedersinken. Sewell wollte etwas sagen, machte auch ein paar Mal den Mund auf, aber es kam nichts heraus.

»Das hier kannste als Stock nehmen«, beschloss Gerry unterdessen und brach einen schlanken Zweig von einer Esche ab, die aus einem Klumpen in die Böschung eingelassener Backsteine herauswuchs, und reichte ihn Sewell.

»Blindenstöcke sind immer weiß«, nörgelte Sewell und weigerte sich, den Zweig anzunehmen.

»Dann malen wir ihn an, Mann.« Gerry holte tief und nachdenklich Luft. »Unser Plan is' ganz einfach. Wir gehn zum Metro Center. Dann gehst du in den Laden mit 'ner Tasche über der Schulter, weißte, mit so einer, wie sie die Blinden mit sich rumschleppen, wo all ihr Zeug drin is'. Tja, dann stopfst du sie voll mit CDs und Videos und so. Wir können Rusty auch so'n Teil überziehn, so'n Mäntelchen mit Schottenmuster, extra groß, damit wir auch was reinkriegen.«

»Man könnt ihm auch so'n Fässchen um den Hals hängen«, stimmte Sewell ein, der sich allmählich mit der Idee anfreundete. »Wie einer von diesen, na, wie heißen sie denn gleich?«

Gerry spuckte verächtlich aus. »Lass uns vernünftig bleiben, Mann. So 'n junger Typ wie du mit 'nem Blindenhund und 'nem Schottenmäntelchen, das is' schon ganz schön schwer zu verdauen, aber wenn wir auch noch 'n Straßenköter als Bernhardiner verkleiden, das würd uns keiner abnehmen. Rusty is' perfekt, so wie er is'. Er is' so gelehrig.«

»Gelehrig?«

»Ja, genau wie du, Sewell. Jetzt musst du 'n bisschen üben, dich von ihm rumführen zu lassen. Der Trick is doch, dass alles realistisch wirkt, weißte.«

Sewell steckte den Kopf tief in seine Jacke und streckte ihn wieder heraus. »Ich krieg das hin«, sagte er. »Ich und Rusty kriegen das hin, aber was is' mit diesem Matthew?«

»Wir müssen eben vorsichtig sein, Mann. Üben tun wir hier oder hinter der Spartan Redheugh. Da, wo er uns nich' sieht«, plante Gerry. »Üben tuste vielleicht 'ne Woche oder ...«

»Ich glaub, ich krieg das auch jetzt schon gebacken«, unterbrach Sewell ihn stolz.

»Hä?«

»Mann, Gerry, ich glaub, ich kann das sofort, heut noch, wenn's sein muss.«

Auf Gerrys Gesicht erschien ein breites Grinsen. »Das hört sich ja schon ganz gut an.«

Sewell betrachtete den Hund voller Stolz. »Wir ham so'ne Verbindung hergestellt zwischen uns, weißte. Er weiß, was ich will, bevor ich was sage. Und ich vertrau ihm mein Leben an. Alles, was wir noch brauchen, is' 'n besserer weißer Stock.« Damit nahm Sewell Gerry den Eschenzweig ab und warf ihn in den Team. Der Fluss erfasste ihn, schleuste ihn unter der Brücke durch, ließ ihn auf der grauen Strömung tanzen, bis er schließlich außer Sicht war, unterwegs zum Tyne.

»Na gut«, lächelte Gerry. »Geh nochmal deine Schritte durch. Noch mal rüber über die Brücke. Und kein Augenkneifen mehr.«

Eine Stunde später schlängelte sich ein blinder Jugendlicher durch die Straßen von Gateshead, in einer Hand einen halben Billardqueue, in der anderen ein Stück orange Schnur, die ums Halsband eines weißen Hundes mit rostbraunen Flecken gebunden war. Als sie an eine stark befahrene Straße kamen, brachte der Hund den Jungen abrupt zum Stehen und kratzte eindringlich mit der Pfote am Saum seiner Sportjacke. »Das is' seine Art zu reden«, erklärte Sewell und kraulte Rusty unterm Kinn.

»Spitze«, flüsterte Gerry, während sie die Straße überquerten.

Sie nahmen die Unterführung unter der Eisenbahnstrecke Newcastle-Carlisle, dann die Fußgängerbrücke über die Ausfallstraße nach Edinburgh. »Kann ich die Augen mal 'ne Minute aufmachen, Gerry?«

»Keinesfalls. Du bist den Rest des Tages blind, Mann.«

Sewell seufzte tief. »Aber es kommt mir vor, als gehn wir in die falsche Richtung.«

»Das is' Tarnung«, flüsterte Gerry. »Wir gehn den unverdächtigsten Weg, weißte.«

»Wenn wir so weitermachen, brauchen wir aber den ganzen Tag.«

Gerry blieb stehen wie angewurzelt. »Sewell?«, fauchte er. »Wer hat das Hirn? Brummel dir jetzt nich' wieder was in 'n Bart, sag einfach, wer das Hirn hat. Ja?«

»Du.«

»Wer?«

»Du.«

»Geklärt. Also, dann halt die Klappe und tu, was ich sage.«

Sie stiegen auf den Lobley Hill und durchquerten Whickham. »Das is' 'n meilenweiter Umweg«, wimmerte Sewell. »Für dich isses ja vielleicht in Ordnung, du musst nich' blind sein.

»Mann, Sewell, das gehört alles zum Plan«, erklärte ihm Gerry. »Auf die Art hängen wir alle eventuellen Verfolger ab. Und klopf ruhig weiter mit dem Queue vor dir rum. Du bist blind, Mann, das soll deine Antenne sein, weißte.«

Auf dem Whickham Highway legte Gerry plötzlich die Hand auf Sewells Arm und sie blieben stehen. Hinter ihnen erhob sich in der Ferne die riesige Statue des Angel of the North, als wollte er Gateshead umarmen. »Dreh dich um zum Engel der Spitzbuben und sprich deine Gebete«, sagte Gerry.

»Ich kann ihn nich' mal sehn«, grummelte Sewell.

»Macht nix, du weißt ja, wie er aussieht«, entgegnete Gerry und drehte seinen Freund in Richtung Engel um. »Metro Center, wir kommen!«, rief er, als sie sich wieder auf den Weg machten.

Sie gingen die Autobahn entlang und die Dunston Bank hinunter. »Gazzas Mam wohnt da drüben, weißte das?«, sagte Sewell und deutete auf eine Straße auf dem Hügel.

»Klar weiß ich das, Mann.«

»Und sein Bruder und seine Schwester wohnen dort hinten.«

Sie kamen am Schwimmbad vorbei und an der Thorns-Comprehensive-Grundschule. Durch die beschlagenen Scheiben eines Klassenzimmers sah man einen entnervten Lehrer am Pult sitzen, während um ihn herum ungefähr dreißig Teenager in Mäntel und Jacken, teils stehend, teils sitzend, herumbrüllten und schimpften. Gerry wollte etwas rufen, erinnerte sich aber gerade noch rechtzeitig an seine Mission, riss sich zusammen und spuckte entschlossen aus. »Jetzt sind wir schon fast da, mein Freund«, verkündete er. »Gleich ham wir's geschafft.«

Als sie zu den Thorns gelangten, einem Stück Land im Besitz der Stadt, Teil des Great North Forest, verließen sie die Straße und bogen auf einen Waldweg ein. Der Weg war schlammig vom kürzlichen Herbstregen. »Lass mich bloß nich' in die Hundescheiße treten«, sagte Sewell. Sie quetschten sich durch einen Zaun und schlenderten über die Wiesen einen Hang hinauf, wo das Gras im Sommer taillenhoch wächst und der Fuchs seine Jungen großzieht. Zwei Fasane flogen auf, als sie sich näherten. »Was zum Teufel war'n das?«, wollte Sewell wissen und hob seinen Billardstock wie einen Knüppel.

»Nix«, antwortete Gerry knapp.

»Ganz schön großes Nix«, bemerkte Sewell skeptisch. »Komm schon, Mann, ich will die Augen aufmachen. Hier sieht uns doch keiner.«

»Sei doch nich' so nervös«, gab Gerry zurück. »Mann, Sewell, du musst endlich lernen, mir zu vertrauen.« Sie marschierten durch die Wiesen und überraschten einen Reiher, der sich auf seine gemächliche, altmodisch wirkende Art in die Lüfte erhob. »Da isses!«, rief Gerry und deutete auf das Metro Centre, das jetzt deutlich sichtbar unter ihnen lag. »Da is' unsre Dauerkarte.«

Das Metro Centre erstreckt sich über das flache, trocken gelegte Sumpfland am Tyne. Es ist eine unglaublich riesige Anlage mit zahllosen Dächern und Türmen und Gebäuden. Eine immense Kathedrale mit schier endlosen Fußgängerzonen. Eine eigene Stadt. Hier arbeiten Tausende von Menschen, Millionen treffen sich, unterhalten sich, gehen einkaufen. Ein gigantischer Bienenstock. Und bei jedem Wetter scheint die Glasüberdachung zu glänzen.

Sewell und Gerry arbeiteten sich zum Fuß des Hügels vor. Dort kamen sie zu der Unterführung, einem stinkenden Tunnel unter der Autobahn A1 nach Edinburgh. »Littlewoods, C&A, Smith's, Boots, HMV, Marks & Sparks, Disney Store«, rezitierte Gerry, als sie die Unterführung betraten.

»Und Everything's A Pound, der Billigmarkt«, warf Sewell ein und öffnete die Augen.

»Na klar!«, lachte Gerry.

Sewell verzog das Gesicht. »Mann, Gerry, ich mein's ernst.«

»Jetzt sei doch nich' blöd«, sagte Gerry.

Die Wände der Unterführung waren voller Graffiti, Dosen von Viborg Lager und Omega Cider lagen auf dem Boden herum. Mittendrin blieb Sewell stehen, desgleichen Rusty, für den der kleinste Ruck an der Schnur genügte. »Blöd?«, fragte Sewell.

»Ja, blöd«, wiederholte Gerry bereitwillig. »Und lass bloß die Augen zu.«

»Warum bin ich blöd?«, beharrte Sewell und blinzelte.

»Der Billigmarkt, Mann, also wirklich!«

»Wie meinste'n das?«

»Billigmarkt!«

»Was is'n daran auszusetzen?«

»Na ja, was is' wohl auszusetzen am Billigmarkt?«

Ihr Disput hallte durch die Unterführung. Die Betonwände verstärkten die jeweiligen Eigenarten ihrer Stimmen, sodass Gerry noch abgehackter und hektischer klang als üblich, während Sewell noch phlegmatischer vor sich hin dröhnte – eine Biene und eine Wespe, die man gemeinsam in einem Glas gefangen hat.

»Sewell, Mann, wir sind zum Klauen hergekommen«, summte Gerrys Wespe schneidend. »Was wir stehlen, verkaufen wir. Und zwar, um Geld zu machen. Geld für unsre Dauerkarte.«

»Das weiß ich ja, aber ...«, erwiderte Sewell, wurde aber mitten im Satz unterbrochen.

»Sag mir doch mal Folgendes: Was glaubst du wohl, wie viel dir die Leute geben für irgendwelches Zeug, das du beim Billigmarkt geklaut hast, hä?«, sagte Gerry, ohne ein einziges Mal Luft zu holen.

»Hmmm ...«

»Denk dran, dass du beim Verkaufen immer 'n bisschen weniger dafür kriegst, als es im Laden gekostet hätte.«

»Hmmm ...«

»Denk nach.«

»Mann, Gerry, das kann ich nich' so genau sagen.«

»Dann schätz einfach.«

»Woher soll ich denn die ganzen Preise wissen?«

»Du brauchst es ja nich' so genau zu sagen. Rate einfach. So ungefähr.«

»Ich weiß es nich'.«

»Doch, das weißte wohl.«

»Nein, weiß ich nich'.«

»Wie heißt der Laden?«

»Komm schon, Gerry.«

»Nee, nee. Wie heißt der Laden?«

»Hmmm ...«

»Komm, ich helf dir. Der Laden heißt Everything's A ... Alles für 'n ... Na los, sag mir den Rest. Alles für 'n ...«

»Das weißte doch selber, wie der Laden heißt.«

»Aber ich will, dass du's mir sagst. Alles für 'n ... Alles für 'n ...?«

Sewell verdrehte die Augen, als würde er gefoltert. »Alles für 'n Pfund, Mann!«, rief er schließlich. »In dem Laden kriegt man alles verdammt billig.«

Gerry stieß einen tiefen Seufzer hart erkämpfter Befriedigung aus. »Also, wie viel kostet das teuerste Teil in dem Laden? Und wie viel das billigste?«

Sewell kniete sich neben Rusty, der geduldig wartete, und streichelte ihn. »Guter Hund«, gurrte er. Rusty wedelte mit dem Schwanz und bellte. »Wenigstens einer von uns is' noch vernünftig«, sagte Sewell zu ihm, fischte einen halben Keks aus der Jackentasche und gab ihn dem Hund.

»Mann, überfütter ihn bloß nich'«, meinte Gerry. »Du musst aufpassen, dass er heut auf Draht is'. 'n bisschen hungrig, weißte. 'n bisschen mager. Sonst isser bald so fett wie du.«

»Wem gehört der Hund?«, entgegnete Sewell in einem Ton, den man beinahe ein Donnern hätte nennen können, wenn ihm diese Tonlage zu Gebote gestanden hätte. »Als Hundebesitzer kriegste 'n Gefühl für das, was dein Hund braucht. Und ich sag dir was, ich hab genau gewusst, dass er jetzt genau diesen Keks wollte!«

»Schon gut, schon gut«, lenkte Gerry ein, während er die Graffitis an der Wand studierte. »Dann sag mir mal, Sewell, Mann«, fuhr er fort, als Sewell sich einigermaßen beruhigt zu haben schien. »Wie viel kriegste eigentlich in deiner Jacke unter? In den ganzen Taschen und so? Wie viel Zeug aus dem Billigmarkt?« Instinktiv tastete Sewell nach den Reißverschlüssen an seinen endlos vielen Taschen und kniff die Augen zusammen, als müsste er sich mächtig anstrengen. »Du kennst doch die Art Zeug, das sie dort verkaufen«, stocherte Gerry weiter. Sewell schüttelte den Kopf. »Das weißte nich'? Na, dann sag ich's dir eben. Die ham jede Menge kleine Teile. Auch 'n paar große, aber meistens kleine. Deshalb würd ich sagen, du kriegst etwa zwanzig bis dreißig Teile in deine Jacke. Korrekt? Biste meiner Meinung?« Vorsichtig nickte Sewell. »Gut«, fuhr Gerry fort. Er trat mit jedem Argument, das er vorbrachte, einen Schritt auf seinen Freund zu und fixierte ihn dabei unerbittlich mit seinem unnachgiebigen Blick. »Zusammen kriegen wir also etwa fünfzig Sachen vom Billigmarkt. Fünfzig Sachen vom Billigmarkt macht fünfzig Pfund. Deshalb heißt der Laden ja Alles für 'n Pfund. Er heißt ja nich' Alles für 'n Zehner oder Jedes Teil hat 'n andern Preis, sondern Alles für 'n Pfund. Verkaufen können wir's für ungefähr die Hälfte. Macht fünfundzwanzig Pfund. Und mit fünfzig Teilen müssen wir uns ganz schön voll stopfen. Da ham wir kein' Platz für irgendwas andres. Nach 'nem ganzen Arbeitstag, nachdem wir die Idee mit dem Blindenhund hatten und dann tagelang um die Häuser gegangen sind, ham wir dann grade mal fünfundzwanzig Pfund verdient.« Jetzt war Gerry so richtig in Fahrt und steigerte sich zum Höhepunkt. »Fünfundzwanzig Pfund, wenn alles glatt läuft. 'ne Dauerkarte kostet aber mehr als fünfundzwanzig Pfund, viel mehr. Folglich müssen wir besser verdienen. UND DESHALB GEHN WIR NICH' ZUM BILLIGMARKT!«

»Schrei doch nich' so. Du jagst Rusty ja Angst ein, Mann«, sagte Sewell nach einer kurzen Pause.

Gerry spuckte aus und rieb sich nachdenklich die Hände. »Tja. Und ...«

»Ich weiß«, unterbrach ihn Sewell und schloss seufzend die Augen. »Und mach gefälligst die Augen zu.«

In Gateshead führen alle Straßen zum Metro Centre. Aber es gibt keinen einzigen Fußweg. Autobahnzubringer, Verbindungsstraßen, Straßen für Anlieferer, Straßen zu den Parkplätzen, Straßen von den Parkplätzen, Straßen im Grünen Quadranten, Straßen im Blauen Quadranten, Straßen im Quadranten jeder Farbe des Regenbogens, Straßen zu Geschäften, die nicht im eigentlichen Metro Centre angesiedelt sind, Metroland-Straßen, Harry-Ramsden-Straßen, Straßen zu Asda und IKEA, den Pool-Zerstörern. Überall Straßen, wo sich einst wildes Feuchtgebiet erstreckte. Gerry und Sewell traten aus der Unterführung, rutschten und schlidderten auf dem Schlamm die mit Bäumen gesäumte Böschung hinunter und wurden auf eine der zahllosen Straßen des Einkaufs- und Freizeitzentrums ausgespuckt. Ein Auto sauste an ihnen vorüber. »Scheiße nochmal!«, stöhnte Sewell und wedelte schwach mit seinem Stock.

Ein konstanter Verkehrsstrom floss an ihren Zehen vorbei und die Feuchtigkeit vermischte sich mit den Abgasen zu einem giftigen Smog. Rusty nieste zweimal. »Nach dem nächsten blauen Auto gehn wir rüber«, sagte Gerry.

»Nach welchem blauen denn?«, fragte Sewell. »Ich bin blind, schon vergessen?«

»Jetzt!«, schrie Gerry und packte Sewells Ellbogen.

Mit Müh und Not erreichten sie eine Verkehrsinsel zwischen zwei Straßen. Dicht an dicht strömten die Autos an ihnen vorbei. Die Pflanzen, die auf dieser Dreckinsel wuchsen, waren verkrüppelt und kärglich von der Luftverschmutzung. Sewell stieß sich den Zeh am Stumpf eines Buschs. »Jetzt reicht's«, schimpfte er. »Ich mach das nich' länger mit.«

»O doch!«, entgegnete Gerry. »Ist das klar!?«

Sie überquerten eine Straße nach der anderen und eine trostlose Dreckinsel nach der anderen. So näherten sie sich mühselig dem Metro Centre. Eine Weile mussten sie die relative Sicherheit des Straßenrands aufgeben und direkt auf der Straße gehen. Die Autos hupten und tuteten wie wild. »Haut bloß ab!«, schrie Sewell. Er schlurfte und brummte wie ein großer Bär und wedelte protestierend mit seinem cremefarbenen Billardstock den vorbeirauschenden Lärmwogen nach. »Habt ihr denn keine Augen im Kopp, oder was?«, brüllte er ein anderes Auto an, das sie anhupte. »Ich bin blind, ich bin ein beschissner Blinder!«

Fahrer und Passagiere verrenkten sich die Hälse, um den seltsamen Anblick zu bewundern, den die beiden Jungen boten. »Da isses vorbei mit dem Überraschungseffekt«, murmelte Gerry.

Sie betraten das Center durch den Eingang bei Marks & Spencer. »Für Hunde kein Zutritt«, las Gerry schmunzelnd vor.

»Ach du Scheiße«, ächzte Sewell. »Jetzt kommen wir nich' mal rein.«

»Blindenhunde ausgenommen«, informierte Gerry ihn so leise wie möglich. »Blindenhunde ausgenommen.«

Langsam wanderten sie durch das riesige Atrium von Marks & Spencer. »Fang bloß nich' an zu pfeifen«, sagte Gerry und war drauf und dran, allein seiner Wege zu gehen. Überall lagen weiche Teppiche, das Licht war grellweiß. »Na schön«, flüsterte Gerry. »Dann mal los. Ich seh dich dann im Metroland, wie abgemacht. Am Kiosk. Und denk dran. Das is' unsre große Idee. Das is' unsre Dauerkarte.«

Sobald er weit genug weg war, begann Sewell zu pfeifen und machte sich mit Rusty ins Zentrum des Geschäfts auf.

Unterdessen befühlte Gerry den Stoff einer Herrenhose und hielt nebenbei Ausschau nach einer Sicherheitskamera. Mit einem zufriedenen Grunzen stellte er fest, dass eine, die an einer Spiegelsäule hing, direkt auf ihn gerichtet war. Aus dem Augenwinkel heraus sah er außerdem einen Sicherheitsmann mit drohend in die Stirn gezogener Schirmmütze. Gerry nahm einen Männerpullover aus dem Regal, ging zum Spiegel und hielt das Kleidungsstück vor sich. So verdächtig wie nur möglich blickte er sich um. Im Spiegel sah er, wie Sewell und Rusty an dem Wächter vorbeigingen. Der Wächter glotzte den beiden nach. Demonstrativ zog Gerry den Pullover über den Kopf. Dann schnappte er sich den nächsten und hielt ihn wieder prüfend vor sich. Aber der Wächter drehte sich immer noch nicht zu ihm um. »Also so was«, murmelte er vor sich hin, »Sewell soll doch blind sein, nich' der!« Noch einmal blickte er schuldbewusst in die Runde, zog sich dann auch den zweiten Pullover über den Kopf und bewunderte sich in einer anderen Spiegelsäule. Endlich sah der Wächter zu ihm herüber. Er sagte etwas in sein Walkietalkie, steckte es wieder weg, kam auf Gerry zu. Gerry ging weg, der Wächter folgte ihm. Gerry entspannte sich und lächelte.

Er führte den Mann vom Sicherheitsdienst kreuz und quer durch den ganzen Laden. Er begutachtete das Bettzeug, wühlte in der Wäsche, schlich verdächtig lange um die Schuhe herum und ging schließlich zum Ausgang, der zwischen den Kurzwaren und der Damenbekleidung lag. Als er die Tür erreichte, waren ihm bereits vier Sicherheitsleute auf den Fersen. Sewell und Rusty gingen an ihm vorbei, ohne auch nur das geringste Zeichen des Erkennens von sich zu geben. Gerry hielt ihnen die Tür auf. »Entschuldige mal, Junge«, sagte ein junger Typ vom Wachpersonal. »Würde es dir was ausmachen, mich zurück in den Laden zu begleiten?«

»Würd mir nix ausmachen«, entgegnete Gerry, »aber ich bin ja noch nich' draußen. Wissen Se, ich hab noch nich' fertig eingekauft.« Er drehte sich um und führte die vier Männer auf dem gleichen Weg zurück durch die Kurzwaren und die Damenbekleidung, durch die Schuhabteilung, die Wäsche, das Bettzeug und schließlich zur Männerbekleidung. Bass erstaunt sahen sie zu, wie Gerry die Pullis auszog und, nachdem er sie ordentlich glatt gestrichen hatte, auf die Bügel zurückhängte. »Reichlich dünn«, erklärte Gerry ihnen. »Das Material, wissen Se. Ich wollt nur mal probieren, ob sie warm sind. Geht nämlich kühler Nordostwind!« Lächelnd wandte er sich ab und ging. Die Sicherheitsleute sahen einander ratlos an, während Gerry mit federnden Schritten dem Ausgang zustrebte. »Ich hab dir doch gesagt, du sollst einen Verdächtigen erst stellen, wenn er ganz aus dem Laden raus is'«, rügte der erste Wachmann seinen jüngeren Kollegen. »Wir ham nix in der Hand, bis einer draußen is', Mann. Verstehste?«

»Ja, ganz draußen«, wiederholte der gerügte junge Mann und blickte Gerry wehmütig nach.

Wo sich einst zahllose Wasserläufe durch Schilf und Moor schlängelten, strömen jetzt Menschen durch die Hauptkanäle oder tröpfeln in Nebenflüssen zu Geschäften und Cafés und wieder zurück, das Treibgut ihrer Einkäufe im Schlepptau. Gerry lachte immer noch in sich hinein, während er sich ins allgemeine Treiben mischte. Er betrachtete die Schaufenster und blieb gelegentlich stehen, um mit geübtem Auge ein Ladeninneres zu begutachten. Aus den Geschäften drangen plärrende Musik und Stimmengewirr. Gerry fuhr hinauf auf die nächste Ebene, flitzte durch das Forum Romanum mit seinen imitierten Marmorsäulen und betrat das Antiquitätendorf. Auf den Dächern der kleinen nachgebauten viktorianischen Häuschen und den Pseudokopfsteinpflasterstraßen schimmerten reihenweise elektrische Lampen an einem Himmel aus Pappmaché. Am Mühlrad mit der Brücke stand ein bärtiges Männchen mit Bowlerhut und Mantel. Als Gerry vorbeiging, erwachte es plötzlich zum Leben und rief mit kehliger Stimme, wobei es das R in der Kehle rollte, als wollte es Schleim lösen: »Willkommen im Metrrro Centre! Wir wünschen Ihnen einen wunderrrschönen Northumbrrrischen Tag!« Gerry entspannte sich. Aus dem Antiquitätendorf hatte er noch nie etwas gestohlen. Hier war er sicher. Er sah sich die Leute an, die im Café neben der Mühle saßen, Kaffee tranken und riesige Gebäckstücke verzehrten. Gerrys Magen knurrte. Er nahm sich vor, nachher noch in der Sweet Factory vorbeizuschauen, bevor er sich auf den Heimweg machte.

Er verließ die sternenbeschienene Scheinwelt des Antiquitätendorfs, betrat wieder eine der Ladenzeilen und bog nach links ab. Hier war es wesentlich stiller, offenbar hatte er ein relativ unerschlossenes Gebiet erwischt. Gedankenverloren bummelte Gerry weiter und blieb schließlich neugierig vor den Fenstern eines Buchladens stehen. Drinnen sahen sich die Leute die Regale an, bewegten sich stetig von einem Buch zum anderen, wie Ponys, die am Wegrand grasen. Gerry ging hinein, und während er so tat, als interessierte er sich für einen Stapel Kalender auf der Ladentheke, beobachtete er, wie ein Kunde ein Buch bezahlte. Der Verkäufer nahm das Buch, um den Preis nachzusehen und tippte den Betrag dann in die Kasse ein. »Neunzehn neunundneunzig bitte«, sagte er mit singender Stimme. Die Kasse surrte. Gerry sah, wie der Kunde einen nagelneuen Zwanzigpfundschein herausholte und dem Verkäufer überreichte. Das Violett des Geldscheins leuchtete bei der Transaktion im Schein der Lampen. Gerry kniff die Augen zusammen. »Neunzehn neunundneunzig«, wiederholte er leise. »Wer hätte das gedacht?«

Vor dem Sunderland AFC-Fan-Shop blieb er kurz stehen, um auszuspucken, dann schwang er den Oberkörper über das Geländer und beugte sich nach unten, um ins Schaufenster des direkt darunter liegenden Ladens zu spähen, dem Fan-Shop von Newcastle United. Trikots schwebten falsch herum hinter dem Glas, auf einem Video liefen Spieler auf den Köpfen. Gerry richtete sich auf und machte sich wieder auf den Weg. In der Stille hörte er bereits das Geschrei.

Schon lange bevor man Metroland, den Vergnügungsbereich im Metro Centre, erreicht, kann man es hören. Wenn die Besucher näher kommen, schlägt ihnen das Gegröle von der Achterbahn und den zahllosen anderen Vergnügungsgeräten entgegen, und es hört sich fast so an, als näherte man sich einem Schlachthof. Oder einem Massaker. Von nun an wird der Lärm ständig schlimmer und an der Schwelle des überdachten Vergnügungsparks lässt einem das ohrenbetäubende Gebrüll und Geschrei das Blut in den Adern gefrieren.

Beim Imbissstand an der Achterbahn hielt Gerry nach Sewell Ausschau, konnte ihn aber nirgends entdecken. Das Geschrei steigerte sich ins Infernalische und die Metallpfeiler, die diesen Teil der Achterbahn stützten, begannen zu knarren. Die Achterbahn sauste vorüber. Im Getöse glaubte Gerry seinen Namen zu hören. »Gerry! Hey, Gerry!« Er blickte sich um, ohne jemanden zu sehen, aber als er eine der Budenstraßen hinunterging, hörte er es wieder. »Hey, Gerry! Das is' spitzenmäßig!« Gerry ging weiter und blieb vor einem kleineren Karussell stehen, das einen langen, sich drehenden Metallarm hatte, an dessen Ende kleine Wagen hingen. »GERRYYYYY!«, brüllte jemand. Als er genauer hinhörte, war er ziemlich sicher, auch das Bellen eines Hundes zu hören. Ihm rutschte das Herz in die Hose. Wieder nahte die Achterbahn, das kleinere Gerät verlangsamte seine Fahrt, bis man die einzelnen Fahrgäste erkennen konnte. »Alles klar?«, sagte eine Stimme, die jetzt viel näher klang und von einem unverkennbaren Bellen begleitet wurde.

»Mann, Sewell, was machst du'n hier?«, stöhnte Gerry.

Sewell winkte und als das Karussell zum Stillstand gekommen war, öffnete er die dürftige Sicherheitsstange und stieg aus. Hinter ihm kam Rusty, dessen Krallen auf dem Metallboden laut klapperten. »Was zum Teufel machste'n hier?«, wollte Gerry wissen.

»Ich bin am Feiern, Mann«, antwortete Sewell grinsend.

»Du solltest blind sein.«

»Lass mich bloß mit deinen dummen Vorurteilen in Frieden!«

»Hä?«

»Auch Blinde dürfen sich mal amüsieren.«

Gerry sah Sewell an und blinzelte heftig. Dann zog er ihn hinter die Achterbahn, die gerade wieder über ihnen dahinrumpelte. »Deine Augen waren offen, Mann. Du hast ausgesehn wie'n beschissner Fisch. Wir sind Profis! Verstehste, was ich damit meine, mit Profis? Das heißt, wenn du so tust, als wärste blind, dann musste gefälligst auch die Augen zu lassen!« Ein paar Sekunden wandte er sich ab, das Gesicht vor lauter Frust ganz verzerrt. »Na, egal, was haste denn eingeheimst?«, fragte er, als er sich wieder seinem Freund zuwandte, der die Augen wieder fest zuklemmte.

Sewell pfiff wichtigtuerisch. Mit einem lässigen Achselzucken zog er den Reißverschluss seiner Jacke auf und steckte die Hand hinein. »Drei Damenblusen, zwei Röcke, 'n paar BHs und Slips ...«, zählte er auf, während er das Material befingerte.

»Na bitte!«, lachte Gerry.

»Ich hab alles eingepackt, was grade zur Hand war, Mann. 'nen Schal, ein ... ich weiß auch nich', was das hier is' ... irgendein Stoff oder was, zwei Paar Handschuhe, 'ne Großpackung Seife, 'ne Gummiente und ...«

»Hä?«

»Drei Damenblusen ...«

»Nein, bloß die letzten drei Sachen.«

»Was? Eine Großpackung Seife und eine Gummiente.«

»Und das Letzte?«

Abwehrend trat Sewell einen Schritt zurück. »Die sind für deine Mam, Mann. Jetzt, wo sie wieder raus is' ausm Krankenhaus. Ich hab die Seife gesehen und gedacht, das könnt ihr gefallen. Die Ente is' fürs Baby. Für in der Badewanne, weißte.«

»Danke«, sagte Gerry. »Sewell?«

»Ja?«

»Was war nochmal das Dritte?« Gerry streckte die Hand aus und packte die von Sewell. Eine Sprühdose kam zum Vorschein. »Doch nich' etwa schon wieder Raumspray fürs Klo?«, grinste Gerry.

»Nee«, entgegnete Sewell beleidigt. »Das is' Körperspray. Parfüm. Kannste doch aufm Etikett sehn.«

Gerry rollte die Dose in der Hand. »Ach ja?«, fragte er.

Sewell wurde rot. »Das is' für Gemma.«

Gerry schüttelte den Kopf. »Mann, nimm Vernunft an. Die is' mit 'nem Irren verlobt.«

Sewell balancierte auf dem Außenrist seiner Füße wie ein Kind. »Is' doch bloß 'n Geschenk.«

Gerry holte Luft, als wollte er etwas sagen. Dann atmete er mit einem Seufzen wieder aus. »Komm schon«, drängte er dann, holte zwei Plastiktüten aus seiner Hosentasche und hielt sie Sewell hin. »Stopf das Zeug hier rein.« Sewell verstaute die gestohlenen Sachen in den Tüten. »Jetzt haste in deiner Jacke Platz für unser nächstes Ziel, aber denk dran, dass du blind bist. Folg mir in einer Entfernung von zwanzig Schritten.«

»Müssen es genau zwanzig sein?«, fragte Sewell. Gerry grunzte bekräftigend. »Na ja, wie soll ich das denn machen, wenn ich doch nix seh?«

Während Gerry die Buden auskundschaftete, knarrte über ihnen schon wieder die Achterbahn. Einen Moment wurde ihm richtig schwindlig vom Geruch der Burger an den Kiosken. Argwöhnisch blieb er stehen und wartete auf Sewell. Als Sewell und Rusty auf gleicher Höhe waren, tuschelte er ihm wie ein Bauchredner zu: »Was haste denn bei den Marksies sonst noch mitgehn lassen?«

Sewell zuckte vor Schreck zusammen. »Mann, Gerry, gar nix, und schleich dich nich' so an mich ran.«

Gerry streckte die Hand aus, auf der ein Gegenstand landete. Im Weitergehen sah er ihn sich an: eine leere Plastikverpackung. An der leeren Folie waren noch die Worte »Schinken-Salat-Tomaten-Sandwich, 1a-Qualität« zu lesen.

»Ich konnt einfach nich' widerstehn«, erklärte Sewell lahm. »Marksies ham so leckeres Zeug. Ich schau immer furchtbar gern in ihre Lebensmittelabteilung rein.«

»Du fetter Blödkopp!«, zischte Gerry wütend. »Und zum letzten Mal: LASS DIE AUGEN ZU!«

»Woher haste denn gewusst, dass ich …«, murmelte Sewell und schloss die Augen.

Inzwischen hatten sie Metroland hinter sich gelassen und wanderten durch den Food Court, dessen Imbisstheken und Tische den Vergnügungsbereich umzingeln wie Geier. Bei den Tischen am Wok & Roll, einem Stand mit chinesischem Essen, hörten sie Stimmen: »Gerry! Sewell! Was macht'n ihr hier?«

Gerry fluchte leise und tat so, als hätte er nichts gehört. Aus dem Augenwinkel sah er, wie Sewell und Rusty sich den Stimmen näherten; der Billardstock klapperte laut auf dem gefliesten Boden. Lautes Gelächter erscholl. Rusty bellte argwöhnisch und unwillkürlich drehte Gerry sich um. Es waren drei.

»Was machste'n da mit dem Hund und den Augen zu?«, fragte eine der Stimmen laut.

»Alles klar, Jimmy?«, grüßte Gerry und näherte sich jetzt doch der chinesischen Imbisstheke, setzte sich zu den anderen, die Ellbogen auf den Tisch gestützt, auf dem sich der Müll stapelte.

»Alles klar, Gerry«, antwortete Jimmy, der genauso klein

war wie Gerry, allerdings aber einen überdimensionalen Kopf und dünne blonde Haare hatte.

»Alles klar, Mally?« Gerry nickte einem pickeligen Jungen zu.

»Alles klar, Gerry«, antwortete Mally.

»Alles klar, Darren?« Gerry zog die Augenbraue hoch.

»Alles klar, Gerry«, gab Darren mit nasaler Stimme zurück.

Alle drei hatten kurze Haare, die mit Gel so gekämmt waren, dass sie sich wie fettige Finger über die Stirn legten. Gelegentlich, und zwar immer gleichzeitig, schnippten sie sich gegen die Stirn, um sich zu vergewissern, dass ihre Kammzacken noch ordentlich vertikal hingen.

»Na, was geht'n?«, erkundigte sich Jimmy, der aussah wie ein zu groß geratenes Baby.

»Wir ham ...«, begann Sewell aufgeregt.

»Nur so rumgehangen«, ergänzte Gerry. »Und ihr?«

»Schwänzen die Schule genau wie ihr«, antworteten die drei wie aus einem Mund.

»Was macht'n Sewell da, warum hat er dauernd die Augen zu?«, wollte Jimmy wissen, beugte sich vor und spuckte aus.

»Ich ...«, setzte Sewell an.

»Er macht gar nix«, fiel ihm Gerry ins Wort.

»Und der Hund?«, beharrte Jimmy und ein infantiles, höhnisches Grinsen erschien auf seinem riesigen Gesicht.

»Der ...«, begann Sewell.

»Macht auch nix«, beendete Gerry den Satz.

»Habt ihr schon von diesem Matthew gehört?«, fragte Mally. »Der hat einen von seinen Hunden verloren. Da isser echt ausgeflippt. Will den Kerl umbringen, der ihm den Hund geklaut hat.«

»Was machste eigentlich mit dem Billardstock?«, fragte Darren, dessen Stimme noch nasaler klang, nachdem er sich die Nase geschnäuzt hatte, indem er abwechselnd das eine Nasenloch zugehalten und kräftig durch das andere geschnaubt hatte. »Und was is' in den Tüten?«

»Wir sind spät dran«, verkündete Gerry, diesmal bevor Sewell zu einer Antwort ansetzen konnte. »Wir müssen los, Leute.«

»Na gut, wir kommen mit euch«, beschloss Jimmy.

»Nee ...«, entgegnete Gerry unbehaglich und stand auf. »Das geht nich'.«

»Warum denn nich'?«, fragte Jimmy. Auch er stand auf und ging drohend auf Gerry zu.

»Ähhm ...«, machte Gerry nachdenklich.

»Haste vielleicht 'n Problem damit?«, fragte Jimmy und kratzte sich an seinem Babykopf.

»Woher denn«, entgegnete Gerry. »Es is' bloß ...« Darren, Mally und Jimmy hatten Gerry umringt und ihre Gesichter näherten sich seinem. Ihre Finger zuckten nervös. »Es is' bloß, dass ...« Gerry geriet immer mehr ins Schwimmen.

In diesem Augenblick zog Rusty die Lefzen hoch und bleckte die Zähne, stürzte sich plötzlich auf den Ring der Jungen und schnappte drohend in die Luft. »Rusty!«, ermahnte ihn Sewell. »Beruhig dich, Rusty.« Aber Rusty sprang knurrend an den Jungen hoch und zog so heftig an seiner Schnur, dass sie sich spannte wie eine Gitarrensaite.

»Der is' ja bissig«, lobte Jimmy den Hund, und sein Babygesicht warf Falten vor Begeisterung.

»Was für ein Monster«, rief Mally voller Bewunderung.

»Was für 'n Spitzenhund!«, riefen alle drei.

»Na, wie gesagt«, fuhr Gerry fort, der sich etwas erholt hatte. »Wir würden furchtbar gern mitkommen, aber der Hund hat was dagegen. Bis später dann, Leute.«

»Der Typ mit den Hunden wird wissen wollen, woher ihr den Hund habt«, rief Jimmy ihnen nach.

»Wir ham ihn gekauft«, antwortete Sewell. »Bei Marks & Spencer.«

Sobald sie außer Hörweite waren, begann Gerry, Sewell den nächsten Teil ihrer Unternehmung zu erklären. »Also«, schloss er. »Wir treffen uns da. Der Laden heißt Waterstone's. Ich geh rum und schmöker 'n bisschen und dann zieh ich bestimmte Bücher 'n bisschen raus, damit du sie erkennst und aus den Regalen holen kannst. Ich pfeif leise, damit du weißt, wo du hinmusst, und Rusty erledigt den Rest. Alles klar?«

»Alles klar«, bestätigte Sewell. »Guter Junge, Rusty«, fügte er hinzu, kniete sich nieder, um den Hund zu kraulen, und schmiegte sein Gesicht an die Flanke des Tiers.

»Jetzt verknall dich bloß nich' zu sehr in den Köter«, warnte Gerry. »Er is' 'n Arbeitstier, weißte.«

In der Buchhandlung spielte klassische Musik. »Da geh ich ja die Wände hoch«, ächzte Sewell leise, als er durch die offene Tür trat und von dem Hitzeschwall aus der Entlüftung getroffen wurde. Er lauschte aufmerksam. Die Bücher rochen eklig. Der Teppich unter seinen Füßen war weich. Er seufzte zufrieden. »Also, so was könnten wir auch mal mitgehn lassen«, flüsterte er Rusty zu. »Ein schönes Stück Teppich. Kannste mir sagen, was wir mit Büchern anfangen sollen?«

Hinter ihm erklang ein lautes Hüsteln. Rusty spitzte die Ohren und zerrte Sewell hinüber zu der Stelle, wo Gerry kurz zuvor das Buch, das er gelesen hatte, dezent, aber deutlich ins Regal zurückgestellt hatte, sodass es halb herausragte. Sewell ließ die Finger über die Reihe der Bücher gleiten, bis er zu dem vorstehenden kam. Einmal strich er darüber, dann griff er zögernd zu. Es hatte scharfe Ecken und einen glatten Einband und war außerdem erstaunlich schwer. Als Sewell es in seine Jacke gleiten ließ, geriet er ins Stolpern und hätte es um ein Haar fallen lassen. Ein Stück weiter fand er das nächste Buch, das Gerry ausgesucht hatte. Es war genauso schwer. Die beiden hingen wie zwei Mühlsteine in seiner Jacke. Es war heiß. Sewell begann zu schwitzen. Ein dicker Schweißtropfen lief ihm über die Stirn.

Wieder folgte Rusty einem flotten Pfiff von Gerry, und der Hund führte Sewell an ein paar Regalen vorbei hinüber zur hinteren Wand, wo er erneut stehen blieb. Während Sewell die Regale absuchte, hörte er, wie Rusty sich genüsslich die Schnauze leckte. Also kniete er sich neben den Hund und tastete auf dieser Höhe das Regal ab. Dort war das Buch tatsächlich. Gerade hatte er das dritte und schwerste Buch verschwinden lassen, als er merkte, dass Gerry verstohlene, aber intensive Pfeifsignale ausstieß. Plötzlich war er direkt neben ihm und Sewell erschrak. »Nach Ihnen, Sir«, sagte Gerry laut und fügte leise hinzu: »Die ham Verdacht geschöpft, geh nach unten und schau dich da um.«

Unter Rustys Führung nahm Sewell die Treppe in Angriff. »Ich verlass mich auf dich. Hundert Pro«, flüsterte Sewell und sein Stock klapperte nutzlos die Treppe hinunter. Im Untergeschoss des Ladens nahm er fieberhaft Kurs auf die Regale, die am nächsten beim Ausgang standen. »Kann ich Ihnen helfen?«, sprach ihn plötzlich jemand von hinten an. Er wollte sich schon zu der Stimme umdrehen, als ihm einfiel, dass er ja blind war. Stattdessen hob er den Kopf in die entgegengesetzte Richtung.

»Nein danke«, erwiderte er, höchst zufrieden mit seiner Schlauheit.

»Das ist aber ein ungewöhnlicher Blindenhund«, fuhr die Stimme beharrlich fort und ihre Ruhe brachte Sewell ein wenig in Verwirrung. »Wo ist er denn trainiert worden?«

»Ähhm …«, setzte Sewell an. »In Whickham.«

»In Whickham?« Jetzt klang die Stimme etwas skeptisch.

»Ja, in Whickham«, wiederholte Sewell. Sein Kopf war völlig leer.

»Sehr ungewöhnlich, wirklich. Normalerweise nimmt man keine Promenadenmischungen – na ja, Sie wissen schon, wie bei den Heinz-Saucen – siebenundfünfzig verschiedene Geschmacksrichtungen.« Etwas schärfer fuhr die Stimme fort: »Wo denn?«

»Wo denn was?«

»Wo in Whickham wurde der Hund ausgebildet? Ich handle selbst mit Hunden, wissen Sie, natürlich nur als Hobby.« Als die Stimme hinzufügte: »Wo denn nun in Whickham?«, enthielt sie eindeutig ein Gefrieraggregat.

»… na ja, auf den Feldern und so … Washingwell Woods, wissen Se«, stotterte Sewell.

»Washingwell Woods?«

»Und die ganzen Felder und Wiesen drum rum.«

Eine kurze Pause trat ein. »Sonderbar«, bemerkte die Stimme dann.

Sewell spürte, wie sich ein Kloß in seinem Hals bildete. Er versuchte, ihn mit Räuspern zu vertreiben, und seine Stimme klang bedächtiger denn je. »Warum?«

»Für gewöhnlich trainiert man Blindenhunde in der Stadt, wo Menschen leben, wissen Sie.«

»Ach ja?«

»Ja.«

»Tja, ich wohn aber im Wald, wissen Se.«

»In Washingwell Woods?«, erkundigte sich die Stimme mit einem ungemütlichen und zunehmend höhnischen Unterton.

»Nein«, entgegnete Sewell. »Nich' Washingwell Woods. Einfach nur im Wald. Bäume, wissen Se.«

»Wo?«

Sewell fluchte im Stillen. Allmählich wurde die Hitze unerträglich, und er fühlte sich immer mehr wie ein Stück Schinkenspeck unterm Grill.

Er war so entnervt, dass er sich tatsächlich blind vorkam. Panik stieg in ihm auf. Was, wenn er tatsächlich nichts mehr sehen konnte, weil er so lange die Augen zusammengekniffen hatte? Er stöhnte. Seine Augen brannten. Vielleicht nur von dem Schweiß, der ihm jetzt in Strömen übers Gesicht lief, andererseits … Dunkelheit schien sich endlos vor ihm zu erstrecken, wie eine gruselige Höhle. »Hatschi!« Im Niesen hielt er sich rasch die Hand vors Gesicht und blinzelte zitternd zwischen den Fingern hindurch. Mit unendlicher Erleichterung stellte er fest, dass er nicht wirklich blind war. Aber der kurze Blick raubte ihm die letzte Orientierung und er schwankte wie ein Betrunkener. Er schien in einem endlosen Korridor gefangen, die Wände gesäumt von schwarzen Regalen mit schimmernden Büchern, deren Seiten so scharf waren wie Rasiermesser. Der Teppich, der sich unter seinen Füßen als Blinder so angenehm angefühlt hatte, war blutrot.

Und die Verkäuferin, die ihm gegenüberstand, sah mit ihren langen, dunklen, glatten, in der Mitte gescheitelten Haaren und den langen schwarzen Fingernägeln aus wie ein Vampir. Bei diesem Anblick ließ Sewell die Hand sinken und wurde wieder blind.

»Ich wohn in Kielder Forest«, phantasierte er wild drauflos und ließ einfach die Worte aus seinem Mund kommen. »Ganz weit draußen. Mit Ponys und Huskys und Neufundländern und allem mit Schwimmfüßen und so«, fügte er tollkühn hinzu. »Die meiste Zeit im Jahr ham wir Schnee. Und überall gibt's große Burgen.«

»Aber was machen Sie denn in einer Buchhandlung, Sir?«, beharrte die Verkäuferin, jetzt unverhohlen barsch.

»Ich hab, ähhm ...«

»Ja?«

»Ich ...« Verzweifelt suchte Sewell in seinem Gedächtnis nach dem Wort, das Gerry benutzt hatte. Zu seiner übergroßen Erleichterung fiel es ihm ein. »Ich schmöker bloß 'n bisschen.«

»Sie schmökern?«

»Ich schmöker bloß 'n bisschen rum, wissen Se.«

»Sie schmökern ein bisschen rum?«

»Genau.«

»Wirklich?«

»Wirklich.« Sewell begann sich ein wenig zu entspannen. Erleichterung gab ihm Auftrieb wie einem Ertrinkenden, der ein Wrackteil findet, an dem er sich festhalten kann. »Ich liebe Bücher. Na ja, man braucht die eben, wenn man draußen in der Wildnis lebt, Mann.«

»Bemerkenswert!«, rief die Verkäuferin.

»Eigentlich nicht«, lächelte Sewell beinahe ein bisschen selbstzufrieden.

»Doch, doch. Das ist wirklich bemerkenswert.«

»Hä?«

»Sehen Sie, ich dachte, Sie wären blind.«

Sewell öffnete die Augen. Er stand der Verkäuferin direkt

gegenüber, die ihn mit kaltem Gesicht musterte. Dann sah er hinunter zu Rusty. Der Hund winselte kläglich. Ein paar Meter weiter weg entdeckte er Gerry, der sich hinter einem riesigen Buch versteckte. »Die Sache is' die«, begann er. »Die Sache is' … NIX WIE WEG VON HIER!«

Kapitel 6

Wenn der Oktober dem November Platz macht, werden in Gateshead die Nächte entsetzlich lang und die Tage scheinen oft gar nicht richtig anzufangen. Die Mittagssonne erhebt sich, wenn sie überhaupt zu sehen ist, mühsam über den Horizont, dann geht sie schon wieder unter. Endlos strömt der Regen herab, in den Häusern brennt permanent das Licht. Wie Eisberge aus einem gefrorenen Meer erheben sich die Hochhäuser. Möwen mit arktisch weiß glänzenden Flügeln versammeln sich scharenweise um riesige Pfützen. Verloren wandern die Menschen wie Wölfe über regengepeitschte Wüsten. Verzweifelt jagen sie nach Gemütlichkeit, verkriechen sich in ihren Häusern, kauern sich vor den Fernsehapparat, wo sie die nächsten sechs Monate knabbern und schlafen, als wäre der flimmernde Bildschirm das Skelett eines großen toten Tieres, ein ewiges, nie verlöschendes Feuer.

»Gerry!«, rief Gerrys Großmutter an einem Vormittag im November. Genau genommen war es schon fast Mittag. Da sie taub war, klangen ihre Worte immer etwas seltsam, eher angedeutet als ausgeformt. »Gerry, steh auf.«

»Ach, Oma«, stöhnte Gerry und zog das Kissen über den Kopf. Der Regen prasselte monoton wie Finger einer ungeduldig wartenden Hand gegen die Fenster. Die Scheiben waren beschlagen.

»Gerry!« Die Großmutter ließ nicht locker.

»Schon gut, schon gut!«, rief Gerry hinunter. Er beugte sich aus dem Bett und schlug mit der Faust auf den Fußboden.

»Gerry, komm jetzt runter!« Es war, als polterten ihre Worte gegen den Schlafzimmerboden.

»Schon gut!«, schrie Gerry noch einmal, schwieg dann aber, weil ihm einfiel, dass Schreien keinen Sinn hatte. Seine

Großmutter würde ihn sowieso nicht hören. Beim Aufstehen fröstelte er in der feuchten Luft. Er warf sich die Klamotten über, Jogginghosen und ein altes gelbes Sweatshirt, und rannte nach unten. Die Stufen ächzten. Seine Großmutter nahm keine Notiz von ihm. Er ging zu ihr und tippte ihr auf die Schulter. »Bin in einer Minute wieder da«, erklärte er ihr in Zeichensprache. »Zuerst muss ich mich waschen.«

Seine Großmutter runzelte die Stirn. »Aber die Schule?«, gab sie mit den Händen zurück.

Ohne Antwort zog sich Gerry zur Treppe zurück. Bevor er hinaufging, wandte er sich noch einmal um und signalisierte mit seinen Händen die Bitte: »Tasse Tee?«

Das kalte Wasser piekte auf Gesicht und Händen. Fröstelnd trocknete er sich an seinem Sweatshirt ab. Über der Toilette war schon wieder die Tapete abgegangen. Er drückte die vergilbten Ränder an die Wand. Ein paar Augenblicke hielt das Ganze, dann war es wieder ab. Gerry ließ es dabei bewenden. Halbherzig suchte er nach der Zahnpasta, gab das Projekt aber schnell wieder auf, ging in Bridgets Zimmer und öffnete den Schrank. Kniend tastete er nach der Spardose. Während er sie herausholte, atmete er tief auf.

Zwar gab es inzwischen einen dicken Packen Banknoten, aber immer noch zu viele Münzen. Gewissenhaft zählte er das Geld und legte es auf kleine Häufchen. Insgesamt waren es zweihundertfünfunddreißig Pfund. Mit leicht geöffneten Lippen starrte er darauf.

Gerade wollte er das Geld zurück in die Spardose stopfen, da hörte er hinter sich ein Dielenbrett knarren. Er sah sich um und entdeckte seine Großmutter. »Ich komme gleich«, erklärte er ihr mit ausladenden Bewegungen, die gleichzeitig das Geld verbergen sollten.

Als er herunterkam, wartete sie bereits auf dem Sofa. Obgleich das Gasfeuer auf höchster Stufe brannte, trug sie ihren Dufflecoat. Ihr Kopf war auffallend rund, mit dichten, kurz geschnittenen grauen Haaren. Sie war sehr dünn, und obwohl die Augen sehr tief in den Höhlen lagen, wirkten sie flink und klug. Sie hatte eine Stupsnase und ein faltiges Gesicht, auf dem man unter dem unerbittlichen Licht der nackten Glühbirne jede Runzel sah. Auf der Armlehne des Sofas stand eine dampfende Tasse. »Mit Milch«, teilte die Großmutter Gerry in Zeichensprache mit.

»Danke«, antwortete er und setzte sich neben sie. Lange starrte er auf den Tee. Die Hände im Schoß, inspizierte er den Becher, legte den Kopf schief, um ihn aus verschiedenen Winkeln zu betrachten, untersuchte sein heikles Gleichgewicht. Schließlich nahm er den Becher doch in die Hand und schlürfte behutsam, als gälte es, den besonderen, individuellen Wert jedes einzelnen Schlucks genau zu bemessen. »Milch und Zucker, lecker.«

Eine Weile saßen sie schweigend nebeneinander und tranken ihren Tee. Dann hörte Gerry, dass seine Großmutter ärgerlich mit der Zunge schnalzte, und sah sie an. »Warum bist du nicht in der Schule?«, fragte sie mit den Händen.

Gerry antwortete nicht. Die köstliche Flüssigkeit floss geschmeidig durch seine Kehle, wärmte und beruhigte ihn. Der Gasofen blubberte friedlich. »Schmeckt gut«, bedankten sich seine Hände. »Süßer Tee ist gut.«

Man hörte, wie der Regen auf die Backsteine trommelte. »Deine Mam ist wieder in der Klinik«, erklärte die Großmutter nach einer Weile in Zeichensprache. Seufzend nickte Gerry. Wieder tranken sie eine Weile schweigend. »Geh heute in die Schule, Gerry. Für deine Mam.« Gerry zuckte zusammen und sah weg. Dann schüttelte er entschieden den Kopf. Seine Großmutter nahm sein Gesicht in die Hände und hielt es fest. »Ja«, ächzte sie und in ihrer Frustration kam das Wort laut über ihre Lippen. »Mach's wie Bridget. Bridget ist ein gutes Mädchen«, fügte sie mit den Händen hinzu.

Gerry schüttelte ihre Hände ab. »Bridget ist weg.«

Schweigen. Gerry setzte die Tasse, an der er sich die Hände gewärmt hatte, ab, um in Zeichensprache zu fragen: »Wo ist Bridget?«

Seine Großmutter schüttelte den Kopf.

Dann stand sie auf, verschwand einen Moment in der Küche und kam mit einem Teller voller Kekse wieder, den sie Gerry entgegenstreckte.

Nachdem sie den Teller zwischen sich und ihren Enkelsohn aufs Sofa gestellte hatte, betrachtete sie ihn eine Weile aufmerksam beim Essen. »Warum hast du in ihren Schrank geschaut, Gerry?«

Gerrys Gesicht wurde lang. »Hab ich nicht«, antwortete er kopfschüttelnd.

»Du lügst.«

»Nein.« Er streckte trotzig die Unterlippe vor.

»Dauernd bist du an Bridgets Schrank. Ich habe dich beobachtet.«

Gerry seufzte und runzelte die Stirn, als müsste er scharf nachdenken. »Geld, Oma, Geld.«

»Du stiehlst?«

Gerry sah weg.

Aber seine Großmutter wiederholte die Frage: »Gerry, du stiehlst?«

Ohne ihr ins Gesicht zu sehen, nickte Gerry.

»Ahhh!«, knurrte sie und ließ ihrem Abscheu freien Lauf. Gerry sah sie wieder an, rutschte näher zu ihr, nahm den Teller weg und stellte ihn sich auf die Knie. Aber sie schüttelte nur den Kopf. »Du bist ein Mann, ein schlechter Mann. Du bist wie dein Vater. Du bestiehlst jeden, sogar deine eigene Schwester ...«

Gerry versuchte zu erklären. »Ich stehle nichts von Bridget«, beteuerte er in Zeichensprache.

Die Hände seiner Großmutter bewegten sich immer schneller. »Du bist wie dein Vater. Geh doch zu ihm«, sagte sie. »Wenn deine Mutter heimkommt, ziehst du gleich zu deinem Vater. Wenn Sean heimkommt, kann er auch zu dir und deinem Vater ziehen.«

Verzweifelt versuchte Gerry, seine Großmutter zu unterbrechen, aber er war nicht versiert genug in dieser Form der Kommunikation, um mithalten zu können. Also umfasste er resigniert den Keksteller und sah ihren Händen zu, die wild in der Luft herumfuchtelten, als bekämpfte sie einen unsichtbaren und verabscheuten Gegner. Mit einem letzten, erstickten Knurren schien sie ihren Feind am Schlafittchen zu packen und beiseite zu schleudern. Sie wurde ruhig, hielt die Hände vor sich hin und starrte sie an. Vorsichtig legte Gerry einen Augenblick seine Hand auf ihre. Dann griff er nach seiner Tasse, aber der Tee war kalt. Außerdem schwammen obendrauf Krümel von den Keksen, die er eingetunkt hatte.

Gerry hätte nicht genau sagen können, wie lange sie so dagesessen hatten, als es an der Tür klopfte. Er rührte sich nicht. Erneut wurde geklopft, diesmal lauter. Widerwillig stand er auf, spähte jedoch erst einmal verstohlen aus dem Fenster. Da er keine Gefahr entdecken konnte, öffnete er die Tür. Draußen stand eine Frau mittleren Alters in einem mehrfarbigen Jackett und schwarzer Hose. In der linken Hand hielt sie eine Aktenmappe und an beiden Ohren baumelten lange Ohrringe. Die Haare trug sie in einem kurzen Pagenschnitt. Durch den Aufenthalt im Regen lagen sie platt am Kopf an. »Oh, Sie sind es, Maureen«, sagte Gerry und ließ die Frau herein.

»Hallo, Gerry«, erwiderte die Frau mit müder Freundlichkeit.

Gerry ging zurück ins Wohnzimmer und setzte sich wieder aufs Sofa. »Sozialarbeiterin«, signalisierte er seiner Großmutter.

Sie antwortete mit nach oben gerecktem Daumen und machte dann die Zeichen für: »Sie wird dir auch sagen, du sollst zurück in die Schule.«

»Okay?«, gestikulierte die Sozialarbeiterin, trat ins Zimmer und stand etwas unbeholfen in der Gegend herum. Gerrys Großmutter deutete auf einen Sessel. »Ich hab nicht viel Zeit«, erklärte die Frau kopfschüttelnd und blieb stehen. »Ich muss gleich zu noch einem Termin. Aber ich wollte schnell was mit Gerry besprechen.« Gerrys Großmutter antwortete in

Zeichensprache. Die Sozialarbeiterin versuchte sie zu verstehen und bat sie, das Gesagte zu wiederholen. »Nein, tut mir Leid. Ich verstehe es nicht«, gestand sie endlich.

»Oma sagt«, übersetzte Gerry, »dass Sie hier immer willkommen sind ...«

»Danke«, sagte die Sozialarbeiterin mit den Händen und einem Lächeln, bei dem ihre Ohrringe wippten.

Gerry bekam von seiner Großmutter einen Klaps auf den Arm und fuhr gehorsam fort: »... vor allem, wenn Sie es schaffen, mich in die Schule zu kriegen«, vollendete er den Satz.

»Nun, deshalb bin ich hier«, entgegnete die Sozialarbeiterin, strahlte und nickte, sodass ihre Ohrringe wahre Freudensprünge vollführten. »Ich hab was sehr Gutes für dich, Gerry. Ich kann dir etwas ganz Besonderes anbieten, wenn du dich zu einer bestimmten Sache bereit erklärst.«

»Ja?«

»Wenn du zur Schule gehst.« Gerry schüttelte den Kopf. »Nur zwei Wochen. Du weißt ja noch nicht mal, was ich dir anzubieten habe.«

»Mann, Maureen, ich geh nich' wieder in die Schule.«

Die Sozialarbeiterin holte tief Luft und reckte triumphierend den Kopf in die Höhe. »Ich wette doch.«

»St. Jude's? Niemals. Das is' die Hölle.«

»Gerry«, warf seine Großmutter ein, die das Gespräch wie ein Tennismatch verfolgt und alles von den jeweiligen Lippen abgelesen hatte. »Gerry! Schule!« Wenn sie sprach, klang ihre Stimme in dem engen Zimmer sehr laut.

»Du solltest auf deine Oma hören«, meinte die Sozialarbeiterin.

»Gerry! Schule! Schule!«

»Deine Mutter wird nicht mehr lange in der Klinik bleiben«, fuhr Maureen fort. »Denk doch mal, wie sie sich freuen würde, wenn du in der Schule wärst.«

»Keine zehn Pferde kriegen mich dahin zurück«, erklärte Gerry fest.

Seine Großmutter schlug die Augen zur Decke auf und hob resigniert die Hände. Die Sozialarbeiterin kicherte leise. »Bist du ganz sicher?«, fragte sie.

»Absolut.« Gerry blieb eisern.

»Bist du bereit zu wetten?«

»Wie viel?«

»Du kannst bestimmen.«

»Ich wette alles, was Sie wollen, dass ich nie wieder zur Schule geh.«

»Dann hast du schon verloren. Weil ich nämlich weiß, dass du heute hingehst. Ich hab die Uniform gleich mitgebracht. Sogar einen neuen Mantel.«

»Ich geh doch nich' wegen so 'ner popligen Uniform in die Schule, nee, ich doch nich'.«

Die Sozialarbeiterin hob die Hand. »Und was is', wenn ich dir dafür zwei Fußballkarten schenke?«, fragte sie.

»Hä?«

»Für ein Cup-Spiel. Wenn du zwei Wochen regelmäßig zur Schule gehst, kriegst du von mir die Karten.«

Gerry blinzelte. »Zwei Wochen ham Se gesagt, Maureen?«

»Ab heute.«

Mit einem Freudenschrei fiel Gerrys Großmutter ihm um den Hals, stand auf und umarmte auch die Sozialarbeiterin. »Maureen! Gut!«, rief sie, und wieder klangen ihre Worte wegen ihrer Taubheit seltsam verzerrt.

Gerry folgte der Sozialarbeiterin nach draußen. Das Wasser gurgelte laut durch die Abflussrinnen. »Augenblick mal«, sagte er und ließ sie auf der Schwelle stehen. Mit einer großen Pappschachtel kam er zurück. »Ich konnt kein' Schirm finden«, erklärte er und führte Maureen unter dem Schutz der Schachtel zu ihrem Wagen. Er musste sich auf die Zehenspitzen stellen, um die Schachtel über ihren Kopf zu halten. Lärmend plätscherte der Regen auf die Pappe. Maureen holte die noch in Plastik verpackte Schuluniform vom Rücksitz. Und den Mantel.

»Das is' 'ne Streberjacke«, stellte Gerry nüchtern fest und

hielt die Jacke ein Stück von sich weg. »Für 'n echten Großkopp.«

»Dann musst du eben ein Streber werden«, lachte die Sozialarbeiterin, stieg auf den Fahrersitz und ließ den Motor an. »Ich gebe dir die Karten, wenn du deine zwei Wochen hinter dir hast. Ach ja, hier ist auch noch das Busgeld. Hin und zurück. Gib es nicht für andre Sachen aus.«

Als Gerry wieder hereinkam, stand seine Großmutter beim Sofa im Wohnzimmer. »Schöne Klamotten«, seufzte sie.

»Die Jacke ist Scheiße«, formte Gerry mit den Lippen.

»Gehst du jetzt also zur Schule?«

Gerry nickte. »Aber nur für zwei Wochen«, sagte er.

Seine Großmutter lächelte. »Vielleicht bist du ja doch nicht wie dein Vater. Du kannst hier wohnen bleiben.«

Eine Pause trat ein. In heftigen Böen klatschte der Regen gegen das Haus. Irgendwo klimperte ein Eiswagen gänzlich unpassend die Melodie von Blaydon Races. Der Wind trug die Töne vor sich her und verteilte sie, vom Regen verzerrt, gespenstisch über ganz Gateshead. Gerry kniete sich ans Feuer und hielt die Hände in die Wärme. Auf einmal spürte er die Hand seiner Großmutter auf der Schulter und drehte sich zu ihr um. »Bitte, zieh deine neuen Schulsachen an«, bat sie ihn in Zeichensprache.

»Warum?«

»Ich möchte dich in deiner Schuluniform sehen.«

»Okay«, erklärte sich Gerry schließlich bereit. »Aber ohne die Jacke.«

Er stand auf, ihm war so warm, dass seine Wangen glühten. Sorgfältig strich er die letzten Regentropfen von der Plastikhülle und trug die Kleider in die Küche. Als er über die Schulter zurückblickte, sah er seine Großmutter wie in Trance stocksteif auf dem Sofa sitzen. Er öffnete die Verpackung. Sogar Socken und Unterwäsche waren vorhanden. Schnell streifte er Jogginghose und Sweatshirt ab und stand nackt in der Küche. Er streckte Arme und Beine. Er war erschreckend dünn, wie ein gerupfter Sperling, und überall hatte er jetzt eine Gänsehaut. Fröstelnd zog er Socken und Unterwäsche an, die ihm viel zu groß waren. Hose und Hemd passten schon wesentlich besser. Auch eine Krawatte gehörte zur Ausstattung. Mit einer hoch konzentrierten Grimasse band er sie um. Er spürte die Aufregung seiner Großmutter, die auf dem Sofa herumrutschte, sodass sie die Küchentür sehen konnte. Unter dem Küchentisch fand Gerry seine Turnschuhe und zog sie an. Er sah sich Uniform und Turnschuhe an, band die Schuhbänder zu einer ordentlichen Schleife, aber irgendetwas stimmte immer noch nicht. Also zog er die Schuhe wieder aus, spuckte darauf und schrubbte sie heftig mit einem feuchten Geschirrtuch. Dann nahm er ein kleines Stück Seife, rieb die Schuhe damit ein, wusch sie ab und trocknete sie mit dem Sweatshirt. Als er wieder hineinschlüpfte, waren sie makellos sauber.

Gerade als er ins Wohnzimmer zurückwollte, klopfte jemand ans Fenster. Gerry drehte sich um und sah eine Singdrossel auf dem Fensterbrett, die in die Küche spähte und den Kopf mal auf die eine, mal auf die andere Seite neigte.

»Gerry!«, rief die Großmutter. Aber er rührte sich nicht, sondern beobachtete den Vogel, der sich jetzt den Regen vom Gefieder schüttelte, dass die Tropfen um in herumstoben, und sich aufplusterte. »Gerry!« Er streckte dem Vogel die Hand hin, die Handfläche nach oben. Die Drossel begann zu singen. Gerry ging zum Fenster und machte es auf. Einen Augenblick lang war die Küche von der Melodie des Drosselliedes erfüllt. Behutsam streckte er die Hand durchs offene Fenster. »Komm«, flüsterte er. »Komm doch.« Wieder legte der Vogel den Kopf schief und begutachtete Gerry eingehend, als bildete er sich ein Urteil über die ihm angebotene Hand. Aber dann bekam er wohl doch Angst, denn plötzlich flog er weg und ließ Gerrys Hand leer auf dem Fensterbrett zurück.

Gerry wandte sich ab und ging ins Wohnzimmer. Als seine Großmutter ihn sah, brach sie in Applaus aus. Gerry grinste.

»Gut!«, signalisierte sie wieder mit dem Daumen nach oben und griff nach ihrer alten braunen Handtasche, die neben dem Sofa stand. Nachdem sie eine Weile darin gewühlt hatte, brachte sie einen schmutzigen rosa Kamm zum Vorschein. Freudestrahlend winkte sie Gerry zu sich und er setzte sich neben sie. Wie hypnotisiert leckte sie sich die Finger und feuchtete Gerrys Haare damit an, um sie glatt zu kriegen. Vorsichtig machte der Kamm aus den Stachelfransen über Gerrys Stirn eine gediegene Seitwärtswelle. Gerry knirschte mit den Zähnen, aber die alte Frau gurrte glücklich, während sie ihn striegelte. Als sie fertig war, nahm sie das Gesicht ihres Enkelsohns in beide Hände und lächelte.

»Oma«, signalisierte Gerry energisch und rückte ein Stück von ihr ab. »Hör zu. Ich bestehle Bridget nicht. Es ist mein Geld. Ich habe es im Schrank versteckt, weil es da sicher ist. Sewell und ich haben es gespart. Wir wollen …« Wieder musste er mit den Fingern buchstabieren. »Wir wollen Dauerkarten. Verstehst du? Wir wollen Dauerkarten, für den Fußball.« Dringlich starrte er seiner Großmutter ins Gesicht, die seinen Blick verständnislos erwiderte. »Dauerkarten, damit wir die Fußballspiele im Stadion sehen können«, wiederholte er. »Mit einer Dauerkarte kann man …« Frustriert kniff er die Augen zusammen und rang um die passenden Worte. »Man kann sich dann jedes Spiel anschauen. Wir verpassen kein einziges Spiel. Das heißt, wir gehören dazu …« Aber als er die Augen aufschlug, merkte er, dass seine Großmutter sich abgewandt hatte. Sie war an die Sofalehne gesunken und starrte leblos und erschöpft ins Feuer. Auf einmal wirkte sie, als wäre sie geschrumpft und verbraucht. Nur ihre Augen funkelten, als sähe sie Dinge, die sonst keiner sah. »Oma.« Gerry beugte sich zu ihr und gab ihr einen Kuss auf die Wange. »Jetzt Schule.« Sie nickte, wandte den Blick wieder zum Feuer, nahm aber kurz Gerrys Hand und drückte sie fast unmerklich.

Gerry rannte nach oben in sein Zimmer, warf den Mantel aufs Bett, kniete sich davor und steckte die Hand unters Bett. »Zwei Fliegen mit einer Klappe«, murmelte er, als er die Bücher hervorzog, die er mit Sewell bei Waterstone's gestohlen hatte. Er klemmte sie sich unter den Arm und ging wieder nach unten. Dort war seine Großmutter noch immer in die Betrachtung des Feuers versunken; der rosa Kamm lag träge auf ihrem Schoß. Nach einigem Suchen fand Gerry in der Küche eine Plastiktüte, aber sie war zu dünn, und als er die Bücher darin verstauen wollte, krachte sie durch. Unter der Spüle entdeckte er eine Co-op-Tüte, die das Gewicht aushielt. »Schulbücher«, erklärte er seiner Großmutter mit den Händen. Doch sie schien ihn nicht zu bemerken. Schließlich ging er hinaus, schloss die Haustür hinter sich und überließ sie dem, was immer sie in dem glühenden Gasfeuer sehen mochte.

Draußen regnete es noch immer, als wäre jemand dabei, die Wolken auszuwringen. Das Gras auf dem Fußballfeld sah stumpf und welk aus, die Hundehaufen glänzten. Die Pfützen am Bordsteinrand wurden tiefer. Der Wind hatte eine Zeitung in eine Ecke geweht, wo sie sich auflöste und langsam, aber sicher zu einem matschigen, unleserlichen Papierbrei wurde, der seine Geschichten für immer vergessen ließ. An der Bushaltestelle wartete eine Frau mit einer durchsichtigen Regenhaube zum Schutz ihrer dauergewellten Lockenpracht. »Alles klar, Schätzchen?«, begrüßte sie Gerry. »Bisschen spät dran für die Schule, was?«

»Hab heut die ersten Stunden frei«, erwiderte Gerry und blickte stur geradeaus, um die Konversation gar nicht erst in Gang kommen zu lassen.

»Was haste denn in deiner Tüte?«, fragte die Frau trotzdem, aber Gerry ignoriert sie. »An so 'nem Tag brauchste 'n Mantel«, fuhr die Frau nach einer Weile fort. »So holste dir ja den Tod.« Mit einer schlaffen Geste zeigte sie hinüber zu der Arztpraxis, die sich mit ihren neuen orangeroten Backsteinen vom grimmigen Grau der übrigen Siedlung abhob.

Gerry kniff die Augen zusammen. »Wollen Se vielleicht 'n Mantel kaufen«, erkundigte er sich schlagfertig. »Brandneu, Spitzenqualität.«

In der Ferne erschien der Bus. Ruckend blieb er an der Haltestelle stehen und setzte sich dann wieder in Bewegung, wobei er eine dicke Abgaswolke ausstieß. »St. Jude's«, sagte Gerry und zählte die Münzen, die ihm die Sozialarbeiterin gegeben hatte, in die schwarze Schale neben dem Busfahrer.

»Du bist ja früh dran, Kleiner!«, lachte der Busfahrer. »'n echt toller Hecht, was! Ich setz dich aber unten ab, ich hab keine Lust, die Böschung hoch zu fahren.«

Gerry nahm sein Ticket und stieg die Treppe hinauf. Oben saß niemand sonst. Der Motor kam wieder in Fahrt, und im Rhythmus des dahinschlingernden Busses arbeitete sich Gerry zu den hinteren Sitzen durch und setzte sich. Ein Streichholz flammte auf und eine Zigarette erwachte glühend zum Leben. Es war eine von seiner Großmutter, er hatte aber nur drei genommen. Mit einem Hopser überwand der Bus die Straßenschwelle, die Autofahrer am Rasen hindern sollten. Gerry stieß den Rauch in die Gegend, wischte mit dem Pulloverärmel das Kondenswasser von der Scheibe und spähte zum Fenster hinaus. Draußen sauste Gateshead an ihm vorüber. Das freie Gelände, auf dem Durchreisende manchmal ihre Zelte aufschlagen, das Dunston Rocket und die Ladenzeile, Swalwell mit den durchweichten Feldern der Trabponys, Shibdon Pond, wo die Wasserrallen aus dem Schilfrohr pfeifen. Und schließlich Blaydon. Am Rand des Schulgeländes stieg Gerry aus und kletterte die Böschung hinauf. Die Kirchenuhr schlug eins. Der Regen wurde wieder stärker und die Tropfen liefen Gerry in den Nacken und den Rücken hinunter. Oben stellte er sich in dem Backsteinhäuschen der Bushaltestelle unter, wartete und las dabei die unanständigen Sprüche an der Wand, bis der Regen nachließ und schließlich ganz aufhörte.

»Hallo, Gerry!«, rief Mrs. Moore, die Schülerlotsin, und strahlte übers ganze rote Gesicht. Sie war eine rundliche, wissbegierige Frau, die wie ein Ball auf andere Menschen zuhüpfte. »Hätt nich' gedacht, dass ich dich nochmal hier zu Gesicht kriege. Bist allerdings 'n bisschen spät dran, Schätzchen. Ich wollte selbst grade gehn. Mr. Caird is' wahrscheinlich nich' grade erfreut.«

»Caird kann mich mal, Peggy, Mann«, entgegnete Gerry.

Peggy kicherte. »Was haste denn in der Tüte?«

Gerry hievte die Tüte unter den anderen Arm, um sie vor Mrs. Moores Knopfaugen zu schützen. »Zeug fürs Werken«, behauptete er.

»Ach ja«, erwiderte sie und reckte neugierig den Hals.

St. Jude's besteht aus einer provisorischen Barackensiedlung an einem Abhang. Das Schulschild ist klein und unauffällig, als schämte es sich dessen, wofür es steht. Der Haupteingang ist schmal mit schweren Türen, die an das Fallgitter erinnern, das zu den Wahrzeichen der Gateshead Metropolitain Borough gehört. Als Schulhof dient ein Stück narbiger Asphalt, der terrassenförmig in den Hügel gebaut ist. Auf ihm stapelt sich der Müll an manchen Stellen bis zu zehn Zentimeter hoch. Zwischen den klapprigen Hütten des Englischtrakts wandern streunende Hunde umher, und es kommt vor, dass die Schüler vor der Geräuschkulisse einer animalischen Kopulation über den jambischen Pentameter von Shakespeare brüten müssen. Während endloser Nachmittage, in denen die Lehrer mit letzter Kraft versuchen, wenigstens noch ein Minimum von Ordnung aufrechtzuerhalten, fahren die Motorräder vor, pflügen die Fußballfelder unter und spritzen Schlamm an die baufälligen Mauern. Irre, behelmte Gesichter erscheinen an den rissigen Fensterscheiben und verbreiten ungezügelte Rebellion unter den Schülern.

Gerry schlüpfte durch die Seitentür ins Gebäude. Die schwere Tüte fest unterm Arm, schlängelte er sich durch die endlosen Korridore, vorbei an den Klassenzimmern voller Kinder, die es vor Langeweile oder Zynismus kaum aushielten. Durch die Plexiglasfenster an den Türen sah Gerry, dass die Tische zur Seite gestellt waren und seine Klassenkameraden in einem ungleichmäßigen Kreis auf dem Boden hockten. Über ihnen thronte die Lehrerin auf einem Plastikstuhl. Gerry holte tief Luft und betrat den Raum. Als säßen alle Köpfe auf demselben Hals, wandte sich die gesamte Klasse synchron dem Neuankömmling zu. »Ah, Gerry!«, rief die Lehrerin, eine Frau mittleren Alters, mit überraschter, aber freundlicher Stimme. »Dich haben wir ja eine ganze Weile nicht gesehen.«

»Ich war ja auch 'ne ganze Weile weg, Miss«, räumte Gerry ein und blickte sich um.

Die Klasse brach in lautes Gelächter aus. »Alles klar, Gerry? Wo warste denn? Wir dachten schon, du bist tot!«, riefen verschiedene Stimmen durcheinander.

»Beruhigt euch, beruhigt euch«, beschwichtigte die Lehrerin. »Na, dann setz dich doch mal zu uns.«

Der Kreis öffnete sich einen Augenblick für Gerry, ehe er sich wieder schloss wie eine elektrische Bustür. Er drängelte sich dazwischen und setzte sich, die Bücher zwischen den Beinen verborgen. Gemma lächelte ihm zu. Er erwiderte ihr Lächeln. Jimmy packte Mally an den Schultern und hievte sich an ihm hoch. »Haste in letzter Zeit mal wieder 'n paar Hunde spazieren geführt, Gerry?«, johlte er, was erneut mit schallendem Gelächter quittiert wurde.

»Wir unterhalten uns über Erfahrungen«, erklärte die Lehrerin in die allgemeine Heiterkeit hinein und ließ die Hand in einer umfassenden Bewegung über die Klasse schweben. Ihr faltiges Gesicht war stark und unprofessionell geschminkt, mit zwei dicken Rougeflecken auf den Wangen, wie bei einer Puppe. Sie hatte etwas Elfenhaftes an sich, als wartete sie nur darauf, endlich als zweite Besetzung bei einer Aufführung von Shakespeares Sommernachtstraum eingesetzt zu werden. »Erfahrungen«, wiederholte sie und ließ sich das Wort auf der Zunge zergehen. »Bevor du reinkamst, Gerry, hat Lindsey uns davon erzählt, wie sie einmal dachte, sie hätte im Lotto gewonnen.«

»Mir is' auch schommal so was Ähnliches passiert«, meldete sich Gemma zu Wort.

»Na, dann mach du mal weiter, Gemma«, ermunterte sie die Lehrerin.

»Meine Mam hat gedacht, sie hätt die richtigen Zahlen.«

Die Lehrerin beugte sich vor, legte das Gesicht in die Hände und nickte heftig. »Wie war das?«

»Erst war's echt genial, dann war's total mies.«

»Deine Erfahrung fing also gut an und hat sich dann drastisch verändert?«

»Japp.« Nachdenklich zwirbelte Gemma eine Strähne ihrer Haare, die mit einem roten Haargummi hochgebunden waren. Bis zur halben Länge waren sie dunkel, dann wurden sie gelb wie Vanillepudding. »Da is' alles irgendwie ganz still geworden. Ich konnt überhaupt nix mehr hören. Nich' mal den Fernseher oder die Musik von nebenan, es war wie ...«

»Ja, Gemma, wie war es?«

»Hmmm ... es war, als wär ich in Watte gepackt.«

Wie ein Reiher, der sich auf einen Frosch stürzt, fuhr die Lehrerin auf Mally herab, der Jimmy den Arm auf den Rücken gedreht hatte. »Malcolm, ich sag es dir nicht nochmal!«

»Er hat angefangen«, beschwerte sich Mally, ließ den Arm aber widerwillig los, wie ein Hund, der einen Knochen freigibt.

»Wissen Se, Miss, das war der beste Moment in meinem Leben. Ich und meine Mam, wir ham uns einfach bloß angestarrt.« Gemma warf Mally einen hochmütigen Blick zu.

»Na, alles klar, Streber?«, grinste Jimmy und fingerte an Gerrys neuem Schulpullover herum.

»Verpiss dich«, zischte Gerry.

»Wie war es denn, als ihr rausgefunden habt, dass ihr doch nicht gewonnen hattet?«, erkundigte sich die Lehrerin.

»Na ja, ich hab's mir nochmal angesehn. Ich und meine Mam, wir nehmen die Lottozahlen nämlich immer auf Video auf, wissen Se, Miss. Da hab ich dann gemerkt, dass die Bällchen ...«

»Die Bällchen?«, fiel ihr Jimmy ins Wort und auf seinem Babygesicht breitete sich ein Hyänengrinsen aus.

Gemma setzte sich aufrecht hin und starrte Jimmy mit eiskaltem Blick an. »Ich hab gemerkt, dass wir doch nich' gewonnen hatten. Jedenfalls nich' mehr als 'n Zehner. Ich wusst erst gar nich', wie ich's meiner Mam beibringen soll. Ich hab das Band zurücklaufen lassen und einfach nur hingezeigt. Als meine Mam es dann auch gesehn hatte, ham wir uns umarmt. Das war alles.«

Auf einmal stieß Mally einen gellenden Schrei aus. »Na gut, das war's!«, fauchte die Lehrerin mit wutverzerrtem, drohendem Gesicht, als wäre sie ein Pantomimenbösewicht. »Malcolm Liddle, ab mit dir, vor die Tür. Auf der Stelle! Raus!«

»Aber Miss ...«

»Aber Miss gar nichts«, gab sie zurück. »Du hast nur Blödsinn gemacht, seit du hier reingekommen bist.«

»Ey, was 'n Hammer!«, sagte Mally und hievte sich mühsam wie ein Siebzigjähriger auf die Beine. »Ich war's aber nich'.« Der Rest der Klasse sah ihm nach, wie er zur Tür stolperte – ein altersschwacher Captain Oates, der sich zögernd aufs Eis hinausbegibt. Auf Jimmys Gesicht zeigte sich ein rattenartiger Ausdruck des Triumphs. »Immer hacken Sie auf mir rum, Miss. Das is' echt 'n Hammer.«

Als Mally verschwunden war, dachte die Lehrerin einen Moment angestrengt nach, wobei sie den Kopf leicht hin und her wiegte. »Hast du gedacht, der Lottogewinn würde dich glücklich machen?«

Fassungslos starrte Gemma sie an. »Sie vielleicht nich', Miss?«

Die Lehrerin streckte die Unterlippe vor, als müsste sie sich das schwer überlegen, und wandte sich dann mit einem ausladenden Nicken der Klasse zu. »Was meinen denn die anderen?«

Die Frage fiel in die Klasse wie ein Streichholz auf einen Haufen feuchtes Schießpulver. Eine Weile zischte und qualmte es. Augen blickten zur Decke. Gesichter verzogen sich. Köpfe wurden auf die andere Hand gestützt. Doch dann kam eine wahre Explosion von Antworten.

»Na, klar würde das einen glücklich machen, Miss.«

»Aber sicher doch.«

»Was soll'n die Frage überhaupt?«

»Mann, Miss, mit 'nem Lottogewinn könnt man doch alles machen, Mann!«

Aufgeregt hüpfte die Lehrerin auf ihrem Stuhl herum. Gerry sah sich in der Klasse um und lächelte noch einmal zu Gemma hinüber, die zurücklächelte. Dann drängelte er sich ein Stück weiter in den Kreis hinein, wobei er Jimmys Hand von seinem Bücherpaket wegschlug. »Liest du gern, Natalie?«, fragte er ein Mädchen mit Kuhaugen und Brille. Sie nickte. Verstohlen zog er die Tüte etwas zurück, damit man die Bücher sehen konnte. »Drei Pfund jedes. Zwei für fünf.«

»Haste nix mit Horror?«, erkundigte sich das Mädchen.

»Was denkst du dir eigentlich dabei, Gerry?«, mischte sich die Lehrerin plötzlich ein.

»Wenn du mich fragst, die sind schon horrormäßig genug. Fühl doch mal, wie schwer das hier is'. Das sind echte Monster.«

»Gerry!«, wiederholte die Lehrerin.

Durch die dünne Trennwand aus Metall zwischen dem Dramakurs und dem Nebenraum, in dem die angehenden Köche im Wasserdampf schufteten, waren Küchengeräusche zu hören. Töpfe und Pfannen klapperten in der Spüle, Besteck wurde auf Geschirrtüchern ausgelegt. »Tut mir Leid, Miss, ich hab das grade nich' richtig mitgekriegt.« In diesem Augenblick fiel Mally durch die Tür und stürzte zu Boden. Er tat so, als hätte er sich verletzt und rappelte sich mühsam wieder hoch.

»Das war Jimmy Walsh!«, rief er.

»Weder Jimmy noch sonst jemand geht mit dir raus, du brauchst es gar nicht zu versuchen«, warnte die Lehrerin mit freundlicher, aber fester Stimme.

»Hä?«, sagte Jimmy, und sein Gesicht bekam einen aggressiven Ausdruck. Er musterte die Lehrerin mit wutentbranntem Blick wie ein Kindermörder. »Ich bin nich' schwul, Miss, Mann.«

Verständnislos starrte die Lehrerin ihn an. »Das hab ich auch nie gesagt.«

»Is' auch besser so«, gab er in aggressivem Ton zurück.

»Was meinst du denn damit, Jimmy?«

»Sie ham gesagt, ich geh mit Mally raus. Sie blöde alte Fotze.«

Mit einem Blick, der scharf wie ein Präzisionsinstrument war, musterte die Lehrerin die Klasse. »Ich bin nicht sicher, was du da eben gesagt hast, aber wenn ich es noch einmal höre, kriegst du Ärger, Jimmy, und zwar ernsthaft. Hast du verstanden?«

»Aber Sie ham uns Schwulis genannt«, murmelte Jimmy.

»Halt jetzt gefälligst den Mund!«, sagte die Lehrerin.

»Ja, halt bloß die Fresse«, leistete ihr Gemma Schützenhilfe.

Erleichtert sah die Lehrerin, wie die Klasse wieder in Passivität versank, ein schwaches Feuer, das kurz auflodert und wieder verglüht.

Die Lehrerin lächelte Gerry verschwörerisch zu. »Na, dann mach mal weiter«, sagte sie.

Gerrys Gesicht wurde nachdenklich. Vorsichtig fingerte er an seiner Büchertüte herum. Unterdessen war Mally dazu übergegangen, Liegestützen zu machen, und jedes Mal, wenn er sich hochstemmte, stieß er gegen die Tür, sodass sie aufging. »Spielen Sie Lotto, Miss?«, fragte er.

»Ja«, antwortete die Lehrerin.

»Ihr andern auch?«, fragte Gerry.

Diejenigen, die zuhörten, dachten kurz nach und begannen dann Antworten zu rufen, wodurch sie die Aufmerksamkeit derjenigen erregten, die sich nicht konzentrierten. Einer nach dem anderen setzte sich aufrecht hin.

»Ich füll immer drei Felder aus.«

»Ich vier.«

»Ich meistens fünf.«

»Manchmal mach ich in einer Woche zehn.«

»Ich hab auch schon mal mehr gemacht.«

»Jetzt gibt's ja auch das Mittwochslotto und alles«, fügte Gemma hinzu.

»Warum fragst du das, Gerry?«, erkundigte sich die Lehrerin.

Gerry blickte seine Mitschüler an und stand auf. »Geldverschwendung, Mann«, sagte er. Die meisten Gesichter folgten ihm, sogar diejenigen, die dem verbannten Mally dabei zugesehen hatten, wie er Grimassen hinter dem Türfenster schnitt.

»Nich', wenn du gewinnst, dann isses keine Geldverschwendung«, brummte ein pickeliger Junge.

»Aber man gewinnt ja nie was. Oder?« In der Klasse tauschte man rasche Blicke. »Auf wie viel kommt man im Lauf des Lebens ungefähr? Überlegt doch mal, wie viel ihr fürs Lotto ausgebt. Wie viel habt ihr bis jetzt reingesteckt, wie viel kommt noch dazu, bis ihr tot seid? Kann das vielleicht mal jemand ausrechnen?«

Sofort begann die ganze Klasse an den Fingern abzuzählen.

Gerry sah die Lehrerin an, die ihm lächelnd bedeutete weiterzumachen. »Sagen wir mal, wir geben einen Fünfer in der Woche fürs Lottospielen aus. Fünf mal – wie viele Wochen hat ein Jahr?«, fragte er.

»Hundertzwanzig«, rief einer.

»Zweiundfünfzig«, verbesserte ein anderer.

»Genau«, lobte Gerry.

»Ham Se mal Papier für uns, Miss?«, meldete sich Gemma nach einem Augenblick stiller Rechnerei. Die Lehrerin ging hinüber zum Schrank und wich unterwegs geschickt ein paar verirrten Pommes aus. Dabei wirkte sie wie eine Schauspielerin, die im dramatischsten Augenblick eines Stücks über die Bühne schreitet. Mit leicht tragischer Miene verteilte sie Papier und Stifte. Die Stifte nagten am Papier, Schülerzähne nagten am Ende der Stifte, die schwierige Multiplikation nagte am Grips der gesamten Klasse. »Ham Se nich' vielleicht 'n Taschenrechner, Miss?«, erkundigte sich Gemma.

»Ich könnt mal schnell zu einem von den Oberkursen rauf und ein' leihen, Miss. Die Streber-Kids ham jede Menge davon«, erbot sich einer.

»Nein, wir müssen es selbst rauskriegen«, bestimmte die Lehrerin.

»Wenn Se zwölf Taschenrechner kaufen wollen, kann ich Ihnen welche besorgen. Topqualität wohlgemerkt.«

»Nein danke, Jimmy.«

Eine profunde, aktive und absolut ungewöhnliche Stille trat ein. Niemand bemerkte Mally, der keine Lust mehr hatte, Siegeszeichen durchs Fenster zu machen, und in der offenen Tür stand und tat, als masturbierte er.

»Was müssen wir nochmal rechnen, Miss?«, kam eine monotone Stimme aus der Klasse, von jemandem, bei dem der Groschen offensichtlich immer noch nicht gefallen war.

»Zweiundfünfzig Wochen pro Jahr. Multipliziert mit der Anzahl der Scheine, die ihr ausfüllt. Das Ergebnis mal den Lebensjahren.«

»Danke, Gerry«, sagte die Lehrerin.

»Woher soll ich'n wissen, wie lang ich lebe?«, fragte jemand.

»Haste 'ne Oma?«, fragte Gerry zurück.

»Nee. Die is' tot.«

»Dann nimm ihr Alter und zähl fünf Jahre dazu. Fortschritt in der Medizin und so 'n Zeug.«

Die Klasse arbeitete eifrig.

Die Lehrerin staunte. »Bald müssen wir uns aber wieder ein bisschen um unsre Theaterstücke kümmern«, meinte sie.

»Aber das hier is' doch wie Theater«, entgegnete Gemma grinsend. »Wir erforschen das Leben. Da könnten wir 'n Stück drüber schreiben. *Der Traum,* das wär doch 'n guter Titel. Oder so.«

»*Der Preis eines Traums*«, schlug Gerry vor.

»Ich hab's!«, rief eine aufgeregte Stimme. »Eine Million zweihundertzwanzigtausend.«

»Wie kann denn das?« Die Klasse war empört.

»Red kein Blech!«

»Du blöder Hund!«

»Kommt schon, konzentriert euch mal«, befahl Gerry.

Wieder wurde es still, bis schließlich ein triumphierender Seufzer das Schweigen durchbrach. »Dreizehntausend kommt raus.« Gemmas Stimme klang leise, aber überzeugt.

»Bist du sicher?« Die Lehrerin lächelte.

»Ja, ganz sicher, Miss. Man gibt im Leben dreizehntausend Pfund fürs Lottospielen aus.«

Die Klasse staunte.

»Überlegt euch mal, was man damit alles machen könnte.«

»Ja, und dann gewinnt man sowieso nix.«

»Das ist die totale Abzocke.«

Die Pausenglocke gellte mitten hinein in die Aufregung. Augenblicklich sprang die ganze Klasse auf und strebte zur Tür. »Jimmy, du sammelst bitte zusammen mit Malcolm die Stifte und das Papier ein«, ordnete die Lehrerin an.

»Nee«, sträubte sich Jimmy. »Warum ich? Warum sagen Se nich' Gerry, er soll das machen? Er is' zu spät gekommen.«

Gemma kam auf Gerry zu. »Ich dachte, du hättest die Schule abgehakt«, sagte sie.

»Kennste nich' zufällig irgendwelche Leute, die Bücher kaufen wollen?«, fragte er und lächelte.

»Weil ich möchte, dass du das erledigst«, sagte die Lehrerin zu Jimmy.«

»Das is' aber ungerecht!«, empörte sich Jimmy.

»So ist das Leben.«

»Sie können mich mal, Miss, Sie alte Lesbe.«

»Da brauchste einen von den Oberkursen«, meinte Gemma. »Weißte, das is' richtig ulkig, dich mal ohne Sewell zu sehn.«

»Na ja, es hat auch was mit ihm zu tun, dass ich hier bin. Geschäfte, weißte.«

Gemma lachte. »Was heckt ihr zwei beiden denn jetzt schon wieder aus?«

Inzwischen war die Lehrerin ernst geworden. »Was war das, Jimmy?«

»Ich hab gesagt, das is' total unfair.«

»Ich hoffe, das war wirklich alles, was du gesagt hast.«

»Ach, Sie können mich mal.«

Die Lehrerin wich dem Angriff so geschickt aus wie ein Rugbyspieler, indem sie wieder einmal so tat, als wäre sie schwerhörig. »Na gut, dann geh eben. Aber zuerst sammelst du das Papier ein. Nun, Gerry«, wandte sie sich dann von ihrem Problemfall ab.

»Ich hab als Nächstes Angewandte Ernährungslehre«, sagte Gemma.

»Was macht ihr'n da?«

»Pizza.«

»Genial!«

»Ich geh jetzt mal lieber. Man muss gleich zu Anfang den Ofen vorheizen. Danach gibt's kaum mehr was zu tun.«

»Dann sehn wir uns später, Gemma!«, sagte Gerry.

»Viel Glück bei euren Plänen.« Als sie ging, schien Gemma leicht rot zu werden. »Und sag Sewell 'n schönen Gruß von mir, ja?«

»Das war sehr interessant, Gerry«, begann die Lehrerin, als Gemma weg war. »Was du da über die Lotterie gesagt hast.«

»Ich spiel nie mit, Miss, ich nich'. Hab Besseres zu tun mit meinem Geld«, erklärte er.

»Ja, es für Alkohol und Kippen ausgeben«, mischte sich Jimmy ein und schmiss Papier und Bleistifte voller Verachtung vor die Lehrerin aufs Pult.

»Abmarsch«, sagte sie nur.

»Damit hab ich auch nix am Hut, Miss«, stellte Gerry richtig. »Kein Alkohol, keine Kippen. Nix dergleichen.«

»Wofür gibst du das Geld denn dann aus?«

Von der Tür, durch die jetzt die letzten Schüler den Raum verließen, kam ein höhnischer Aufschrei. »Die ham doch überhaupt kein Geld! Sein Alter pisst alles die Wand runter.«

»Auf Wiedersehen, Jimmy!«, rief die Lehrerin im Befehlston. »Hör nicht auf ihn«, fügte sie, an Gerry gewandt, hinzu.

»Tu ich auch nich', Miss. Der is 'n Arschloch.«

»Du wolltest mir was über dein Geld sagen.«

»Ich versuch zu sparen, Miss. Für was Besonderes. Für was, was ich mir ehrlich wünsche.« Prüfend sah Gerry sich um, ob auch wirklich kein anderer Schüler mehr im Raum war. »Kennen Se Sewell, Miss?«

»Sewell? So ein Kleiner?«

Gerry musste lachen. »Nee. Er is' geflogen. War aber nich' seine Schuld. Mr. Caird hat ihn drangekriegt. Na ja, es is' 'ne Sache von uns beiden, Miss. Wir sparen für unsern Traum. Nich' so 'n Traum, den man hat, wenn man schläft. Nein, einen für wenn man wach is'. Aber ich träum eigentlich auch nachts davon.«

»Wir alle brauchen Träume.«

Gerry nickte. »Das isses doch, warum so viele Leute Lotto spielen. Die machen das, weil se sonst nix ham. Wissen Se, was ich mein? Man trifft irgendwo einen und der sagt, na ja, vielleicht hab ich ja im Lotto gewonnen. Das hilft ihm weiter, denk ich. Is' aber kein echter Traum. Nich' 'n eigener jedenfalls. Verstehn Se, was ich mein, Miss?« Die Lehrerin nickte. »So 'n Traum könnt jedem gehören. Ich will nich' sagen, dass meiner irgendwie besser is' oder so. Aber der gehört mir. Ganz allein.«

Interessiert runzelte die Lehrerin die Stirn. »Wovon träumst du denn, Gerry?«

Gerry zuckte ausweichend die Achseln. »Kucken Se manchmal Fußball?«

»Newcastle United?«

»Japp.«

»Hab ich früher öfter. Und du?«

Gerry hüstelte ein bisschen verlegen. »Ja, klar. Wo im Stadion waren Se denn, Miss?«

»Oh, das ist jetzt alles anders. Und du?«

»So wie damals, als ich gegangen bin, isses auch nich' mehr.«

»Wirklich? Dann musst du aber sehr jung gewesen sein.«

Einen Moment schwieg Gerry und sah weg. Dann wandte er sich ihr wieder zu und sagte: »Ich war 'n Kind. 'n Dreikäsehoch, wie man so schön sagt.«

Inzwischen versammelten sich bereits die Schüler für die nächste Stunde an der Tür. »Wartet bitte draußen, ja? Danke!«, rief die Lehrerin ihnen zu. »Vermutlich kommt man heute nur noch sehr schwer rein«, sagte sie.

»Man braucht 'ne Dauerkarte.«

Nachdenklich kniff die Lehrerin die Augen zusammen. »Wer von den Leuten im Dramakurs geht denn zu den Spielen?« Gerry schüttelte stumm den Kopf. »Du meinst, keiner von euch geht ins Stadion?«

Gerry stellte die Büchertüte, die er bisher hinter dem Rücken gehalten hatte, langsam ab und dehnte die Armmuskeln. »Keiner. Ein paar von den Oberkursen gehn hin«, lächelte er.

»Aber früher warst du auch dort?«

»Japp. Klar.«

»Und wie war es?«

»Hä?«

»Wie war es, als du noch hingegangen bist? Du hast gesagt, dass du ganz klein warst. Hat dein Vater dich mitgenommen oder ein großer Bruder?«

»Mein Alter war dabei, Miss.«

Allmählich wurde die neue Klasse laut vor der Tür. »Ich wollt mich sowieso von Anfang an nich' mit ihm verabreden«, erklärte ein Mädchen gerade ihren Freundinnen. »Dieser beschissne Möchtegern. Nich' mal 'n Knackarsch.«

Unbehaglich trat Gerry von einem Fuß auf den anderen und schubste die Büchertüte dabei mit den Zehen herum. »Ich kann mich nich' mehr so gut dran erinnern, Miss.«

»Woran erinnerst du dich noch?«

Eine Weile dachte Gerry angestrengt nach. »Es war immer 'n verdammter Krach.«

»Kann ich mir vorstellen.«

»Und überall waren Leute. Ich kann mich aber nich' mehr erinnern, wer gewonnen hat.« Gerry blickte starr auf seine Hände, als könnte er von ihnen die nächsten Worte ablesen. »Woran ich mich am besten erinnere, is' der Mantel von meinem Alten. Den hat er immer angehabt, wenn er mit mir aufm Fußballplatz war. Ich seh ihn noch genau vor mir.«

»Hat er dich oft mitgenommen?«

Gerry grinste. »Japp. Jede Woche.« Verträumt schloss er halb die Augen. »In der Halbzeit ham wir uns immer 'ne Tasse

Tee genehmigt. Ich war zu klein, um an die Theke zu kommen, aber mein Dad, der hat mich einfach hochgehoben. Man kriegte ihn in Styroporbechern. Den Tee, mein ich. Er war immer zu heiß für mich. Deshalb hat mein Dad den Becher für mich festgehalten. Ich war noch furchtbar klein, wissen Se, Miss. Er hat aufgepasst, dass sich keiner vordrängt und so. Er hat uns beschützt, Miss, wie, na ja, so wie die Statue.«

»Die Statue?«

»Na, Sie wissen doch. Der Engel. Wie der seine Arme ausstreckt. Klingt bescheuert, was?« Gerry wurde rot.

»Nein. Das klingt kein bisschen bescheuert.«

Gerry blinzelte und schubste die Bücher herum, als suchte er eine Orientierung. »Mann, das werd ich nie vergessen, Miss. Im Leben nich'.«

»Warum seid ihr nicht mehr hingegangen?«

»Keine Ahnung. Einfach so.« Schweigen.

»Ist das dein Traum?«

»Hä?«

»Na, dein Traum. Mit deinem Vater zum Spiel gehen, gehört das zu deinem Traum?«

Gerry sah hinunter auf seine Füße. »Weiß ich nich'. Vielleicht.«

»Wenn du möchtest, könnten wir nächste Woche mit dem Thema weitermachen.«

»Wie meinen Se das, Miss?«

»Wir könnten eine Erinnerung heraussuchen und sie aufführen. Und dann darüber reden, was wir dabei empfinden.«

Aber Gerry schüttelte entschieden den Kopf. »Nee, das is' privat. Das will ich nich'.«

Die andere Klasse drängte sich immer unruhiger an der Tür. »Kommt rein«, sagte die Lehrerin und wandte sich über die hereinströmende Schlange hinweg noch einmal an Gerry. »Wie geht's eigentlich Bridget, Gerry?«

»Ich weiß nich'«, antwortete er und wandte sich ab. »Sie hat sich vom Acker gemacht.«

Die Lehrerin verzog ein wenig das Gesicht. »Schade. Sie

hat ihre Sache hier so prima gemacht. Wohnt sie nicht mehr bei eurer Oma?«

»Die is' jetzt bei uns.«

»Na, dann sag Bridget mal einen schönen Gruß und dass wir sie vermissen.«

»Japp.«

»Und wie geht's Sean?«

Gerry wurde rot und schwieg einen Augenblick verlegen. »Wir wissen das Datum für seine Entlassung noch nich'.«

»Du solltest öfter zur Schule kommen, Gerry.«

»Japp.«

Sie lächelte ihn noch einmal an und schaute dann zu ihrer Klasse, die sich in einem unregelmäßigen Kreis versammelt hatte.

»Ich hab heut überhaupt kein' Bock, Mann, Miss«, rief ein Mädchen herausfordernd.

»Und warum nicht, Lucy?«

»Weil ich total abgenervt bin, deshalb.«

Die Korridore waren verlassen. Auf der Suche nach seiner Klasse wanderte Gerry im Schulgebäude umher, blickte durch die kleinen Türfenster und suchte vertraute Gesichter. »Gerry, Mann! Gerry!«, begrüßten ihn die Teilnehmer der Jahrgangsstufe acht, Gruppe sieben, als er vorbeikam. Sie sprangen von ihren Plätzen auf und kamen zur Tür. Auch der Lehrer stand auf. Durch das Fenster sah Gerry, wie er die Lippen bewegte, konnte aber seine Stimme nicht hören. Er ging weiter. Jetzt wurde die Tür aufgerissen und ein paar Köpfe erschienen. »Alles klar, Gerry?«, riefen sie. »Haste in letzter Zeit noch 'n paar Hunde im Metro Centre ausgeführt?«

»Kommt wieder rein«, bat der Lehrer. »Kommt bitte wieder rein.«

»Kommt wieder rein«, echote die Klasse und imitierte die sanfte Stimme des Lehrers wie ein Lämmerblöken. »Kommt wieder rein, b-b-b-bitte. Määh!«

Ganz oben im Hauptgebäude traf Gerry auf einen Jungen und ein Mädchen, die auf der Stufe vor den Physik- und Chemiesälen saßen. Er war bereits an ihnen vorbei, als er innehielt und noch einmal zurückkam. »Alles klar?«, grüßte er und lächelte unsicher.

»Hallo«, antwortete das Mädchen steif.

»Seid ihr rausgeschmissen worden?«, begann Gerry freundlich das Gespräch.

»Nein, uns war schlecht«, teilte ihm das Mädchen kühl mit. Der Junge blickte auf und ließ den Kopf mit einem lauten Stöhnen in die Hände sinken.

»Aha«, entgegnete Gerry. »Oberkurs also. Aus Whickham?« Die beiden sahen ihn an und nickten. Verstohlen sah Gerry den Korridor hinauf und hinunter, ob die Luft rein war, ehe er die Bücher hervorholte. »Wollt ihr vielleicht 'n Buch kaufen?«

»Nein danke«, antwortete das Mädchen.

»Kommt schon, ihr könnt sie euch ja wenigstens angucken«, schmeichelte Gerry. »Also das hier ist wirklich wunderschön«, säuselte er und befühlte das Cover des ersten Buchs. »Genau was du brauchst, Mann.«

»Was soll ich mit einem Spanisch-Wörterbuch, wenn wir nicht mal Spanisch lernen?« Das Mädchen gab ihm das Buch zurück.

Mit beleidigtem Gesicht nahm Gerry es entgegen. »Na ja, Schätzchen, könnt doch sein, dass du in den Ferien nach Spanien fahren möchtest. Wie willste denn die Diego-Jungs rumkriegen, wenn du nich' mal ihre Sprache beherrschst? Na egal, aber wirf mal 'n Blick hier rein. Habt ihr vielleicht was mit Kunst am Hut?«, fragte er und hielt ihnen ein anderes Buch unter die Nase.

Das Mädchen blätterte in einem riesigen Band über Kunstgeschichte. »Mit so was nicht«, erwiderte das Mädchen und überflog frostig die bunten Bilder. Der Junge fing an zu husten und blickte zu der Tür hinter ihm auf.

»Warte«, besänftigte Gerry. »Noch eins. Hier, das is' 'n gebundenes. Ein Klassiker. Seht ihr, da steht's: *Everyman's Classic, A Sportsman's Notebook*.«

»Worum geht's darin?«, fragte der Junge und nahm Gerry das Buch aus der Hand.

»Äähhmm ... um Fußball«, antwortete Gerry. »Kevin Keegan hat's geschrieben, bevor er weggegangen is'.«

»Da steht aber Iwan auf dem Buchrücken.«

»Iwan?«

»Ja, Iwan Turgenjew.«

»Ja, ja. Der hat ihm geholfen. Die ham ja alle jemand, der ihnen hilft. Iwan Turgenjew, den kennste doch. Hat für Bulgarien gespielt. Oder war's Rumänien? Eins von beidem jedenfalls. Den Kerl kennt jeder. Spitzenspieler, aber 'ne Fresse wie'n Fisch.«

»Wie viel?«, fragte der Junge.

Gerry lächelte strahlend. »Wie viel haste denn, mein Guter?«

»Ich kann dir fünf Essensmarken geben.«

»Ach komm, die krieg ich umsonst, Mann.«

»Na ja ...«

In diesem Moment ging langsam die Tür hinter ihnen auf. Blitzschnell raffte Gerry seine Bücher wieder in die Plastiktüte und verschwand den Korridor hinunter. »Wie geht's euch beiden denn jetzt?«, fragte eine mitfühlende Stimme. Gerry verzog sich durch einen wenig benutzten Notausgang.

Nachdem er eine weitere Viertelstunde lang seine Klasse gesucht hatte, fand Gerry schließlich einen Stuhl am Ende eines langen Korridors und setzte sich. Man hörte eine Klasse in einer Fremdsprache singen. Irgendwo in der Ferne brüllte ein Lehrer herum. Gerry starrte auf die Wände des Korridors und las die Plakate über die gesundheitsschädliche Wirkung von Zigaretten. Gelangweilt trommelte er mit den Fingern auf den Büchern herum, die er auf den Knien hielt. Von Zeit zu Zeit befühlte er ein wenig unsicher das Material seines Pullovers. Plötzlich wurde am anderen Ende des Korridors eine Tür aufgerissen und eine Gestalt erschien. Mit festen Schritten, die in dem langen Gang ein lautes Echo hervorriefen, kam ein vierschrötiger, untersetzter Mann auf Gerry zu. Sofort sprang Gerry auf die Füße und ergriff die Flucht. Aber die Plastiktüte gab bei der plötzlichen Bewegung nach und die Bücher fielen polternd auf den Boden. In der Stille, die auf das Gepolter folgte, hörte Gerry, wie sich die Schritte hinter ihm beschleunigten. In fieberhafter Eile sammelte er die Bücher auf, aber es war zu spät. Als er sich aufrichtete, stand Mr. Caird über ihm. »Gerard Macarten, du kommst augenblicklich mit mir in mein Büro!«, bellte er.

Gerry blickte gehetzt den Korridor hinauf und hinunter. »Ach kommen Se, Mann, Sir.«

»Nenn mich bloß nicht Mann, Gerard Macarten!«, stotterte Mr. Caird.

Ergeben machte Gerry sich auf den Weg, Mr. Caird folgte ihm dicht auf den Fersen. Seine Schritte trafen Gerry wie Maschinengewehrfeuer. »Na schön«, sagte Mr. Caird, während er ihn mit großer Gebärde in sein Zimmer hineinkomplimentierte. »Stellen wir gleich zu Anfang eins klar, bevor wir anfangen. Du schuldest mir noch einen zehnseitigen Aufsatz vom letzten Quartal. Hast du den fertig?« Inzwischen hatte Mr. Caird sich hinter seinem Schreibtisch niedergelassen und musterte Gerry gebieterisch, seine Patschhände lagen vor ihm auf dem Tisch wie zwei fette Krebse.

Gerry durchforschte sein Gedächtnis. »Ja«, antwortete er.

»Was?«

»Ja, ich hab ihn geschrieben.«

»Ja, Sir. Sir. Ja, Sir«, korrigierte Mr. Caird, während seine Hände seitwärts verrutschten und dann wieder an die ursprüngliche Stelle krabbelten. »Versuchen wir's noch einmal. Hast du den Aufsatz geschrieben?«

»Ja, Sir.«

»Schon besser. Hast du ihn auch dabei?«

»Das war letztes Quartal.«

»Es interessiert mich nicht, wann das war. Mich interessiert nur, ob du den zehnseitigen Hausaufsatz bei dir hast, den du mir abgeben musst?«

»Nein. Nein, Sir.«

Mr. Cairds Wurstfinger verbogen sich zu drohenden Klauen. »Dann muss ich dich wohl daran erinnern, dass die Schulregeln es verbieten, am regulären Unterricht teilzunehmen, solange noch eine Strafe aussteht. Also bring den Aufsatz morgen mit. Verstanden?«

»Ja.«

»Versuchen wir das nochmal«, sagte Mr. Caird, und plötzlich krochen seine Hände über den Tisch auf Gerry zu. »Hast du verstanden, was ich dir gesagt habe?«

»Ja, Sir.«

»Schon besser. Also. Ich muss dich ja wohl nicht daran erinnern, wie die Regeln in Sachen Uniform lauten. Deine Kleidung ist nicht korrekt.«

»Aber die Sachen sind ganz neu, Sir.«

»Das ist mir gleich. Hast du begriffen, dass deine Uniform nicht korrekt ist, oder muss ich dir noch einmal die Regeln für die Schuluniform erklären?«

Ein leises, unsicheres Klopfen ertönte. Ein paar Sekunden später erschien ein bebrilltes Gesicht. Dem Gesicht folgten eine Krawatte und ein Hemdkragen, dann ein Jackett, dann der Rest des Anzugs. »Entschuldigen Sie bitte die Störung, Mr. Caird«, begann der Eindringling schüchtern. »Ich habe hier drei Kopien von der Liste, die Sie haben wollten.«

»In Ordnung«, erwiderte Mr. Caird unwillig, ohne die Augen von Gerry abzuwenden.

»Kann ich sie Ihnen geben, bitte? Es ist eine überarbeitete Version der Liste, die ich vorher gemacht habe.«

»Legen Sie sie in den Eingangskorb, Mr. Brown«, fauchte Mr. Caird mit einer ungehaltenen Geste, aber dabei verhakten sich seine Wurstfinger in besagtem Eingangskorb und ließen ihn umkippen.

»In Ordnung, Mr. Caird«, erwiderte der Eindringling nervös, legte seine sorgfältig mit dem Computer geschriebenen Listen neben den gekenterten Eingangskorb und verzog sich rückwärts zur Tür, als hätte er Angst, von Mr. Caird angesprungen zu werden.

Als Mr. Brown verschwunden war, tastete Mr. Caird nach den Listen, ohne jedoch Gerry auch nur eine Sekunde aus den Augen zu lassen. Vorsichtig näherten sich seine Hände den Papieren, dann streckte er den Zeigefinger nach ihnen aus. Abrupt schoss dann der Daumen vor und Mr. Caird packte die Listen im Pinzettengriff, bis er sie schließlich, nachdem er sie eine Weile begutachtet hatte, in den Tiefen einer Schreibtischschublade verschwinden ließ. »Was sollen wir nur mit dir machen?«, fing er dann wieder an. »Trotz Typen wie dir ist unsere Schule eine der besten in der Umgebung. Wir haben zahlreiche Auszeichnungen erhalten, sieh dir ruhig die Wände an!«, rief er aus. »Sieh dir die ganzen Listen an. Sie dienen nicht als Tapete, weißt du. Jede Liste umfasst eine Jahrgangsstufe, ihr Thema und den Lehr- und Aktionsplan. Es hat Monate gedauert, um das auszuarbeiten. Verstehst du, was das bedeutet? Ja oder nein?« Nun krochen Mr. Cairds Hände aus der Schublade hervor wie unter einem Felsen und ließen sich wieder auf dem Tisch nieder. »Das bedeutet, dass ich mir den reibungslosen Ablauf dieser Schule nicht von Typen wie dir durcheinander bringen lasse. Hast du gehört? Ich werde nicht erlauben, dass du meine Listen ruinierst.«

Plötzlich hielt Mr. Caird inne und schnappte angestrengt nach Luft, wobei seine Zähne auf seiner Unterlippe herumknabberten, als wollte er sie verspeisen. Gerry sah ihm ins Gesicht. Es wurde immer röter. »Ich kenne dich und deinesgleichen, Macarten. O ja. Mach nur keinen Fehler.« Unvermittelt senkte er die Stimme zu einem Flüstern. »Wo warst du am Abend des 21. Juni? Nun?« Sein Blick wurde hart. »Ich weiß, dass du das warst, Mann. Du und der Dicke, den ich rausgeschmissen habe. Ich kann's zwar nich' beweisen, aber ich kann euch das Leben zur Hölle machen!« Mr. Caird hievte sich aus seinem Stuhl hoch und richtete sich drohend auf. »Typen wie du sind schuld, wenn wir in Verruf geraten. Wenn die ganze Gegend in Verruf gerät. Ich verlange, dass ihr euch anpasst! Ich muss eine Maßnahme finden, die euch so weh tut, dass ihr endlich bereit seid, euch anzupassen. Aber was könnte das sein? Was kann ich als Druckmittel verwenden, damit ihr euch einreiht? Du warst monatelang nicht hier, obwohl du mir einen zehnseitigen Aufsatz schuldest, und jetzt, und jetzt ... JETZT TAUCHST DU IN TURNSCHUHEN AUF!«

Hinter Mr. Cairds zornrotem Kopf entdeckte Gerry plötzlich ein bekanntes Gesicht am Fenster, und vor Schreck blieb ihm fast die Luft weg. Aber Mr. Caird sank auf seinen Stuhl zurück, seine Hände patschten schlaff auf den Tisch wie tote Krebse bei Ebbe an den Strand. Er seufzte schwer, schloss die Augen und ballte die Hände zu Fäusten, als wollte er sie so wieder beleben. Verstohlen warf Gerry noch einen Blick zum Fenster. Auf einmal erschien auch noch Rustys Gesicht neben Sewells. »Warum bist du zurückgekommen?«, fing Mr. Caird wieder an.

»Um was zu lernen, Sir«, antwortete Gerry und unterdrückte ein Schmunzeln.

»Erwartest du etwa, dass ich das glaube?«, höhnte Mr. Caird. »Wie dem auch sei, ich will dich hier nicht haben. Ich will nicht, dass du unsere Stellung in den Leistungstabellen ruinierst. Na, was sagst du jetzt?«

Gerry nahm sich zusammen. Aus dem Augenwinkel sah er, wie Sewell und Rusty abwechselnd auftauchten, als hüpften sie auf einem Trampolin. »Ich will aber hier sein, Sir. Bloß für 'n Weilchen. Zwei Wochen vielleicht.«

»Was in aller Welt willst du damit sagen?«

»So 'ne Art Probezeit, wissen Se, Sir. Sie könnten mir 'ne Probezeit von zwei Wochen einräumen.«

Mr. Caird blinzelte, als wäre ihm eine gute Idee gekommen. »Du magst den Dramakurs, stimmt's?«

Gerry nickte.

»Nun, wie wäre es, wenn ich dich jedes Mal aus dem Kurs raushole und dich stattdessen die Schulregeln aufschreiben lasse? Nur die wichtigen, nur die, die du dir anscheinend nie merken kannst. Würde dir das etwas ausmachen?«

Rusty bellte. Sewell lachte. Mr. Caird starrte nachdenklich

auf seine Listen an der Wand. »Also, was stehst du hier rum und glotzt aus dem Fenster? Würde dir das etwas ausmachen oder nicht?«

Gerry verbiss sich ein Lachen. »Nein, Sir. Ich meine, ja, Sir.«

»Was ist an diesem Fenster so faszinierend?«, wollte Mr. Caird wissen und drehte sich um. Gerry gab Sewell mit einem heftigen Kopfnicken zu verstehen, dass Gefahr drohte, und Sewell verschwand gerade rechtzeitig. »Also? Was ist da so interessant?«, wiederholte Mr. Caird, gerade als Rusty wieder erschien.

»Da draußen hopst ein Hund auf und ab, Sir.«

»Das seh ich auch«, bellte Mr. Caird, sprang auf und pochte mit seinen fetten Fingerknöcheln gegen die Fensterscheibe. »Verschwinde«, befahl er. »Hunde sind auf dem Schulgelände nicht zugelassen.«

Damit ging er zurück an seinen Schreibtisch und saß geraume Zeit gedankenverloren und stumm da. »Nun gut«, sagte er schließlich mit entschlossener Stimme. »Du gehst jetzt nach Hause. Morgen kommst du in ordnungsgemäßer Uniform, mit dem zehnseitigen Aufsatz und weiteren vier Seiten wegen deiner Turnschuhe ...«

»Ey!«

»Plus zwei zusätzlichen Seiten wegen unangemessener Widerrede.«

»Aber ich hab keine anderen Schuhe.«

»In den Schulregeln steht ausdrücklich, dass die Schüler ordentliche schwarze Schuhe zu tragen haben. Hier drin.« Mr. Caird griff nach einem dicken Aktenordner voller computergeschriebener Listen. »Alle Schüler haben ordnungsgemäß schwarze Schuhe zu tragen.« Sein Gesicht glühte triumphierend. »Also, dann fort mit dir. Ich muss mich noch um einige Listen kümmern.«

Als Gerry sich zur Tür wandte, hüstelte Mr. Caird laut, um noch einmal seine Aufmerksamkeit zu erregen. »Was sagst du denn nun zu meinen Bedingungen, unter denen ich dir erlaube, auf die Schule zurückzukehren?«

Gerry biss sich auf die Zunge. »Ja«, sagte er und nickte. »Ja. Sir.«

Mit einem zufriedenen Seufzer wandte sich Mr. Caird dem Sortieren eines Papierbergs zu.

Am Schultor warteten Sewell und Rusty. Aufgeregt bellend stürzte sich Rusty auf Gerry. »Hat Caird dir den Kopf abgerissen?«, erkundigte sich Sewell. Gerry schüttelte den Kopf und reichte ihm die Bücher.

»Die nächsten zwei Wochen werden bestimmt die längsten meines Lebens«, sagte er. »Aber wenn ich aus diesem Höllenloch wieder raus bin, gehn wir los und verdienen endlich richtig Geld.«

»Mit was denn?«, wollte Sewell wissen.

»Irgendwas. Aber wenn ich schon leiden muss, musst du's auch. Außerdem kann ich nich' mehr warten, Sewell. Wir brauchen unsre Dauerkarte. Das schwör ich dir. Was hat man denn sonst vom Leben?«

Kapitel 7

Mit Macht bricht der Winter über Gateshead herein. Tag für Tag fällt der Regen und durchweicht sogar den Beton. Der Wind, der sich an den scharfen Kanten verrammelter Häuser und zerbrochener Flaschen wetzt, fegt über die Gegend hinweg, schlägt nach verkümmerten Bäumen und Stacheldrahtzäunen, jagt Plastiktüten und Menschen die Straßen hinauf. Nichts kann Wind und Regen abhalten. Kein Hut. Kein Mantel. Keine Wände. Dann hört es eines Nachts plötzlich auf zu regnen, der Himmel wird klar und die Straßen verwandeln sich in Eisbahnen. Ganz Gateshead friert ein, wird spröde und weiß. Nach drei Tagen Frost kehren Wind und Regen zurück, wühlen tiefe Schlammfurchen in den Boden und feilen die Luft wieder rasiermesserscharf. Dezember: Regen. Wind. Regen. Januar: Eis. Wind. Regen. Wind. Regen. Februar: Schnee. Wind. Graupel. Wind. Regen. Wind. Wind. Wind.

Und nirgendwo ist es so windig wie auf den ehemaligen Feuchtgebieten um das Metro Centre. Der Wind kämpft noch immer gegen die Invasion der Gebäude, geistert über die beiden Betonplattformen des Bahnhofs, die parallel zu den Schienen liegen wie zwei gefallene Monolithen einer vergangenen Epoche.

»Na, dann mal los, Sewell, Mann«, sagte Gerry, als die Bahn einfuhr. »Das is' unsre.« Die elektronischen Türen öffneten sich bebend. Sewell folgte Gerry in den Zug. »Ich hab dir doch gesagt, du sollst den Hund nich' mitbringen«, beschwerte sich Gerry.

»Und ich hab dir gesagt, wo ich hingeh, da geht er auch hin«, erwiderte Sewell. Sie durchquerten beide Wagen und setzten sich an den letzten freien Tisch. Rusty sprang auf den

Fensterplatz. »Er kuckt gern raus«, erklärte Sewell. Dann seufzte er tief.

Gerry schnaubte frustriert. »Zum letzten Mal – hörst du jetzt endlich auf, Trübsal zu blasen?«

Sewell verschränkte die Arme. »Na weißte«, knurrte er schließlich.

»Na weiß ich was?«

»Es is' schlimm genug, wenn ich mir auf dem beschissenen Bahnsteig alles abfriere, aber dann auch noch ...«

»Dann auch noch was? Spuck's aus, du vertrottelter Stinkstiefel. Schon den ganzen Tag jammerste hier nur rum. Dabei haste wenigstens deine Jacke und dazu noch 'ne dicke Fettschicht, um dich warm zu halten.« Zwei elektronische Signale erklangen und die Bahn setzte sich in Bewegung.

»Das isses nich', Mann.«

»Was'n dann?«

»Mann, Gerry, das weißte doch, Mann.«

»Dann sag's mir.« Der Schaffner begann, die Tickets zu kontrollieren. »Und dann musste jetzt auch noch den halben Preis für den Hund zahlen.«

Sewell machte ein herablassendes Gesicht. Dann zog er die Jacke aus und klatschte in die Hände. »Runter mit dir«, flüsterte er dem Hund zu. Prompt sprang Rusty unter den Sitz und kroch auf den Gepäckabstellplatz. Sewell hängte seine Jacke davor. Dann seufzte er erneut.

»Du machst mich noch verrückt«, sagte Gerry.

»Ich kann nix dafür.«

»Sag mir doch einfach, was los is'!«

»Es is' ...«

»Ja?«

»Es is' wegen heute, Mann.«

»Was is' denn mit heute? Ich dachte, du gehst gern zu 'nem Pokalspiel.«

»Ja, schon.«

»Mann, Sewell, ich hab dafür zwei Wochen in diesem Höllenloch zugebracht.«

»Weiß ich ja, aber …«

»Aber was?«

»Es is' nich' deswegen, weil's ein Pokalspiel is', sondern wo das Spiel is', Gerry. Wenn's irgendwo sonst wär. Ich mein irgendwo sonst auf der ganzen Welt.«

»Die Fahrscheine bitte«, mischte sich der Schaffner ein, der an ihrem Tisch angelangt war.

»Zwei Rückfahrkarten«, sagte Gerry. »Nach Sunderland.«

»Sun'lun'!«, stöhnte Sewell, als der Schaffner weiterging. »Genau das isses, Mann! Sun'lun'!«

Gerry zog eine wütende Grimasse. »Es is' nich' meine Schuld, dass die Sozialarbeiterin keine Ahnung von Fußball hat. Ich mein, glaubste vielleicht, ich hätt mich zwei ganze Wochen geschunden, wenn ich gewusst hätt, dass ich die beschissenen Mackems zu sehen krieg? Das is' doch echt für'n Arsch. Zwei Tickets für Sun'lun'.«

Die Bahn schaukelte über die Eisenbahnbrücke. Gerry lehnte sich ans Fenster, um hinauszusehen. Dreißig Meter unter ihnen wälzte sich der Fluss in seinem schlammigen Bett. Hinter ihnen schuf der massige Bogen der Redheugh-Road-Brücke mit einer riesigen Betonplattform eine Verbindung zwischen Gateshead und Newcastle. Und zwischen der Redheugh und dem gigantischen Stahlbogen der Tyne-Brücke wirkte die niedrige Hängebrücke wie ein Ponton. Rusty fing an zu bellen. »Was is'n in den gefahren?«, fragte Gerry.

»Er mag das Gefühl nich', ausgeschlossen zu sein«, antwortete Sewell. »Der Hund is' unglaublich gesellig.« Er klatschte in die Hände. »Die Luft is' rein!« Rusty kam aus seinem Versteck hervor und sprang wieder auf seinen Fensterplatz.

Als sie in den Bahnhof Newcastle eintrudelten, begann Sewell schon wieder, missbilligende Geräusche von sich zu geben.

»Jetzt hör aber mal«, fauchte Gerry. »Wir sehn sie uns ja nich' an oder so was. Wir fahrn bloß nach Sun'lun', um die Tickets zu verkaufen und Geld für richtige zu kriegen. Kuck mich bloß nich' so an, Mann. Außerdem, was hast du eigentlich gemacht, während ich in der Schule geschwitzt hab? Wie viel haste da verdient? Ey, verrat mir mal die fette Gesamtsumme.«

»Keiner will im Winter den Rasen gemäht kriegen, Mann.«

»Na, dann hättste dir vielleicht was andres einfallen lassen sollen.«

»Hab ich ja!«, platzte Sewell heraus. »Ich möcht dich mal sehn, wie du hundertzwanzig Keramikponys in zwei Wochen verschiebst! Konnt sie nich' loswerden, Mann. Vor allem, weil die drei Ohren hatten. Dann hab ich das extra Ohr abgemacht und musste mit dem Preis um fünfzig Pence runtergehn, weil's dann nich' mehr erstklassige Ware war, stimmt's?«

Gerry biss sich auf die Lippe. »Mit drei Ohren oder nich', die sehn 'nem Pony nich' ähnlicher als du, Mann, Sewell. Das sind doch bloß Tonklumpen. Außerdem denk ich, die können nich' ewig in meinem Zimmer bleiben. Da kannste dich sowieso kaum umdrehn.«

»Keine Sorge«, erwiderte Sewell. »Die sind nich' geklaut. Der Macker hat se ganz billig von 'ner Porschlanfabrik gekriegt.«

»Porzellan heißt das Wort, du Döspaddel. Weißte. China und alles.«

»Na schön, egal woher, die Gussform war einfach kaputt.«

Gerry schüttelte den Kopf. Nachdem einige ältere Fahrgäste eingestiegen waren, fuhr die Bahn wieder über die Brücke zurück. Wieder bellte Rusty. Diesmal bog sie rechts ab und tuckerte durch die Innenstadt von Gateshead zum International Athletics Stadium. Sewell schob klagend die Unterlippe vor. »Ich weiß gar nich', warum wir überhaupt nach Sun'lun' fahren müssen. Ich mein, warum ham wir die Tickets nich' in Newcastle verscheuert?«

»Weil kein Schwein sie gekauft hätte. Und ich wollt mir auch nich' den Schädel einschlagen lassen.«

»Aber wir hätten sie in Gateshead verkaufen können. Da gibt's welche, die für Sun'lun' sind.«

»Ja, irgendwo ganz draußen im Hinterland. Leam Lane und draußen im beschissnen Stanley.«

Mit einem Geruckel, das alle Fensterscheiben zum Scheppern brachte, fuhr die Bahn in die Heworth Station ein. Etwa ein Dutzend Leute mit rotweißen Schals und Mützen stiegen ein. Sewell fuchtelte erschrocken mit den Händen. »Da is' grade 'ne Ladung Mackems eingestiegen«, stammelte er. Gerry setzte sich neben ihn.

»Alles klar«, sagte er und ließ vorsichtig seine Blicke schweifen. »Wenn wir hier lebend rauskommen wollen, dann tu, was ich dir sage. Ab jetzt hältst du einfach den Mund, kein Wort, überlass das Reden mir.«

»Ey? Herr des Himmels!«, ächzte Sewell.

»Siehste, wenn du was sagst, kommt bloß reines Geordie raus. Mach in Sun'lun' den Mund auf und wir sind tot.«

»Mann Gerry, komm schon, ich kann nich' ...«

»Pssst«, zischte Gerry und hielt Sewell die Hand vor den Mund. »Hier fällste auf wie 'n bunter Hund. Schau dich um. Die glotzen schon alle.« Sewell sah erst in die eine, dann in die andere Richtung. »Und lass den Hund lieber nochmal verschwinden. Wir wollen nich' auffallen, gar nich'.«

Japsend blieb der Zug stehen. Auf dem Schild am Bahnsteig stand East Boldon. Noch mehr in Rot und Weiß gekleidete Mensch kamen an Bord. »Sag nix, Mann«, flüsterte Gerry und tat so, als wollte er sich mit dem Zeigefinger die Kehle durchschneiden. »Und kuck nich' so ängstlich, Sewell, Mann, die Mackems sind wie Hunde, die können Angst spüren. Wilde Hunde, Mann, nich' so nette wie dein Rusty. Die stürzen sich auf dich und reißen dich in Stücke. Und danach findet man bloß noch 'n paar Fetzen von deiner Jacke, die der Wind den Roker Beach entlangtreibt.«

Als die Bahn Brokley Station verließ, war sie voll. Zwei Sunderland-Fans setzten sich Gerry und Sewell gegenüber. Auch auf den Gängen drängten sich die Fahrgäste. Der Schaffner versuchte durchzukommen, um die Fahrscheine zu kontrollieren, gab sich aber geschlagen. Eine Zigarette wurde angezündet und der Qualm zog über die Köpfe der Fahrgäste hinweg. Das Stimmengewirr und das Geratter des Zuges schufen eine Atmosphäre gespannter Erwartung. Die Bahn hielt in Seaburn. Ein Mann stieg aus, überlegte es sich aber offensichtlich anders und hämmerte gegen die Tür, um wieder eingelassen zu werden. »Der Mensch is' eben ein Gewohnheitstier«, meinte er, während er sich mit drei oder vier anderen durch die Menge kämpfte. »Ich denk immer noch, wir spielen im Roker. Hab das neue Stadion ganz vergessen.« »Ey, Schätzchen!«, lachte eine alte Lady mit einer blauen Haartönung. »Ihr seid schon komisch, ihr Jungs aus Roker.« Von den Neuankömmlingen aufgemischt, rückte die Reihe der stehenden Fahrgäste im Gang ein Stück nach hinten. Zwei Mädchen kamen in Sicht und blieben neben Gerry und Sewell stehen. Gerry stupste Sewell in die Seite. Die Mädchen trugen kurze Röcke und Kappa-Sporttops mit dem Markenzeichen – zwei Rücken an Rücken sitzende Figuren – auf beiden Ärmeln. Der Regen hatte auch die beiden Mädchen durchnässt. Ihre Haare, mit einem roten Haargummi ganz oben auf dem Kopf zusammengebunden, balancierten auf ihren Köpfen wie durchweichte Ananas. Gerry grinste Sewell an. Sewell lächelte zurück.

»Willste dich hinsetzen, Schätzchen?«, bot Gerry an.

Sewell schnappte nach Luft. »Sag nix!«, zischte er hinter vorgehaltener Hand.

»Mach dir bloß nich' ins Hemd«, flüsterte Gerry zurück. »Ich kann Sun'lun'. Willste dich hinsetzen, Schätzchen?«

Die Mädchen sahen einander an und kicherten. »Es is' doch nischt frei, Mann.«

»Weiß ich«, lächelte Gerry und klopfte sich mit beiden Händen aufs Knie. »Aber hier isses auch sehr bequem.«

»Ey, du bis' mir ja 'n ganz Frecher!«, kreischten die Mädchen und wandten Gerry den Rücken zu. Aber dann drehte sich die mit dem kürzeren Minirock wieder zu ihnen um.

»Habt ihr denn was für uns?«, fragte sie kess und sah Gerry fest in die Augen.

»Komm und guck's dir an, Schätzchen«, meinte Gerry. »Vielleicht hab ich ja 'n kleines Geschenk für dich. Aber das müsste erst auspacken.« Das Mädchen lachte. Jetzt wandte sich auch ihre Freundin wieder um und lachte. Sewell schnaubte.

»Was'n los mit deinem Freund?«, erkundigte sich das erste Mädchen und deutete auf Sewell, der die Zähne zusammenbiss, damit keine Worte herauskamen.

»Oh, der«, antwortete Gerry und klopfte sich leicht an die Stirn. »Der is' nich' so der Hellste, weißte.«

Sewell gab ein würgendes Geräusch von sich.

»Ey! Isser verrückt?«, fragte das zweite Mädchen und zog ihren Kaugummi ungefähr dreißig Zentimeter aus dem Mund.

»Nein, nein«, beruhigte Gerry sie. »Er is' bloß 'n bisschen schüchtern, weiter nischt.«

»Kann er sprechen?«

»Nich' so richtig. Bloß so 'n Gemurmel. Und weißte was?«

»Was?«, fragte das erste Mädchen.

»Was?«, fragte das zweite Mädchen.

Mit gespielter Verlegenheit sah Gerry sich um und antwortete im Flüsterton: »Ihr solltet mal sehn, wasser da unter seiner Jacke hat.«

Von unter dem Sitz hörte man ein Bellen. Die Mädchen zuckten zusammen und kicherten. »Das is' seine Art, uns zu sagen, dass er uns mag.«

Plötzlich unterbrach sie eine Stimme vom Gang: »Gerry! Sewell!«

Die beiden Mädchen spähten den Gang hinunter und dann wieder zu Gerry. »Sieht aus, als ruft dich dein Mädel.«

»Ich hab kein Mädel, jedenfalls nich', bevor ich euch begegnet bin.«

»Gerry! Sewell! Alles klar? Fahrt ihr nach Sun'lun'?« Mit einem Minimum an Bewegung nickte Gerry. »Dann seh ich euch im Stadion«, fügte die Stimme hinzu.

Gerry wollte sein Gespräch mit den beiden Mädchen fortsetzen, aber die drehten ihm den Rücken zu und schenkten ihre Aufmerksamkeit jetzt zwei Jungen in rotweißen T-Shirts. Die beiden hatten die Köpfe kahl rasiert bis auf eine schmale Schneise in der Kopfmitte. »Es is' mächtig kalt, wenn der Wind mir so richtig unter 'n Rock fegt«, erklärte die eine ihnen gerade.

»Is' das nich' Gemma?«, fragte Sewell verstohlen und sah den Gang hinauf, wo die Stimme hergekommen war.

»Ja, es is' Gemma.«

Der Zug ratterte über die Wear-Brücke. Links vertiefte sich der Fluss zu seiner Mündung hin, und direkt hinter den schimmernden Masten im Jachthafen warf sich das Meer in schaumig weißen Wellen an den Roker Beach. Der Zug fuhr in einen Tunnel und dann in die Sunderland Station. Begleitet von den beiden Jungen in Rotweiß verließen die Mädchen den Waggon. »Mach das nie wieder mit mir!«, donnerte Sewell, befreite Rusty aus seinem Versteck und zog seine Jacke über.

»Psst, Mann!«, warnte Gerry. »Wir sind mitten im feindlichen Gebiet.«

Die Station Sunderland liegt unterirdisch; trostlos läuft das Wasser an den Betonwänden herab. Neben einer Mülltonne wartete Gemma auf Gerry und Sewell. »Alles klar«, nickte Gerry.

»Alles klar, Gerry. Alles klar, Sewell«, lachte Gemma.

Auch Sewell nickte und fügte als Begrüßung noch ein kurzes Grunzen hinzu, während seine Augen verträumt auf Gemma ruhten.

»Was macht'n ihr in Sun'lun'?«

»Tja«, begann Gerry und hielt dann einen Augenblick inne, um nachzudenken. »Wir wollen jemand besuchen.«

»Wen kennt ihr denn in Sun'lun'?«, fragte Gemma mit einem strahlenden Lächeln.

»Hmmm«, machte Gerry, bevor er erneut eine Pause einlegte. »Wir wollen Sewells Cousin besuchen. 'nen ziemlich entfernten Cousin, weißte.«

Sewell ballte die Fäuste und rempelte Gerry scheinbar unabsichtlich an. Gerade wollte Gerry sich lautstark darüber beschweren, als ein paar Sunderland-Fans an ihnen vorbeikamen. Gerry zog Gemma mit sich unter die Treppe. »Er is' heut 'n bisschen neben der Spur, Schätzchen«, erklärte er ihr. »Dieser Cousin is' ziemlich krank.« Gemma machte mitfühlende Geräusche mit der Zunge. »Genau genommen sitzt der Cousin nämlich im Rollstuhl.«

»Behindert, was?«, fragte Gemma.

Vertrauensvoll zog Gerry sie näher zu sich. »Aber holla«, flüsterte er. »Kann sich überhaupt nich' bewegen.«

»Was flüstert ihr'n da?«, wollte Sewell wissen.

»Ich erklär ihr nur, dass du zum Teil Mackem bist«, antwortete Gerry mit einem verschwörerischen Zwinkern. »Keine Sorge, Gemma verrät dich schon nich'.«

Sewell lächelte unsicher und errötete, als Gemma ihn anlächelte.

»Warste nich' wieder in der Schule, Gerry?«, erkundigte sich Gemma.

Gerry lachte. »Die zwei Wochen ham mir echt gereicht.« Unbehaglich fingerte er am Kragen seines Sweatshirts herum. »Na egal, Mädchen, was machste denn in dieser Wüste hier?«

Gemma richtete sich zu voller Größe auf. »Ich bin hier mit jemand verabredet.«

»Ach ja?«

»Mein Freund spielt Eishockey für Sun'lun'. Und ich komm mit und seh zu.«

Sewell sah enttäuscht aus. »Gehste mit dem, oder was?«, hakte Gerry nach und warf seinem Freund einen viel sagenden Blick zu.

Aber Gemma strahlte selig übers ganze Gesicht. »Heut ham wir unser sechsmonatiges Jubiläum. Guck dir mein' Ring an, Mann.« Sewells Gesicht wurde noch länger, als Gemma ihren Verlobungsfinger vorstreckte, um ihm den silbernen Ring unter die Nase zu halten.

»Krass«, bewunderte ihn Gerry.

»Ja, echt k...krass«, stotterte auch Sewell.

»Er meint's total ernst. Übernächsten Sommer will er mich heiraten. Hallo, Rusty!«, rief Gemma plötzlich und bückte sich, um Rusty hinter den Ohren zu kraulen. Sewell wurde ein wenig munterer. Rusty rollte sich auf den Rücken. Gemma kratzte ihn am Bauch. Genießerisch streckte Rusty das Hinterbein aus.

Gemma lächelte Sewell an. »Ich mag Hunde echt gern. Du auch?«

Sewell nickte stumm. Gerry meinte nachdenklich: »Hunde sind ganz in Ordnung.«

»Ey!«, rief Gemma kopfschüttelnd. »Dabei fällt mir ein, dass dieser Knabe hinter dir her is', Sewell. Der glaubt, Rusty is' einer von seinen Kötern. Neulich isser bei uns vorbeigekommen und hat nach dir gefragt. Ey, isses wirklich schon so spät?«, fragte Gemma plötzlich und blickte auf die Digitalanzeige einer der Uhren, die von den niedrigen Stahlsparren der Station hängen. »Da mach ich mich mal lieber auf die Socken. Ich kann den Mann doch nich' warten lassen.«

Gerry und Sewell sahen ihr nach, wie sie lächelte, winkte und schließlich die Betonstufen zur Straße hochging. »Sie is' einfach einsame Spitze«, flüsterte Sewell.

Oben blieb Gemma noch einmal stehen. »Und danke für den Esel, Sewell«, rief sie herunter. »Ich mag solches Dekozeug.«

»Biste ehrlich scharf auf sie?«, fragte Gerry, auf einmal ganz ernst.

Sewell trat vor Erstaunen einen Schritt zurück. »Du etwa nich'?«

»Auf Gemma? Ich war mit ihr auf der Grundschule und dann auf St. Jude's. Ich kenn sie seit Jahren, Mann, und bin nie auf die Idee gekommen, scharf auf sie zu sein. Aber sie is' schon 'n klasse Mädchen.«

»Nee«, stammelte Sewell. »Sie is' kein Mädchen. Sie is' 'ne Lady.«

Gerry sah Sewell mitleidig an. »Du hast zu lang keine gehabt, du drehst durch.«

Wütend gab Sewell zurück: »Kein Wunder, dass ich so lange kein Mädchen gehabt hab, wenn du mir Tag und Nacht mit der Dauerkarte im Nacken sitzt.«

Mit beschwichtigenden Gesten brachte Gerry ihn zum Schweigen, sah sich prüfend um und flüsterte: »Bereust du's etwa?«

»Natürlich nich', Mann. Ich wünsch mir die Dauerkarte genauso wie du. Ich sag nur, ich hatt ja nich' mal Zeit, warm zu laufen.«

»Und das willste gern mit diesem Gemma-Mädchen machen?«

»Ach, halt den Mund, Mann!«

»Ey?«

»Sei nich' so gemein, Mann. Ich bin scharf auf Gemma.«

»Ja?«

»Nich' bloß wegen ihren Titten ...«

»Obwohl du auch nich' Nein sagen würdest, wenn sie dich die Finger an ihnen wärmen lassen würd, ey?«

»Es is' auch wegen ihrem, na ja ... wegen ihrem Lächeln.«

Gerry heulte auf wie ein Indianer und scheuchte damit die Tauben im Gebälk auf. Dann wurde er wieder ernst. »Vergiss sie, sie is' mit 'nem Eishockeyspieler aus Sun'lun' zusammen. Kannste dir glatt abschminken. Und du schuldest unserem Sparschwein fünfzig Pence für den Esel.«

Sie verließen die unterirdische Station, durchquerten W. H. Smith und gelangten auf die Haupteinkaufsstraße. Wie ein Eishammer traf sie der Wind. Zu ihren Füßen duckte sich auch Rusty. Gerry schlang die Arme um sich und floh in einen Hauseingang beim Bridges Shopping Centre. Er blickte zu dem Wolkenkratzer hinauf, der in Schwindel erregender Höhe alles andere überragte. Vom Wind zerzauste Möwen stießen krächzend und schimpfend auf die überquellenden Mülleimer in der Fußgängerzone herab und ließen sich auf den Rückenlehnen der leeren Bänke nieder, mit ihren ruhelosen roten Augen und den gelben Schnäbeln ein farbenfroher und unerwarteter Anblick. »Plan B«, sagte Gerry, bibbernd vor Kälte. »Hier können wir die Tickets nich' verkaufen, weil Gemma uns sehen könnt. Also müssen wir direkt zum Stadion.«

»Wo is'n das überhaupt?«, flüsterte Sewell. »Die spielen doch nich' mehr in Roker, weißte.«

»Klar weiß ich das, Mann«, fauchte Gerry. »Ich bin ja kein Vollidiot. Es heißt Stadium of Light.«

»Stadion vom Scheiß wär angemessener«, scherzte Sewell.

»Gut«, sagte Gerry und hielt Sewell wieder den Mund zu. »Kein Wort mehr ab jetzt, haste gehört? Wenn irgendso 'n Mackem das hört, wenn einer von denen mitkriegt, wie ein Geordie so was über ihr neues Stadion von sich gibt, dann macht er Hackfleisch aus dir. Das is' kein Witz, Mann. Du bist hart, Sewell, das geb ich jederzeit zu. Mich steckste sowieso jederzeit in die Tasche. Und die meisten andern in Gateshead auch. Aber nich' mal du hättest 'nen Flohfurz von 'ner Chance gegen 'n paar hundert Mackems, die nach deinem Blut jaulen. HAB ICH MICH KLAR AUSGEDRÜCKT? Jetzt nimm den Hund an die Leine.«

Rote Schals und Fußballtrikots flossen durch die Venen und Arterien zum Fußballstadion. Gerry und Sewell schlossen sich dem allgemeinen Strom an und überquerten schon bald mit den anderen die Wear-Brücke. In der Ferne konnte man bereits die gigantische Struktur des Stadions ausmachen. »Wow«, japste Gerry und stieß unwillkürlich einen leisen Pfiff aus. »Sag, was du willst, Sewell, Mann, aber das is' ja echt krass hier. Natürlich nich' so gut wie St. James'«, fügte er rasch, aber wenig überzeugend hinzu.

Nach der Brücke bogen sie rechts ab, folgten der Menge durch eine enge Straße mit hohen Mauern und passierten dabei einen Wohnwagen mit einem Brett über der Klappe, auf dem in großen roten Lettern die Worte »New Stadium Pie Shop« zu lesen waren. Die Buchstaben waren etwas windschief und unterschiedlich groß, als hätte das Kind des korpulenten Eigentümers sie geschrieben. Auch einen Elektroladen gab es, mit Namen »New Stadium Appliances«. Und ein Sportgeschäft, »New Stadium Sports«. Die enge Gasse führte auf einen immens großen Platz, in dessen Zentrum sich das riesige Stadion erhob wie eine Insel mit hohen Klippen. Durch die Zuflüsse zahlreicher anderer Gassen ergossen sich Menschen; Parkplätze und Wege waren mit rotweißen Schals und Mützen überflutet. Man hörte, wie der Stadionsprecher die ankommende Menge begrüßte.

Unschlüssig blickte Gerry um sich. Damit der Menschenstrom sie nicht einfach mitreißen konnte, hatten sie sich hinter einen geparkten Wagen gestellt. Er sah über die Schulter zum Stadion. »Is' ja echt krass!«, murmelte er fasziniert. Sewell schwieg und fixierte den dritten Rang der Nordtribüne, der sich wie eine riesige Treppe über die Stadt erhebt. Der Menschenstrom schwächte sich ab, mehr und mehr Leute füllten das Stadion. Noch immer standen Gerry und Sewell da und rührten sich nicht. Plötzlich erhob sich ein donnerndes Gebrüll, hing in der Luft wie tausend Kanonenschüsse, wurde lauter und kam immer näher, bis die Kanonen nur noch höchstens zehn Meter entfernt zu sein schienen. »Komm schon, Mann«, sagte Gerry und erwachte unversehens zum Leben. »Warum gehn wir nich' einfach rein und sehn uns das Spiel an?«

Sewell nickte. »Du bist um Viertel vor fünf wieder hier«, sagte er zu Rusty und ließ ihn frei.

»Hunde können nich' die Uhr lesen, Mann«, lachte Gerry.

Sewell warf ihm einen vernichtenden Blick zu.

Also gaben sie ihre Tickets bei dem Mann ab, der an dem achteckigen Drehkreuz am Eingang stand, und stiegen die Treppe hinauf. Höher und höher. Jedes Mal, wenn ein Platzanweiser sie anhielt, um ihre Sitznummer zu kontrollieren, hieß es: »Noch weiter rauf, Jungs.«

»Wie viel höher können wir denn noch?«, überlegte Gerry. Gerade als das Spiel angepfiffen wurde, traten sie hinaus auf die Nordtribüne. Weder Gerry noch Sewell war jemals so hoch oben gewesen. Es fühlte sich höher an als das Dunston Rocket.

Die Spieler wirkten wie Spielzeugfiguren auf dem fernen grünen Rasen. Einen Moment war ihnen ganz schwindlig, dann kletterten sie über Knie und Flaschen zu ihren Sitzen.

Das Stadion war bis auf den letzten Platz ausverkauft. Die Menge schwankte, ruckte und zuckte, brach in Bewunderungs- und Entsetzensrufe aus, pulsierte vor Aufregung wie die Wellen, die an die weitläufige Arena von Roker Beach rollen. Der Mittelstürmer von Sunderland kam zum Schuss und ohrenbetäubender Jubel ertönte. Der Schiedsrichter entschied auf Ecke. »Nicht schlecht«, flüsterte Gerry mit großen Augen. »Jedenfalls besser als Gateshead gegen Woking. Das ganze Rotweiß macht mich aber ganz kirre«, fügte er hinzu und deutete mit einer verstohlenen Handbewegung auf die Menge rundum.

»Haut ihnen doch die Hucke voll!«, sang man auf der Vaux-Tribüne, als das gegnerische Team mit einer fließenden, anschwellenden Attacke in ihrer Richtung vorwärts stürmte, »Dalgeish, McDermot und Hall.« Der Sprechchor wurde lauter und griff auf den Rest des Stadions über, bis alle mitsangen. »Nie werden sie siegen, die schwarzweißen Ziegen, Sun'lun' is' nich' zu kriegen!« Gerry und Sewell machten sich klein auf ihren Sitzen. Der Ball wurde von der Ecke hereingespielt, Hälse reckten sich.

»Wenn ihr Newcastle hasst, dann klatscht Applaus«, sang die Menge und klatschte zu der Melodie des Lieds »Von den Blauen Bergen kommen wir« in die Hände. »Wenn ihr NEEEWcastle hasst, dann klatscht Applaus. Wenn ihr NEEEWcastle hasst, ja, wenn ihr NEEEWcastle hasst, ja, wenn ihr NEEEWcastle hasst, dann klatscht Applaus!«

Alle klatschten. Gerry schubste Sewell, und obwohl sie sich innerlich krümmten, klatschten sie halbherzig mit.

Als Sunderland dann tatsächlich ein Tor schoss, explodierte das Stadion wie ein Vulkan. Erwachsene Männer und Frauen fielen sich in die Arme. Bierbäuche drückten sich an Bierbäuche. Skinheads tanzten Arm in Arm wie Revuetänzer und unablässig wurden Triumphlieder angestimmt.

Inzwischen war fast Halbzeit und der Lärm ohrenbetäubend. »Ja, ihr Jungs!«, begann die Menge und sang sich von einem Lied zum anderen wie eine Karaoke-Maschine. »Sperrt die Augen auf!«

Sewell kochte. »Ich weiß«, beschwichtigte Gerry leise und legte einen tröstenden Finger auf Sewells Arm. »Ich hab vergessen, dir das zu erzählen. Die Melodie, die du so gern summst, singen se hier auch ganz gern und so. Na, komm schon«, fuhr er fort, stand auf und führte Sewell wieder an dem Meer von Knien vorbei, »holen wir uns was zu futtern.« Sewell sah ihn fragend an und Gerry lächelte. »Wir ham hart gearbeitet. Verdammt hart. Zwar ham wir grade mal Bergfest, aber das is' besser als gar nix. Auf dem besten Weg zur nächsten Saison. Egal, jedenfalls möcht ich den Augenblick genießen. Kuck dich mal um, Sewell. Das ham wir alles vor uns. Jetzt holen wir uns erst mal 'ne Tasse Tee, setzen uns auf unsre Plätze und stellen uns vor, wir sind in St. James' und es is' schon nächstes Jahr. Und wir ham unsre Dauerkarte.«

Als sie zur Erfrischungstheke kamen, die sich hinter der Tribüne um das ganze Betonrund erstreckt, erscholl gerade der Halbzeitpfiff. »Zweimal Tee bitte«, bestellte Gerry, nachdem er den Blick sehnsüchtig über die Tafel mit der Speisekarte hatte schweifen lassen.

»Normal oder groß?«

»Keine Ahnung, einfach zwei Tassen, Mann. Mit Milch und Zucker. Ordentlich.«

»Zucker steht da drüben. Und Milch auch«, erklärte ihm der Verkäufer und deutete auf ein Tablett mit kleinen Zuckertüten und winzigen Kartons H-Milch. Gerry nahm sich eine Hand voll von beidem, winkte Sewell und steckte das Zeug in dessen Jackentaschen. Dann nahm er eine zweite Ladung. »Ich liebe Süßes, weißte!«, erklärte er grinsend dem Verkäufer, der das leere Tablett etwas verdutzt anstarrte. Sie nahmen ihren Tee und stellten sich an ein Fenster. Unter ihnen schlängelte sich der Wear durch die Überbleibsel ehemaliger Schiffswerften wie eine Zunge aus dem zahnlosen Mund eines Greises. Hie und da leuchteten vereinzelte Lichter in der Stadt auf. »Komm schon«, meinte Gerry. »Nehmen wir den Tee mit nach oben.«

So stiegen sie erneut die Betonstufen empor, wobei sie behutsam ihre Teetassen balancierten. »Autsch!«, jaulte Sewell, als die heiße Brühe ihm doch über die Fingerknöchel schwappte.

»Hier sind die Halbzeitergebnisse«, verkündete der Stadionsprecher.

»Los geht's«, bemerkte Gerry und stieß Sewell sanft mit dem Ellbogen in die Rippen. Auf die Nachricht, dass Newcastle dabei war zu verlieren, erhob sich ein allmächtiger Jubel.

»SCHEISSE!«, brüllte Sewell, als sie wieder auf die Tribüne hinaustraten. Hunderte von Augenpaaren suchten den Urheber dieser ungewöhnlichen Reaktion, und im gleichen Augenblick ging das Flutlicht an und offenbarte für alle sichtbar Sewells Grimasse und seinen weit aufgesperrten Mund.

Gerry peilte die Lage wie ein witternder Fuchs. »Ich weiß«, sagte er laut und diesmal stieß sein Ellbogen schon wesentlich fester zu, »ich wollt, die würden höher verlieren und so.« Dann wandte er sich mit einem heiseren Flüstern Sewell zu: »Du warst 'n Flohfurz davon entfernt, unser Leben zu riskieren, alter Blödsack.«

Die nächsten Minuten leerte sich die Tribüne mindestens zur Hälfte, während die Zuschauer sich zu den Toiletten durchkämpften oder unter den Fernsehmonitoren am Spielfeldrand standen und ein Pint schlürften. Gerry und Sewell nahmen ihre Plätze wieder ein, als Einzige in ihrer Reihe. Gerry schüttelte sich zufrieden. »Das isses«, sagte er und sein Atem kam in dicken Wolken. »Hier sitzen. Das isses. Genau das.« Lächelnd spreizte Sewell die Ellbogen ab und machte es sich bequem. Gerry rutschte unter den Schutz von Sewells Jackenärmel. Seine Augen waren feucht. »Sewell, alter Freund. Nächste Saison sind wir so weit. Nächste Saison.« Sewell strahlte, als Gerry fortfuhr: »Vielleicht ham wir ja sogar Plätze wie die hier. Natürlich spielen die viel besser bei uns, aber man kriegt hier wenigstens schon mal 'nen Vorgeschmack.«

Sewell nickte.

»Wir haben Dauerkarten«, erklärte Gerry einem imaginären Platzanweiser und klopfte auf seine Brusttasche. »Das hier sind unsere Plätze. Würden Sie bitte aufrücken? Sonst sehen wir nichts. Danke schön.«

Sewell lachte.

»Jawoll, Dauerkarteninhaber!«, rief Gerry und hob seine Plastiktasse zum Mund wie einen wertvollen Kelch. Langsam und genießerisch trank er einen Schluck. »Hör mal, Sewell«, fuhr er einen Moment später fort, »ich hab heute früh unsre Dose nochmal durchgezählt. Wir sind auf dem besten Wege, Junge.« Schweigend und zufrieden tranken sie ihren Tee und blickten hinaus auf das Panorama des Stadions. »Weißte was, Sewell«, flüsterte Gerry nach einer Weile. »Erzähl mir doch nochmal die Geschichte.«

Sewell sah ihn fragend an.

»Na, du weißt doch, Mann«, ermunterte ihn Gerry und blickte kurz um sich. »Von damals, als dein alter Herr dich zum Newcastle-Spiel mitgenommen hat.«

»Warum willste das denn dauernd hören, Mann?«

»Hat kein' bestimmten Grund«, erwiderte Gerry achselzuckend. »Mir gefällt's einfach, fertig. Egal. Wir nehmen uns 'ne Kippe zur Brust, während du erzählst.«

»Tja, es is' Jahre her«, begann Sewell, holte eine fette Prise Tabak aus einem zerknitterten Päckchen und rollte sie in ein Blättchen. »Und ich war noch ...«

»Noch ganz klein«, stimmte Gerry mit ein, »'n absoluter Dreikäsehoch.«

Sewell nickte und zündete sich eine Zigarette an. Zwischen zwei Schlucken Tee nahm er immer wieder einen Zug hinter vorgehaltener Hand. Gerry lehnte sich zurück, hielt seine Tasse mit beiden Händen und wärmte sie liebevoll am Styropor. Sewell sprach für seine Verhältnisse ungewöhnlich schnell und flüssig. »Ich erinnere mich noch genau an den Mantel, den er immer anhatte. Und wie er dafür gesorgt hat, dass uns keiner krumm kommt. Einmal hat er mich sogar zur Theke hochgehoben, weil ich zu klein war, um an meine Tasse zu kommen. Wir ham immer Tee getrunken. Aus Styroportassen. Er hat meine für mich festgehalten. Damit ich mir nich' die Finger verbrenn.«

Träumerisch drehte sich Gerry zu ihm um. »War das der schönste Tag deines Lebens?« Sie mussten aufstehen, um einen Mann durchzulassen. »Sewell«, murmelte Gerry, als sie wieder ungestört waren und eine Weile stumm nebeneinander gesessen hatten. »Das is' mein erstes Spiel. Ich hab noch nie eins gesehn.«

»Weiß ich doch«, entgegnete Sewell leise. »Du alter Doofkopp.«

Der Rest des Spiels zog an ihnen vorüber in einem rätselhaften, Schwindel erregenden Wirbel von Lärm und Farbe. Sunderland gewann zwei zu null. Am Ausgang wartete Rusty gehorsam, stemmte sich tapfer gegen die Strömung von Schuhen und Beinen, die auf ihn zukam, und schnüffelte an allen, ob es die Richtigen waren. Als Gerry und Sewell endlich auftauchten, überschlug er sich förmlich vor Freude. Sie wanderten zurück über die Brücke, drei stille Gestalten in einer ekstatischen Horde. »Gerry«, begann Sewell, als sie die Treppe zu einer Unterführung hinuntergingen, »glaubst du, Newcastle hat doch noch gewonnen?«

»Pssst!«, zischte Gerry und rannte, zwei Stufen auf einmal nehmend, die Treppe hinauf auf die Straßenebene. Sie beschleunigten das Tempo, bis sie hinter einer Frau gingen, die ein Transistorradio an ihr Ohr drückte. »'tschuldigung, Schätzchen«, sprach Gerry sie an. »Wissen Sie vielleicht, was Newcastle gemacht hat?«

Die Frau drehte sich halb um und sah ihn argwöhnisch über ihr Radio hinweg an. Dann grinste sie. »Zwei-eins«, sagte sie. »JAA!«, fügte sie hinzu und landete mit der freien Hand einen Faustschlag in die Luft.

»Ja!«, bestätigte Gerry.

»Ja!«, ahmte auch Sewell den Ruf voller Freude nach.

Gerry zog Sewell um die nächste Ecke. »Was machst du denn, Mann?«, wollte er wissen.

»Zwei-eins, Mann«, hauchte Sewell aufgeregt.

»Für wen?«

»Hä?«

»Zwei-eins für wen? Denk doch mal nach. Die Alte is' garantiert 'ne Mackem. Die würde sich doch nich' für uns freuen, oder? Wir ham verloren, du Blödsack.«

Schweigend gingen sie weiter, schweigend saßen sie im Zug. Von einer Station zur nächsten verlor der Zug, während er durch das alte Zechengebiet fuhr, immer mehr von den rotweißen Sunderland-Fans. Brokley Whins. East Boldon. Nach Heworth war keiner mehr übrig.

»Einsame Spitze, das«, sagte Sewell, dem endlich sein Akzent nicht mehr gefährlich werden konnte.

»Japp«, bestätigte Gerry.

»Aber grässlicher Fußball wohlgemerkt.«

»Entsetzlich.«

»Aber trotzdem.«

»Japp.«

»Klasse Stadion.«

»Die Atmosphäre war auch nich' schlecht.«

»Aber der Fußball schon.«

»Alles bloß Kick and Rush.«

»Trotzdem.«

»Japp.«

»Wart ihr Jungs beim Spiel von Sun'lun'?«, fragte der Mann, der ihnen gegenübersaß. Er trug Hut und Regenmantel. Er schob sich die Brille hoch, die ihm von der Nase gerutscht war, und wiederholte seine Frage in sanftem Ton.

»Ja«, gestand Gerry schließlich, nachdem er sich gründlich umgesehen und vergewissert hatte, dass niemand mithörte.

»Klasse Stadion.«

»Ja, ganz in Ordnung.«

»Früher bin ich immer mit Len Shackleton hingegangen, wisst ihr«, erzählte der Mann.

»Ach ja?«, bemerkte Gerry.

Der Mann lächelte vor sich hin. »Damals war der Roker Park immer total voll. Aber es gab nie Probleme. Man ist einfach 'n bisschen näher zusammengerückt. Es gab auch keine Fans für daheim oder auswärts. Alle haben zusammen gelacht und geschrien. Wenn jemand angefangen hat, zu schimpfen und zu fluchen, dann hat gleich jemand gerufen: Hey, keine schlimmen Wörter in Gegenwart der Ladys! Und wisst ihr was? Das hat den Betreffenden immer zum Schweigen gebracht.« Verträumt schob der Mann wieder die Brille hoch. »Die Zeiten sind vorbei«, fügte er seufzend hinzu.

Schwankend wie ein Betrunkener erreichte die Bahn die Randgebiete von Gateshead und lief schließlich in Gateshead selbst ein. Die Straßenlaternen warfen ihr gelbsüchtiges Licht auf die Straßen und die unteren Stockwerke der Hochhäuser. Gerry und Sewell starrten aus dem Fenster. Rusty regte sich auf seinem Gepäckabstellplatz und legte sich anders hin. »Seid ihr aus Sun'lun', Jungs?«, fragte der Mann. Jetzt nahm er die Brille ab und putzte sie mit einem Taschentuch. Seine Augen zwinkerten wie die eines Maulwurfs.

»Nee«, antwortete Gerry.

Lächelnd sah der Mann sie an. »Ihr kommt nich' rein nach St. James', stimmt's? Keine Sorge, so wird's in Sun'lun' auch bald aussehn.« Er setzte die Brille wieder auf. Langsam glitt sie auf seiner Nase abwärts. »Heutzutage braucht man schon 'ne Dauerkarte, wenn man die Magpies sehen will. Ich kümmer mich nich' mehr so um Fußball. Jedenfalls geh ich nich' mehr ins Stadion. Ich seh, wer daheim spielt. Meistens Sun'lun', manchmal Newcastle, Boro, Hartlepool, Darlington, sogar Carlisle gelegentlich, dann fahr ich mit dem Zug zum Stadion und lauf drum rum während dem Spiel. Hör die Leute und so. Ich kann umsonst Bahn fahren, wisst ihr. Hab über vierzig Jahre für British Rail gearbeitet. Na ja, heut heißt es ja nich' mehr British Rail, aber trotzdem. Nee. Ich seh mir kein Fußball mehr an. Ich wander nur ums Stadion rum.«

Nachdem die Bahn scheppernd zum Stillstand gekommen war, fuhr sie ruckelnd wieder an. Der Mann, dem beim Erzählen der Kopf auf die Brust gesunken war, richtete sich auf. Die Brille, die inzwischen auf der Nasenspitze angekommen war, wurde mit einer geübten Bewegung wieder an die richtige Stelle gestupst. »Ja«, fuhr der Mann dann fort, »bei Newcastle gibt's nur noch Leute mit Dauerkarten. Aber das reicht nich'. Nich' mal 'ne Dauerkarte is' genug. Is' da unten ein Hund, oder was hör ich da, Junge?«, fragte der Mann und beugte sich unter Sewells Sitz, um nachzusehen.

»Wie meinen Se das denn?«, hakte Gerry nach und setzte sich vor Schreck kerzengerade hin. »'ne Dauerkarte reicht nich' mehr?«

Mitfühlend und bestimmt schüttelte der Mann den Kopf, sodass die Brille, die bereits im Abrutschen begriffen war, völlig in Verwirrung geriet. »Es gibt 'ne Warteliste. Siebzehntausend Leute stehn da drauf. Man kann nich' einfach hingehn und sich 'ne Dauerkarte kaufen, die ja schon teuer genug is', nein, man muss auch noch 'n Bond haben, so 'ne Art Berechtigungsschein. Und wer weiß, wie teuer das Ganze noch wird, wenn erst mal die neue Euroleague kommt.«

Panisch riss Gerry die Augen auf. »Hä? Wie meinen Se denn das, 'nen Berechtigungsschein?«

»'nen Berechtigungsschein eben. Du musst dafür löhnen, dass du überhaupt das Recht hast, 'ne Dauerkarte zu kaufen. So 'ne Art legales Bestechungsgeld. Sonst bleibste auf der Warteliste, bis du schwarz wirst. Kostet 'ne Stange Geld natürlich. Mehr als die Dauerkarte selbst. Die Mistkerle behaupten, das is', damit sie den Platz die nächsten zehn Jahre garantieren können. Alles Quatsch. Das zahlt man, damit man nich' auf der Warteliste versauert.«

Quietschend überquerte der Zug die Brücke und fuhr in die Central Station ein. Er fuhr nicht bis zum Metro Centre, deshalb stiegen Sewell und Gerry hier aus. »Ich dachte mir doch, ihr habt 'n Hund hier«, sagte der Mann lächelnd und schlenderte den Bahnsteig hinunter.

Vom Bahnhof wanderten die beiden hinunter zum Quayside, den bröckelnden Überresten der stolzen maritimen Vergangenheit der Stadt. Es war kälter geworden, der Wind blies schärfer. Sie benutzten die Hängebrücke, um nach Gateshead hinüberzukommen, und die Kormorane starrten ihnen nach und sahen aus wie Silhouetten, die ihre Flügel auf den hölzernen Barrieren zum Trocknen aushängten. Sie gingen an der Ovoline-Lubricants-Fabrik vorbei und rutschten auf dem Pflaster, wo das Öl in den Tyne fließt. Schweigend wanderten sie weiter, hinein in die Dunkelheit. Immer wieder stieß Sewell einen tiefen Seufzer aus, aber Gerry schwieg verbissen. Als sie über ein Stück freies Gelände gingen, war das Gras unter ihren Füßen bereits steif gefroren. Sie folgten dem Flusslauf, unter den Brücken hindurch, und hörten gelegentlich, wie die Rotschenkel sich lärmend zu ihren Warnflügen aufschwangen. Als sie schließlich Teams erreichten, hingen im orangen Licht der Straßenlaternen dichte Vorhänge aus Schneeregen. »Komm schon«, meinte Sewell flehentlich und schüttelte endlich den Schnee vom Kopf. »Wir können auch noch das Geld für den Berechtigungsschein sparen.«

Abrupt blieb Gerry stehen. Seine Zähne klapperten vor Kälte. »Nee. Nie im Leben werden wir uns das leisten können.«

»Wer weiß«, entgegnete Sewell, wenn auch mit schwacher Stimme.

Gerry schüttelte den Kopf. »Mann, Sewell, es is' aus, kapierste das denn nich'? Es is' alles aus.«

Am Anfang von Gerrys Straße trennten sie sich. »Dann bis morgen«, sagte Sewell und winkte.

»Japp«, antwortete Gerry ohne Überzeugung.

»Du wirst schon sehn«, sagte Sewell. »Irgendwas wird auftauchen. Alles wird gut. Wirste schon sehn. Du kriegst das gebacken, garantiert. Du schaffst es doch immer.«

Gerry sah Sewell und Rusty nach, wie sie sich ihren Weg

durch den Schneeregen bahnten, über die Fußballfelder zu dem freien Gelände, wo manchmal Durchreisende ihre Zelte aufschlagen. Er blieb stehen, bis sein Freund und sein Hund die Betonbrücke überquert hatten und verschwunden waren. Dann wandte er sich um und ging seiner Wege. Die Wolken senkten sich auf Gateshead herab. In einem Haus ging eine Hochzeitsfeier zu Ende, und betrunkene Stimmen und laute Drohungen waren zu hören. Sonst war auf den eisigen Straßen niemand zu sehen.

Aus zwanzig Metern Entfernung konnte Gerry sehen, dass die Haustür offen stand. Er kniff die Augen zusammen. Im Haus brannte kein Licht. Als er davorstand, sah er, dass die Tür aufgebrochen, ja praktisch aus den Angeln gehoben worden war. »Clare?«, rief er und steckte den Kopf durch die Öffnung. »Mam?«, fügte er unsicher hinzu. »Sean?«, probierte er als Nächstes und betrat langsam das dunkle Wohnzimmer. Es war kalt, die Luft feucht, eben unbewohnt, als wäre den ganzen Tag über niemand da gewesen. »Is' Oma da?«, hörte er sich fragen, und seine Stimme klang sehr seltsam in dem leeren Haus. Vorsichtig blieb er in der türlosen Öffnung stehen; ein Wasserhahn tropfte, und jeder Tropfen hallte gespenstisch in dem Becken, das sich den ganzen Tag aus dem Leck gefüllt hatte. »Bridget?«, rief er. »Bridie?«

In der dämmrigen Küche erwarteten ihn die Armaturen wie Skeletthände. Mit raschen Schritten ging er hinüber und drehte den Hahn zu. Im Wohnzimmer kauerte das Sofa unter den grauen Umrissen des vorhanglosen Fensters, in der Mitte gelblich gefärbt vom Licht der Straßenlaterne, der einzigen in der Straße, die noch funktionierte. »Bridget?« Jetzt klang seine Stimme etwas lauter. Doch dann erstarrte er. Von oben kam ein Rascheln, ein schwaches Geräusch, als knarrte eine Diele unter dem Gewicht eines Fußes, der sich vorwärts bewegt. Er blickte auf. Das Geräusch kam aus Bridgets Zimmer.

Leise schlich er die Treppe hinauf und hielt sich sicherheitshalber bei jedem Schritt mit der flachen Hand an der Wand im Gleichgewicht. Alle Türen waren geschlossen. Außer der von Bridget, die einen Spalt breit offen stand. Einen Moment hielt Gerry inne und wartete, dass sein heftig pochendes Herz sich beruhigte, aber es nutzte nichts, es schlug nur noch schneller. Sogar sein Kopf schien zu pochen. Auf der obersten Stufe verlor er das Gleichgewicht, fing sich aber im letzten Moment. Auf Zehenspitzen ging er zu Bridgets Tür und schob sie vorsichtig auf. Das Zimmer war stockdunkel, und es dauerte eine Weile, bis sich Gerrys Augen daran gewöhnt hatten. Allmählich kehrte seine Sehkraft zurück. Der Schrank stand offen und sein Inhalt war überall auf dem Fußboden verstreut. Plötzlich flammte vom Bett her ein Streichholz auf und wurde an eine Zigarette gehalten. Jemand saß auf Bridgets Bett. Eine Weile konnte Gerry nur das Glühen der Zigarette erkennen. »Komm schon, Bridie, Mann, ich weiß, dass du's bist, Mann.«

»Alles klar, Gerry?«

Gerry erstarrte. Das Pochen in Herz und Kopf erstarb. Eine gespenstische, schreckliche, erstickende Stille breitete sich stattdessen aus. Langsam zeichnete sich eine Silhouette um das glühende Zigarettenende herum ab, Kopf, Schultern, ein Körper. Gerry schloss die Augen und öffnete sie wieder. Der schale Geruch von Alkohol und Schweiß lag schwer in der Luft.

»Komm her, Sohn, und sag deinem Vater guten Tag.«

Neben seinem Vater auf dem Bett sah Gerry Bridgets Schachtel. Die Schachtel, in der sie ihre wichtigen Besitztümer aufbewahrte. Ein kleiner Behälter. Eine Schuhschachtel. Der Deckel war offen, der Inhalt über die Matratze verstreut. Ein Comic-Heft, ein paar Zeitschriften, eine Haarbürste, ein Bündel Schulhefte und, auf dem Schoß seines Vaters, ein Bild des Heiligen Herzens Jesu. Das Bild zeigte einen braunhaarigen, blauäugigen Christus, der liebevoll die Arme ausbreitete; Sonnenlicht schien durch seinen Körper zu strömen, in seiner Brust schlug ein großes rotes Herz. Auf der Rückseite des Bilds stand: Für Bridget zur Heiligen Erstkommunion, in Liebe von Mam und Dad.

Gerry machte einen Schritt zurück und tastete nach der Tür, stolperte dabei aber über etwas. Mit einer schrecklichen Vorahnung blickte er nach unten. Da lag die Spardose, offensichtlich war sie in die Ecke gerollt. Vorsichtig berührte Gerry sie mit dem Fuß. Sie war zerschlagen, und zwischen den Scherben lag eine einsame Münze. »Du Mistkerl«, sagte Gerry leise.

Die Zigarette glühte in der Dunkelheit. »Verbring nich' dein ganzes Leben als Arschloch, Mann«, gab sein Vater in aller Ruhe zurück.

Gerry ballte die Fäuste, bis die Fingerknöchel weiß wurden.

»Mann, Gerry, warum haste mir nix gesagt?«, erkundigte sich sein Vater plötzlich, mit schwerer Zunge. Verzweifelt. »Warum hat mir keiner von euch gesagt, wo ihr wohnt? Mein eigen Fleisch und Blut, und kein Wort zu mir. Kein Wunder, dass ich da 'n bisschen wütend geworden bin.«

Gerry wich noch einen Schritt zurück, als sein Vater Anstalten machte, vom Bett aufzustehen. »Was is'n passiert?«, fragte er.

»Deine Mam is' mal wieder im Krankenhaus, Sohn.« Gerry sah seinen Vater langsam auf sich zukommen. Die Zigarette, die aufglühte, wenn er einen Zug nahm, und dann wieder erlosch, erinnerte Gerry an das Blaulicht des Krankenwagens, der seine Mutter an jenem schrecklichen Tag in die Klinik gebracht hatte. Sein Kopf begann zu dröhnen, als heulte eine Sirene durchs Zimmer. Gerry legte die Hände über die Ohren, um sich vor dem quälenden Lärm zu schützen, aber sein Vater packte sie und riss sie weg. Augenblicklich waren Sirene und Blaulicht verschwunden, aber nun war er hilflos einem anderen, noch schlimmeren Lärm ausgeliefert, nämlich der heiseren Stimme seines Vaters. »Keine Sorge, diesmal war's nich' das Übliche. Nix Ernstes. Sie hatte 'n kleinen Unfall. Is' die Treppe runtergefallen oder so. Ein Glück, dass ich das Haus gefunden hab. Sonst würd sie immer noch da liegen, wo ich sie gefunden hab. Stimmt's?«

Kapitel 8

Wann kommt der Frühling nach Gateshead? März, April, Mai? Manchmal kommt er nie. Manchmal lässt einfach nur der Regen ein wenig nach und der Wind ist nicht mehr ganz so schneidend.

Um Februar und März herum sehnen sich die grauen Augen von Gateshead nach besseren Zeiten, die Gesichter sind aschfahl wie der Beton, und es scheint, als wollte der Winter ewig bleiben. Dann plötzlich beginnen sich eines Nachts ganz im Stillen die Schösslinge in der schwarzen Erde der städtischen Blumenbeete zu regen, und eines Morgens ist das bleiche Gestrüpp hinter der Spartan-Redheugh-Fabrik und auf dem Ödland plötzlich leuchtend grün. Von hier breitet sich der Frühling wie ein Lauffeuer aus, entzündet von neuem die Sonne mit dem Zilpzalp der Weidenlaubsänger und dem Lied des Teichrohrsängers.

»Sind aber doch gute Neuigkeiten, oder nich'? Ey, stimmt doch, oder?«, plapperte Sewell aufgeregt. »Komm schon, Mann, is' das nich' großartig?«

Die Metrobahn sauste in Richtung Küste. Ihre gelben Waggons harmonierten wunderschön mit dem klaren Blau des Ostersonntags. Es war einer jener seltenen gloriosen Frühlingstage.

»Ich kann's selber nich' recht glauben«, fuhr Sewell mit seinem vergnügten Geplapper fort. »Denk doch bloß mal, Gerry. Die bauen 'nen neuen Rang auf die Milburn-Tribüne in St. James'. Danach passen einundfünfzigtausend mehr rein. Einundfünfzigtausend! Da brauchen wir bestimmt kein Berechtigungsschein mehr. Wir können uns einfach nur direkt 'ne Dauerkarte kaufen. Is' das nich' Spitze, Gerry? Ey? Ey?«

Unbehaglich rutschte Gerry auf seinem Sitz hin und her, sein Ellbogen ruhte auf einer der Pappkisten, die sich um sie herum stapelten. »Erst mal müssen wir die beschissnen Ponys hier loswerden.«

Sewell strahlte. »Leicht verdientes Geld. War doch echt 'n Geistesblitz, oder nich'? Vielleicht hab ich auch mal 'n bisschen Grips im Kopf, Gerry, Mann.«

»Du sollst den Tag lieber nich' vor dem Abend loben.«

»Hä?«

»Wir wissen noch nich', ob wir die Viecher loskriegen, Sewell.«

»Na klar kriegen wir die los. Whitley Bay is' voll mit Rummelplatzzeug und Buden und all so was. So was is' da genau das Richtige.«

»Wer will schon 'nen dreiohrigen Esel als Gewinn?«

»Das sind Ponys, Mann. Und die ham nich' mehr drei Ohren. Jedenfalls nich' mehr alle. Wirst schon sehn. Bestimmt kauft sie uns jemand als Partieware ab.«

»Na gut, Sewell. Solange wir nur schnell 'nen Käufer finden. Ich will nich' den ganzen Tag das Zeug mit mir rumschleppen.«

»Was is'n los mit dir, Gerry? Du bist schon seit 'ner Ewigkeit echt mies drauf.« Sewell schob eine der Kisten beiseite und setzte sich etwas näher zu seinem Freund. »Komm schon, was is' los mit dir? Deiner Mam geht's besser. Ihr seid alle umgezogen und das neue Haus gefällt ihr. Und wenn wir das Zeug hier erst mal los sind, kann uns nix mehr aufhalten. Vielleicht können wir schon direkt von Whitley Bay losziehn und unsre Dauerkarten kaufen.«

Gerry sah Sewell an, als wäre er weit weg. »Ja, vielleicht.«

Sewells Gesicht hellte sich auf. »Außerdem kommt Sean bald raus.«

»Sewell.«

»Und man kann nie wissen, vielleicht taucht sogar Bridie wieder auf.«

»Hör mir mal zu.«

»Ich weiß, dass wir noch nich' genug zusammenham, aber wir sind wirklich und wahrhaftig auf dem besten Weg.«

»Mann, Sewell, ich will dir was sagen.«

Von einer Gruppe ein paar Sitze hinter Gerry und Sewell ertönte dröhnendes Gelächter. Der süßlich-beißende Geruch von Cannabis schwebte durch den Wagen. »Bald können wir uns auch wieder 'n paar von den Annehmlichkeiten des Lebens leisten«, grinste Sewell und atmete den Rauch entzückt ein. Rusty nieste und leckte sich vorwurfsvoll die Lefzen. Er mochte keinen Rauch. Sewell faltete die Hände über dem Bauch, legte die Füße auf einen Kistenstapel und meinte nachdenklich: »Ich kann nich' glauben, dass wir es so lange ohne ausgehalten ham. Manchmal echt zum Verrücktwerden. Wenn wir unsre Dauerkarten erst mal in der Tasche ham, kaufen wir uns 'ne Ladung Hasch und holen uns 'n paar Dosen. Und dann saufen und kiffen wir mordsmäßig. Flippen einfach aus.« Sewells Augen wurden glasig. Er tat so, als hätte er einen Joint in der einen Hand, während er sich mit der anderen das Bier aus der Dose in den Mund kippte, und klopfte Gerry aufmunternd auf die Schulter. »'n bisschen Hasch, Mann. 'n bisschen was zu trinken.« Aber noch immer erhielt er keine Reaktion. Seufzend bückte Sewell sich und beschäftigte sich eine Weile mit Rusty. Als er sich wieder aufrichtete, lächelte er und in seinen Augen lag ein entrückter Ausdruck. »Vielleicht haste ja Recht, vielleicht sollten wir bis nach dem ersten Spiel warten. Japp, das isses. Nach unsrem ersten Spiel mit der Karte gehn wir heim und lassen uns voll laufen. Heben total ab. Breit. High. Besoffen und stoned wie Harry.«

»In Gottes Namen, Mann, es gibt keine Dauerkarte. Es wird nie eine geben!« Gerrys Stimme hallte wie ein Donnerschlag.

»Hä?«, stammelte Sewell. »Nächste Saison kriegen wir aber eine. Die bauen sogar das Stadion aus. Es gibt nich' mal mehr 'n Berechtigungsschein. Die Tonponys ...«

»Mein Alter, er hat's geklaut.« Wie unter Schmerzen quälten sich die Worte aus seinem Mund. »Er hat unsre Dose gefunden und das Geld genommen. Jetzt ham wir so gut wie nix mehr, Sewell. Es is' gleich nach dem Sun'lun'-Spiel passiert. Alles, was wir noch haben, is' das, was wir seither eingenommen ham. So viel, wie wir für ungefähr fünf von diesen Dingern da gekriegt ham.« Hilflos trat Gerry gegen eine der Kisten. »Es reicht nich', Mann.«

Schweigen senkte sich über den Waggon. Alles Blut wich aus Sewells Gesicht. Rusty kniff den Schwanz ein. Der Zug hielt in Whitley Bay und alle Fahrgäste stiegen aus. Nur Gerry und Sewell blieben wie gelähmt sitzen.

»W...w...wie?«, brachte Sewell schließlich heraus.

»Er hat die Spardose in Bridies Schrank gefunden.«

»Warum haste mir das nich' früher erzählt?«

»Ich konnt's nich'.«

Sewells Gesicht war ein Bild des Entsetzens. »Ich muss dir noch was beichten«, kündigte Gerry an.

Wieder hielt der Zug. Mechanisch stand Gerry auf, drückte auf den Knopf und ging durch die Tür. »Tynemouth«, las er von einem der Schilder ab. »Besser, wir steigen hier aus. Halt mal die Tür.«

»Was is' mit den Kisten?«, fragte Sewell.

»Was solln wir noch damit?«, meinte Gerry achselzuckend.

»Geh und hol se«, befahl Sewell abrupt. »Ich halt die Tür auf.« Damit klemmte er den Fuß in die elektronisch gesteuerte Tür. Seufzend stieg Gerry wieder ein und beförderte eine Kiste nach der anderen auf den Bahnsteig.

»Ich hab die Nase voll davon, das Zeug rumzuschleppen«, sagte er, nachdem der Zug endlich abgefahren war. »Auch wenn's absolut keine Rolle mehr spielt.«

»Wir nehmen 'n paar mit, verstecken den Rest und holen ihn später«, entschied Sewell und stapelte die Kisten neben einem Container mit Streugut.

»Na ja, wenigstens wird niemand sie klauen«, brummte Gerry.

»Warum nich'?«

»Wer is' denn blöd genug für so was?«

Keuchend unter ihrer Last erreichten sie schließlich den Strand. Vor ihnen erstreckte sich das Meer, blau und unendlich wie der Himmel. Leute paddelten mit verkniffenen Gesichtern im Wasser herum, als würden sie gefoltert. Anscheinend hatten sie vergessen, dass die Nordsee immer kalt ist. Überall hörte man Kindergeschrei, überall wurden Sandburgen gebaut. Begeistert rannte Rusty durch den Sand. »Ich kann's einfach nich' glauben, ich kann nich', ich kann nich', ich KANNNICH!«, wiederholte Sewell wie ein Mantra. Gerry schwieg, die Augen starr auf den Sand gerichtet, als suchte er einen Schatz. »Ich glaub's ... ich glaub's ... ich glaub's EINFACHNICH!«, rief Sewell kopfschüttelnd. »Du hast es mir die ganze Zeit über verheimlicht.«

»Hallo!« Gerry winkte halbherzig einem der Badenden. »Hätten Sie gern ein Souvenir?« Damit nahm er eines der Ponys und hielt es hoch. »Für ihre Tochter.«

»Was is'n das?«, fragte ein Bodybuilder mit Schultern, die sicher gut einen Meter breit waren.

»Ein Pony.«

»Sieht eher aus wie 'n Kamel.«

Sewell und Gerry stiegen vom Strand den Abhang hinauf, vorbei an den alten Klosterruinen, wo die Straße wieder bergab ging. Schweigend wanderten sie den Pier entlang, einen Betonarm, der sich etwa eine halbe Meile ins Meer erstreckt und bei einem Leuchtturm endet, der ein perfektes Spiegelbild seines Gegenübers auf der anderen Seite der Bucht in South Shields darstellt. Hinter ihrem Rücken wimmelten die Dreizehenmöwen auf den Klippen, stritten sich um Plätze in den abschüssigen Ritzen und schrien sich gegenseitig in einer kakophonischen Symphonie unaufhörlich ihre Namen zu. Sewell nahm Rusty, Gerry kämpfte mit den Kisten und so stiegen sie eine Metallleiter hinunter zum alten Bahndamm, der auf einem Felsvorsprung direkt über dem Wasser verläuft. Ein Schwarm Steinwälzer rannte vor ihnen her. »Mann, Gerry, biste sicher, dass hier irgendwann 'n Markt kommt?«, fragte Sewell besorgt.

Gerry antwortete nicht.

Sie kamen an einigen Anglern vorbei, die in Zweier- oder Dreiergrüppchen über eine Strecke von etwa fünfzig Metern verstreut am Geländer lehnten. »Da hat er ihn gepackt«, erzählte einer gerade. »Hat ihn gepackt und gegen die Wand geschlagen. Hat nich' mit der Wimper gezuckt. War 'n echtes Monster, Mann. Also hat er ihn wieder zurückgeschmissen ...«

Am Ende des Piers schlüpften sie unter dem Geländer durch und arbeiteten sich bis direkt zur Spitze vor. Über ihnen ragte hoch der Leuchtturm auf, unter ihnen brodelte das Meer. Rusty duckte sich und drückte sich eng an den kalten Beton des Piers. Die Kisten standen direkt am Abgrund neben Gerry und Sewell, die unwillkürlich die Zehen gegen die Betonkante zogen. Ein lautes Hupen ertönte. Sie blickten auf und sahen die Fähre einfahren. »Aus Norwegen«, stellte Gerry monoton fest. Wieder ertönte das Schiffshorn, die Fähre kam näher und fuhr in höchstens hundert Metern Entfernung an ihnen vorbei. Sie war riesig. Auf Deck standen die Passagiere und winkten. Instinktiv winkte Sewell zurück. »Ich wollt, ich könnt nach Norwegen abhaun«, meinte er wehmütig.

Die Fähre fuhr in den Tyne ein und umschiffte sorgfältig die Felsen, an denen im November 1864 fünf Schiffe innerhalb von fünf Sturmtagen zerschellt und vierunddreißig Mannschaftsmitglieder und Passagiere in Sichtweite der Küste ums Leben gekommen waren. »Norwegen?«, wiederholte Sewell nachdenklich. »North Tyneside is' so ungefähr die Grenze unsres Einzugsgebiets.«

»Mann, Sewell«, begann Gerry traurig. »Ich hab das Geld dabei, das wir verdient ham, seit mein Alter den anderen Teil gestohlen hat. Wenn du's ausgeben willst, versteh ich das.« Gerry zog einen Geldschein und ein paar Münzen aus der Tasche, legte die Hände zu einer Schale zusammen und hielt sie seinem Freund hin. »Is' nich' viel. Aber es gehört dir. Ich fühl mich schrecklich, aber was hätt ich machen sollen. Mein Alter is 'n Arschloch, weiter gibt's da nix zu sagen. Also nimm das Geld und wir sind quitt. Das meiste stammt sowieso von den Ponys.«

Sewell sah Gerry an. Dann blickte er wieder aufs Meer hinaus. Dann wieder zu Gerry. »Komm schon, Mann«, hauchte er und versuchte, das Geld wieder in Gerrys Tasche zu stopfen. »Gib nich' auf. Wir lassen uns was einfallen. Vielleicht können wir uns nur eine Dauerkarte kaufen, wenn wir für zwei nich' genug ham, und sie uns teilen. Eine Woche du, eine Woche ich. Japp, so machen wir das.« Sewell strahlte schon wieder vor Aufregung. »Oder ich die erste, du die zweite. Is' ja egal. Aber gib nich' auf. Wir kriegen das hin.« Ein paar Münzen fielen klimpernd zu Boden. Sewell bückte sich, um sie aufzuheben. Als er sie Gerry in die Hand drückte, stieß er gegen eine der Kisten und vor ihren Augen geriet der ganze Stapel ins Wanken und eine Kiste nach der anderen stürzte ins Meer. Mit einem Aufschrei versuchte Sewell sie aufzuhalten, fuchtelte aber vergeblich mit den Armen in der Luft herum. Als er selbst am Rand des Abgrunds fast das Gleichgewicht verloren hätte, beugte sich Gerry zu ihm und zog ihn zurück.

Mit entschlossenem Gesicht stopfte Gerry das Geld wieder in seine Tasche. »Ich muss dir noch was sagen. Ich wollt es eigentlich für mich behalten, aber das geht nich'. Ich hab versucht, es aufzuschieben. Aber jetzt … na ja …«

»Ja?«, fragte Sewell, kniete sich hin und streichelte Rusty, um seine Verwirrung zu verbergen.

»Ich hab über andere Möglichkeiten nachgedacht, aber es gibt keine. Und einmal hab ich's sogar im Alleingang versucht, ohne dass du was davon gewusst hast.«

Sewell vergrub das Gesicht in Rustys weicher Flanke und küsste den Hund. Auch Gerry beugte sich hinunter und ließ sich den geschwungenen Hundeschwanz durch die Finger gleiten.

»Deshalb hab ich dich hierher gelotst. Damit ich's dir sagen kann. Mann, Sewell, es is' so: Wir müssen uns von dem Hund trennen.«

Eine Silbermöwe schoss wütend kreischend herab und versuchte, die beiden Jungen von ihrem Lieblingsplatz zu vertreiben. Sie landete auf dem Wasser, ritt eine Weile auf den Wellen, schrie die Eindringlinge an, die am Rand des Piers kauerten, und pickte argwöhnisch gegen die Pappkisten, die langsam aufs Meer hinaustrieben.

»Es is' viel zu gefährlich«, fuhr Gerry fort. »Erstens sucht dieser Matthew nach uns ...«

»Mit dem werd ich leicht fertig«, unterbrach Sewell.

»Der ist irre, Mann. Total durchgedreht.« Gerry machte eine Pause, als brächte er es nicht fertig weiterzumachen. »Aber es is' nich' nur deswegen. Wir waren im Fernsehn.«

»Hä?«

»*Crime Stoppers*.«

Langsam kam Sewells Gesicht aus dem Hundefell wieder zum Vorschein und er blickte zu Gerry empor. Aber seine Hand klammerte sich noch immer ängstlich in den Pelz.

»Ich hab's nich' selbst gesehn. Clare hat's mir erzählt«, erklärte Gerry. »Das Bild war ziemlich verschwommen. Clare sagt, man erkennt uns nich'. Aber Rusty ... na ja, der is' unverkennbar. Es is' da, wo wir uns an der Tür von Marksies begegnet sind. Dann später im Buchladen. Diese ganze Technologie, Mann. Die fängt an, uns fertig zu machen.«

»Aber das is' doch ewig her.«

»So lang dauert das, bis sie das Band ham und so.«

»Vielleicht können wir 'ne Weile untertauchen.«

»Die ham eine Bekanntmachung herausgegeben, Mann, da wird die Bevölkerung aufgefordert, auf zwei Jugendliche und einen Hund zu achten. Ein Jugendlicher etwa einsfünfzig. Der andere über einsachtzig, bekleidet mit 'ner Sportjacke. Ein Hund, weiß mit rostbraunen Flecken und einem Schwanz, der sich über den Rücken kringelt. Das war gestern Abend im Programm, Sewell. Es wird heute Mittag wiederholt. Das heißt, jeden Moment kann's so weit sein. Wir müssten die weltbesten Limbotänzer sein, wenn wir damit durchkommen wollten.«

Rusty stupste die Nase in Sewells wie leblos herunterhängende Hand. Der Hund leckte sie beide und legte die Pfote auf die Jacke seines Herrchens. »Tja, da hilft wohl alles nix«, meinte Sewell entschlossen und begann, seine Jacke aufzuknöpfen. »Ich muss mich von meiner Jacke trennen.«

Gerry starrte ihn an und schüttelte dann traurig den Kopf. »Nein, das reicht nich'.«

»Wir ham keine andre Wahl, oder?«, fragte Sewell langsam. »Mein Hund muss dran glauben. Sogar 'ne Dumpfbacke wie ich kann das sehn.«

Einen Augenblick schloss Sewell die Augen. Dann erhob er sich steif und auch Rusty stand auf. »Platz«, befahl Sewell. Der Hund blickte ihm suchend ins Gesicht und versuchte wieder aufzustehen. »Platz«, wiederholte Sewell und seine Stimme versagte. Rusty legte die Ohren an und sank zu Boden, den Kopf auf den Pfoten. Flehend sah er zu Sewell auf. »Tu das nich'«, flehte Sewell, als Rusty einladend bellte. »Tu das nich'«, wiederholte er kläglich. Jetzt flog die Möwe vom Wasser auf und kreiste über den Kisten, die von der Strömung abgetrieben wurden. Rusty zitterte. »Es geht nich'«, sagte Sewell mit erstickter Stimme, rotem Gesicht und geschwollenen Augen. »Tu du es, Mann, Gerry, ich kann's nich', tu du's. Ich kann's einfach nich'.« Damit drehte er sich um und überließ Gerry die Schnur, die als Leine diente.

»Keine Sorge, Mann«, murmelte Gerry und nahm die Leine. »Er wird nich' leiden.«

Sewell schwieg. »Ich liebe diesen Hund, weißte«, sagte er dann mit zusammengebissenen Zähnen. Als er Anstalten machte wegzugehen, wollte Rusty gleich wieder aufspringen. »Sitz«, krächzte Sewell und Rusty legte den Kopf schief und stieß ein einziges, inniges Jaulen aus. Ein Kampf tobte in Sewells Innerem, aber er stolperte weiter, wäre fast ins Meer gefallen, duckte sich unter dem Geländer durch und ging den Pier zurück, den Kopf tief gesenkt, ohne nach rechts oder nach links zu schauen.

»Mann, Sewell!«, rief Gerry ihm nach. »Du solltest das machen. Das is' nur recht und billig.« Aber dann ging er mit der Schnur, deren Ende er zu einer Schlinge geknotet hatte, auf den Hund zu. Sofort war Rusty auf den Beinen und lief auf ihn zu. Doch dann blieb er unsicher stehen. »Tut mir Leid, dass es so enden muss«, entschuldigte sich Gerry leise. Unter ihnen krachte eine Welle gegen das Ende des Piers, dass der Schaum in Fetzen emporstob, als wäre der Meeresspiegel zerbrochen. Ein Fischerboot fuhr in den Hafen, gefolgt von einem kreischenden Möwenschwarm. Seine Bugwelle schlug schäumend gegen den Pier. Gerry blickte aufs Meer hinaus. Die Keramikponys schaukelten immer weiter weg. Dann sah er den Hund an. Der Hund sah ihm ins Gesicht. Seine Krallen kratzten nervös auf dem Beton. »Tut mir Leid«, wiederholte Gerry. »Wir dürfen nich' zulassen, dass dich jemand sieht. Dein Schwanz is' 'n echtes Markenzeichen, so wie der sich über deinen Rücken kringelt. Echt süß. Aber leider total verräterisch, Mann. Du warst 'n guter Hund, aber, na ja, weißte ...« Während er weiter mit leiser, einschmeichelnder Stimme auf ihn einredete, legte er die Schlinge um Rustys Hals. Fügsam ließ der Hund es geschehen und versuchte nicht einmal, sich zu wehren. Als Gerry anfing, ihn weiter zu zerren, wollte er die Schlinge abstreifen, aber es war zu spät, sie saß fest. Kläglich musterte er Gerry, dann gab er sich geschlagen. Gerry führte ihn bis ganz zum Ende des Piers und band das andere Ende der Leine an einen Haken im Mauerwerk. »So«, sagte er. »Bestimmt kommt bald jemand vorbei und nimmt dich mit nach Hause. Vielleicht einer von den Fischern oder ein Liebespaar.« Rusty blickte ihm tief in die Augen. »Was?«, fragte Gerry. »Du hast es nich' für möglich gehalten, dass ich dir weh tue? Du bist kein Tonpony, weißte.« Kopfschüttelnd wandte er sich ab.

In der Ferne sah er die zusammengekauerte Gestalt von Sewell. Einer der Angler holte seine Angelschnur ein. Im Vorbeigehen beobachtete Gerry den Kampf zwischen Angler und Fisch. Aber an der Schnur hing nichts. »Hat sich angefühlt wie 'n echtes Monster«, erklärte der erfolglose Angler seinem

Kollegen. »Einmal hab ich 'n Burschen reingeholt, der war fast 'n Meter, Mann. 'n richtiges Monster ...« Gerry ging weiter. Als er aufsah, war Sewell vom anderen Ende des Piers verschwunden.

Am Ufer angekommen, stieg Gerry wieder den Hügel hinauf, an den Klosterruinen vorbei. Nirgends eine Spur von Sewell. Gerry schloss die Augen und spürte die ungewohnte Wärme der Sonne auf dem Gesicht. Kinder rollten den steilen Abhang des Klosters auf einem makellos gemähten und mit Gänseblümchen durchsetzten Rasen herunter. Fröhliche Stimmen schwirrten durch die Luft. An einem Eiswagen standen die Leute in einer Schlange, die sich sicher zwanzig Meter den Weg hinunterzog. Eine verfrühte Biene brummte vorbei. Oben angekommen, wanderte Gerry zur Promenade, von der aus man einen prächtigen Blick auf den geschützten gelben Sandstrand der King-Edward's-Bucht und das dahinter liegende Meer hatte. Von hier sahen die Arme des Piers aus wie zwei lockend winkende Finger derselben Hand. Ältere Ausflügler spazierten auf der Promenade entlang, die Regenmäntel hatten sie ordentlich gefaltet über dem Arm liegen. Liebespaare schlenderten vorüber. Mütter streckten stolpernden Kleinkindern hektisch die Arme entgegen. Auf den Bänken verzehrten Leute genüsslich Fish and Chips. Alle genossen ihre Osterferien.

Gerry ließ sich von den Osterspaziergängern treiben. Immer wieder machte er eine Stippvisite in einem Laden oder in einer Spielhalle und hielt Ausschau nach der vertrauten Sportjacke. In der Ferne schlug eine Uhr eins. Inzwischen waren die Nachrichten ausgestrahlt worden und er war auf der Flucht. Aber er tat es mit einem lässigen Achselzucken ab.

Schließlich kam er zur Bushaltestelle auf der Hauptstraße, einer Steinkonstruktion, um die als Bank ein Holzbrett verlief. Durch das Fenster auf der Hinterseite fiel gleißender Sonnenschein. Im Gegenlicht konnte Gerry eine zusammengesunkene Gestalt unter dem Fenster ausmachen, mit gesenktem Kopf, das Kinn in die Hände gestützt, und trotz des ungewöhnlich warmen Vorfrühlingstags in eine große, dicke Jacke gehüllt. Lächelnd blieb Gerry stehen. Eine Weile blickte er nachdenklich hinauf zur Klosterruine über Tynemouth, die sich hinter dem Bushäuschen erhebt, während sie sich verzweifelt an die Kante der Landzunge klammert und gegen die Schwerkraft ankämpft, die Jahr für Jahr immer mehr von den alten Steinen krachend ins Meer stürzen lässt. Schließlich wandte Gerry sich um und betrat das Bushäuschen. Die Gestalt rührte sich nicht. Gerry hielt die Hand über die Augen, um sie vor der grellen Sonne zu schützen. »Tut mir echt Leid, Mann«, sagte er. »Aber was hätten wir sonst tun sollen?« Vorsichtig setzte er sich auf die Bank und rührte sich eine ganze Weile nicht. Doch dann kamen ein paar Leute am Fenster vorbei, sodass sie die Sonne einen Augenblick abhielten, und plötzlich sah Gerry die Gestalt deutlicher. Er erstarrte. Fahrig angelte er einen Zigarettenstummel aus der Tasche und zündete ihn an. Der Rauch kräuselte sich empor und trieb zum Fenster. Gerry stand auf und setzte sich neben die Gestalt. In den Tiefen der Jacke rührte sich etwas. Jetzt sah er auch, dass die Jacke anders war als die von Sewell. Als die Gestalt die verschränkten Arme löste und vor sich streckte, um sie zu dehnen, wurden die Hände sichtbar. Als Nächstes erschienen die Ohren, arbeiteten sich aus der Jacke heraus wie Kaninchen aus dem Bau. Es folgten die Haare, dann das Gesicht: Stirn, Wangen, Augen und schließlich der Mund. »Was machst du denn hier, Bridie?«

Das Mädchen sah ihn benommen an, als wäre sie gerade aus tiefem Schlaf erwacht. Eingehend musterte sie sein Gesicht und seine Füße, blinzelte und rieb sich die Augen. Dann nahm sie offenbar ihre ganze Kraft zusammen, schüttelte sich und erhob sich. Ihre langen, feinen, rötlich blonden Haare klebten ihr in verfilzten Strähnen am Kopf, ihr sommersprossiges Gesicht war blass. Mit offenem Mund starrte Gerry zu seiner Schwester empor. »Mann, Bridie, komm schon«, drängte er schließlich, denn sie sah aus, als würde sie gleich wieder abdriften. »Ich bin's, Gerry.«

Er merkte, dass ihre Hände zitterten, als sie die dicke Jacke enger um sich zog. So stand sie eine Weile vor ihm und sah durch die schattige Öffnung des Bushäuschens hinaus. Sie wirkte verhärmt und erschöpft. Plötzlich schien sie ihre Konzentration auf etwas in weiter Ferne zu richten, kniff angestrengt die Augen zusammen und setzte sich wieder hin.

»Alles klar, Gerry«, sagte sie leise.

Gerry holte sein Zigarettenpäckchen heraus und gab Bridget die einzige nicht angerauchte Zigarette, die er noch besaß. Kurz huschte ein fragender Ausdruck über ihr Gesicht, der aber rasch einer schläfrigen Passivität wich, und sie nahm sie entgegen. Sie klemmte die Zigarette zwischen die Lippen und rauchte, ohne sie aus dem Mund zu nehmen, sodass sie sich nach oben und nach unten bewegte, wenn sie ein- und ausatmete. Sie wirkte hoch konzentriert, als nähme das Rauchen ihre gesamte Kraft in Anspruch.

»Eine von Oma?«, fragte sie schließlich. Gerry nickte und ließ sie in Ruhe weiterrauchen. Die Asche krümmte sich wie ein lange nicht geschnittener Fingernagel, fiel irgendwann ab und verstreute sich auf Bridgets Jacke.

»Wo warst du denn die ganze Zeit?«, erkundigte sich Gerry schließlich, und seine Stimme klang leise und unsicher.

»Hier«, antwortete Bridget mit einem Achselzucken.

»Warum?«, fragte Gerry.

»Mann, Gerry, du weißt doch, warum.«

»Wegen ... wegen ihm?«, fragte Gerry und brachte die Worte nur mit großer Mühe über die Lippen.

Wieder trat ein langes Schweigen ein. Ein Rollstuhl wurde mit laut quietschenden Rädern in das Bushäuschen geschoben. Der Insasse aß ein Eis. »Ich hab's einfach nich' mehr ausgehalten«, gestand Bridget.

Gerry schob mit der Schuhspitze einen Stein über den Betonboden. »Wir sind schon wieder umgezogen. Diesmal wird er uns nich' finden. Is 'n tolles Haus. Du solltest es mal sehn. Es is' ...«

Sanft unterbrach Bridget ihn: »Das sagst du immer, dass er uns nich' findet, und dann findet er uns doch.«

»Es würde dir gefallen, Bridie, Mann«, beharrte Gerry, als hätte er sie nicht gehört. Rasch und aufgeregt fuhr er fort: »Es is' ganz nah beim Metro Centre, du stolperst bloß zur Tür raus und schon biste mittendrin. Und der Schulbus hält auch gleich um die Ecke. Das hab ich schon für dich rausgekriegt. Den kannste morgens genauso nehmen wie bisher. Du fängst in der sechsten wieder an und kriegst auch dein eignes Zimmer, es sei denn, Clare und das Baby sind da. Und ...«

»Ich komm nich' zurück.«

»Und der Fluss is' so nah, da kannste wieder mit uns fischen gehn«, fuhr Gerry unbeirrt und mit leuchtenden Augen fort. »Weißte noch, wie wir mal mit Sewell fischen warn und was gefangen ham? Keine Ahnung, was genau, aber wir ham es trotzdem gefangen. Sewell is' echt Spitze bei so was. Komm schon, Bridie, wenn du wieder zu uns ziehst, könnten wir alles Mögliche machen. Und ... Und ... Ich hab dir so viel zu erzählen. Und ... Sieh mal, ich sag dir was. Ich geb dir einfach die Adresse, dann kannste vorbeikommen, wenn du in der Nähe bist.«

»Nee«, entgegnete Bridget, immer noch leise, aber diesmal mit wesentlich festerer Stimme. »Ich hab's dir gesagt. Ich komm nich' mehr heim.«

»Aber ...«

»Nee.«

Hoch, hoch über ihnen stieg ein Jet in den Himmel und hinterließ einen einsamen weißen Streifen im unendlichen Blau des nördlichen Frühlings. Doch weder Gerry noch Bridget konnten es sehen. »Wie geht's dir denn?«, fragte Gerry. »Wie biste denn untergekommen?«

»Meistens hab ich auf'm Fußboden geschlafen, weißte, bei Freunden. Ein paar Wochen war ich mit 'nem Kerl zusammen, der hat 'ne Wohnung mit Blick aufs Meer. Ich hab hier schon überall gewohnt, Whitley Bay, Cullercoats, North Shields. Einmal bin ich sogar mit der Fähre für'n paar Tage nach South Shields rüber.«

»Isses in Ordnung so?«

»Manchmal kommt's blöd hin, dann musste 'ne Nacht draußen verbringen. Aber dann nimmste einfach 'ne Pille, damit kommste durch. Dann merkste die Kälte gar nich', Mann.« Gerry versuchte, das Lächeln seiner Schwester zu erwidern, schaffte es aber nicht. »Ich hab alles genommen, Mann, Gerry«, sagte sie und ihre Augen glitzerten kalt wie Kohlenstückchen in der Wintersonne. »Hasch, Ecstasy, Schlaftabletten, Speed, Popper, sogar Heroin, Mann. Alles, was ich in die Finger kriegen kann.« Bridget hielt inne und schniefte laut an einem Schleimpfropf in ihrer Nase. Schließlich wischte sie sich die Nase mit dem Jackenärmel ab, sah aber schnell weg, als sie merkte, dass Gerry sie anstarrte. »Und was is' mit dir, Gerry?«, fragte sie nach einer Weile. »Spielen Sewell und du immer noch die irren Knalltüten? Knallt euch voll mit Hasch und so?«

Gerry scharrte unruhig mit den Füßen. »Nee, damit ham wir für 'ne Weile aufgehört, weißte.«

»Warum?«

»Eigentlich bloß so. Ich war sogar 'ne Weile in der Schule.«

Bridget schlurfte näher. Er zuckte vor dem entsetzlichen Gestank zurück, der von ihrer Jacke ausging. »Haste was bei dir?«

»Ich hab's dir doch gesagt, Mann, Bridie.«

»Nich' viel, weißte. Nur 'n bisschen Hasch vielleicht?« Ihre Stimme klang plötzlich seltsam hart. Sogar ihr Gesicht schien härter zu werden. Ihre Haare sahen dünn und brüchig aus, leblos wie ein Klumpen Oktobergras auf dem Ödland, wo die Durchreisenden gelegentlich ihre Zelte aufschlagen. »Komm schon, Gerry. Ich weiß doch, dass du was hast. Gib mir was ab, Mann. Ich brauch dringend was.«

Unangenehm berührt rückte Gerry auf der Holzbank ein Stück weg. Seine Hand verirrte sich in seine Tasche und fühlte dort das Geld. Er zählte die Münzen durch den Stoff seiner Jogginghose.

»Du hast garantiert was!« Ein irres Funkeln erschien in Bridgets sonst so sanften Augen. »Oder 'n bisschen Geld. Gib mir 'n paar Pfund, Gerry, Mann. Komm schon, Mann. Hilf mir aus. Komm schon. Ich bitte dich. Du musst mir helfen. Du musst ...«

Voller Entsetzen starrte Gerry seine Schwester an. Dann plötzlich ließ sie sich zurücksinken und lehnte sich matt an die Wand. »Wie geht's denn allen so?«, fragte sie leise.

»Ganz gut«, antwortete Gerry. »Das Baby heult allerdings ziemlich viel.«

»Hast du auch, Mann«, lächelte Bridget.

»Mam war schon 'ne ganze Weile nich' mehr im Krankenhaus. Na ja, jedenfalls nich' wegen dem Üblichen.«

»Sie is' wieder die Treppe runtergefallen, stimmt's?«

Gerry schlug die Augen nieder. »Japp«, bestätigte er.

Bridget schüttelte traurig den Kopf. Eine Weile schwiegen sie beide. »Und wie geht's Sewell? Hat er immer noch seine alte Jacke?«, fragte Bridget schließlich.

»Die zieht er nich' aus. Aber er is' zur Zeit scharf auf 'n Mädchen.«

»Ach ja?«

»Gemma. Die kennste bestimmt. Sewell is' ganz verrückt nach ihr. 'n echt nettes Mädel, aber sie geht schon seit Monaten mit diesem Irren aus, Mann. 'n echter Sack. Spielt Eishockey und so was.«

»Sewell kann ganz gut auf sich aufpassen, Mann.«

»Japp«, stimmte Gerry unumwunden zu. »Aber da is' auch noch dieser Typ, dieser Matthew, der ihm was will.«

»Doch nich' der Hundetyp?«

»Doch.«

»Der is' 'n Psycho.«

»Ich weiß.«

»Aber Sewell is' hart im Nehmen. Weißte noch, wie er sich mal die drei aus West End vorgeknöpft hat?«

Gerry nickte nostalgisch. »Aber klar doch. Als wir das Hasch verkauft ham. Hat einem von den Arschlöchern 'ne Kopfnuss verpasst und die andern in die Eier getreten. Hätt se fast umgebracht. Ich sag nich', Sewell wär kein harter Bursche. Ich mein, Sewell ist verflucht hart, aber er is' nich', na ja, weißte, er is' nich' fies. Er is' kein Killer. Dieser Eishockeyspieler und seine Kumpels würden ihm den Rücken brechen, ohne auch nur 'ne Zigarettenpause einzulegen.«

»Is' Sean noch drin?«

»Ich und Sewell wollen ihn bald mal besuchen, sobald wir 'n kleines Geschäft erledigt ham.«

»Wie geht's Oma?«

Gerry lächelte traurig. »Sie vermisst dich, Mann. Für Oma gibt's nix außer Bridie.«

»Ach, komm schon.« Bridget warf den Kopf in den Nacken und lachte. Für einen Moment war sie wieder das Mädchen von früher, das zur Schule ging und Hausaufgaben machte und niemals klaute.

»Sie findet eben, du bist die Beste, Mann«, fuhr Gerry flehend fort. »Sie glaubt, du bist auf'm College oder so.«

»Nee. Oma is' nich' blöd, die weiß, was Sache is', hundert Pro. Die weiß, wo's langgeht. Die weiß alles über ... na ja, eben alles, weißte.«

»Bridie, Mann, Dad wird uns nich' finden, niemals. Komm heim, Bridie«, sagte Gerry, jetzt unverhohlen bettelnd. »Komm schon. Oma vermisst dich. Wir alle vermissen dich.«

Aber Bridget schüttelte den Kopf und lächelte traurig. »Das is' für mich nich' mehr daheim. Man hat's mir weggenommen. Das hier is' jetzt mein Leben. Das hier.« Mit einer matten Gebärde deutete Bridget auf das Bushäuschen. Gerry schloss die Augen und sah wieder seinen Vater, verzerrt durch das grelle Blaulicht und die Sirene des Krankenwagens, der seine Mutter in die Klinik gebracht hatte, und mitten in den sengenden Blitzen sah er das blutende Herz von Bridgets Erstkommunions-Christus und die Scherben auf dem Fußboden.

»Ich bring ihn um«, verkündete er entschlossen.

»Wen?«, fragte Bridget.

»Unsern Dad. Ich bring ihn um.«

»Mann, Gerry, sei nich' blöd.«

»Is' mir scheißegal, was die mit mir machen. Von mir aus können die mich den Rest meines Lebens einlochen, aber ich bring ihn um.« Laut und ärgerlich wiederholte er: »Ich bring ihn um, jawoll!«

Bridget seufzte. »Wozu soll'n das gut sein?« Sie streckte die Hand aus und strich ihrem kleinen Bruder über die Wange. »Heul doch nich', Mann.«

Lange Zeit starrten Bruder und Schwester sich in die Augen. Gerry legte seine Hand auf Bridgets, die immer noch auf seiner Wange ruhte. »Komm zurück, Bridie. Ich pass auf dich auf. Ich hab mich auch um deine Sachen gekümmert.«

»Gerry?« Bridget nahm die Hand weg und schlurfte ein Stück die Bank entlang. »Du musst mir was versprechen.«

»Was'n?«

»Sag keinem, dass du mich gesehn hast. In Ordnung? Versprichst du's?«

»Bridie, Mann ...«

»Versprich es, Gerry. Sag es keiner Menschenseele. Wenn du's tust, findet mich unser Dad.«

»Das wird er nich' ...«

»Und dann kommt er und holt mich. Das weiß ich genau. Das ertrag ich nich'. Tu mir das nich' an.«

Gerry starrte zu Boden und kickte den Kronkorken einer Becks-Flasche gegen die gegenüberliegende Wand. Bridget seufzte. »Du wirst es ihnen sagen, stimmt's? Du kannst nich' anders.«

»Ich will, dass du zurückkommst«, erwiderte Gerry.

Eine lange Pause trat ein. Ein älteres Paar spähte herein und wollte sich offensichtlich setzen. Aber als sie Gerry und Bridget sahen, überlegten sie es sich anders. Bridgets Arme verschwanden wieder in den Falten ihrer Jacke.

Gerry holte erneut seine Zigarettenpackung heraus und schüttelte sie. Zwei angerauchte Stummel waren noch übrig. Er suchte den größeren aus, zündete ihn an und gab ihn seiner Schwester. Dann zündete er den kleineren an, von dem nicht mehr als ein Zentimeter Tabak übrig war, und zuckte zusammen, als ihm der beißende Rauch in die Augen stieg. »Mam nimmt jetzt diese ganzen Pillen und so, deshalb soll sie nich' mehr rauchen. Mann, du hättest sie sehen sollen, Bridie! Es war die Hölle, sie hat's nich' ausgehalten ohne Kippen, keine Stunde, aber Oma hat nich' zugelassen, dass sie oder sonstwer aus'm Haus welche kauft. Mam is' echt die Wände hoch, Mann. Aber jetzt geht's ihr besser. Manchmal hustet sie noch, vor allem nachts. Und morgens. Manchmal auch tagsüber. Aber sie is' in Ordnung.«

»Gut«, nickte Bridie. »Echt gut.«

Gerry warf seiner Schwester einen Blick zu. »Die Lehrerin vom Theaterkurs hat nach dir gefragt. Ich soll dir sagen, du sollst zurückkommen.« Gerry kniff die Augen zusammen. »Bridie, Mann, ich hab nachgedacht. Ich glaub, du kannst zur Schule zurück, ohne wieder zu uns nach Hause zu ziehen. Du könntest dir bei der Schule 'ne Wohnung oder was mieten.« Er hielt inne und sah seine Schwester an, die langsam wieder in ihrer Jacke versank. Schon waren ihre Hände verschwunden. Jetzt versanken Kinn und Mund, die Nase lag auf dem Kragen, als wäre sie erschöpft. Gerry lehnte sich zurück und starrte sie an. Ihre Augen waren unter den schweren Lidern halb geschlossen. Bridget sah aus wie eine Ertrinkende, die aber alle Angst vor dem Wasser verloren hat. Anfangs war ihm gar nicht aufgefallen, wie dünn sie war. Jetzt wirkte sie auf ihn wie ein paar Knochen in einer überdimensionalen Jacke. »Haste gesagt, du hast Hunger?«, fragte er verzweifelt. Keine Antwort. »Weißte was, ich geh und hol uns Fish and Chips. Mann, Bridie, Fish and Chips, mit viel Salz und Essig. Bin gleich wieder da. Wart hier auf mich.«

Die Münzen klimperten in seiner Tasche, als er die Straße hinunter zum Fish and Chips Shop rannte. Er legte die Hand auf die Tasche, um für Ruhe zu sorgen. Bridget brauchte sofort etwas zu essen, er ertrug den Gedanken nicht, wie entsetzlich dünn sie war. Mit halb geschlossenen Augen rannte er, so schnell ihn seine Füße trugen. Als er beim Laden ankam, stand eine lange Schlange an der Theke. »Darf ich mal?«, fragte, während er sich vordrängelte. »Darf ich mal?«

»Ey, wofür hältst du dich denn?«, beschwerten sich die Anstehenden. »Was haste denn vor, Junge? Nur die Ruhe. Wo brennt's denn?«

»Meine Oma is' behindert«, erklärte Gerry.

»Was willste denn, Schätzchen?«, fragte die Bedienung, deren pralle rote Unterarme sich krass von ihrem weißen T-Shirt und den blauen Streifen ihrer Schürze abhoben.

Einen Augenblick lang geriet Gerry durch die Frage ganz aus der Fassung. Irgendwie konnte er sich überhaupt nicht konzentrieren. Schließlich bekam er seine Gedanken so weit in den Griff, dass er bestellen konnte. »Fish and Chips«, sagte er. »Einmal Fish an' Chips für meine Oma«, erklärte er auch den anderen Wartenden in der Schlange, die ihn etwas drohend musterten. »Sie is' behindert.«

»Zum Mitnehmen oder soll ich's einpacken?«

»Zum Mitnehmen.«

»Salz und Essig?«

Nickend holte Gerry den Geldschein und die Münzen aus der Tasche und warf sie auf die Theke. Ohne nachzuzählen schob er ein Häufchen davon der Frau hinüber und stopfte den Rest zurück in seine Tasche. »Hier! Du kriegst noch was zurück!«, rief die Frau ihm nach. Aber er drehte sich nicht um. Die Leute in der Schlange schüttelten die Köpfe. Ein Mann mit einem Tweedhut nahm das Wechselgeld und warf es elegant in die Sammelbüchse für wohltätige Zwecke, die auf der Theke stand. »Manche Leute haben's nich' nötig«, murmelte er.

Mit beiden Händen hielt er die in Papier gewickelten Fish and Chips umklammert, verließ den Laden und hastete die Straße hinunter. Das Essen war warm und roch köstlich. Gerry lief das Wasser im Mund zusammen und sein Magen knurrte laut. Er überquerte die Straße und schlängelte sich zwischen den geparkten Autos durch. Ganz nebenbei fiel ihm auf, dass ein blauer Ford Escort nicht abgeschlossen war, der auf der falschen Straßenseite geparkt war. Ein Lenkradschloss war auch nicht vorhanden, aber auf dem Armaturenbrett saß als Luftdeo eine Gromit-Figur aus Plastik. Hinten war ein Kindersitz. Im Weiterlaufen warf er einen letzten Blick auf den Wagen. Durch seine durchlöcherten Schuhsohlen bohrten sich Steine in seinen Fuß. Aber er wollte nicht anhalten, er musste so schnell wie möglich zurück zum Bushäuschen. Er musste Bridget das Essen bringen, solange es noch warm war. Er musste zu Bridget.

Aber Bridget war nicht mehr da. Gerry sah hinter der Haltestelle nach. Er spähte die Straße hinauf und hinunter. Er rannte hinüber zur Promenade und blickte hinaus auf die Bucht. Doch nirgends eine Spur von Bridget. Sie war verschwunden.

Die Fish and Chips kühlten ab, allmählich durchweichte das Fett das Einwickelpapier. Erschöpft lehnte Gerry sich ans Geländer. Eine Familie mit Newcastle-United-T-Shirts ging an ihm vorbei und einen Moment lang war Gerry von den schwarzweißen Streifen, die im Sonnenlicht glänzten, ganz geblendet. Schließlich wanderte er mit seinen Fish and Chips hinauf in Richtung Kloster.

Vor fast tausend Jahren, als die Mündung des Tyne noch einer stillen, menschenleeren Wildnis ähnelte und beide Shields ruhige, unbewohnte Orte waren, hatten Benediktinermönche das Kloster gebaut. Man hatte den Platz hier am Rand der Welt wegen seiner Abgeschiedenheit gewählt. Außer ein paar Torbögen und den bröckelnden Mauern eines Refektoriums und einer Bibliothek ist nichts mehr übrig, abgesehen von den Möwen, die auf den Klippen darunter ihr rhythmisches Kreischen ertönen lassen – das lupenreinste Geordie, das man je zu Ohren bekommen kann –, und dem Meer, das endlos gegen die Rippen des Festlands pulsiert. An einer geschützten Stelle ließ Gerry sich nieder, mit dem Rücken an ein kaputtes Stück Mauer gelehnt, unter sich das angenehm kurz gemähte Gras. Die Packung mit den Fish and Chips legte er neben sich. Ein leichter Wind zupfte leise an dem Papier, bevor er weitereilte, um sanft durch die frühen Gänseblümchen zu streichen.

»Woher haste gewusst, dass ich hier bin?«, fragte Sewell und erhob sich von seinem Platz ungefähr zehn Meter weiter vorn.

Gerry lächelte.

»Ich wollt dich schon suchen«, sagte Sewell, und ein breites Grinsen annektierte sein ganzes Gesicht bis zu den Augen.

»Hör mal, Sewell, vielleicht hab ich mich geirrt, vielleicht hätten wir Rusty doch irgendwie verstecken können. Vielleicht sollten wir zurückgehn und ihn vom Pier holen ...«

»Hat kein' Sinn«, unterbrach ihn Sewell todernst.

»Wie meinste'n das?«

»Ich war dort, aber da isser nich' mehr. Jemand hat ihn mitgenommen.«

Gerry bohrte die Fingernägel ins Gras und grub sie in die Erde. »Mann, Sewell, was mach ich'n jetzt, ey? Ich fühl mich schrecklich. Aber ich wusst einfach nich', was ich tun soll. War wohl 'n Fehler. Ich bin aber auch zu nix gut.«

Sewell sah auf die Fish and Chips. »Sieht gut aus, Gerry, Mann«, meinte er schwärmerisch und rieb sich die Hände.

»Is' aber längst kalt«, entgegnete Gerry und zupfte niedergeschlagen im Gras herum.

»Das würd ihm ganz bestimmt nix ausmachen. Oder?«, rief Sewell mit lauter Stimme. »Würd es dich stören? Die Luft is' rein, Rusty! Fish an' Chips!«

Hinter den Ruinen stürzte der Hund hervor, raste zu Gerry und leckte ihm übers ganze Gesicht, vom Kinn bis zu den Haarwurzeln. Dann fiel er über die Fish and Chips her.

»Das is' sein Lieblingsessen. Keine Sorge, Mann.« Dann stellte sich Sewell auf einen Stein, wackelte wichtigtuerisch darauf herum und deutete mit dem Zeigefinger auf seine Brust. »Ich hab alles genau durchdacht, als ich den Pier runtergelaufen bin. Wir können ihn nich' im Stich lassen. Das würd ihm glatt das Herz brechen, Mann. Aber mach dir keine Sorgen. Wir machen Folgendes: Wir schmuggeln ihn in meiner Jacke zurück nach Gateshead. Wie in 'ner Babytragetasche, weißte. So schlag ich zwei Fliegen mit einer Klappe – Rusty und die Jacke. Dann geb ich Gemma den Hund, die kann bestimmt auf ihn aufpassen, bis Gras über die Sache gewachsen is'. Ich musste ihn holen. Ich konnt ihn nich' einfach da am Pier lassen, Mann.«

»Meinste, die macht das?«

»Wer?«

»Gemma?«

»Aber klar doch!«

»Da scheinste dir ja ziemlich sicher zu sein, Mann.«

Sewell wurde rot. »Wir treffen uns manchmal, Mann.«

Sie schauten beide zu dem Hund, der sein Futter verputzte, dann sahen sie einander an. Gerry ächzte. »Das meinste doch nich' ernst, Mann.«

»Warum denn nich'?«

»Weil das Mädchen verlobt is' mit 'nem Einhockeyspieler, deshalb.«

»Ich tu's aber.«

Eine Wolke schob sich vor die Ostersonne und es wurde merklich kühler, sodass der Amsel, die auf einem Steinhaufen saß, plötzlich einfiel, wie früh im Jahr es immer noch war. »Mann, Sewell«, sagte Gerry leise. »Jetzt is' die einzige Frage nur noch, wer dich zuerst erwischt. Matthew, der irre Hundefänger, oder Gemmas Knilch. Der spielt Eishockey, weißte.«

»Na und?«

»Na und?«

»Ja, na und?«

»Haste das im Fernsehn noch nie gesehn? Das ganze Team kommt dich holen, wenn du grade am wenigsten damit rechnest, und dann bringen die dich um.«

»Ach was«, meinte Sewell. »Legen wir los.«

»Wie meinste'n das?«

»Wir ham immer noch zweiundachtzig Ponys zu verscheuern.«

»Kannste die Ponys nich' einfach vergessen, Sewell?«

»Nee.«

»Was für 'n Sinn soll das denn haben? Wir werden nich' ...«

»O doch. Zusammen kriegen wir das hin. Uns fällt schon was ein. Und die Ponys sind der Anfang.«

Es fing mit einem leisen Gekicher von Sewell an. Ganz gegen seinen Willen stimmte Gerry ein, und schon bald schüttelten sie sich vor Lachen, hielten sich die Bäuche und überließen sich völlig ihrer Heiterkeit. Dann knüllte Sewell das fettige Papier fest zusammen und warf es Gerry zu, der es weiter zu Rusty kickte. »Und wieder eine großartige Rettungstat!«, schrie Gerry. Sewell schleuderte den Ball zu Gerry, der ihn Rusty ins Maul köpfte. »Noch immer geht nix vorbei an diesem Torhüter!«, kommentierte Gerry vergnügt. »Und es sieht aus, als könnte niemand den Tonponycup gewinnen.« Der imaginäre Schlusspfiff ertönte, obwohl noch immer kein Tor gefallen war; die beiden Freunde ließen sich zu Boden sinken und tollten eine Weile mit Rusty herum. Schließlich aber standen sie auf und betraten durch einen noch vollständig erhaltenen Torbogen wieder die Straße der Realität.

Sewell war wieder ernst geworden und zog seine Jacke aus, wickelte Rusty darin ein und nahm Jacke samt Hund auf den Arm. »Niemand kommt auf die Idee, dass da 'n Hund drin is'«, meinte er und deutete mit der Nasenspitze auf das Bündel in seinen Armen. »Vielleicht glauben die, es is' 'n Baby.«

Wieder brachen sie in lautes Gelächter aus. »Pass auf, Mann, lass das Baby nich' fallen!«

Eine neue Welle der Heiterkeit erfasste sie, und um ein Haar wäre Sewell vom Gehweg gestolpert, aber er fing sich in letzter Sekunde. »Du darfst dich nich' so hin und her schmeißen da drin«, flüsterte er Rusty zu. Gerry ging mit nachdenklich gerunzelter Stirn ein paar Schritte vor ihm. Sewell beobachtete ihn eine Weile. »So isses gut«, sagte er schließlich. »Ganz wie früher, ganz der Alte. Denk nach. Lass dir was einfallen für uns. Irgendwann hast du 'n Geistesblitz. Garantiert. Wir kriegen unsre Dauerkarte noch.«

»Na ja, wahrscheinlich sollten wir mal lieber losgehn und unsre Ware beim Bahnhof abholen.«

Sewell lächelte. »Genau. Is' aber 'ne Ecke weg.«

Abrupt drehte Gerry sich um. »Wir brauchen 'ne Transportmöglichkeit für die Kisten.« Er ging an einer Reihe parkender Autos vorbei und blieb neben dem blauen Ford Escort stehen. Mit ein paar geübten Handgriffen hatte er die Kabel herausgerissen, sie korrekt zusammengeführt und der Wagen sprang an. »Taxi gefällig, mein Herr?«, fragte Gerry.

Sewell stieg auf den Beifahrersitz. »Jetzt geht aber die Post ab!«, grinste Sewell.

»Du kannst umsonst mitfahrn, aber der Hund kostet dich was«, sagte Gerry, als Sewell seinen Hund auf den Kindersitz platzierte.

»Du kannst doch für das Baby kein Geld verlangen!«, lachte Sewell, während er sorgfältig den Sicherheitsgurt um die Jacke legte.

Mit laut aufheulendem Motor brausten sie die Straße hinunter. An der Metro-Station stieg Sewell aus, um die Kisten zu holen. Einen Augenblick später war er schon wieder zurück und puterrot vor Zorn. »Diese Mistkerle«, knurrte er. »Man kann heutzutage doch keinem mehr trauen, Mann.«

»Was is'n?«

»Jemand hat unsre Ponys geklaut!«

Kopfschüttelnd stieg Sewell wieder ein. Gerry fuhr auf der Küstenstraße zurück nach Gateshead.

»Ich glaub's einfach nich'«, sagte Sewell. »Ich kann's einfach nich' glauben, dass jemand so gemein is'.« Gerry wechselte auf die Überholspur und schaltete in den höchsten Gang. Sewell plapperte weiter. »Was machen wir'n jetzt? Vielleicht hattest du doch Recht. Vielleicht is' wirklich alles im Eimer. Vielleicht sollten wir einfach aufgeben und wieder zu Kippen und Hasch übergehn. Was meinste? Ey? Was meinste dazu, Gerry?«

»Pssst, ich konzentrier mich. Es muss mir doch irgendwas einfallen.«

»Ich mein, was will denn jemand mit zweiundachtzig Tonponys? Also wirklich!« Der Wagen schlängelte sich elegant durch den immer dichter werdenden Verkehr. »Gut fahren kannste, echt«, bemerkte Sewell. Er warf einen Blick in den Rückspiegel und sah Rusty, der brav im Kindersitz thronte. »Wir hätten Keegan auch mitnehmen können und alles«, meinte er nachdenklich.

»Hä?«, fragte Gerry und drehte sich zu Sewell.

»Kuck auf die Straße, Mann!«, rief Sewell.

»Was haste da grade gesagt?«

»Ich hab gesagt, wir hätten das Baby mitbringen können.«

»Das Baby?«

»Ja, deine Nichte, Keegan. Heilige Scheiße, guck gefälligst auf die Straße!«

Plötzlich quietschten Bremsen und der Wagen geriet außer Kontrolle. Mit bebenden Armen umklammerte Gerry das Lenkrad und steuerte das Auto auf den Seitenstreifen, wo es noch dreißig Meter schlidderte, ehe es mit einem Ruck zum Stehen kam. Der Gestank von verbranntem Gummi erfüllte die Luft. Gerry sprang heraus. »Was is' los, was is' los?«, wollte Sewell wissen. Als er und Rusty ausgestiegen waren, hatte Gerry bereits die Planke auf dem Mittelstreifen überwunden und war auf dem besten Weg über die weiten Felder von Wallsend.

»Ich hab's! Verdammt, ich hab's!«, rief er über die Schulter.

»Was is' mit dem Auto?«, rief Sewell zurück.

Aber Gerry lachte nur wie ein Wilder. »Das müssen wir stehn lassen. Wir dürfen kein Risiko eingehn, jetzt, wo ich alles im Griff hab.«

»Hä?«

»Komm schon, Sewell. Wir ham die Dauerkarten so gut wie in der Tasche.«

Sewell starrte über die Wiesen mit den angepflockten Ponys und sah in der Ferne die riesigen Werftkräne, die traurig über dem Tyne in den Himmel ragten. Dann stieß er einen Freudenschrei aus und begann zu laufen.

Kapitel 9

Das Baby pflanzte mühsam seine Füße auf, hielt sich an der Seite des Sessels fest und zog sich hoch. Kühn geworden, startete es von hier aus zu einem Ausflug über den Teppich, aber ohne den Halt des Sessels landete es unsanft auf dem Boden. Benommen blieb es ein Weilchen liegen, schlug ärgerlich mit der flachen Hand auf den Teppich und krabbelte dann zum Sessel zurück, wo es sich abermals aufrichtete. Draußen prasselte der Regen gegen die Fensterscheibe und testete die Tür wie ein opportunistischer Einbrecher.

Es war noch früh an einem regnerischen Montagmorgen. »Hallo, Liebling«, gurrte Mrs. Macarten, die aus der Küche ins Wohnzimmer kam und sich aufs Sofa setzte. »Zeig deiner Oma, wie du schon laufen kannst.«

Fröhlich gurgelnd ließ das Baby den Sessel los. Mrs. Macarten breitete die Arme aus. »Komm schon, Liebling«, flüsterte sie zärtlich. »Komm schon.« Das Baby konzentrierte sich ganz auf die vertrauten Arme, machte zwei Schritte, dann drei, stolperte beim vierten, schaffte es aber, sich zum fünften wieder aufzurichten, und bewältigte den sechsten fehlerfrei. Erst beim siebten gaben unerklärlicherweise die Beine unter ihr nach. »Nicht weinen«, tröstete Mrs. Macarten und nahm die Kleine hoch. »Oma is' ja da, Liebling.« Sie schloss das Baby in ihre spindligen Arme und lächelte. »Oma is' immer für dich da.« Die Kleine streckte die Hand aus, um das Gesicht ihrer Großmutter zu betasten, berührte die faltige Stirn, strich über die ausgemergelten Backenknochen und fuhr mit ihrem fetten kleinen Finger über den matten Mund. »Soll ich dir was vorsingen?«, flüsterte Mrs. Macarten und küsste ihre Enkeltochter. »Soll ich meiner kleinen Keegan was vorsingen?« Die Kleine lachte und sah ihre Großmutter mit großen Augen an. »Ich sing dir 'n Lied, das meine eigene Oma mir vorgesungen hat, als ich so klein war wie du.« Das Baby sanft in den Armen wiegend, begann sie zu singen, zuerst leise, fast flüsternd, unterbrochen von gierigen Atemzügen, bis das Lied wie ein kleines Feuer das kalte Zimmer mit Wärme erfüllte. Fasziniert lauschte das Baby.

Ums Leben kann zu meinem Liebsten ich nich',
Die Wasser des Tyne trennen ihn und mich.
Ach hier muss stehn unter Tränen ich
Und seufzen leis nach meines Liebsten Gesicht ...

Oh, wo is' ...

Ein Hustenanfall überfiel sie, aber Mrs. Macarten schaffte es gerade noch, das Baby behutsam auf den Teppich zu legen, ehe sie sich selbst neben ihm zusammenkrümmte. Als das Schlimmste überstanden war, konnte sie wieder sehen und hören, was um sie herum vorging. Der Briefträger blieb vor der Tür stehen und warf die Post durch den Türschlitz. Schwach wandte sich Mrs. Macarten um und sah, wie Postwurfsendungen, Rechnungen und Schecks übereinander lärmend auf den Boden fielen, als wären es Metallplatten. Dann herrschte wieder Ruhe.

Das Haus schien so still. Sie konnte sich nicht entsinnen, dass es in einem Haus jemals so still gewesen war. Als wäre sie unter Wasser, als lägen sie und das Baby nicht auf einem Teppich, sondern auf dem schlammigen Grund des Tyne. Mit einer Art Schwimmbewegung streckte sie die Arme aus und versuchte aufzustehen, aber es gelang ihr nicht. Außerdem war es so friedlich, einfach nur dazuliegen. Wie sie diese neu entdeckte Stille liebte, den Frieden, der sie umgab. Die Worte des Lieds, das sie gesungen hatte, glitten um sie her wie Fische, und ihr Mund ahmte ihre Form nach. So lag sie da, bis das Baby, das sich über die Stille wunderte, wie ein eifriger kleiner Hund über seine Oma hinwegkrabbelte. Mrs. Macarten fühlte die Berührung der kleinen Hand, umfing das Kind und drückte es an die Brust.

Jetzt merkte sie, dass sie langsam wieder zur Oberfläche aufstieg. Mit einem gigantischen Keuchen, fast einem Aufschrei holte sie Luft, löste sich aus der Stille und hörte plötzlich, wie das abgenutzte Gebläse ihres Atems wieder die Arbeit aufnahm. Benommen blickte sie sich um. Das Sofa und die beiden Sessel schienen auf Augenhöhe zu schwimmen. Das Baby sicher im Arm, drehte sie sich um, streckte die Hand aus und versuchte, eins der Möbelstücke zu erwischen. »Ey, mein kleiner Liebling«, flüsterte sie ihrer Enkeltochter zu. »Ich dacht schon, diesmal schaff ich's nich' mehr zurück.«

Als Gerry aus seinem Zimmer herunterkam, fand er seine Mutter mit dem schlafenden Baby auf dem Boden sitzen. Sie war bleich, ihre Wangen so weiß wie von allen vier Jahreszeiten ausgebleichtes und durchweichtes Papier. Ihr Mund wirkte in die Breite gezogen, die Augen lagen noch tiefer in den Höhlen als sonst. Bei ihrem Anblick hätte Gerry einen Moment lang fast die Fassung verloren, aber er fing sich rechtzeitig und versuchte, die dicken Tränensäcke unter den Augen seiner Mutter einfach zu ignorieren.

Eine Weile starrte sie ihn ausdruckslos an, dann erst schien sie ihn zu erkennen. »Alles klar, Gerry? Was biste denn schon so früh auf den Beinen?« Gerry ging zum Fenster und blickte hinaus. Enttäuscht wandte er sich wieder ab und trommelte mit den Fingern nervös auf die Fensterbank. »Was is'n los, Schatz?«, erkundigte sich seine Mutter.

»Es regnet.«

»Es regnet doch immer, Mann.«

»Ich weiß, aber heute passt es mir überhaupt nich'«, erklärte Gerry und verschwand in die Küche. »Gibt's was zu essen, Mam?«

Mit einem traurigen Lächeln hievte seine Mutter sich mitsamt dem Baby aufs Sofa. »Ich geh später raus und hol 'n paar Sachen. Sobald ich meinen Scheck eingelöst hab.«

»Nie gibt's hier was«, beschwerte sich Gerry.

»Nur die Ruhe, Mann, es is' ja noch total früh. Als du das letzte Mal so früh aufgestanden bist, warste nich' größer als sie hier.« Sanft rieb sie dem Baby den Rücken. »Es is' noch Suppe da, oder nich'? Das Tütenzeug, weißte.«

Man hörte einen Löffel auf einem Teller klappern, ein Papier zerreißen und das Wasser laufen, dann erschien Gerry mit einem Teller Suppe wieder im Wohnzimmer. »Ich hab das warme Wasser aufgedreht«, erklärte er, stellte den Fernseher an und setzte sich in einen Sessel. Dann begann er so hastig zu essen, dass der Löffel nur so gegen den Teller klapperte. Dazu tippte seine Fußspitze ununterbrochen auf den Boden und sein Blick wanderte ständig zwischen dem Zeichentrickfilm im Fernsehen und der Haustür hin und her. Einmal stand er auf, um das Programm zu wechseln, kehrte aber zu seinem Zeichentrick zurück und sank wieder in den Sessel. »Toller Fernseher«, sagte seine Mutter.

»Japp«, bestätigte Gerry. »Lass diesmal aber bloß kein' rein, der ihn mitnimmt.«

»Die kommen immer wieder, ich kann sie nich' hindern reinzukommen. Wir ham halt Schulden.«

»Mann, Mam, du darfst einfach nich' an die Tür gehn. Oder guck vorher erst mal durch den Vorhang.«

»Is' die Suppe in Ordnung?«, fragte Mrs. Macarten.

»Lecker«, antwortete Gerry. »Mediterrane Tomatensuppe.« Energisch erhob er sich und trug den Teller in die Küche. Beim Zurückkommen hob er kurz die Ecke des Vorhangs an und spähte auf die Straße hinaus. Seufzend setzte er sich anschließend wieder in den Sessel.

»Komm schon, Schatz«, begann seine Mutter. »Was is'n heut mit dir?«

»Warum?«, fragte Gerry zurück.

»Du benimmst dich, als sitzt du auf heißen Kohlen.«

»Na ja, Mam, heut is 'n großer Tag für mich, Mann.«

»Warum?«

»Sagen wir's mal so, wenn heut alles nach Plan geht, dann haben's Sewell und ich geschafft. Das Wunder.«

Mrs. Macarten lachte leise, das Baby gurrte fröhlich. »Ey, hör dir das an, dein Onkel Gerry und sein bester Freund Sewell. Immer irgendwelche großen Pläne. Was isses denn diesmal?«

Gerry grinste breit. »Das wirste bald sehn.« Stirnrunzelnd fügte er hinzu: »Aber nur, wenn er endlich in die Gänge kommt.«

Eine Weile saßen sie schweigend da. Aus dem Augenwinkel bemerkte Gerry, dass seine Mutter weniger den Bildschirm als ihn anschaute.

»Wenn ich ...«, begann sie zaghaft. »Wenn mir was passiert. Wenn ich wieder ins Krankenhaus muss, aber diesmal noch länger, würdest du ... würdest du zurechtkommen, Schatz?«

Gerry rutschte von der Armlehne des Sessels auf den Sitz. »Aber du gehst doch nirgendwo hin«, sagte er.

»Ich weiß, aber nur für den Fall. Würdest du zurechtkommen?«

Gerry tat so, als wäre er gänzlich vom Fernsehen in Anspruch genommen.

»Sie hier würd jedenfalls zurechtkommen«, lächelte seine Mutter und nahm das Baby hoch, das sich zufrieden in ihre Arme kuschelte. »Sie hat sich heut echt angestrengt. Ey, Gerry, du hättest sie sehn sollen, sie is' quer durchs Zimmer gelaufen.«

»Echt?«

»Aber ja, Mann. Quer durch. Sie wird 'n richtiges kleines Genie. Du bist in ihrem Alter noch aufm Hintern rumgerutscht.« Eine kurze Pause trat ein, in der sich Gerrys Mutter auf das Baby konzentrierte. Unbehaglich nahm Gerry zur Kenntnis, dass sich ihr Blick dann wieder auf ihn heftete. »Ey, die Jahre vergehn so schnell. Ich weiß noch genau, wie du so klein warst. Und Bridget, Gott schütze sie. Und vor ihr Sean. Und Clare als Erste von euch allen. Ich war nich' viel älter als du jetzt, als ich Clare bekommen hab.« Sie lächelte und wirkte einen Augenblick der Realität entrückt. Doch dann wandte sie sich wieder an Gerry. »Hör zu, Schatz«, begann sie eindringlich. »Wenn irgendwas passiert oder wenn ich doch wieder ins Krankenhaus muss oder sonst wohin für längere Zeit, dann werd ich ...« Plötzlich sprang Gerry auf und trat ans Fenster. Ungeduldig kehrte er zu seinem Sessel zurück. »Gerry, ich muss sicher sein, dass du eine Zeit lang ohne mich zurechtkommen wirst.«

Gerry sah seiner Mutter ins Gesicht. »Es is' alles in Ordnung mit dir. Dir geht's jetzt besser. Dieses Problem, das du hattest ... das is' jetzt überstanden. Du gehst nirgendwo hin.«

»Japp«, wiederholte seine Mutter mit einem traurigen Lächeln. »Ich geh nirgendwo hin.«

Ein Klopfen durchbrach die Stille. Ehe Gerry Zeit hatte zu öffnen, hörte man von oben ein heftiges Poltern. Gedämpft hörte man Clares Stimme durch die Dielen: »Wenn er das is', sag ihm, ich bin nich' da!«

»Sie hat gestern unten im Bigg Market einen Kerl kennen gelernt«, erklärte Mrs. Macarten mit einem Zwinkern. »Hatte 'n bisschen Spaß mit ihm, weißte, aber sie will weiter nix mit ihm zu tun ham. Haste sie heut Nacht heimkommen gehört? Sturzbetrunken. Hat sogar das Baby geweckt.«

Gerry schüttelte den Kopf und ging zum Fenster.

Von oben hörte man die Bettfedern protestierend quietschen, als Clare sich wieder auf die Matratze plumpsen ließ. »Ja, sie war ziemlich breit«, wiederholte Mrs. Macarten und klopfte Keegan aufs Hinterteil. »Deine Mammy war gestern sternhagelvoll, Keegan, mein süßes Mädchen«, erklärte sie mit sanft singender Stimme dem Baby, das freudig gurrte und sabberte.

Abermals erklang das Klopfen. Vorsichtig hob Gerry den Vorhang und ein breites Grinsen erschien auf seinem Gesicht. »Alles in Ordnung«, sagte er.

»Alles klar, Mrs. Macarten? Alles klar, Gerry?«, grüßte Sewell, als er hereinkam.

»Ey, Junge, ich kann's nich' glauben! Du so früh auf und alles! Was is' denn heut in euch gefahren?«, rief Mrs. Macarten lächelnd. »Na, dann komm mal rein, Sewell, du brauchst doch nich' den ganzen Tag in der Tür stehn. Setz dich.«

Sewell warf Gerry einen viel sagenden Blick zu und nahm im zweiten Sessel Platz. »Aber nur 'n Moment.«

»Und zieh die Jacke aus, Junge«, fügte Mrs. Macarten hinzu. »Die is' doch bestimmt klitschnass.«

»Is' schon gut, Mrs. Macarten.«

»Wie geht's denn deinem Hund, Sewell?«

»Prima, Mrs. Macarten. Grade kümmert sich ein … ein Freund um ihn. *Crime Stoppers*, wissen Se«, vollendete Sewell den Satz holprig, von Gerrys Stirnrunzeln aus dem Konzept gebracht.

»Ich hab mich schon gefragt, warum du ihn nich' dabei hast. Neulich is' dieser Kerl, dieser Matthew vorbeigekommen.«

Gerry fuhr auf. »Du hast ihn doch nich' etwa reingelassen, Mam, oder?« Seine Mutter schaute weg. Gerry seufzte laut.

Mrs. Macarten wandte sich wieder an Sewell. »Na ja, zieh doch trotzdem die Jacke aus. Is' die nich' nass?«

»Nee. Die trocknet blitzschnell.«

»Er bleibt eh nich' lang. Wir sind sowieso schon spät dran«, warf Gerry ein.

»Es regnet«, sagte seine Mutter, setzte sich mit großer Anstrengung auf und reckte den Hals, um aus dem Fenster zu spähen. »Wie im Winter. Dabei isses Mai. Heut is' der 1. Mai. Das muss doch eigentlich 'n schöner Tag sein, der Maifeiertag. 'ne gute Zeit für die Liebe. Ey, Jungs. Was sagt ihr dazu?« Auf einmal bekam sie keine Luft mehr und rang nach Worten. »Ich hab mich im Mai in deinen Vater verliebt, Gerry, Mann. Hinter der Spartan Redheugh, mit den ganzen schönen Blumen.« Sie wollte weitersprechen, konnte aber nicht. Mit einem leisen Seufzer sank sie zurück. Schweiß schimmerte feucht an ihren Haarwurzeln. »Aber vielleicht hat's an dem Tag ja auch geregnet.«

Kopfschüttelnd sah Gerry zu Sewell hinüber. »Wo warste eigentlich so lang, Mann? Ganz früh, ham wir doch ausgemacht.«

»Na weißte, es wär Zeit, dass du mir mal endlich erzählst, worum's überhaupt geht. Sag's mir, Mann. Raus damit! Seit Wochen tu ich deswegen kein Auge mehr zu.« Sewell lachte ganz aufgeregt und ging zu dem Baby hinüber.

»Komm schon, wir ham keine Zeit zu verlieren«, entgegnete Gerry und machte eine Kopfbewegung in Richtung Küche.

»Keegan«, sagte Sewell und kitzelte die Kleine unterm Kinn.

»Ja, Keegan«, erwiderte Gerry betont geheimnisvoll und seine Augen funkelten. »Da biste auf dem richtigen Dampfer, Junge.« Er ging zum Fernseher und drehte die Lautstärke hoch. »Streng geheim«, verkündete er.

Sewell folgte Gerry eifrig in die Küche. »Aber wir ham doch schon versucht, das Baby zu benutzen«, wandte er ein.

»Keegan gibt's mehr als einmal auf der Welt, Mann«, erklärte Gerry.

Sewell hielt inne. »Du meinst doch nicht etwa?«

»Doch. Höchstpersönlich.«

»Kev ...«

»Keegan.«

»Aber er is' nich' mehr bei Newcastle, Gerry, Mann.«

Gerry schüttelte den Kopf und lächelte viel sagend, dann holte er ein Stück Papier aus der Tasche und überreichte es Sewell.

»Carlisle. 15 Uhr. Fulham«, las Sewell stotternd. »Ey, was soll das denn alles?«

»Was das soll, Sewell, is', dass wir heut nach Carlisle fahren, um unsre Dauerkarten abzuholen.«

»Jetzt isses so weit.«

»Was is' so weit?«

»Dass ich gar nix mehr kapier.«

Gerry seufzte. »Na gut, dann fangen wir am besten von ganz am Anfang an. Wer is' der Manager von Fulham?« Sewell schnaubte ungeduldig und verdrehte die Augen. »Was'n los, Sewell?«

Sewell, der vor lauter Aufregung schon ganz zittrig war,

wurde rot. »Vor Wochen haste mir gesagt, wir hätten alles im Griff. Haste mir vielleicht gesagt, was das heißen soll? Nee. Hast mich mitten in Wallsend stehn lassen und ich konnt den Weg zurück nach Gateshead suchen. Seit Wochen frag ich dich jeden Tag. Gestern Abend bin ich vorbeigekommen, um rauszukriegen, was denn nun Sache is', ein für alle Mal. Und da schickste mich weg, ich soll heut Morgen wiederkommen. Die ganze Nacht wälz ich mich rum und tu kein Auge zu. Ich schwitz und mach mir Gedanken. Mein Herz donnert wie blöd. Trotzdem muss ich in aller Herrgottsfrühe aus den Federn. Und jetzt ... und jetzt ... und jetzt stellste mir Fragen über Drittligisten!«

»Wer hat den Grips?«

»Ich hab nich' ...«

»Wer hat den verdammten Grips?«

»Du, aber ...«

»Es wird sich alles zeigen, wenn du nur 'n bisschen Geduld aufbringst. Du bist einfach zu ungeduldig. Wie 'n großer fetter Bulle im Porzellanponyladen. Wenn du mir einfach zugehört hättest bis zum Schluss, hätt ich dir gesagt, dass Keegan jetzt Manager bei Fulham is'. Dann hätt ich dir weiter gesagt, warum wir heut nach Carlisle rüberfahrn. Was die unchristliche Tageszeit erklärt. Zum Schluss hätt ich dir noch erzählt, dass wir bis fünf Uhr heute Nachmittag stolze Besitzer von zwei Dauerkarten sein werden.«

»Hä? Wie denn?«, hakte Sewell nach, während er seinem Freund nacheilte.

Gerry lächelte und führte ihn zur Speisekammer, die ein paar Steinstufen tiefer lag und fast so was wie ein kleiner Keller war. »Wände haben Ohren«, erläuterte er verschwörerisch, während sie in die Speisekammer krochen, die Tür allerdings offen ließen, damit sie wenigstens ein bisschen Licht hatten. Gerry räusperte sich und starrte Sewell an wie ein Meisterstratege, der darauf wartet, endlich seine großen Pläne bekannt machen zu dürfen. »Wir nehmen die Bahn am Metro Centre und fahren so weit wie's geht. Wahrscheinlich schaffen wir's nich' ganz bis nach Carlisle ohne Fahrkarten, aber von da, wo wir rausgeschmissen werden, trampen wir den Rest der Strecke.«

»Ja, ja, ja«, stammelte Sewell. »Den Teil kenn ich. Der andre isses, den ich nich' verstanden hab.«

»Wir hätten 'n Auto nehmen können, aber ich hab mich gegen so 'n Risiko entschieden. Wir dürfen den Plan nich' unnötig gefährden. Wir machen uns schön früh auf die Socken. Wir dürfen nix dem Zufall überlassen, Sewell, Mann.«

»SAGST DU MIR JETZT ENDLICH, WAS DAS ALLES VERDAMMT NOCHMAL ÜBERHAUPT SOLL?«

Gerry lächelte weise. »Dreh das Papier um und lies, was drauf steht.« Er zündete ein Streichholz an und hielt es über das Blatt Papier, das sein Freund noch immer in der Hand hielt. Ein Lichtkreis fiel über die eng beschriebene Seite.

»Lieber Bev«, begann Sewell.

»Kev, Mann!«, platzte Gerry heraus. »Lieber Kev!«

»Lieber Kev, wie geht es Ihnen? War wirklich ein Schock, dass Sie Newcastle verlassen mussten, aber wir hoffen, dass es Ihnen in Fulham gut geht ...« Gerry schnippte schnell das Streichholz aus, bevor die Flamme seine Finger erreichte, und Finsternis senkte sich wieder über die Speisekammer. Rasch zündete er das nächste an, und wieder legten sich ihre Schatten über die leeren Borde und Nischen der Speisekammer.

»Lieber Kev«, begann Sewell noch einmal.

»Das ham wir doch schon, Mann«, fauchte Gerry.

»Tut mir Leid«, murmelte Sewell und suchte mit dem Finger die Stelle, wo er aufgehört hatte. »Ah ja, hier isses. Wie geht es Ihnen? Sie waren unser Mess... Mess... Mess...« Sewell hielt inne und zuckte verständnislos die Achseln.

Gerry schüttelte den Kopf. »Mann, Sewell, is' das dein Ernst, oder was?«

Abwehrend trat Sewell einen Schritt zurück. »Na klar mein ich's ernst.«

»Sicher?«

»Klar, sicher.«

»Wenn du dich jetzt nämlich wie 'n Arschloch benimmst, ham wir keine Chance.«

»Hä?«

»Sie waren unser Messias. Das steht da. Unser Messias.«

»Ja. So ham se ihn genannt. Den Messias. *Special K* und alles.«

»Gib mal her.« Gerry schnappte sich das Blatt genau in dem Moment, als das Streichholz erlosch. »Du leuchtest und ich lese.« Das nächste Streichholz flammte auf.

»Die taugen nix, gib mir lieber was von denen«, sagte Sewell und deutete auf einen Stapel des *Gateshead Herald*, den er ganz hinten in der Speisekammer entdeckt hatte. Leicht genervt beugte Gerry sich vor und reichte Sewell eine der Zeitungen. Der riss eine Seite ab, rollte sie zusammen, bis sie aussah wie ein großer Joint, und steckte das Ding in den Mund. »Rauchen wir was, Mann!«, sagte er und zündete das Papier an.

»Was is'n heut mit dir los?«, wollte Gerry wissen.

»Ich kann nix dafür. Ich bin einfach so aufgeregt«, murmelte Sewell.

»Na ja, bring das blöde Licht hierher.« Sewell hielt seine Fackel neben den Brief. »Pass auf mein Gesicht auf, Mann. Jetzt haste mir beinah die Augenbrauen verkokelt. Lieber Kev, blablabla. Also. Hier waren wir. Wir freuen uns, Sie wieder hier im Norden zu begrüßen, sei es auch nur für einen Tag. Wir sind beide Newcastle-Fans vom Tag unsrer Geburt an, die grade mal 'nen Katzensprung vom Tyne stattgefunden hat, und meine kleine Nichte heißt Keegan.« Gerry machte eine Pause, um zu sehen, welchen Effekt diese Formulierungen auf seinen Freund ausübten, und warf ein: »Persönliche Details, die bringen's nämlich echt.« Dann räusperte er sich und bereitete sich aufs Finale vor. »Tragischerweise können wir uns die Spiele unsrer Jungs nich' ansehn, also schenken Sie doch bitte jedem von uns 'ne Dauerkarte. Herzliche Grüße von Gerry und Sewell. PS: Mein großer Freund Sewell hat gerade alles bei einer tragischen Brandkatastrophe verloren.«

Die Zeitung war heruntergebrannt. Geschickt drehte Sewell das Handgelenk so, dass auch das Ende seiner Fackel brannte. Dann zündete er am letzten Rest eine neue an. Die rot glühende Asche der verbrauchten Fackel schwebte zu Boden. Gerry starrte seinen Freund erwartungsvoll an. »Na, was sagst du dazu?«

»Könnteste das nochmal vorlesen?«

»Hä?«

»Tut mir Leid, Gerry, Mann. Ich hab den letzten Schluss nich' richtig mitgekriegt. Den Teil mit dem Plan, weißte.«

»Hach, um Gottes willen! Kevin Keegan wird uns unsre Karten geben. Das is' der Plan, kapiert? Kevin Keegan soll uns zwei Dauerkarten überreichen. Das isses.«

Schweigen folgte auf das Ende seiner Erklärung. Sewell widmete sich dem Anzünden der nächsten Fackel. »Was war das mit der Brandkatastrophe?«

Gerry seufzte. »Wir brauchten 'nen Ansatzpunkt, Mann. Wir müssen uns von der Masse abheben. Aber wir können dich unmöglich nochmal blind machen. Deshalb hab ich mir das mit der Brandkatastrophe einfallen lassen.«

»Brandkatastrophe?«

»Die Geschichte erzählen wir ihm.«

»Nee.«

»Es muss ja auch nich' unbedingt 'ne Brandkatastrophe sein.«

»Und was wird dann aus meinem Alten?«

»Es muss kein Feuer sein. Irgendwas andres Schlimmes tut's auch. Einfach irgend 'ne Katastrophe, weißte. So die Art persönliches Desaster.«

»Es würd ihn umbringen, wenn er umziehen muss.«

»Sewell, hörst du mir eigentlich zu, oder was?«

»Wenn ich 'n Haus niederbrennen muss, dann deins. Ihr zieht ja sowieso dauernd um.«

»Was faselste denn da die ganze Zeit?«

»Das könnt ich ihm echt nich' antun. Mein Alter hat sein Leben lang immer nur in diesem einen Haus gelebt.«

Gerry packte seinen Freund an der Jacke und sah ihm fest

in die Augen. »Niemand will ein Haus anzünden. Wir tun doch bloß so, du Döskopp!«

»Echt?«, fragte Sewell schließlich.

Gerrys Augen glänzten hell im Licht der lodernden Fackel. »Es is' bloß unsere Masche, unser Trick. Wenn das Feuer dich stört, denken wir uns was andres aus. Wir können sagen, du hast 'ne lebensgefährliche Krankheit. Oder du hast grade deine ganze Familie verloren.«

»Aber das is' wahr. Jedenfalls beinah.«

»Hör mal, Sewell. Was wir hier machen, is' bloß Phantasie. Es muss nich' stimmen. Wir wollen bloß 'n bisschen auf die Tränendrüse drücken.«

»Warum muss ich immer dafür herhalten?«

»Na schön, na schön, dann mach ich's halt. Ich werd mir 'n ganz seltenes Leberleiden zulegen. Also. Den Brief hier werden wir ihm in der Halbzeit überreichen, dann sehn wir ihn, wenn er nach dem Match in den Bus steigt. Hat ewig gedauert, das Ding zu schreiben. Musste noch 'n Kuli klauen gestern Abend und alles. Alle Schreibwarenläden hatten schon zu. Aber für die Dauerkarte lohnt sich's.«

Auf einmal begann Sewell zu zittern. »Ich kann's nich' glauben. Dann kriegen wir sie also?«

»Japp.«

»Wir kriegen sie tatsächlich?«

»Ja, is' alles genauestens eingefädelt. Ich hab stundenlang drüber nachgedacht. Die ganze Zeit warn wir auf der falschen Fährte. Die ganze Zeit ham wir das Naheliegendste übersehn. Den menschlichen Faktor. Jeder weiß doch, wie der is', der alte Kev Keegan. Herz aus Gold, Mann. Macht 'ne Menge solche Sachen. Der kann nich' anders, als den Leuten helfen. Ich hab ihn so was schon im Fernsehn machen sehn, deshalb hab ich mir den Teil mit der Brandkatastrophe ausgedacht.«

»Special K!«, rief Sewell unvermittelt.

»Messias!«, stimmte Gerry mit ein.

Das Licht erlosch mit einem leisen Zischen. Gerry und Sewell fingen an, in der Speisekammer herumzutanzen, hopsten und jubelten hysterisch. »Wer ihn liebt, den Kevin Keegan, klatscht Applaus! Wer ihn liebt, den Kevin Keegan, klatscht Applaus! Wer ihn liebt, den Kevin Keegan, wer ihn liebt, den Kevin Keegan, wer ihn liebt, den Kevin Kegan, klatscht Applaus!« Die Speisekammer erbebte von Beifall und Freudenschreien.

»'n ganz einfacher Plan«, sagte Gerry. »Aber ich denk, er klappt, das wirste sehn! Eine Rückkehr zu den Ursprüngen, könnt man fast sagen.«

»Ich hab immer gewusst, du kriegst das hin!«

»Jetzt ham wir's doch geschafft, stimmt's?«

»Außer ...«

»Außer was?«

»Gerry, Mann, was, wenn er uns jetzt Karten für Fulham gibt?«

»Weißte was, Sewell? Immer musst du uns ins Feuer pissen.«

»Ey? Ich dachte, es muss kein Feuer sein.«

Gerry seufzte und sagte dann leise: »Mach dir einfach kein' Kopp, Sewell, Mann. Lass mich machen, ich hab alles im Griff. Versprochen.«

In der nachdenklichen Stille, die nun folgte, hörte man Gerrys Mutter singen. Die Worte schwebten aus dem Wohnzimmer zu ihnen, gerade noch hörbar, drängten sich durch den Spalt in der Speisekammertür und flatterten schwach wie ein sterbender Schmetterling. Gerry und Sewell rührten sich nicht, ließen sich von dem Lied übers Gesicht streichen, ließen es sich durch die Haare zausen, während sie voneinander in der Dunkelheit weiter nichts sahen als das Weiße in ihren Augen.

Ach, wo is' der Fährmann, du mein lieber Schatz?
Ach, wo is' der Fährmann, bitte bring ihn zu mir,
Dass er mich fährt über 'n Tyne zu dir, mein Schatz.
Und ich denk an den Fährmann und ich seh dich vor mir ...

»Prima Sängerin, deine Mam«, sagte Sewell.

Gerry war verlegen. »Ich weiß noch, wie sie mir das Lied früher immer vorgesungen hat.«

»Muss schön gewesen sein«, meinte Sewell nachdenklich. »'ne Mam zu haben, mein ich.«

Unregelmäßig atmend quälte sich Mrs. Macarten durch die Liedzeilen, und gelegentlich musste sie eine Pause einlegen, als hätte ihre Stimme gegen Widerstände zu kämpfen, die ebenso real waren wie ein breiter Fluss. Vor dem letzten Vers ruhte sie sich ein Weilchen aus, nahm dann aber alle Kraft zusammen und sang, so laut sie konnte:

Oh, bring mir den Fährmann, kein Geld is' zu viel.
Für deine Müh will danken ich reichlich dir,
dass du fährst mich über den Tyne is' mein Ziel
Oder ruderst mein' Schatz übern Fluss zu mir.

Stille senkte sich über die dunkle Speisekammer.

»Was'n das?«, schrie Sewell und fuhr zusammen.

»Was?«, fragte Gerry.

»Das! 'ne Ratte!« Sewell deutete auf die Tür, die ungefähr auf Knöchelhöhe geöffnet worden war. »Verfluchte Scheiße, ihr habt Ratten!«

»Das is' doch bloß das Baby«, erklärte Gerry und bückte sich.

»Oh«, lächelte Sewell erleichtert. »Sie kommt uns besuchen!« Rasch ging er die Stufen hinauf und nahm die Kleine auf den Arm. »Sie braucht schon wieder 'ne frische Windel«, bemerkte er freundlich.

»Verfluchte Scheiße!«, sagte Gerry und duckte sich vor dem Gestank, als wäre er ein Baseballschläger, den das kleine Mädchen in seine Richtung schwang. Doch seine Bemühungen waren vergebens, es gab kein Entrinnen. »Wo is'n die Oma?«, säuselte er wenig überzeugend, während er die Stufen aus der Speisekammer in die Küche hinaufging.

»Oma«, echote Sewell. »Sag Onkel Sewell, wo die Oma is'.«

»Sie will deine Jacke«, lachte Gerry und deutete auf die Hände des Babys, die sich beide fest an Sewells Jacke klammerten.

Gerrys Mutter saß zusammengekrümmt im Wohnzimmer, als sie hereinkamen, aber sobald sie die drei bemerkte, richtete sie sich lächelnd auf. »Im Krankenhaus hat man mir gesagt, ich soll gelegentlich diese Übung machen.«

»Alles in Ordnung?«, fragte Sewell.

»Aber ja«, antwortete sie. »Hervorragend.« Das Baby begann zu weinen und Gerrys Mutter streckte die Arme nach der Kleinen aus. »Gib mir meine Enkeltochter«, sagte sie. »Komm schon, mein Liebling.« Während Gerry und Sewell noch dastanden und die beiden betrachteten, klopfte es an der Tür. »Hier isses ja wie auf'm Hauptbahnhof«, bemerkte Mrs. Macarten, ehe ihre Worte in Babygeplapper und leises, beschwichtigendes Gurren übergingen.

Gerry ging zum Fenster, hob den Vorhang ein, zwei Zentimeter und lugte hinaus. »Oh«, sagte er nur und machte die Tür auf.

Als Gemma zur Tür hereinkam, ging ein Strahlen über Sewells Gesicht. »Alles klar, Mrs. Macarten?«, grüßte sie.

»Alles klar, meine Gute«, antwortete Gerrys Mutter.

»Alles klar, Gerry?«, fragte Gemma.

»Alles klar, Gemma«, antwortete Gerry.

Gemma hielt eine Plastiktüte in der Hand. »Das hab ich dir mitgebracht«, sagte sie und überreichte Sewell die Tüte. Der wurde puterrot. »Es is' hauptsächlich für Sewell, weil ich weiß, dass er das meiste davon isst, er is' ja so fett«, lachte sie. »Aber es is' auch für dich, Gerry.«

»Was isses denn?«, fragte Gerry.

»Unser Proviant, Mann«, verkündete Sewell stolz und betastete die Tüte forschend.

»'n paar Sarnies und 'n paar Dosen. 'n bisschen Kuchen und so«, erklärte Gemma. »Ich bin zur Tanke, sonst hat um die Zeit ja nix offen.«

»Is' sie nich' einsame Spitze, Mann?«, strahlte Sewell.

»Nee«, kicherte Gemma und errötete vor Freude. »Ich sorg doch bloß dafür, dass mein Freund was zu essen hat. Ich weiß ja, dass ihr heut was unternehmt.«

»Ach ja?«, hakte Gerry gleich nach.

»Ja.«

»Oh.« Gerry senkte die Stimme und warf Sewell einen Blick aus zusammengekniffenen Augen zu.

Sewell konnte sich nicht mehr zurückzuhalten, durchquerte das Zimmer und legte Gemma den Arm um die Taille. »Ich kann meinem Mädchen nix verheimlichen.« Dann hielt er die Essenstüte hoch und meinte: »Da sind ja sogar 'n paar Haare von Rusty drin!«

»Na toll«, meinte Gerry in frostigem Ton. »Wirklich ganz toll.«

Sewell stopfte den Proviant in die größte Tasche seiner Jacke. »Wir ham's geschafft, Liebling«, sagte er und nickte heftig. »Wir ham's wirklich und wahrhaftig geschafft. Gerry hat mir grade alles erzählt.« Sewell ließ die Hände über Gemmas Körper wandern und begann sie zu küssen, was sich mit jeder Sekunde inniger gestaltete. Gemma schmiegte sich an ihn und erwiderte seine Küsse hingebungsvoll, bis Sewell mit einem Schmatzen abbrach und sich zu ihrem Hals hinunterbeugte. Ein glucksendes, saugendes Geräusch war zu hören, und als Sewell fertig war, hatte Gemma einen feuerroten Fleck am Hals.

»Sieht man's?«, fragte sie aufgeregt.

»Japp«, verkündete Sewell stolz. Wieder schlangen sie die Arme umeinander und der nächste Kuss begann.

»Na, kommt schon«, hüstelte Gerry. »Wir gehn mal lieber los, ehe ihr zwei euch gegenseitig verschluckt.«

»Ich leiste deiner Mam noch 'n bisschen Gesellschaft«, sagte Gemma.

Gemma und Mrs. Macarten standen in der Tür und winkten den beiden Jungen zum Abschied nach. Gemma hatte das Baby auf dem Arm, ließ es auf und ab hopsen und seine kleine Hand wedeln. Es regnete und die Luft war kühl. Das Letzte, was Gerry hörte, während sie das freie Gelände überquerten, war seine Mutter, die hustete.

»Du glaubst also, er wird uns helfen?«, fragte Sewell.

»Das weiß ich sogar.«

Der Zug folgte dem Flusslauf des Tyne, wo er noch glitzernd über Steine und unter Steinbrücken hindurchrauscht und sich durch die kleinen Städtchen Northumbrias schlängelt. Der Waggon war gedrängt voll. Gerry und Sewell trickssten den Schaffner aus, indem sie sich auf der Toilette versteckten und an jeder Station erst aus- und dann wieder einstiegen. »Wir ham's geschafft«, flüsterte Gerry mit einem verstohlenen Lächeln, als der Zug die wildromantische Landschaft emporkletterte, die das Grenzgebiet zwischen Northumbria und Cumbria bildet. »Teil eins is' so gut wie abgeschlossen«, sagte Gerry. »Nächster Schritt: Kev den Brief überbringen. Was ich dich fragen wollt, Sewell, kriegst du vielleicht so 'ne Sprachbehinderung hin?«

Nach Greenhead bekam der Schaffner Gerry und Sewell im Abteil hinter der Fahrerkabine doch noch zu fassen. Er schwitzte vor Anstrengung. »Jetzt hab ich euch endlich!«, rief er und fügte mit triumphierender Stimme hinzu: »Fahrscheine bitte!«

Gerry und Sewell veranstalteten eine groß angelegte Suchaktion. Sie leerten Taschen und tasteten nach nicht existenten Geldbeuteln. Sie seufzten theatralisch. Sie leerten bereits geleerte Taschen von neuem und tasteten abermals nach nicht existenten Geldbeuteln. Jeder Winkel, jede Jackenfalte wurde mit ausgestrecktem Zeigefinger sondiert und ausführlich nachuntersucht. »Wir können se nich' finden«, gestand Gerry schließlich. Ehe der Schaffner etwas sagen konnte, fiel er über Sewell her. »Ich hab se dir gegeben.«

Echt gekränkt gab Sewell zurück: »Nee, haste gar nich'.«

Verzweifelt versuchte Gerry, Sewell ins Gedächtnis zu rufen, dass sie diese Szene einstudiert hatten, und fuhr übertrieben dramatisch fort: »Hab ich wohl, Mann. Weißte nich' mehr?«

»Nee, da weiß ich überhaupt nix von.«

»Denk doch mal nach. Du hast se gehabt.«

»Gar nich', Gerry, Mann. Ich hatt die blöden Karten nich'. Ich hatt überhaupt nie 'ne Karte.«

Gerry hustete laut und nickte seinem Freund heftig zu. »Er kann nix dafür«, erklärte er dem Schaffner. »Er is' 'n Waisenkind. Da biste mal wieder total durcheinander, was, du armer Schwachkopp?«

Doch Sewell blieb eisern. »Aber ich weiß ganz genau, dass wir nie 'nen Fahrschein hatten.«

»Seid ihr bald fertig?«, fauchte der Schaffner, der die Diskussion unbeteiligt beobachtet hatte. »Wo habt ihr eure angeblichen Fahrscheine gekauft, Jungs?«, fragte er matt.

»Wir sind in Haltwhistle eingestiegen«, behauptete Gerry, froh, dass er sich noch an die letzte Station erinnerte.

Der Schaffner lachte humorlos. »Ihr sitzt schon seit dem Metro Centre hier drin, stimmt's? Ich hab euch beide doch gesehn.«

Plötzlich kam der Zug quietschend zum Stehen, der Schaffner wurde gegen die Tür geworfen und Sewell und Gerry taumelten gegen ihn. Der Mann jaulte auf vor Schmerz und schimpfte: »Das is' meine kaputte Schulter!« Dann drehte er sich um und hämmerte gegen die Fahrertür. »Was'n los, George?«

»Kühe auf'm Gleis«, antwortete eine gepresste Stimme.

Der Schaffner öffnete eine kleine Klappe in der Wand über ihnen. Die zwei bekannten metallischen Piepsgeräusche erklangen und die elektrischen Türen öffneten sich bebend. Der Schaffner sprang hinaus. Ein Stück entfernt sah man eine Gruppe von Kühen auf dem Gleis herumstehen. Als der Schaffner wieder einstieg, schäumte er vor Wut.

»Was machen wir jetzt, George?«, fragte er den Fahrer.

»Warten, bis sie sich verziehn«, lautete Georges phlegmatische Antwort.

Aber der Schaffner sprang wütend ein zweites Mal hinaus. Diesmal folgten ihm Sewell und Gerry. »Ksch!«, schrie er und rannte mit ausgebreiteten Armen auf die Kühe zu. Eine davon, die sich quer über dem Gleis niedergelassen hatte, blickte auf und musterte den Mann kühl, mit verächtlich malmenden Kiefern.

»Ksch! Ksch!«, riefen auch Gerry und Sewell und stürmten auf die Kuh zu.

Noch immer bewegte sich das Rindvieh nicht von der Stelle. Der Schaffner kratzte sich am Kopf. Wild entschlossen tauchte er ins dichte Unterholz ab und kam kurz darauf mit einem Stock wieder zum Vorschein. »Ksch, du Mistvieh!«, drohte er der Kuh.

Gerry und Sewell sahen sich an. »Sind wir in der Nähe von Carlisle?«, erkundigte sich Gerry.

Der Schaffner zuckte die Achseln. »Japp. Is' direkt da drüben.«

Gerry sah Sewell an. Sewell sah Gerry an.

»Dann mal los!«, rief Gerry und zog Sewell hinter sich die steile Böschung hinauf. »Wir sind da, wir sind da!«, lachte Gerry.

»Meinst du, wir können das Stadion von Carlisle sehn, wenn wir oben sind?«, fragte Sewell schwer atmend.

»Dann sehn wir unsre Dauerkarte!«, antwortete Gerry. Sie begannen immer lauter zu jubeln, während sie nach oben jagten. Doch dann folgte betretenes Schweigen.

»Wo isses?«, fragte Sewell. »Wo is' das Stadion? Wo is' die Dauerkarte? Wo is' das ganze beschissne Carlisle?«

Vor ihnen erstreckte sich eine abweisende, trostlose Moorlandschaft mit harten Grasbüscheln schier endlos in alle Himmelsrichtungen. Je länger sie starrten, desto weitläufiger schien sie zu werden. In weiter Ferne sah man die Solway Bucht als silbernes Glitzern, wo die Sonne auf den trügerischen Schlamm fiel. Die Northern Pennines von England, die Southern Uplands von Schottland und die Berge des Lake Districts säumten den Horizont auf den anderen Seiten. Sie hörten, wie unter ihnen der Zug abfuhr.

»Ich seh kein Carlisle«, sagte Sewell. »Ich seh überhaupt

nix.« Fieberhaft erklomm Gerry den Zaun und rannte über ein Feld zu einer Anhöhe. »Nee«, verkündete Sewell, als er wieder Luft bekam. »Ich seh immer noch nix.« Ein heftiger Wind blies ihnen ins Gesicht. Pfeifend verschwand der Zug hinter einem Berg. »Was machen wir jetzt?«, fragte Sewell.

»Es is' ungefähr elf Uhr«, antwortete Gerry.

»Woher weißte'n das?«

»Is' bloß geschätzt.«

»Hä?«

»Ich weiß es nich' sicher, es kommt mir nur ungefähr so vor. Wir ham den Zehn-Uhr-Zug genommen. Um drei is' Anstoß. Also ham wir vier Stunden.«

»Für was?«

»Um nach Carlisle zu laufen. Komm schon, Sewell. Wenn wir's nich' zu Fuß schaffen, finden wir 'ne Straße und trampen. Ich mein, es muss ja irgendwo da draußen sein.«

Sie machten sich auf den Weg übers Land, erklommen bröckelnde Steinmauern und krochen unter Stacheldrahtzäunen durch, dass die dort weidenden Schafe in alle Richtungen davonstoben. Sie durchwateten vom Frühlingsregen angeschwollene Wildbäche und veranstalteten Hindernisläufe durch dichte Baumschulen. Gerry schritt zügig aus, Sewell mühte sich ab, ihm zu folgen. Sein Atem ging schwer.

»Ach du große Scheiße!«, stöhnte Sewell, als er bis zu den Knöcheln in einem halb festen Schlammloch versank. »Mir reicht's. Ich geh kein' Schritt mehr weiter.« Nachdem er sich befreit hatte, schleppte er sich noch bis zu einer Gruppe von Birken, lehnte sich an einen Baumstamm und ließ sich zu Boden gleiten.

»Wir sind noch nich' da«, gab Gerry zu bedenken.

»Ich mach keinen Schritt mehr, bevor ich mich nich' ausgeruht hab.« Mit einem mächtigen Ruck zog er sich erst den einen, dann den anderen Schuh aus und klaubte sich die Socken von den Füßen. »Das is' schon besser«, seufzte er und rieb sich die Zehen.

»Recht haste, vielleicht sollten wir wirklich ausruhn«,

räumte Gerry ein und setzte sich neben Sewell. »Ja, hier ruhn wir 'ne Weile aus und dann geht's nachher umso schneller. Ich glaub, ich hab 'ne Straße gesehn. Na dann, machen wir uns mal über den Proviant her.« Schuldbewusst sah Sewell weg. »Komm schon«, drängte Gerry. »Ich bin am Verhungern.« Noch immer versuchte Sewell, seinem Blick auszuweichen. »Mann, Sewell!«, rief Gerry. »Ich red mit dir!«

Mit ernster Miene fasste Sewell in seine Jacke und holte den Plastikbeutel hervor, den Gemma ihnen mitgegeben hatte. Außer ein paar Krümeln und zwei leeren Dosen war nichts mehr drin. »Weißte, als ich im Zug auf'm Klo war und so lang nich' wieder rauskonnte ...«, brummelte er.

Fassungslos starrte Gerry seinen Freund an. Dann sagte er ganz leise: »Du fetter, gieriger Kotzbrocken.«

»Tut mir Leid.«

Jetzt klang Gerrys Stimme schon wütender. »Tut mir Leid. Du hast gesagt, es tut dir Leid, ja? Vermutlich glaubst du, damit wäre alles wieder in Ordnung. Tut mir Leid. Tut mir Leid?«

»Kein Grund, so rumzuschreien, Mann, weißte. Es tut mir echt Leid.«

»Ja?«

Mit einem großherzigen Seufzer meinte Sewell: »Komm schon, ich find bestimmt bald irgendwo 'n Laden.« Gerry lachte bitter, aber Sewell stand entschlossen auf. »Ich geh und hol dir 'n paar Chips oder vielleicht 'ne Fleischpastete oder so was.«

Gerry breitete weit die Arme aus. »Sewell, Mann, wo is'n hier 'n Laden?«

Langsam drehte Sewell den Kopf in alle Himmelsrichtungen.

Auf einmal gewann bei Gerry der Frust die Oberhand, er schnappte wie ein Dobermann-Pinscher und seine Hände schnellten zu Sewells Gurgel. »Wir sind hier mitten in der verdammten Pampa! Hier gibt's kein' Laden. Keine Fleischpasteten, kein' Kuchen, kein Garnix!«, schrie er. »Und es is' auch nich' das erste Mal, dass du mich im Stich lässt.«

Nachdenklich runzelte Sewell die Stirn. »Was meinste'n damit?«

Gerrys Stimme klang wieder etwas ruhiger, allerdings schien jedes Wort wie eine gespannte Sprungfeder, die jeden Moment losgehen konnte. »Nich' nur, dass du unsern Proviant aufgefuttert hast, nein, du hast auch noch unsre Geheimnisse verraten und alles.«

»Hä?«

»Niemand sollte was von unserm Ausflug wissen. Überraschungseffekt und alles, Mann. Aber du hast es gleich Gemma erzählt. Die ganze Zeit haste so getan, als wärste furchtbar aufgeregt, wie du die ganze Nacht wach gelegen hast und so. Dich rumgewälzt, weil du meinen tollen Plan nich' kanntest. Na klar haste geschwitzt, aber nich' wegen unsrer Dauerkarte.«

»Überraschung?«

»Verflucht streng geheim.«

Sewell sah Gerry nervös an. »Warum?«

»Wenn das rauskommt, dann macht's doch jeder!«

Sewell sperrte ungläubig den Mund auf. »Was? Jeder würd anfangen, mitten in der Pampa zu hocken, mit total aufgeweichten Füßen?«

Gerry schnaubte. »Na ja, vielleicht nich' genau an der gleichen Stelle, Mann, weißte. Aber sie wollen dann alle das Gleiche machen wie wir. Keegan fragen und all so was. Vielleicht noch vor uns. Sich was Bessres ausdenken als 'n Feuer.«

Gedankenvoll ließ Sewell den Kopf sinken. »Gemma und unsre Dauerkarte, Gerry, Mann«, begann er schließlich. »Versteh mich nich' falsch, ich liebe Gemma, aber sie hat nix zu tun mit der Dauerkarte. Was ich mein, sie wünscht sich genauso, dass wir sie kriegen wie wir selber.«

Gerry schüttelte den Kopf. »Wegen Gemma mach ich mir auch keine Sorgen.«

»Wegen was'n dann?«, fragte Sewell ratlos.

»Wegen diesem Knaben, mit dem sie zusammen war. Wegen dem Eishockeyspieler.«

»Mit dem hat sie Schluss gemacht.«

»Na, dann sind wir ja aus'm Schneider«, meinte Gerry sarkastisch.

»Ich denk schon«, erwiderte Sewell ernsthaft und zufrieden.

»Jedenfalls hätte der echt 'n Interesse daran, unsere Pläne zu durchkreuzen. Der würd doch alles tun, um dir eins auszuwischen, Sewell, und das bedeutet, alles, um uns daran zu hindern, dass wir unsre Dauerkarten kriegen.«

»Mann, Gerry«, entgegnete Sewell und spuckte zur Bekräftigung auf den Boden. »Wie soll'n der das je rausfinden?«

Gerry machte eine kurze Kunstpause, ehe er antwortete: »Weil sie's ihm erzählt.«

Schweigen. »Niemals«, widersprach Sewell dann mit fester Stimme. »Sie sieht ihn ja gar nich' mehr.«

»Werd erwachsen!«

»Hä?«

»Ich sag, werd erwachsen, Sewell, Mann. Wahrscheinlich bumst sie sogar noch mit ihm.«

Gequält blickte Sewell seinen Freund an und machte den Mund auf, um etwas zu sagen, aber entweder vergaß er es, oder er überlegte es sich anders. Ein paar Mal schüttelte er mit tieftraurigem Gesicht den Kopf und fing dann an, sich heftig die Füße zu massieren.

Über ihren Köpfen wehte der Wind durch die Wipfel der Birken, deren Blätterdach jetzt im Mai schon ziemlich dicht war. Allerdings waren die Bäume verkümmert, zu Bonsai verstümmelt vom grausamen Wind, der ohne Hindernis über das offene Moor fegte. Hinter ihnen erhob sich ein Brachvogel und sang sein Klagelied. Wohin geh ich – wohin geh ich – wann wissen wir, wohin wir gehen?, schien seine Stimme zu fragen.

»Wir ham uns verirrt«, stellte Gerry leise fest.

»Ach, komm schon, Gerry«, ermutigte ihn Sewell. »So würd ich das nich' nennen, Mann.«

Gerry schnaubte ärgerlich. »Wie würdest du's denn dann nennen?«

»Was is' mit der Straße da drüben?«

Gerry stand auf und machte sich auf den Weg. Sewell trottete hinter ihm her, nachdem er sich die Schuhe wieder angezogen hatte. Einmal stiegen sie gut fünfzig Meter in eine Schlucht hinunter, aber als sie auf der anderen Seite wieder hochgeklettert waren, hatten sie das Gefühl, sie wären genau wieder dort angekommen, von wo sie vorhin aufgebrochen waren. Auf beiden Seiten des kleinen Tals war die Landschaft identisch: ein unendliches Auf und Ab aus windgepeitschtem Gras und kleinen Grüppchen knorriger Bergeschen und Erlen. Der Wind lebte auf und bearbeitete ihre Wangen wie mit Ohrfeigen. Über ihnen flog ein Kibitzschwarm. »Ich kann kein' Fuß mehr vor den andern setzen«, sagte Sewell und ließ sich auf den Boden fallen.

Völlig entnervt fuchtelte Gerry mit den Armen. »Gute Idee! Was willste denn machen? Auf den verfluchten Engel warten, bis der mit 'ner Pfanne Speck und Eiern angeflogen kommt?«

Eingeschüchtert rappelte Sewell sich wieder auf. Sie gingen weiter, aber immer langsamer. »Gerry? Hätteste das bloß nich' gesagt.«

»Was'n?«, antwortete Gerry fünfzig Meter weiter.

Keuchend hielt Sewell inne und kletterte auf den Zaun, an dem Gerry gewartet hatte. »Speck und Eier«, erklärte er.

»Hä?«

»Ich wollte, du hättest nix von Speck und Eiern gesagt! Da hinten haste von Speck und Eiern gesprochen. Ich würd alles dafür geben, wenn ich mit 'ner Pfanne Speck und Eiern gemütlich an 'nem Tisch sitzen könnt.«

Gerry kniff die Augen zusammen und schmunzelte. »Oder 'n Burger«, sagte er. »Doppelter Cheeseburger mit Pommes.«

Sewell ächzte.

»Pepperoni-Pizza.«

»Ach, hör bitte auf!«, bettelte Sewell atemlos.

»Mit extra viel Pepperoni. Toast, von dem die Butter tropft. Fish and Chips. Ein wunderschönes saftiges Kebab vom Bigg

Market. 'n Hotdog-Brötchen, dampfend heiß, noch in der Tüte vom Bäcker, und der Dampf steigt von ihm auf wie von 'nem Hundehaufen.«

»Wiener Würstchen«, alberte Sewell und schwelgte jetzt in seinem eigenen Hunger. »Fish und Chips. Püree und Chips. Wurst und Chips.«

»Sonntagsmenü im Pub.«

»Schinken und Erbsenpüree Stotties. Rindfleischcurry. Lammcurry.«

»Püree mit Hühnchen und Pilzen ...«

»Und mit Pommes. Und mit Sauce.«

»Zwei Portionen Pommes. Mit Salz und Essig und Ketchup. Nudelauflauf. Mikrowellenpommes. Pizza. Pizza mit allem Möglichen drauf ...«

»Hör auf!«, heulte Sewell und sog die Luft ein wie ein Wal, der an die Oberfläche kommt. Er fiel auf die Knie. »Ich halt das nich' mehr aus. Kein Essen mehr!«

Als sie zum sechsten oder siebten Mal Pause machten, fing es an zu regnen. »Komm schon«, trieb Gerry ihn an. »Sehen wir, dass wir noch möglichst viel gehn, bevor es richtig anfängt zu schütten.«

So stolperten sie aus der Schlucht, in der sie sich ausgeruht hatten. Oben war ihnen der Weg von einer langen dunklen, dichten Nadelbaumreihe verstellt. »Verdammte Scheiße!«, flüsterte Sewell starr vor Schreck. »Verdammte, verfluchte Scheiße!«

Gerry sah in die Richtung, in die der zitternde Finger seines Freundes deutete. »Was'n?«

»Das!«, kreischte Sewell, und in diesem Moment sauste eine Herde Ziegen auf sie los, eine der uralten Herden, die in den Wäldern der englisch-schottischen Grenze umherwandern. Die Nachfahren der Ziegen, die vor mehr als tausend Jahren von den Dänen hierher gebracht worden sind.

Auf allen vieren retteten sich die beiden Jungen hinter einen Felsbrocken.

»Was in Dreiteufelsnamen war denn das?«, fragte Gerry, als

das Hufgetrappel verklungen war. Sewell brachte immer noch kein Wort heraus. »Das war ja wohl der absolute Hammer.« Schweigend und mit großen Augen horchten sie, wie die Herde in der Schlucht verschwand.

»Komm schon«, meinte Sewell, kam hinter dem Felsbrocken hervor und tappte zum Waldrand. »Unter den Bäumen sind wir wenigstens 'n bisschen geschützt.«

Es war still und dunkel. Nervös gingen Gerry und Sewell von einem Nadelbaum zum nächsten. An den Hängen um sie herum wuchsen Eichen, und in einer Senke, die sie nach etwa zwanzig Minuten erreichten, gelangten sie in einen etwas lichteren Buchenwald. Allmählich entspannten sie sich ein wenig, aber als der Nadelwald sie dann wieder umschloss, schien auch die Luft dicker zu werden. Ein knackender Zweig, das Zwitschern eines unsichtbaren Vogels, ein gesprochenes Wort, alles wirkte hier doppelt so laut. Deprimiert versuchten sie, zu den Buchen zurückzukehren, konnten sie aber nicht mehr finden. Der Regen fiel auf die Nadeln über ihnen, als sie auf einen Reitweg stießen und dann auf eine Gegend mit Bergeschen. »Was is' das?«, fragte Sewell nach einer Weile nervös.

»Was is' was?«

»Das. Klingt, als flüstert da jemand.« Sie lauschten beide angestrengt.

»Vielleicht der alte Waldschrat«, meinte Gerry geheimnisvoll. »Weißte, der Geist, der uns von Anfang an warnen wollte, nich' in diesen bescheuerten Wald zu gehn.«

»Ach, du kannst mich mal«, erwiderte Sewell etwas unsicher.

Gerry seufzte. »Sieh mal, Sewell. Diese Viecher warn doch harmlos. Sonderbar, das geb ich ja zu. Aber ansonsten harmlos. Bloß irgendwelche Viecher. Schafe oder so.«

Ein langes Schweigen trat ein. »Wie spät isses?«, fragte Sewell, nachdem sie geraume Zeit unter einer Eberesche gelegen und sich ausgeruht hatten. Gerry ignorierte ihn. »Wie spät isses?«, wiederholte Sewell und rollte sich herum, dass er Gerry ins Gesicht sehen konnte.

»Zweig nach Blatt«, antwortet Gerry.

»Lass mich bloß mit so 'nem Quatsch in Ruhe!«

»Dann brauchste auch nich' so saublöde Fragen zu stellen. Du weißt ganz genau, dass ich keine Uhr hab, Mann.«

»Aber du weißt trotzdem immer, wie spät es is'.«

»Schon, aber hier nich'. Hier weiß ich überhaupt nix.«

Gerry holte eine Schachtel Streichhölzer aus der Tasche. »Gib mir mal die letzte Kippe, die meine Mam uns geliehen hat.«

Sewell sah in die andere Richtung.

»Die haste allein geraucht, stimmt's?«

»Ja«, antwortete Sewell kläglich. »Weißte, als ich gesagt hab, ich hab die Monsterscheißerei.«

»Meinste, als du unsern Proviant aufgefuttert hast?«

»Da hab ich zum Schluss die Kippe geraucht, ja.«

Sie schlossen die Augen und dösten. Eingelullt von der Stille und der Erschöpfung wurde aus dem Dösen rasch ein richtiger Tiefschlaf. Als Sewell schließlich wach wurde, sah er, dass Gerry eine Eule in den Ästen über ihnen anstarrte. »Psst«, sagte Gerry und legte den Finger auf die Lippen. Sie beobachteten die Eule eine Weile. »Weißte was? In manchen Kulturen sind Eulen ein Todessymbol.«

»Ach, hör auf damit!«, stöhnte Sewell.

Von der lauten Stimme aufgeschreckt, flog die Eule davon, und Gerry spürte den Luftzug ihrer Flügel im Gesicht. »Jetzt hastes geschafft«, sagte er.

»Was?«

»Den Fluch auf uns zu lenken.«

»Werd erwachsen!«, sagte Sewell. Dann stand er energisch auf. »Komm schon, lass uns gehn.« Gerry antwortete nicht. »Hör mal, wir können nich' den ganzen Tag hier rumsitzen. Wir müssen nach Carlisle und Kev Keegan treffen.«

Gerry leckte sich die Lippen. »Ha, ha«, lachte er. »Hahaha-hahahaha!«

»Was lachst'n so?«

»Hahahahahahaha!«

Gerry trat Sewell gegenüber. »Hör mal, wir ham uns verlaufen, kapierste das? Verirrt.« Ganz langsam, als spräche er mit einem Baby, wiederholte er: »Ver-irrt, wir wis-sen nich', wo wir sind oder wohin wir gehn. Seit Stunden lau-fen wir in der Weltgeschichte rum. Bald wird's dun-kel.«

Gerrys Worte schienen in dem Wäldchen widerzuhallen und noch eine ganze Weile nachzuklingen, nachdem er sie ausgesprochen hatte, als wären sie Insekten, die sich unter den dicht belaubten Ästen sammelten. Sewell fächelte sich Luft zu. Gerry zuckte zusammen und kratzte sich dann. Bald klatschten sie sich beide auf Handgelenke und Fußknöchel wie bei einem rituellen Tanz. Sie sprangen auf und hopsten von einem Fuß auf den anderen. »Mücken!«, ächzte Gerry. »Überall!«

Es gab kein Entrinnen, und die Mücken, die so plötzlich über sie hergefallen waren, quälten sie jetzt erbarmungslos. Jeder Zentimeter nackte Haut war von den kleinen Insekten bedeckt. Nasenlöcher, Ohren und Mund füllten sich rasend schnell mit surrenden Insekten. Wie ein verrückt gewordenes Tier preschte Sewell durch die Bäume davon. Gerry folgte ihm.

Sie sprangen über einen umgekippten Baumstamm, über einen Graben und rannten eine Böschung hinunter. Glockenblumen bedeckten das dichte Gras und schufen genau das Bild von England, das von so vielen Traditionalisten gepflegt wird, aber sie hatten keine Augen für diese Schönheit. Nach einer Weile stießen sie auf einen tiefen und träge dahinfließenden Fluss. Er war zehn bis fünfzehn Meter breit und bildete unter einer hohen Felsbank eine Art Teich, die von der Strömung gespeist wurde. Das Wasser war dunkel und torfig. Gerry und Sewell machten auf der kleinen Landspitze mit Gras und Glockenblumen Halt, die sich etwa drei bis vier Meter über dem Teich befand. Sobald sie nicht mehr liefen, griffen die Mücken erneut an. »Das halt ich nich' aus«, heulte Sewell zähneknirschend. »Ich halt das einfach nich' aus.« Kurz entschlossen riss er seine Jacke auf und warf sie von sich. Dann schleuderte er die Turnschuhe von den Füßen, zog die Jogginghose herunter und das Sweatshirt über den Kopf. Einen Moment lang stand er nur in der Unterhose da und fuchtelte wild in der Luft herum. Doch die nächste Attacke der Mücken versetzte ihn sofort wieder in Panik, er geriet am Rand des Abgrunds ins Stolpern und sprang japsend und schreiend in die Tiefe. Ein ungeheures Platschen ertönte, das von den Felsen widerhallte. Auf dem dunklen Wasser erschienen helle Schaumkrönchen, ansonsten störte nichts die Waldesruhe. Ein paar Augenblicke verstrichen.

»Komm schon«, flehte Gerry das Wasser an. »Komm schon, du fetter Döskopp. Komm wieder an die Oberfläche, ja?«

Aber von Sewell war nichts zu sehen. Gerry hockte sich an den Rand des Abgrunds, wehrte die Mücken ab, so gut er konnte, und starrte in den Fluss. Es war, als hätte es Sewell nie gegeben. Als hätte der Fluss ihn restlos verschlungen oder in eine Welt tief im Fels entführt. Gerry schauderte. Aber gerade als er sich in voller Montur selbst zum Sprung bereitmachte, stieg eine riesige Luftblase auf und explodierte an der Wasseroberfläche. Langsam wurde Sewells Gesicht im Wasser sichtbar, darauf folgte der Rest seines stämmigen Körpers, der die Oberfläche durchbrach wie ein sich räkelndes Säugetier. »Geil!«, rief Sewell und ließ sich auf dem Rücken treiben. »Das is' ja affengeil!«

»Ja, ihr Jungs!«, stimmte Gerry an, als er nackt am Ufer stand. »Sperrt die Augen auf!« Seine Worte verwandelten sich in ein Kreischen, als er durch die Luft sauste. Er spürte den Aufprall in jeder Pore seines Körpers. Während er nach unten sank, blickte er sich in der seltsamen, dunklen Kammer um, in die er geraten war. Einen schrecklichen Moment lang dachte er, dass er diese dunkle Stille nie mehr verlassen würde, dass er hier bleiben wollte. Einen schrecklichen Moment lang dachte er, dass er dann wenigstens nie mehr die Sirene des Krankenwagens hören würde, dass ihn das blitzende Blaulicht nie mehr blenden würde. Einen schrecklichen, aber verlockenden Moment lang war der Frieden dieses luftlosen

Elements eine echte Alternative. »Es is' scheißkalt!«, schrie er, als er wieder an der Oberfläche auftauchte.

Vom Wasser aus wirkte der Wald ganz anders. Zwar ragten die Felsen hoch über ihnen auf, aber jetzt erinnerten sie eher an eine schützende Festung. Die Glockenblumen überzogen die Wiesen wie ein blaues Feuer. Die Bäume waren mit Flechten und Moos bewachsen und schienen ungeheuer alt. Und die ganze Zeit zerrte an allem eine sanfte, aber hartnäckige Strömung. »Allererste Sahne«, sagte Sewell, mal an der Oberfläche, mal unter Wasser abtauchend. »Allererste Sahne. Als würde man in 'nem Pint Guinness schwimmen.«

»Ja, aber in einem, das bis grade im Eisfach war!«

Dort, wo die Regentropfen landeten, bildeten sich kleine Wellen im Wasser. »Is' dir warm?«, fragte Gerry, während er hektisch von einem Ufer zum anderen schwamm. Sewell kam zu ihm herüber. Lachend und schreiend, schwimmend und tauchend, tunkten sie sich gegenseitig ins Wasser, schwammen dann ein Stück flussaufwärts und erreichten die Stelle, wo der Fluss über eine Felskante in den Teich stürzte. Dort legten sie sich in die Strömung und ließen sich von ihr massieren, als wären sie in einem Jacuzzi. »Weißte was«, meinte Gerry, als sie sich ausruhten. »Hier könnt man gut mal 'n Mädchen mitbringen.« Er kniff die Augen zusammen. »Hör mal, ich hab alles durchdacht. Erst mal gehn wir mit ihr schwimmen.«

»Ja«, lachte Sewell.

»Aber wir müssen dafür sorgen, dass sie keinen Sportwagen mitbringt, was?«

»O ja.« Sewells Lachen war genauso boshaft wie das von Gerry.

»Wennse nich' so gut schwimmen kann, fragen wir, ob sie Nachhilfeunterricht braucht.«

»... ob sie Nachhilfestunden braucht.«

»Unter Wasser können wir sie 'n bisschen anfassen.«

»... 'n bisschen anfassen.«

»Und danach gut abrubbeln.«

»... gut abrubbeln.«

»Besonders da, wo sie, na du weißt schon, wo sie Gänsehaut hat.«

»... da, wo sie Gänsehaut hat.«

»Sie unter 'nem Baum in'n Arm nehmen, wenn ihr noch kalt is'.«

»... in'n Arm nehmen.«

»Weißte was, Sewell, ich könnt mir 'n andres Mädchen suchen und du könnest's mit Gemma machen.«

Diesmal kam kein zustimmendes Echo.

»Ich gab gesagt, du könntest das mit Gemma machen«, wiederholte Gerry.

Noch immer keine Reaktion.

»Sewell, Mann, ich red mit dir.«

»Nee.«

»Nee?«

»Gemma is' 'ne Lady.«

»Und?«

»Deshalb würd ich all so was nich' mit ihr machen.«

»Ach nee?«

»Nee, ich würd se erst mal fragen.«

Auf einmal begann Gerry vor Kälte zu zittern. Sie begannen einen Wasserkampf und bespritzten sich mit wild fuchtelnden Armen, aber Gerry ließ sich fröstelnd wieder ins Wasser fallen. »Weißte was, Gerry«, sagte Sewell, ließ sich ein Stück weit ins tiefere Wasser tragen und drehte sich auf den Rücken. »Dünn zu sein is' gar nich' immer so toll.«

»Was meinste'n damit?«

»Na ja, sagen wir mal, es kommt 'ne große Flutwelle und wir würden gegen den Fels geschleudert und brächen uns beide 'n Bein, dann würdest du vor mir sterben.«

»Ach ja?«

»Ja, ich würd länger aushalten. Du würdest bald schlappmachen. Du zitterst ja wie 'n halb ersoffnes Karnickel.« Gerry packte Gras- und Blumenwurzeln und zog sich die Böschung hoch aus dem Wasser. Bibbernd wischte er sich mit den Händen die Tropfen von der Haut. »Siehste mich? Mir is' immer noch schön warm«, sagte Sewell, während er sich mühsam Zentimeter um Zentimeter hinter Gerry aus dem Wasser hievte. Oben angekommen, stemmte er die Hände in die Hüften und das Wasser rann ihm die Beine hinab. Jetzt waren weniger Mücken da. »Aber ich wollt, ich wär ohne Unterhose reingesprungen«, fügte er wehmütig hinzu. Als sie angezogen waren, wollte Gerry weiter in den Wald hineingehen. »Jetzt weiß ich endlich, wie sich 'n Baby fühlt, wenn's 'ne nasse Windel anhat«, bemerkte Sewell kläglich und folgte Gerry im Watschelgang.

»Komm schon, ich glaub, ich hab was gesehn«, erwiderte Gerry, ohne sich umzudrehen.

An einer Stelle, wo die Nadelbäume eine Art Vorhang bildeten, der das hellere Licht zwischen den Bergeschen blockierte, sodass nur ein paar stachlige Brombeerbüsche auf dem orangen Nadelteppich gediehen, blieben sie stehen. »Irgendwo da drin isses«, erklärte Gerry. »Ich hab's gesehen, bevor wir schwimmen waren.«

»Was denn?«, fragte Sewell.

Sie trotteten ein paar Meter weiter und mussten sich einen Weg durch ein Holundergestrüpp bahnen.

»Das«, sagte Gerry und streckte den Zeigefinger aus.

Vor ihnen, in einer Lichtung voller dunkelgrünem Farn, stand eine zerfallene Hütte. Nur drei Wände standen noch, aber in der hinteren Ecke war eine türlose Öffnung, die in einen kleinen Raum führte, dessen Wände und Dach noch intakt waren. Sie bahnten sich einen Weg durchs Farngestrüpp und näherten sich dem Gebäude. Als Gerry den Kopf durch die bröckelnde Öffnung steckte, sah er einen offenen Kamin, der direkt in den Schornstein überging. Ein Fenster hatte noch eine Scheibe, die voller Staub und Spinnweben war. Sogar ein Tisch samt zwei Stühlen stand noch da. Er ging hinein.

Sewell seufzte und wollte weiter.

»Nimm Vernunft an, Sewell. Es is' schon spät ...«

»Ich dachte, du hast keine Uhr«, unterbrach ihn Sewell.

»Es is' 'ne Ewigkeit her, seit wir uns verlaufen ham. Also muss es wohl spät sein. Das Spiel is' garantiert längst vorbei.« Gerry trat einen Schritt auf Sewell zu und sah ihm in die Augen. »Sieh den Tatsachen ins Gesicht, Mann. Wir ham Kevin Keegan verpasst. Wir ham unsre Chance verspielt.«

Irgendwo in der Ferne rief eine Eule. Die Sonne versank hinter den Baumwipfeln, auf der Lichtung dämmerte es. Langsam senkte sich die Nacht über Bäume und Büsche.

»Ich hab Hunger«, stöhnte Sewell leise. »Schrecklichen Hunger.«

»Ich auch.«

»Was sollen wir denn essen?«

»Woher soll ich'n das wissen?«

»Hunger«, wiederholte Sewell mit der gleichen dumpfen Stimme, mit der sein Magen knurrte.

»Ich weiß«, entgegnete Gerry. »Das haste grade schon mal gesagt.«

»Nee. Ich mein echten Hunger. Ich mein, ich bin so hungrig, dass ich alles essen würde. Hörste? ICH KÖNNT 'N PFERD AUFFRESSEN!«

Gerry befreite sich aus Sewells fiebrigem Griff und machte einen Schritt von ihm weg. »Wir brauchen was zu essen. Aber es gibt hier nix. Also, wenn der Berg nich' zum Propheten kommt ...«

»Sag mir einfach, wo's was zu essen gibt!«, schrie Sewell verzweifelt.

Gerry spuckte lässig auf den Boden und deutete zum Fluss hinunter: »Hab nie 'nen bessren Fischer gesehn als dich, Sewell.«

Verwirrt sperrte Sewell den Mund auf. »Aber ich hab kein' Köder und nix.«

»Wie gesagt, wenn der Berg ...«

Schon kämpfte sich Sewell krachend durch den Farn. »Wir brauchen Schnecken«, rief er und suchte die Pflanzenstiele ab. »Ich kann das Band von meiner Jacke als Schnur benutzen.«

»Ich mach derweil 'n Feuer«, erbot sich Gerry. »Und Sewell«, fügte er hinzu, »zieh bitte die Unterhose aus, Mann. Ich kann dich echt nich' so rumlaufen sehn. Du siehst aus wie 'n Krebs. Komm schon, ich guck nich' hin.«

Die Unterhose blieb feucht und zusammengeknüllt auf einer verfallenen Mauer der Hütte liegen. Gerry nahm einen Stock und spießte sie auf. »Ich häng sie sogar zum Trocknen für dich auf«, rief er seinem Freund nach, der pfeifend in der Dämmerung verschwand. Dann sammelte Gerry ein wenig Holz und stapelte es auf die Überreste der Feuerstelle. Aus den dünnsten Zweigen baute er eine Pyramide, stopfte vorsichtig noch ein paar Flechten darunter und zündete das Ganze an drei verschiedenen Stellen an. Gebückt blies er in die Flämmchen. Die Flechten glühten und begannen zu brennen, die Pyramide flammte auf und fiel in sich zusammen. Nach einer Weile fügte Gerry größere Holzstücke hinzu. »Ein Brandstifter is' genau der richtige Mann zum Feuermachen«, sagte er und kicherte dabei leise vor sich hin. »Und das is 'n Job, für den ich gute Referenzen hab.«

Die Dunkelheit senkte sich herab und wurde nur vom Mond durchbrochen, der gelegentlich zwischen den Wolken hervorlugte. Wieder hörte man die Eule von irgendwo hinter der Hütte, tiefer im Wald. Einen Moment hielt sie inne, dann begann sie von neuem, diesmal klang es viel näher. Gerry rieb sich die Hände. Allmählich wurde es kalt. Die Flammen leckten am Holz und knisterten ärgerlich, aber sie tauchten den Kamin in ein sanftes Licht und warfen große Schatten an die Wand. Zur offenen Tür wehte eisige Luft herein. Gerry legte Holz nach und setzte sich näher ans Feuer. Er schlang die Arme um sich, rieb wieder nervös die Hände, stand schließlich auf und stolperte durch die türlose Öffnung hinaus in den Wald. Die Kälte traf ihn wie ein Hammer. Dichter Schneeregen fiel inzwischen vom Himmel. »SeweLLLL!«, rief er. »Alles in Ordnung, SeweLLLL?« Keine Antwort.

Sehnsüchtig blickte Gerry zum warmen Feuerschein zurück, riss sich aber los und machte sich auf den Weg in Richtung Fluss. »SeweLLLL?« Der Schneeregen wurde immer dichter und seine dicken, nassen Flocken waren das Hellste in der Finsternis. Gerry rutschte aus und landete unsanft auf einem Teppich aus Tannennadeln. Schnell rappelte er sich wieder auf und lief weiter. »SeweLLLL!« Die Flocken wurden härter und bald graupelte es heftig. Endlich glaubte er das Rauschen des Flusses zu hören. Direkt neben ihm ergriff ein fast unsichtbares Wesen erschrocken die Flucht. Gerrys Herz setzte aus. »SeweLLLL!« Er verlangsamte sein Tempo, hatte aber noch so viel Schwung, dass er ein Stück über die dünne Schneedecke schlitterte. »Der Fluss!«, flüsterte er. »Fall bloß nich' in den Fluss, du Obertrottel!« Zwar konnte er kaum etwas sehen, aber der Fluss war lauter denn je. Vorsichtig tastete er mit der Schuhspitze nach vorn. Ziemlich bald war da kein Gras mehr, sondern nur noch Luft. Er war also direkt an der Böschung. Leise vor sich hin fluchend ging er ganz langsam ein paar Schritte zurück.

»Buuh!«, rief jemand und kam hinter einem Baum hervorgesprungen. Wie von einem Rugby-Tackle umgemäht, ging Gerry zu Boden und glitt zusammen mit dem Angreifer gefährlich nah auf den Abgrund zu. »Runter mit dir!«, lachte der Tackler. Der Schnee brannte in Gerrys Gesicht, seine Finger krallten sich verzweifelt in die kalte Erde. Als er und sein Angreifer endlich still lagen, hingen ihre Beine bereits über dem Abgrund.

»Sewell, du Arsch!«, schimpfte Gerry, während er den Schnee von seinen Kleidern und seinem Kinn wischte. »Wegen dir wärn wir fast reingefallen. Das wirste mir büßen.«

»Ach komm schon«, meinte Sewell beschwichtigend. »Ich hab dir dafür was zum Abendessen gefangen.« Gerry sah seinen Freund an. Zwar erkannte er nicht viel mehr als eine Silhouette, aber er schien etwas in der Hand zu halten. »Glaubt man's denn, es schneit?«, sagte Sewell. »Da krieg ich 'n Gefühl wie Weihnachten.«

»O ja«, murmelte Gerry.

»Kopf hoch, Mann«, sagte Sewell. »Und brummel nich' so.«

Schweigend wanderten sie zurück zur Hütte und waren ganz darauf konzentriert, möglichst wenig Schnee ins Gesicht zu bekommen.

Das Feuer glühte noch. Gerry legte einen dicken Holzscheit nach und setzte sich. Die Fische waren beide etwa so lang wie eine Hand und so dick wie ein fetter Finger. »Was sind das für welche?«, erkundigte sich Gerry.

»Keine Ahnung«, gab Sewell zu.

»Wie haste die denn gefangen?«

Sewell zuckte geheimnisvoll die Achseln, wühlte in einer seiner Taschen und brachte ein altes Schweizer Taschenmesser zum Vorschein, mit dem er die Fische auszunehmen begann. In der Stille knisterte warm das Feuer. »Das hat mir mein Dad beigebracht.«

Gerry sah ins Feuer und dann auf Sewells Hände. »Echt?«

»Als ich noch ganz klein war.«

»Er hat immer Sachen mit dir gemacht, als du noch 'n Kind warst.«

»Ja.«

Obwohl die Fische so klein waren, erschienen sie Gerry und Sewell wie ein Festmahl. Sie verputzten sie bis auf den letzten Krümel und leckten sich danach genüsslich die Finger. Sewell hatte in den beiden leeren Dosen aus der Provianttüte Wasser aus dem Fluss mitgebracht. »Guinness!«, lachte Gerry.

Der Feuerschein erfüllte den kleinen Raum, aber auf den Wänden vollführten Gerrys und Sewells Schatten wilde Tänze. Um die Türöffnung herum lag Schnee. Wortlos zog Sewell seine Jacke aus und hängte sie über den leeren Türrahmen. Mit ein paar Steinen von der verfallenen vierten Mauer klemmten sie den Mantel so fest, dass er als eine Art Tür diente. Sofort wurde es wärmer im Raum. »Daraus können wir Tee machen«, meinte Sewell und deutete auf einen Farnstrauch an der Wand. »Ich hab das bei Ginga gesehn.«

»Später vielleicht«, sagte Gerry.

Plötzlich sprang Sewell auf und ging hinüber zu seinem

Mantel. »Ah, ich hab die Geheimtasche vergessen!«, rief er triumphierend und zauberte zwei Schokoriegel hervor.

Sie freuten sich wie zwei kleine Jungen. »Gott sei Dank, dass du so dick bist«, sagte Gerry.

Stück für Stück ließen sie sich die Schokolade auf der Zunge zergehen und spürten, wie sich die Wärme in ihnen ausbreitete.

»Hier können wir bestimmt gut schlafen«, beschloss Gerry. »Morgen früh gehn wir dann zurück nach Gateshead.«

»Japp«, stimmte Sewell zu.

Mit einem zufriedenen Seufzen meinte Gerry: »Falls wir lebend hier rauskommen.«

»Hä?«, machte Sewell.

»Na ja, hier spukt's doch garantiert. Genau genommen, pssst, hör mal ...«

Sewell stand so hastig auf, dass sein Stuhl mit einem gespenstischen Krachen hinter ihm umfiel. »Hör gefälligst auf damit, Mann, sonst geh ich.«

»Was is' mit den Geistern von den irren Schafen da draußen? Was is' mit dem verrückten Schafhirten und seiner kaputten Hütte?«

Sewell machte einen Schritt auf die improvisierte Tür zu. »Und meine Jacke nehm ich mit und alles, wohlgemerkt«, drohte er.

»Ach komm, Sewell, ich mach doch bloß Spaß.«

Langsam kam Sewell zurück und hob den Stuhl auf. »Wenn du noch einmal den Mund aufmachst und ein Wort über diese Dingsdas rauskommt, hau ich ab.«

»Nur die Ruhe«, sagte Gerry ernst und fügte hinzu: »Wie der Wahnsinnige mit der Axt zu dem Typen sagte, der allein im tiefen dunklen Wald rumirrte. Aber die waren schon seltsam. Diese Schafe.«

Mit einer blitzschnellen Bewegung hatte sich Sewell auf Gerry gestürzt, ihm die Arme um den Hals geschlungen und ihn auf zwei Stuhlbeine gekippt. »Versprochen?«, fragte er herausfordernd.

Gerry hielt ein paar Sekunden stand und wand sich in Sewells Griff. »Versprochen«, beteuerte er schließlich und Sewell setzte sich wieder. »Du solltest mal dein Gesicht sehn«, begann Gerry nach einer Weile, und sofort wurde Sewell wieder wütend. »Dein Gesicht is' ganz weiß, aber deine Ohren sind knallrot. Zweimal Rote Beete und dazwischen 'n Kohlrabi.«

Sewell nickte lässig. »O ja«, meinte er. »Das kenn ich, seit ich klein war.«

»Echt?«, fragte Gerry.

»Japp«, antwortete Sewell ernsthaft. »Von ganz früher. Wenn ich 'n Schock oder so was hab, geht das ganze Blut in die Ohren rein.«

Sie verfielen wieder in Schweigen und starrten ins Feuer. »Hör mal«, meinte Gerry schließlich. »Ich mein, sei einfach mal still und spitz die Ohren.« Sewell lauschte. »Was haste gehört?« Sewell zuckte die Achseln. »Keine Autos, kein Geschrei, kein Polizeihubschrauber«, sagte Gerry. »Überhaupt gar nix.«

»Was würden die denken, wenn se uns jetzt so sehn könnten?«, überlegte Sewell.

Lange Zeit saßen sie am Feuer, und die grauen, unruhigen Straßen von Gateshead schienen weit, weit entfernt. »Meiner Mam geht's nich' so besonders«, sagte Gerry nach einer Weile, und seine Stimme folgte dem Rhythmus des lodernden Feuers.

»Ich weiß«, antwortete Sewell.

»Sie kommt schon wieder in Ordnung, weißte, es is' bloß, dass es ihr nich' so gut geht.«

Das Feuer brannte warm und verwandelte Gerrys und Sewells Schatten an der verfallenen Wand in Tänzer. Einer groß, einer klein, beide auf ihre Weise anmutig.

»Hat dir dein Alter wirklich das Fischen beigebracht?«

Sewell setzte sich anders hin und starrte angestrengt ins Feuer. »Ich hab mein' Alten nie gekannt. Ich wohn bei meinem Großvater. Den nenn ich bloß immer Dad.«

Fast ohne die Augen von dem Wunder des Feuers abzuwenden, begannen Gerry und Sewell ein Gespräch, das bis tief in die Nacht andauern sollte. Sie sprachen langsam, ließen sich Zeit für ausgedehnte Pausen zwischen Antworten und Kommentaren. Manchmal dauerte es so lange, bis einer etwas sagte, dass sie schon vergessen hatten, worüber sie redeten. Aber das spielte keine Rolle.

»Mein Alter hat nie so Sachen mit uns gemacht wie deiner«, sagte Gerry. »Ich mein dein Großvater. Uns was beigebracht und so.«

Sewell zog nachdenklich die Nase kraus. »Er war toll, als ich klein war, wo ich doch keine Mam und keinen Dad hatte, weißte. Hat mich ins Stadion mitgenommen, mir das Fischen mit und ohne Angelrute beigebracht. Er is' vom Land, weißte, aus der Pampa. Aus der Gegend von Chopwell. Is' lange her. Nachdem die Grube zugemacht hat, hat er nie mehr 'nen Job gefunden. Aber anscheinend hatten wir immer irgendwie genug. Er hatte 'n Schrebergarten, hat 'n bisschen gewildert. Aber als sie die Schrebergärten plattgemacht ham, da is' irgendwas in ihm kaputtgegangen. Ich weiß, alle sagen, er tickt nich' richtig. Ginga is' der Einzige, der noch was mit ihm zu tun ham will. Und noch ein, zwei andre aus den Schrebergärten vielleicht. Ich weiß, er is' verrückt. Und es wird auch immer schlimmer und so.« Sewell hielt inne und schien das Feuer um Rat zu fragen. Die Flammen warfen unruhige Schatten auf sein Gesicht, machten es runzlig und alt. Sie malten sein zukünftiges Porträt. »Ich muss ihn aufs Klo setzen, weißte. Ihm den Arsch wischen, wenn er fertig is'. Er kann nix mehr, außer sich 'ne Tasse Tee machen. Vielleicht is' das nich' grade viel, aber ich denk immer, wenn er das noch kann, kann's nich' ganz so schlimm sein. 'ne Tasse Tee. Das is' was Normales, stimmt's? Jeder Mensch in England macht sich 'ne Tasse Tee. Vielleicht sogar die Queen. Solang mein Alter also 'ne Tasse Tee machen konnt, hab ich mir nich' allzu viele Sorgen gemacht. Aber neulich bin ich in die Küche gekommen, ohne dass er's gemerkt hat. Er hat sich 'ne Tasse

Tee gemacht. Er hat den Teebeutel in die Tasse getan und is' zum Wasserhahn rüber. Er hat Wasser aus'm Wasserhahn genommen, das war nich' mal heiß, vielleicht grade mal eben lauwarm. So macht er sich jetzt seinen Tee. Mit Wasser aus'm Wasserhahn. Also nee. Jetzt isser echt hinüber. Verrückt. 'n armer Irrer. Aber ich ... na ja, ich hab ihn immer noch lieb, weißte.«

»Was is' mit deiner Mam und deinem Dad?« Gerry sprach mit gedämpfter Stimme, denn die unendliche Stille um sie herum lockte ihre Geheimnisse hervor und ermunterte sie, sich zu öffnen.

»Hab sie nie getroffen. Kein' von beiden. Von ihm hab ich mal 'n Bild gesehn, aber von ihr nich' mal das. Er sitzt. Für 'ne mächtig lange Zeit.«

»Haste nie Lust, na ja, weißte, ihn zu besuchen?«

Sewell dachte lange und angestrengt darüber nach. Eine Wühlmaus wuselte über den Boden und verschwand in einer Mauer. Eine Weile hörte man das Getrappel ihrer winzigen Krallen, dann war es wieder ganz still. »Vielleicht. Aber sie ham mich allein gelassen, Gerry. Sind einfach verschwunden.«

Ein Windstoß drückte gegen die Jackentür. In der Ferne hörte man einen Fuchs bellen.

»Sewell?«, begann Gerry, als der Fuchs fertig war. »Manchmal wünsch ich mir, mein Dad wär tot.«

»Bridget«, flüsterte Sewell.

Gerry stand auf und befestigte die Jacke an einer Stelle, wo sie sich losgerissen hatte. Dann setzte er sich wieder auf die Stuhlkante. »Woher weißte'n das?«

»Das wissen doch alle, Mann.«

»Woher?«

»Ach, weißte.«

»Komm schon! Woher wissen alle, was mein Dad mit Bridie macht?«

»Er säuft gern, stimmt's? Steht auf der Straße rum und schreit nach ihr. Unten in der Kneipe und so. Dauernd faselt er davon. Verteidigt sich. Sagt, es is' nich' wahr. Tut mir Leid, Gerry. Ich dachte, du weißt es.«

Gerry beugte sich über den Holzstapel und nahm den größten Scheit. Behutsam legte er ihn aufs Feuer. Es brannte langsam und es dauerte eine Weile, bis er seine Wärme verbreitete, aber dann konnte man sie überall im Raum spüren. »Sewell?«, begann Gerry. »Fragste dich auch manchmal?«

»Was soll ich mich fragen?«

»Fragste dich manchmal, was wir eigentlich machen?«

Sewell dachte über die Frage nach und betrachtete jeden Fingernagel eingehend, ehe er antwortete. »Wie meinste'n das?«

»Klauen und stehlen und so. Alles, weißte.« Gerry rieb sich die Hände vor dem Feuer und wärmte sie von allen Seiten. Dann streckte er die Füße über die Flammen und wackelte mit den Zehen. »Überlegste dir auch manchmal, warum das Leben so is', wie's is', und nich' anders?«

»Anders?«

»Ja, anders. Ich mein, es is' ja nich' so, dass jedes Arschloch loszieht und klaut, kaum dass es aus den Windeln is'.« Gerry sah seinen Freund an, überlegte kurz, ob er ins Feuer spucken sollte, entschied sich dann aber dagegen. »Manchmal frag ich mich, ob da oben jemand sitzt. Weißte, so einer, der auf uns aufpasst oder so.«

Sewell zuckte halb die Achseln. »Wir ham den Engel.«

Gerry nickte. »Genau das mein ich ja. Is' da irgendwas, was da über uns rumsteht wie der Engel über Gateshead?«

Langsam beugte Sewell sich nach vorn und stützte das Gesicht in die Hände. »Ich hoff, dass es so wen gibt.«

»Einen, der auf uns aufpasst«, wiederholte Gerry träumerisch. »Wenn's den gibt, dann hoff ich, er is' wie der Engel und nich' wie der Polizeihubschrauber. Einer, der, na ja, weißte, der uns hilft, nich' einer, der hinter uns her is'.«

»Vielleicht so einer wie Kevin Keegan. Einer, der's besser macht. Oder …« Abrupt hielt Sewell inne. »Wie 'n Dad. 'n guter Dad. Einer, der ein' liebt und so. Einer, der ein' wirklich will.«

»Japp«, lächelte Gerry traurig. »Wie 'n guter Dad.«

Der Wind drehte und heulte im Kamin. Sie lauschten. Schließlich ließ das Heulen nach und der Wind zog sich in den Wald zurück. Langsam wandte sich Gerry zu seinem Freund um und sah ihm in die Augen. »Die nennen uns Abschaum«, sagte er. »Alle tun das. Vielleicht nich' direkt ins Gesicht, aber weißte, die denken's trotzdem. Abschaum, denken die, ihr seid bloß Abschaum. Caird. Die Streber in den Oberkursen. Der Arzt. Die Bullen. Die Typen vom Arbeitsamt. Die denken doch alle, wir sind Abschaum.« Er hielt inne und setzte sich kerzengerade hin. »Mann, Sewell, vielleicht können wir's nich' ändern. Aber wir können trotzdem was tun. Nämlich, nie unsre Dauerkarte aufgeben.«

Sewell wandte den Kopf und sah Gerry ins Gesicht. »Das hab ich auch nie gemacht.«

Gerry lächelte. »Siehste das denn nich'? Ohne die sind wir nix.« Er entspannte sich wieder und stocherte träge mit einem Stock im Feuer herum. Als er seinen Freund wieder ansah, fiel das Licht der Flammen auf ein unwiderruflich entschlossenes Gesicht. »Es war 'ne saublöde Idee. Nach Carlisle zu fahren und der ganze Rest. Das ganze Zeug, das wir bisher gemacht ham, das is' doch alles Kinderkram. Hier 'n bisschen, da 'n bisschen. So kriegen wir das Geld nie zusammen.« Eine Weile schwieg Gerry. Dann sagte er mit einer Stimme, die nicht mehr als ein Flüstern war: »Es muss was Großes sein, Sewell. Wir müssen das Geld mit einer einzigen Großaktion einfahren. Anders geht's nich'.«

»'ne Großaktion?«, fragte Sewell nach langer Zeit.

Gerry nickte. »'ne Großaktion. Alles mit einem einzigen Rundumschlag. Biste bereit, das zu riskieren?«

»Na klar.«

Draußen hatte es aufgehört zu schneien, und die Stille war so tief, dass man das leise Knarren der zahllosen Bäume hören konnte, die mit der so gar nicht zur Jahreszeit passenden Last nichts anzufangen wussten. Der Wind hatte die Wolken weggeblasen und der Mond schien klar über den weitläufigen Wäldern von Wark, Spadeadam und Kielder. Ungetrübt von den vielen Lichtern der Großstadt funkelten die Sterne herab und ihre Neugier ließ den Himmel erstrahlen. Ob sie die beiden Gestalten sahen, die neben dem Holzfeuer in einer verfallenen Hütte immer wieder einnickten und ihre Träume zusammenzählten wie Rechenaufgaben, die nie aufgehen?

Kapitel 10

Eilig wanderten Sewell und Gerry durch die Straßen von Gateshead, Rusty dicht auf ihren Fersen. »Wohin gehn wir denn?«, fragte Sewell zum wiederholten Mal, der in seiner Jacke unter der Junisonne mächtig schwitzte. Aber Gerry beschleunigte nur seine Schritte und antwortete nicht. »Mann, Gerry, wo gehn wir denn hin?« Ohne sich umzuwenden, pfiff Gerry die Anfangstakte von The Blaydon Races. »Super«, schnurrte Sewell und rieb sich in freudiger Erwartung die Hände. »Einfach super.«

Sie trabten durch Bensham, wo es eine große jüdisch-orthodoxe Gemeinde gibt. Die Juden machen Bensham zu etwas Besonderem, zu einem exotischen, fast märchenhaften Ort. Hier wächst und gedeiht neben den anderen Bevölkerungsgruppen von Gateshead so etwas wie eine große, geheimnisvolle, andersartige immergrüne Pflanze auf einer Heide von ordinärem Gestrüpp. Wenn man an einem Freitag durch Bensham geht, sieht man die Rockschöße einer Welt, die anderswo mit Gewalt aus Europa vertrieben worden ist, um die Ecke verschwinden. Sewell und Gerry eilten an den jüdischen Geschäften und an der Synagoge vorbei, an einem Lehrer-College und einem Talmud-Institut. Die dunkel gekleideten Juden starrten sie einen Moment an, ehe sie sich wieder ihren Angelegenheiten zuwandten, die Jahrhunderte, Kontinente, Welten entfernt zu liegen schienen.

Gerry und Sewell begannen zu rennen. Sie liefen durch die kleinen Parks, wo Kinder die bunten Rutschen hinunterschlitterten und von den kompetenten Händen ihrer Großväter beschützt wurden. Bei den meisten von ihnen handelte es sich um ehemalige Bergarbeiter, die auf ihre alten Tage sanft geworden waren. Sie liefen vorbei an Pubs, in denen sich fröhliche Menschen drängten, an Jobzentren, in denen unzufriedene Menschen schimpften, sie liefen vorbei an Wettstuben, deren Pferde nie gewinnen, und an Taubenschlägen, deren Schwärme immer heimkommen. So durchquerten sie die gesamte Länge von Gateshead. »Wann?«, fragte Sewell, der keuchend Schritt zu halten versuchte. »Wann? Wann? Wann?«

»Der Tag wird kommen«, antwortete Gerry schlicht. »Der Tag wird kommen.«

Als sie einen Moment lang etwas langsamer wurden, wandte sich Gerry an seinen Freund, deutete auf Rusty und fragte: »Ich hab gedacht, Gemma kümmert sich um den Hund.«

»Tut sie auch«, keuchte Sewell, »aber er haut immer mal wieder ab.«

»Bei dem, was wir vorhaben, können wir ihn aber nich' mitnehmen.«

»Ich weiß, ich weiß. Ich bring ihn zurück.«

»Der wird dich kriegen, weißte. Der Hundetyp.«

In der Ferne schlug eine Kirchenuhr vier. Als sie nach Teams kamen, begrüßte sie ein durchdringender Teergeruch. Gerry entdeckte zwischen verfallenen Häusern drei Gestalten. »Gehn wir hier lang«, sagte er zu Sewell. Aber Sewell und Rusty hatten bereits hinter ihm die Straße überquert. Fluchend wandte Gerry sich um und schloss sich den anderen an. Die drei Gestalten merkten auf und sahen den Ankömmlingen entgegen.

»Alles klar«, sagte Jimmy.

»Alles klar«, sagte Sewell.

»Alles klar«, sagte Gerry.

»Alles klar«, sagte Mally.

»Alles klar«, sagte Sewell.

»Alles klar«, sagte Gerry.

»Alles klar«, sagte Darren.

»Alles klar«, sagte Sewell.

»Alles klar«, sagte Gerry.

»Japp«, antworteten alle.

Auf die Begrüßung folgte zunächst Schweigen. Dann nahm Jimmy eine Flasche Lambrella Pear Perry und bot sie Sewell und Gerry an. Gerry schüttelte den Kopf und Sewell folgte seinem Beispiel, wenn auch mit leichtem Bedauern. »Na, was macht ihr denn so zur Zeit? Für 'n Späßchen hie und da seid ihr ja nich' so richtig zu haben.« Jimmy hielt Rusty die Flasche hin. »Was is'n mit dem Hund, hat der auch kein' Spaß mehr?« Sewell schüttelte den Kopf. Jimmy zuckte die Achseln, legte den Kopf in den Nacken und trank zwei gewaltige Schlucke aus der Flasche, dass sein Adamsapfel auf und nieder hopste. Dann reichte er das Getränk weiter an Darren. »Triffste dich mit Gemma?«, fragte Jimmy, und sein Babygesicht verzog sich zu einem schelmisch-anzüglichen Grinsen.

»Warum?«, konterte Sewell scharf.

»Was biste denn gleich so bissig?«, erwiderte Jimmy. »Ich frag ja bloß. Es is' dein Leben, Sewell.«

»Was meinste denn damit?«

Jimmy zog viel sagend die Augenbrauen hoch. »Mann, Sewell, vielleicht biste ja wirklich 'n harter Kerl, aber gegen Gemmas Ex und seine Clique, da kommste nich' an. Nich' gegen alle auf einmal.«

»Und?«

»Sagen wir's mal so: Er weiß Bescheid über dich und Gemma.«

In diesem Augenblick ertönte ein Schrei aus einem der verrammelten Häuser. Eine Sekunde später knallte das Metallgitter des Fensters im ersten Stock scheppernd zu Boden. Staub wirbelte auf, als es im Müll auf dem Hof landete, und die Staubwolke hing eine Weile schimmernd in der heißen Luft. Dann ertönte donnernd eine Stimme: »Rührt euch nich' vom Fleck! Ich komm runter!«

Jimmy lachte. »Hab ich vergessen, dir zu sagen, Sewell. Der Typ mit den Hunden is' auch hinter dir her und alles.«

Man hörte Holz splittern. Ein Fuß erschien durch ein Loch in den Türbrettern einer Häuserruine. Dann tauchte eine magere Gestalt auf, die selbst einem Mischling nicht unähnlich war, und trat in die Bruthitze des Nachmittags hinaus. »Scheiße«, murmelte Gerry.

»Der Psycho-Sack hat anscheinend 'n Wörtchen mit dir zu reden«, kicherte Jimmy und verzog sich die Straße hinunter. Darren und Mally folgten ihm. »Der is' total durchgeknallt«, lachten sie und hüpften auf der Straße herum wie Hyänen. »Macht euch lieber vom Acker.«

»Komm schon«, sagte Gerry und entfernte sich ein paar Schritte in dieselbe Richtung. »Der hat doch 'n Sprung in der Schüssel, der tickt doch nich' richtig.« Aber Sewell bückte sich und kraulte Rusty sanft an den Ohren. »Mann, Sewell, sieh lieber zu, dass du kein' Ärger kriegst!«, drängte Gerry, und vor lauter Aufregung wurde seine Stimme eine Oktave höher.

Mit langsamen Schritten näherte sich Matthew der Stelle, an der Sewell reglos wartete. Sein magerer, nur mit Shorts bekleideter Körper schimmerte gelb im Sonnenlicht, die sehnigen, knochigen Arme wirkten unnatürlich lang. Noch von der Stelle aus, wo Gerry stand, konnte man seine langen Fingernägel erkennen. Behutsam, als wollte er sich an ihn heranschleichen, näherte er sich Sewell. Immer wieder legte er den Kopf schief und schien zu schnüffeln. »Mattheeeewww!«, heulten Jimmy und seine Freunde, die sich in ein paar hundert Metern Entfernung in Sicherheit gebracht hatten. Doch Matthew schien sie nicht zu bemerken, seine Aufmerksamkeit war ausschließlich auf Sewell gerichtet. Unsicher machte Gerry einen Schritt zurück in Richtung Sewell, hielt aber gleich wieder an. »Um Himmels willen«, flüsterte er eindringlich. »Mach, dass du wegkommst, Mann.«

Als er so nahe bei Sewell war, dass er ihn ohne Schwierigkeiten hätte anspucken können, blieb Matthew stehen. Sewell versuchte sich zu räuspern. Sein Mund war trocken. Von Matthew kam ein leises Knurren und er fletschte die Zähne. Dann formten sich Worte. »Du hast mir mein' Hund weggenommen.« Sewell kniff die Augen zusammen, seine Hand tastete steif nach Rustys Ohren und er begann auf der Suche nach einem Ruhepunkt ungeschickt in einer seiner Jackentaschen herumzufummeln. »Der Hund gehört mir und du hast ihn geklaut.« Matthew trat einen weiteren Schritt nach vorn, sodass er Sewell jetzt fast berühren konnte. Der nahm die Hand aus der Tasche und hob die Unterarme, sodass die Ellbogen zwei angespannte rechte Winkel bildeten. »Er gehört mir«, knurrte er ein zweites Mal und Sewell blinzelte.

Ein Stück weiter die Straße hinunter verstummten die Hyänen, denn sie merkten, dass der Konflikt unablässig seinem Höhepunkt entgegensteuerte. Hilflos stupste Gerry mit der Spitze seines Turnschuhs gegen das Straßenpflaster. Von seinem Platz aus sah er Matthews unberechenbare Drahtigkeit, die sich immer näher an Sewells solide Körpermasse heranpirschte. Neben ihnen lag Rusty, unbehaglich und unglücklich zusammengerollt, und hatte die Nase unter dem Schwanz versteckt. »Pass auf, er hat vielleicht 'ne Waffe!«, rief Gerry.

Dann ging alles sehr schnell. Auf einmal riss Matthew die Augen auf, ein heftiges Zucken lief über sein Gesicht und er stürzte sich auf Sewell. Gegen den Wirbel, der auf ihn einschlagenden Ellbogen, Handgelenke und Knie konnte der sich zwar verteidigen, aber dann krallten sich scharfe, spitze Fingernägel in sein Gesicht, er wankte und senkte einen Sekundenbruchteil die Arme. Diesen kurzen Moment nutzte Matthew, um ihm an die Gurgel zu springen und seine Zähne in das weiche Fleisch zu schlagen. Brüllend vor Schmerz holte Sewell aus und sein Faustschlag schleuderte Matthew ein ganzes Stück zurück, wo er auf allen vieren im Staub landete. Sofort trat er den Rückzug an und kauerte eine Weile wimmernd auf Händen und Knien, ehe er erneut auf Sewell losging. Mit wirbelnden Ellbogen und Füßen ging er Sewell an die Schienbeine. Sewell trat zu, konnte den Schwung zwar nicht mehr bremsen, bekam aber Matthews Arme zu fassen. Gerade wollte er zuschlagen, als er Rusty bemerkte. Mit hängenden Ohren und eingekniffenem Schwanz heulte der Hund erbärmlich auf und stupste gegen Sewells Fäuste. Sewell blickte auf Matthew hinab und lockerte schaudernd seinen Griff: Matthew hatte in Rustys Geheul eingestimmt. Schwerfällig flog eine dicke Fliege vorüber. Rusty hörte auf zu jaulen und rollte sich spielerisch auf den Rücken. Doch Matthew heulte weiter. »Ich hab ihn dir nich' weggenommen«, sagte Sewell. »Er is' mir nachgelaufen.«

Matthew rollte sich zu dem Hund hinüber, der ihn freundlich beschnupperte. Dicke Tränen rannen über das Gesicht des Jungen, ehe sie in den Staub tropften und aufgesaugt wurden. Sewell rieb ein paar Mal hart die Hände aneinander, dann wandte er sich ab und ging davon. Rusty trabte ihm nach. »Platz!«, befahl Sewell streng. Sofort machte der Hund kehrt und begann, Matthews regloses Gesicht und seine Hände zu lecken. Als er Rusty bellen hörte, wandte sich Sewell noch einmal um. Jetzt hielt Matthew den Hund liebevoll und verzweifelt im Arm.

Gerry gesellte sich wieder zu seinem Freund. Zusammen marschierten sie an den anderen drei Jungen vorüber, die sie mit offenen Mündern anstarrten und bereitwillig Platz machten. Nachdem sie gut zehn Meter weitergegangen waren, legte Gerry Sewell die Hand auf die Brust, sodass er anhalten musste. »Komm schon«, sagte er. »Was is' jetzt mit dem Hund?« Aber Sewell schüttelte nur den Kopf und ging weiter. »Was meinste'n damit?«, beharrte Gerry und holte ihn wieder ein. »So kannste Rusty doch nich' einfach im Stich lassen, Mann. Das kannste echt nich' bringen. Du liebst ihn doch, du alter Döskopp.« Doch Sewell schwieg und Gerry folgte ihm kopfschüttelnd. »Mann, Sewell!«, rief er und packte ihn diesmal am Ärmel, um ihn zum Stehenbleiben zu zwingen.

Sewell zog den einen Mundwinkel so weit hoch, dass man es entweder als halbes Lächeln oder halbe Grimasse auslegen konnte. »Wann?«, fragte er leise. »Wann isses so weit? Mit unserm Job, mein ich. Unsrer Großaktion.«

Entschlossen nickte Gerry, sah sich um und spuckte aus. »Heut. Jetzt. Wir sind schon unterwegs.«

Schweigend wanderten sie nebeneinander weiter. Sie waren nicht weit gekommen, als sie jemanden rufen hörten. Sie blieben stehen. Atemlos kam Gemma auf sie zugerannt, an der Hand einen kleinen Jungen mit knallblauen Augen und rotblonden Locken. Fasziniert starrte er zu Sewell und Gerry empor. »Tut mir Leid«, begann sie. »Rusty is' schon wieder abgehaun.«

»Ich weiß«, erwiderte Sewell.

»Ich konnt ihn nich' aufhalten. Ich hatt den Kleinen grade aufs Klo gebracht. Er gehört einer von Audreys Freundinnen.« Dabei nickte Gemma in Richtung des kleinen Jungen und zauste ihm die Locken. »Wir hatten das Fenster bloß 'nen winzigen Spalt offen. Als wir wieder runterkamen, war Rusty weg. Schnell wie der Blitz. War doch so, oder, Süßer?«

Mit ernstem Gesicht nickte der Kleine und seine strahlenden Himmelsaugen wurden von Sekunde zu Sekunde größer. »Haste 'ne Kippe, Mister?«, fragte er Sewell, der geistesabwesend den Kopf schüttelte. »Ich mag dein' Hund. Wie sein Schwanz sich so kringelt.«

»Japp«, sagte Sewell endlich.

Gemma klopfte den Staub von Sewells Jacke. »Was haste denn gemacht, Schatz?«, fragte sie. Dann wandte sie sich an Gerry. »Ey, Gerry, ich hab dein' Dad gesehn.« Gerry erstarrte und zog die Schultern hoch. »Er hat deine Mam gesucht.«

Sewell seufzte. Mit ernster Miene ließ er sich von Gemma erst eine Zigarette und dann Feuer geben. Er zog aber nicht daran, sondern reichte die Kippe gleich an Gerry weiter, der sie ohne erkennbare Regung zwischen zwei Finger klemmte und nicht einmal zu merken schien, dass der kleine Junge sie ihm wegschnappte. »Komm schon«, sagte er unvermittelt zu Sewell, und seine Stimme klang tonlos. »Zeit für uns zu gehn. Zeit, uns an die Arbeit zu machen.« Ohne eine Antwort abzuwarten, ging er los.

»Pass auf dich auf«, sagte Gemma mit sanfter Stimme zu Sewell. »Ach je, den Kratzer hier hab ich ja noch gar nich' gesehn!«, stellte sie erschrocken fest und streichelte seinen Nacken.

»Wir ham was vor«, erklärte Sewell und starrte Gerry nach. »Mach dir keine Sorgen, is' ja bloß 'n Kratzer. Und lass dir keine grauen Haare wachsen wegen dem Hund, der kommt schon zurück, wenn er Lust hat.«

Gemma schlug die Hände vor den Mund. »Ach, das hätt ich beinah vergessen. Mein Ex weiß alles von uns und so.« Doch Sewell tat die Information mit einer wegwerfenden Handbewegung ab und küsste sie schnell. Der kleine Junge fing an zu husten. »Gib her!«, rief Gemma und riss dem Kind die Zigarette aus dem Mund. »Ich drück euch die Daumen«, rief sie Sewell nach, der bereits hinter Gerry her eilte. »Und seid bloß vorsichtig, Mann!«

Sewell holte Gerry ein und begann The Blaydon Races zu pfeifen. »Vergiss doch dein' Alten, Mann«, riet er seinem Freund, aber Gerry antwortete nicht.

Sie wanderten über das freie Gelände, setzten sich eine Weile schweigend auf die Brücke und gingen dann den Weg hinter der Spartan-Redheugh-Fabrik entlang. Nach der Hitze des Tages war es hier angenehm kühl, denn die Sonne wurde von vielen verschieden geformten Baumkronen abgehalten, die den Weg überdachten. Die Heckenrosen standen in voller Blüte und verwandelten den Pfad in eine weiß und rosa geschmückte Allee. Auf der Kühlerhaube des Schrottautos ließen sie sich nieder und gingen ihren Plan noch einmal durch. Mohnblumen hatten sich einen Weg durch die leere, verbogene Windschutzscheibe des Wracks gebahnt. »Wir nehmen keine Münzen«, sagte Gerry. »Bloß Scheine. Danach gehn wir nich' zurück nach Gateshead, sondern verstecken uns in den alten Gebäuden an der Quayside und verschwinden, sobald die Bullen weg sind.«

Langsam nickte Sewell.

»Wir gehn rein, ich zuerst, du 'ne Minute nach mir. Wir setzen unsre Newcastle-Mützen auf, damit man uns nich' erkennt. Wenn ich ruf, ziehn wir sie übers Gesicht. Keine Sorge, Sewell, ich hab Löcher für dich reingeschnitten, da kannste durchgucken. Aber denk dran, du hast auch 'ne Aufgabe.«

Gerry wartete, aber Sewell schwieg. »Was isses, was du tun musst, Sewell?«

Diesmal kam die Antwort wie aus der Pistole geschossen. »Sobald wir in den Laden reinkommen, häng ich das Geschlossen-Schild an die Tür.«

Gerry pflückte eine Mohnblume ab und schwenkte sie wie einen Zauberstab. »Was du auch tust, vergiss das bloß nich'. Kein Geschlossen-Schild, keine Dauerkarte. Verstanden?«

Nickend wiederholte Sewell: »Kein Geschlossen-Schild, keine Dauerkarte.« Dann versank er wieder in nachdenkliches Schweigen. Eine Weile lauschten sie dem Lied der Amsel in den Rosenbüschen. »Gerry«, begann Sewell dann. »Da kannste nix machen. Wegen deinem Alten, mein ich. Wenn wir erst mal unsre Dauerkarte ham, dann ham wir wenigstens was, worauf wir stolz sein können.«

Gerry sprang von dem Autowrack runter. »Komm schon.«

In einer der Fabriken neben der Spartan Redheugh war gerade Schichtwechsel und ein dünner Strom von Arbeitern tröpfelte heraus, ein paar Autos, ein paar Fahrräder, aber hauptsächlich Fußgänger mit Rucksäcken über krummen Schultern. »Die kriegen so gut wie nix bezahlt, weißte«, sagte Gerry. »Sean hat mal 'n Einstellungsgespräch gehabt als Sicherheitsmann im Team Valley.« Sewell lachte. »Direkt da oben«, fuhr Gerry fort. »Hundert Pfund für vierundsechzig Stunden die Woche. Also wirklich! Was soll'n so was?«

»Damit würd man nie 'ne Dauerkarte kriegen«, meinte Sewell.

»Damit würd man nie irgendwas kriegen«, stimmte Gerry ihm finster zu. »Die lassen dich früher raus, wenn du dich da verpflichtest. Ganz krummes Geschäft. Lohnt sich absolut nich'. Ich sag dir, Mann: So wie wir's machen, das is' die einzige Möglichkeit.«

Sie gelangten zum Tyne und folgten seinem Lauf bis zur Drehbrücke. Es war Flut und das Wasser stand hoch an beiden Ufern. Unter der Metro-Brücke blieben sie einen Augenblick stehen und lauschten dem Zug, der über sie hinwegratterte. Unbeirrt wie immer spreizten die Kormorane ihre Flügel zum Trocknen ab. Es waren gleichmütige, prähistorische Kreaturen, die sich hartnäckig im Herzen der Großstadt hielten und unantastbar auf den Betoninseln der erhöhten Brückenpfeiler thronten. »Diesmal haste echt alles im Griff«, lächelte Sewell. »Wir holen uns 'n paar Hundert, ganz ohne Mühe.«

»Alles kein Problem«, bestätigte Gerry. »Es sei denn, er macht die Kasse nich' auf.«

»Mann, Gerry«, flüsterte Sewell. »Wir ham die Karten so gut wie inner Tasche.«

Sie überquerten die Drehbrücke aus Richtung Gateshead und betraten die Newcastle Quayside, ein Chaos alter und neuer Gebäude in einem Labyrinth dunkler Gassen und Straßen. Die Uhr auf der Allerheiligen-Kirche aus dem achtzehnten Jahrhundert schlug sechs. »Noch 'ne Viertelstunde«, sagte Gerry und führte Sewell an den Rand des Kais. Sie setzten sich einander gegenüber auf zwei riesige Ankerwinden, die wie überdimensionale Pilze noch immer aus der Kaianlage emporragten. Hier war seit Jahren kein Schiff mehr vor Anker gegangen, abgesehen vom Nachtclub The Boat, das gegenüber am Gateshead-Ufer lag. »Heut Nacht gehn wir da rüber und feiern«, meinte Gerry und deutete lächelnd auf das Vergnügungsschiff hinüber.

»Und lachen uns 'n Mädchen an!«, lachte Sewell.

»Aber ja! Aber guck nich' aufn Kaminsims, solang du Feuer machst!«

»Was is' überhaupt 'n Sims?«

»Keine Ahnung. Is' bloß so 'n Spruch.«

Die Möwen versammelten sich über der Flussmündung. Bald hatte die Flut ihren Höchststand erreicht. »Haste deine Mütze?«, fragte Gerry. Sewell wühlte kurz in seiner Jacke und zog eine schwarze Fußballmütze heraus. Ein Jogger lief an ihnen vorüber. Gerry duckte sich und sah schnell in die andere Richtung. »Wir dürfen nich' auffallen«, zischte er Sewell zu.

»Was meinste'n damit?«

Gerry fluchte. »Der Jogger hat dich gesehn, oder?« Sewell nickte. »Ich hab dir aber gesagt, wir dürfen nich' auffallen.«

»Das hätt ich ja auch getan, wenn ich verstanden hätt, was du meinst.«

Gerry starrte dem Jogger nach, der flussabwärts verschwand. »Ich werd nervös. Vielleicht hat er dich ja gar nich' gesehn«, seufzte Gerry. Dann drehte er sich zur Kirchenuhr um. Die Zeit schleppte sich dahin, jede Minute schien eine Stunde zu dauern. »Zehn Minuten«, sagte Gerry. »Noch zehn Minuten bis zur Dauerkarte.«

Eine Frau im Kostüm, bepackt mit Einkaufstüten, ging an ihnen vorbei und musterte sie argwöhnisch. Gerry hatte sich bereits abgewandt, Sewell jedoch nicht. Die Frau stellte ihre Tüten ab, um ihren Schlüssel aus der Tasche zu fischen, und öffnete eines der in der Nähe geparkten Autos. Als sie weggefahren war, spuckte Gerry aus. Er sah Sewell an, der seinen Blick mit einem Lächeln erwiderte. »Das hab ich nich' gewusst, Sewell.«

Nach einer langen Denkpause erkundigte sich Sewell: »Was haste nich' gewusst, Mann?«

»Irgendwas stimmt hier nich'. Ich weiß aber nich' genau, was. Leute ham uns gesehn. Ich mein, eigentlich müsst hier viel mehr Verkehr sein.« Er gestikulierte in Richtung der leeren Straße hinter ihnen. »Normalerweise herrscht hier um die Zeit ein Mordsgedränge. Ich hab gedacht, wir würden in der Menge untergehn, sozusagen.«

»Gerry«, begann Sewell unsicher. »Macht dir dein Dad und all das zu schaffen?«

Gerry stockte kurz und fuhr dann mechanisch fort: »Hier müssten 'ne Unmenge Leute vorbeigehn. Ich hab gedacht, in 'ner befahrenen Straße und 'nem belebten Gehweg fallen wir bestimmt nich' auf. Aber hier isses echt viel zu ruhig.« Er hielt einen Moment inne. »Sewell, vielleicht sollten wir die Großaktion heut lieber nochmal abblasen.« Sewell holte die schwarze Mütze hervor und fing an, nervös damit herumzuspielen. Ein angespanntes, nervöses Schweigen folgte. »Aber was kann denn schon schief gehn?«, sagte Gerry schließlich. »Nix. Ich weiß hundert Pro, dass in der Sicherheitskamera in dem Laden kein Film drin is'. Solang wir nich' vergessen, was wir machen müssen, wird alles laufen wie geschmiert.«

»Ich vergess bestimmt nix«, sagte Sewell voller Überzeugung.

»Na, dann erzähl mir's, Mann. Gehn wir die Sache nochmal durch.«

Sewell seufzte. »Du marschierst als Erster rein und siehst dich im Laden um. Ich komm 'ne Minute später nach. Sobald ich drin bin, häng ich das Geschlossen-Schild an die Tür. Das is' das Wichtigste.«

»Was passiert, nachdem du das Schild aufgehängt hast?«

»Sobald ich das Schild aufgehängt hab, rufst du und wir ziehn die Masken übers Gesicht. Dann spring ich über die Theke und pack den Mann, während du die Knete rausholst.«

»Was machste, wenn der Kerl Widerstand leistet?«

»Dann droh ich ihm.«

»Und wenn er das Geld immer noch nich' rausrückt?«

»Dann scheuer ich ihm eine.«

Gerry kniff die Augen zusammen. »Und wenn er sich dann immer noch wehrt, musste ihn k.o. schlagen. Aber bloß, wenn er sich weigert, klar? Aber das dürft eigentlich kein Problem sein, du bist nämlich ungefähr doppelt so groß wie der.« Sewell lächelte. »Also, was is' nochmal das Wichtigste?«, fragte Gerry.

Sewell schloss die Augen wie ein Kind in der Schule, das sich ein auswendig gelerntes Gedicht ins Gedächtnis ruft. »Das Geschlossen-Schild«, rezitierte er.

Gerry spähte zur Kirchenuhr. Noch fünf Minuten. Er wartete. Plötzlich überfiel ihn die Panik, er könnte zu lange gewartet haben, und er drehte sich wieder um. Noch immer fünf Minuten. »Wenn wir wenigstens 'n paar Kippen hätten«, nörgelte Sewell. Dann fing er an zu lachen. Aus einem nervösen Gekicher wurde ein zwerchfellerschütternder Anfall.

»Was'n los, Mann?«, fragte Gerry. Sewell versuchte zu antworten, brachte aber kein Wort heraus.

»Mir is' was eingefallen!«, platzte er schließlich heraus.

»Lass das lieber«, sagte Gerry.

»Mir is' was eingefallen!«, wiederholte Sewell, atmete aber tief und krampfhaft wie ein Asthmatiker während eines Anfalls, um sich zu beruhigen. »Wir gehn in den Laden rein und sagen ... und sagen ...«

»Und sagen was?«

»Das ganze Geld und ein Päckchen Lambert and Butler bitte!«, prustete Sewell endlich. »Ha ha ha ha!«

»Du fetter Blödsack!«, fauchte Gerry. »Nix dergleichen wirste abziehn! Verstanden? Nix. Du machst genau das, was wir geplant haben, klar? Genau das, weiter nix. Kein Spruch von wegen Zigaretten und so.« Der so gerügte Sewell hörte auf zu lachen. »'n Job wie dieser hier is' Oberliga, weißte, aber wenn du das nich' hinkriegst, Herrgott, dann sollten wir vielleicht lieber nich' ...« Der Satz erstarb in einer vagen Geste. Die Sonne auf Gerrys Gesicht war angenehm warm. Er setzte sich bequemer zurecht und legte die Hand über die Augen. »Vielleicht sollten wir einfach hier sitzen bleiben und 'n bisschen braun werden.« Gerry spähte flussabwärts und dann wieder aufwärts. Hinter sich sah er die riesigen, baufälligen Gebäude der Quayside. Auf der Gateshead-Seite lagen das Dunston Rocket und die Staithes, von denen früher Kohle aus den Bergwerken bei Durham in die ganze Welt verschifft worden waren. Einer Anekdote zufolge hatte hier die Fähre angelegt, die die Leiche von St. Cuthbert von der Heiligen Insel Lindisfarne zu ihrer letzten Ruhestätte in Durham bringen sollte. Irgendwie schien Gerry dort etwas zu suchen, wandte sich aber mit einem tiefen Seufzer wieder der Quayside zu. »Unsre Dauerkarte«, sagte er leise.

»Das wird toll, Mann«, strahlte Sewell. »Wir gehn zu jedem Spiel.«

»Sitzen auf unsern persönlichen Plätzen.«

»Trinken unsern persönlichen Tee.«

»Und keiner sagt uns, was wir machen sollen.«

Hinter ihnen klackten die großen Zeiger der Uhr. Es war Viertel nach sechs. Gerry versuchte etwas zu sagen, aber aus seiner zugeschnürten, trockenen Kehle kam nicht mehr als ein Murmeln heraus. Sewell verstand ihn trotzdem. Sie erhoben sich. Gemeinsam warfen sie einen letzten Blick auf die Gebäude am Fluss – das alte Zollhaus, die alte baltische Mühle und das neue Gerichtsgebäude –, dann zogen sie los.

Es schien Stunden zu dauern, bis Gerry die paar hundert Meter von der Ankerwinde bis zum Laden überwunden hatte. Es kam ihm vor, als glitte er auf einem Laufband immer wieder zurück zum Ausgangspunkt. Plötzlich nahm er ganz alltägliche Objekte mit verblüffender Deutlichkeit wahr. Ein Pflasterstein war etwas höher als die anderen, ein Pubfenster hatte einen winzigen Riss, am Knie seiner Jogginghose hatte sich ein Faden gelöst. Aber dann beschleunigte sich alles, auf einmal war der Laden vor ihnen, er kam auf sie zu wie ein einfahrender Zug. Sie zogen die schwarzen Mützen tiefer in die Stirn. Sie spuckten beide aus. Wie Luftballons hingen die Spuckekleckse in der Luft und klatschten dann im selben Augenblick zu Boden.

Das Erste, das Gerry im Zeitungsladen auffiel, war die Hitze. Er hatte das Gefühl, gegen eine Wand zu laufen. Die Luft war feucht und stickig. Von dem Geruch der Milch, die in der Wärme allmählich sauer wurde, drehte sich ihm fast der Magen um. Einen Moment verlor er völlig die Orientierung und geriet ins Stolpern. Doch er nahm sich zusammen, gewann die Fassung einigermaßen zurück und umrundete mit dem Rücken zur Ladentheke vorsichtig einen Stapel Grußkarten.

Die Türglocke bimmelte. Gerrys Herz begann wie wild zu rasen, als er Sewell sah. Mühsam würgte er die aufsteigende Übelkeit hinunter und arbeitete sich näher zur Theke vor. Hinter ihm, ganz in der Nähe der Tür, fiel klappernd etwas zu Boden. Die leise Stimme des Ladenbesitzers summte in der pulsierenden Hitze. »Was machste denn da, Junge?« Gerry wandte sich um: Sewell zog und zerrte an den Schildern und

Zetteln an der Tür herum. »Was machste denn da?«, wiederholte der Ladenbesitzer in etwas schärferem Ton. Jetzt hatte sich das Metallgitter an der Innenseite der Tür gelöst und Sewell hielt es in seinen zittrigen Fingern. »Hey du, was soll'n das?«, dröhnte der Mann.

Instinktiv zog Gerry sich die Mütze übers Gesicht. Augenblicklich hatte er das Gefühl, von der Hitze verschlungen zu werden. Schweiß lief ihm in die Augen, seine Schläfen pochten, die Dunkelheit in seinem Kopf schien sich mit heulenden Sirenen zu füllen. Er schüttelte heftig den Kopf, aber das Heulen wurde stärker, begleitet von zuckenden blauen Lichtblitzen, als säße er wieder bei seiner Mutter im Krankenwagen. Aber dann erstarben die Sirenen unvermittelt, und die folgenden Augenblicke erlebte Gerry optisch und akustisch mit fast unerträglicher Klarheit. Der Ladenbesitzer starrte ihn an. Sewell plagte sich immer noch an der Tür ab. »Her mit dem Geld, und zwar alles!«, hörte Gerry sich schreien, und obwohl er wusste, dass er schrie, klang seine Stimme nicht laut. Er sah die Schweißperlen auf der unrasierten Oberlippe des Ladenbesitzers. »Rück das beschissne Geld raus!«, schrie er noch einmal. Er spürte, wie die Sehnen in seinem Hals anschwollen, aber trotzdem schien seine Stimme kaum lauter als ein Flüstern. Der Mann war bleich geworden, und Gerry sah, wie seine Augen zwischen ihm und Sewell hin und her huschten. Noch einmal schaute er sich nach Sewell um, und mit einem einzigen schnellen Blick nahm er den ganzen Laden so vollständig in sein Gedächtnis auf, dass er ihn nie wieder vergessen würde. Wenn man ihn irgendwann in seinem späteren Leben danach gefragt hätte, wäre er in der Lage gewesen, die Einrichtung bis ins kleinste Detail fehlerlos zu beschreiben. Die Regale mit Zeitschriften und Zeitungen, die rechts von der Tür standen und bis an die Decke reichten, der klapprige Stand mit den Grußkarten in der Mitte, die Fächer mit den Brotlaiben, der große Kühlschrank mit den Limodosen und dem Mineralwasser, das schmutzige Fensterbrett über dem eine fette Schmeißfliege traurig über den Leichen der anderen Insekten umherschwirrte. Auf allen vieren kauerte Sewell vor dem Zeitschriftenregal und fummelte verzweifelt neben der Tür herum. »Her mit der Kohle!«, schrie Gerry, als er endlich seine Stimme wieder gefunden hatte.

»Ich hab schon abgerechnet«, behauptete der Ladenbesitzer und nickte heftig mit dem Kopf.

»Hör mal«, stammelte Gerry, »keine Fisimatenten. Rück das Geld raus und fertig.«

»Aber es is' nix da ...«

Hilfe suchend drehte Gerry sich um. »SEWELL!« Doch der antwortete nicht, sondern kroch immer noch bei der Tür herum. Gerry schluckte schwer, ihm war kotzübel. Er schrie noch einmal.

»Ich kann das Geschlossen-Schild nich' finden«, antwortete Sewell kläglich.

»Zieh deine Maske über und komm endlich her!«

Als Gerry wieder zur Theke schaute, war der Ladenbesitzer bereits auf halbem Weg zur Tür, die ins Hinterzimmer führte. Mit der Kraft der Verzweiflung machte Gerry einen Satz auf den Ladentisch und sprang dem fliehenden Mann von dort auf die Schulter. Der wehrte sich und schlug auf ihn ein, aber Gerry ließ sich nicht abschütteln. Plötzlich ragte Sewells mächtige Gestalt über ihnen auf, und mit einem lauten Schrei stürzte er sich vom Ladentisch auf die Kämpfenden. Die Wucht des Aufpralls schleuderte Gerry vom Rücken des Ladenbesitzers, aber der Mann rappelte sich blitzschnell auf, lief zur Hintertür und begann hektisch an den Schlössern herumzufummeln. Gerade hatte er einen der Riegel aufbekommen, als Sewells Fuß seine Hand traf und sie wegstieß. Der Mann versuchte es noch einmal, aber Sewell packte ihn und schleifte ihn zurück zur Theke, wo er ihn mit einem Ruck absetzte.

»Wo is' dein blödes Schild?«, fragte Sewell und ging in die Hocke, um das Gesicht des Mannes so zu drehen, dass er ihn ansehen konnte.

Der Mann bewegte tonlos die Lippen. »Ich hab keins«, brachte er schließlich hervor.

Sewell kniff grimmig die Augen zusammen. »Was meinste'n damit, du hast keins?«

Voller Angst starrte der Ladenbesitzer in das maskierte Gesicht. »Ich hab 'ne Frau und zwei Kinder«, jaulte er mit hoher, verzweifelter Stimme und pinkelte sich in die Hose.

Inzwischen inspizierte Gerry die Kasse. Ein Springbrunnen von Münzen kam ihm entgegen, als er die Schublade aufriss. Sewell hob die Faust. »Wie kann so 'n Laden wie deiner kein Schild ham?«

Der Mann begann zu schluchzen. »Weiß ich nich'.«

»Halt's Maul!«, brüllte Sewell.

»'ne Tüte«, ächzte Gerry atemlos. »Wir ham keine Tüte dabei!« Hastig zog er sich das Sweatshirt über den Kopf, legte es auf den Boden und schüttete das Geld darauf. Dann faltete er es zu einem Bündel zusammen und presste es gegen die Brust.

»Er hat kein Schild«, erklärte Sewell schlicht.

»Vergiss das Schild!«, krächzte Gerry, und die Vehemenz der lange angestauten Worte ließ Sewell unwillkürlich zurückzucken. Verzweifelt raffte Gerry noch ein paar Münzen und Scheine zusammen, die aus dem Sweatshirt gefallen waren, und stopfte sie in seine Hosentaschen.

Sewell nahm das Gesicht des Ladenbesitzers zwischen Daumen und Zeigefinger. »Du solltest dir 'n Schild anschaffen«, riet er dem Mann beinahe zärtlich.

»Nehmt das Geld, aber tut mir nix«, sagte der Mann, der auf einmal erstaunlich ruhig geworden war. »Ich hab zu Hause ein paar Jungs, genau wie ihr. Tut mir nix.«

Unterdessen rannte Gerry im Laden herum und wischte hektisch von allen möglichen Stellen ihre Fingerabdrücke ab. »Alles klar«, rief er Sewell zu.

»Du hast also echt kein Schild!«, brummte Sewell. Der Mann brachte ein ersticktes Gurgeln hervor, als Sewell ihn an den Oberarmen packte und hochzog. »Kein Schild«, wiederholte Sewell verwundert. Der Mann schien zu lächeln, aber plötzlich packte er Sewells Handgelenke und begann nach

Luft zu schnappen. Sewell versuchte ihn abzuschütteln, aber der Mann ließ nicht locker.

»Was'n los?«, wollte Gerry wissen. Das Gesicht des Ladenbesitzers verfärbte sich purpurrot. Ein mühsames Krächzen entrang sich seiner Kehle.

»Glotz uns nich' so an«, befahl ihm Sewell völlig entnervt mit schriller Stimme, weil der Mann ihn so anstarrte.

»Lass ihn los!«, schrie Gerry. »Lass ihn los. Der hat 'n Herzanfall, Mann.«

Sewell kreischte: »Ich kann nich'! Der hat mich am Wickel!« Wie ein Wilder schlug er auf die Hände des Ladenbesitzers ein, ohne darauf zu achten, dass er sich selbst wehtat. Endlich lockerte sich der Griff und der Mann sank zu Boden.

»Wir müssen schleunigst verschwinden!«, bellte Gerry und drängte Sewell zur Hintertür.

»Er hätte das Schild nich' verstecken dürfen.« Sewell rührte sich nicht von der Stelle.

Mit der ganzen Geduld, derer er fähig war, dämpfte Gerry seine Stimme zu einem Ton sanfter, überzeugender Dringlichkeit. »Man wird dich hier erwischen, wenn du jetzt nich' mitkommst.«

Traurig starrte Sewell zur Tür und dann auf den am Boden liegenden Ladenbesitzer.

»Komm jetzt, bitte!«, flehte Gerry und öffnete die übrigen Riegel an der Hintertür. Dann entdeckte er noch ein Häufchen Geld, das ihm vorhin entgangen war, und hockte sich schnell hin, um es aufzuheben. »Komm schon!«, heulte er.

Mit einem letzten, ratlosen Kopfschütteln folgte ihm Sewell. Sie öffneten die Tür, überquerten den Hof, rissen sich die Mützen vom Kopf und rannten dann die Quayside hinunter.

Immer tiefer schlängelten sie sich in das Labyrinth der großen, verwahrlosten Gebäude. Sie bogen in eine schmale Gasse ein, wo ihre Schritte laut widerhallten und dann verstummten. Gerry hob zwei lose Bretter von einem Fenster und kroch hinein. Als Sewell ihm gefolgt war, legte er die Bretter sorgfältig wieder an Ort und Stelle. Jetzt waren sie eingeschlossen. Feucht und schwer lastete die Dunkelheit auf ihnen. Sie krochen eine Treppe hinauf und hasteten durch staubige Räume. Instinktiv suchten sie sich die dunkelste, sicherste Ecke wie zwei Tiere auf der Flucht. Sie sprachen kein Wort. Langsam gewöhnten sich ihre Augen an die Dunkelheit, aber es wurde nicht heller. Es war wie unter der Oberfläche eines schlammigen Flusses.

»Wir lassen das Geld hier«, erklärte Gerry und drückte das Sweatshirt an sich. »Wir suchen uns 'ne lose Diele, dann können wir zurückkommen, wenn Gras über die Sache gewachsen is'.« Seine Stimme hallte in dem hohen Raum. »Komm schon, Sewell. Zünd 'n Streichholz an, dann zählen wir, wie viel wir ham.« Seufzend legte Gerry das Sweatshirt in seinen Schoß und betastete es ängstlich.

»Tut mir Leid«, sagte Sewell nach einer Weile.

»Was?«

»Aber weißte, der hatte keins. Ich hab überall gesucht.«

Gerry starrte zu den dunklen Umrissen der halb verrotteten Deckenbalken hinauf. In einem anderen Raum, in den durch das löchrige Dach ein wenig Licht fiel, war die Decke eingebrochen. Früher einmal hatte hier in den Büros einer florierenden Versandfirma reges Leben geherrscht, und der Staub von tausend ausrangierten Aktenordnern, der Staub von tausend Gedanken, der Staub von einer Million Arbeitsstunden hing in der Luft wie ein Gespenst.

»Jetzt stecken wir ganz schön in Schwierigkeiten, was?«, fragte Sewell mit leiser, schüchterner Stimme.

»Er is' nich' tot«, seufzte Gerry, und die Münzen klirrten dumpf, als er das Sweatshirt auf den Boden legte.

»Woher willste das wissen?«

»Na ja, man stirbt nich' unbedingt an 'nem Herzinfarkt.«

»Das sagste doch bloß so.«

»Gar nich', Mann.«

»Woher willste'n das dann wissen?«

Gerry starrte in die Dunkelheit, aber es fiel ihm keine Antwort ein.

Die Stille wurde bedrückend, als braute sich ein Gewitter zusammen. »Es is' alles schief gegangen«, stellte Sewell fest.

Ohne ihm zu antworten, ging Gerry in die Hocke und begann, den Boden vor sich abzutasten. Er fand eine lose Diele und stopfte das Sweatshirt darunter. Mit beiden Händen drückte er es zusammen und fühlte nach dem Geld. »Wir zählen es später. Ich mach hier ein Zeichen, damit wir wissen, wo es is'.« Gerry hob eine verirrte Münze auf und scharrte damit angestrengt auf dem Dielenbrett herum.

Sewell regte sich, ließ sich aber gleich wieder in seine Ecke sinken wie ein verwundetes Tier. »Jetzt kriegen wir unsre Dauerkarte nie.«

»Hilf mir mal, Mann«, sagte Gerry, holte die losen Scheine aus den Taschen und stopfte sie ebenfalls in das Sweatshirt. »Hast du auch was aufgesammelt? Irgendwelche Münzen oder Scheine?«

»Ich muss dauernd an den Alten im Laden denken«, sagte Sewell. »Glaubst du echt, dass der wieder in Ordnung kommt?«

Sorgfältig legte Gerry das Brett zurück an seinen Platz. Ein langes Schweigen folgte. Obwohl er nicht mehr atemlos vom Rennen war, spürte er, wie sein Herz gegen seine Rippen pochte. Er fühlte seinen Puls, der dringlich, beharrlich und immer lauter schlug. Als Sewell das Schweigen brach, schien die Stimme aus Gerrys eigenem Herzen zu kommen. »War das ein Mord?«

Geraume Zeit rührten sie sich beide nicht. Sewell zog sich immer weiter in sich selbst zurück, schlang die Arme um sich, zog die Knie unters Kinn, bis er rund war wie ein Ball. Dann begann er, langsam vor und zurück zu schaukeln. Zuerst ganz sanft, sodass Gerry ein paar Meter weiter nichts davon mitbekam, dann schneller, drängender, immer heftiger. Und dabei stöhnte er. Als er wieder zur Ruhe gekommen war und sein schwerer Atem sich beruhigte, schien die Stille in dem dunklen Gebäude noch bodenloser zu werden. »Noch keine Sirenen«, bemerkte Gerry dumpf. »Kein Blaulicht.«

Er grub seine Finger in die Wand, an die er sich lehnte, und häufte den bröckligen, flockigen Mörtel vor seinen Füßen auf. Auf einmal hörten sie Geräusche aus dem Raum über ihnen, eine Reihe rascher Bewegungen wie von einem Kampf. Dann ertönte Taubengurren. Sewell wandte sich zu Gerry. »Warum hatte er kein Schild?« Er stand auf und blickte auf Gerry hinunter.

»Wo willste denn hin?«, zischte Gerry.

»Das macht mich total kirre.«

»Red keinen Unsinn, Mann.«

Schwer ließ sich Sewell wieder zu Boden sinken. Die Zeit schien noch langsamer geworden zu sein. Immer wieder räusperte sich Sewell. Ein paar Mal versuchte Gerry, ihn aufzuheitern. »Er is' nich' tot, Mann. Er hat uns bloß was vorgespielt«, flüsterte er. Oder: »Wenn wir das Geld zählen, ham wir bestimmt genug, wetten?« Aber seine Worte klangen mit jedem Mal ein wenig dünner, und irgendwann verstummte er. Immer wenn die Tauben über ihnen scharrten, begannen ihre Herzen zu rasen. Nervös spielte Gerry mit dem Mörtel, den er aus der Wand gebuddelt hatte, zerkrümelte ihn immer feiner, bis das Zeug durch seine Finger rieselte. Draußen torkelte eine Gruppe frühzeitig Betrunkener durch die Gassen. Es waren Frauen, mit schrillen Stimmen. Aus einem der Pubs an der Quayside hörte man Musik. Nach einer Weile wurde sie plötzlich lauter und verklang dann. Kurz darauf begann sie wieder, jetzt etwas leiser, aber stetig lauter werdend, bis sie die ursprüngliche Lautstärke erreicht hatte. Der pulsierende Rhythmus drang in die Stille ihres Verstecks, als suchte er nach ihnen, die Wände vibrierten dumpf. Gerry erstarrte. Einen grässlichen, erschütternden Augenblick lang waren die Lichter und Sirenen wieder da. »Is' das die Polizei?«, fragte er mit bebender Stimme. Sewell verneinte mit einem Brummen. Sie lauschten der Musik, die aus den Pubs und Clubs plärrte, ein Song nach dem anderen, und ihre nervösen Finger bewegten sich unwillkürlich im Takt.

»Können wir nich' wenigstens nachsehn, wie's ihm geht?«, fragte Sewell nach einer Weile.

»Hä?«, machte Gerry zerstreut.

»Ich möchte hingehn und sehn, wie's ihm geht.«

Gerry sprang auf und hielt ihn fest. »Das kannste doch nich' machen! Das ... das geht nich'. Mann, Sewell, denk doch mal nach.« Seine Stimme versagte. »Wenn sie dich erwischen, dann ...«

»Aber vielleicht isser tot«, unterbrach Sewell nüchtern.

»Er is' aber nich' tot, verdammt!« Nach dem langen Schweigen klang Gerrys Stimme schockierend laut. Eine Weile lagen sie nur stumm da. Gerry sah zu Sewell hinüber. Sein Gesicht hob sich als etwas hellerer Schatten von der dunklen Masse seines Körpers ab. Stirn, Wangen, Nase, alles bildete Kerben in der Dunkelheit. »Ich wollt, es wär mein Alter gewesen. Ich wollt, er hätte 'nen Herzanfall.« Wieder war es lange still, dann hörte man, wie Gerrys Faust auf seine Handfläche schlug. »Ich muss mal wohin, Sewell«, sagte er leise. »Ich bin mal 'ne Weile weg. Ich weiß nich' genau, wie lang.«

Sewell nickte. »Ich komm mit.«

»Nee. Du wartest hier, bis ich zurückkomme. Du wartest hier auf mich. Verstanden? Du rührst dich nich' von der Stelle.«

Kurz bevor Gerry durch das verrammelte Fenster hinauskletterte, hielt Sewell ihn einen Augenblick fest. »Mach's gut«, sagte er.

Gerry rannte die Quayside entlang, immer auf der Hut, von einer Gasse in die nächste. Mit einem wilden Anlauf überquerte er den Tyne auf der Drehbrücke nach Gateshead. Er kam an der Ovoline-Lubricants-Fabrik vorbei und rutschte auf dem Öl, das aus den Eingeweiden der Fabrik über die Straße in den Fluss fließt. Er rannte unter den großen Brücken durch, deren Bögen sich Schwindel erregend hoch über ihm wölbten. Blindlings quälte er sich weiter und erreichte Teams ohne eine Verschnaufpause. Ein Polizeihubschrauber brummte am Himmel und Gerry warf sich ins hohe Gras eines ungepflegten Gartens. Als der Hubschrauber weg war, sprintete er die

Straße hinunter. Spielende Kinder riefen ihm nach. Er trabte durch die Rosenallee hinter der Spartan-Redheugh-Fabrik und über das freie Gelände.

Als er seine Straße erreichte hatte, stolperte er und schlitterte wie auf Eis. Er konnte nicht mehr bremsen und krachte gegen die Tür. Sie ging auf. Er stolperte ins Wohnzimmer. Der Fernseher war weg. Das Radio war weg. Der neue Tisch ebenfalls. Alles, was die Sozialarbeiterin ihnen für ihre neue Wohnung besorgt hatte, war verschwunden. Nur ein einziger Sessel stand noch da. Gerry warf sich darauf, vergrub das Gesicht in dem weichen Polster und begann zu schluchzen wie ein Kind.

»Wer is' da?«, rief eine Stimme aus der Küche.

»Dad«, flüsterte Gerry in das Kissen. »Bitte, Dad. Bitte.«

»Verpiss dich, egal, wer du bist!«

»Dad«, hauchte Gerry. »Dad.«

Als er aufsah, stand sein Vater über ihm. »Na, weißte Bescheid?«, sagte sein Vater. Gerry starrte ihm in die Augen, die rot gerändert und glasig waren. »Biste jetzt zufrieden?«, fragte sein Vater. »Du wolltest deine Mam und mich ja schon immer auseinander kriegen.«

»Hast du das gemacht?«, fragte Gerry und deutete auf das leere Zimmer.

»Und wenn schon?«

»Hast du?«

»Was macht das jetzt noch?«

Gerry stand vom Sessel auf und stellte sich vor seinen Vater. »Hast du unsre ganzen Sachen geklaut?«

»Du weißt es gar nich', stimmt's?«, sagte sein Vater und sank auf den Sessel. Dann vergrub er das Gesicht in den Händen und begann zu lachen.

»Halt den Mund!«, sagte Gerry.

»O Gott«, entgegnete sein Vater. »Das is' unglaublich. Du weißt es nich'.«

Gerry biss sich auf die Unterlippe, bis sie aufplatzte und er das warme Blut auf dem Kinn spürte.

Das Lachen seines Vaters ging in Schluchzen über. »Sie is' tot, Mann.«

Gerry knirschte mit den Zähnen.

»Deine Mam is' tot. Mein Liebling, mein süßes Mädchen, sie is' nich' mehr da.«

»Halt den Mund«, sagte Gerry knapp.

»Ich hab sie geliebt. Trotz allem hab ich dieses Mädchen geliebt.«

»Halt den Mund«, wiederholte Gerry leise.

»Mein süßes Mädchen. Mein Schatz!«

»Halt den Mund.« Es war nur noch ein Flüstern.

»Jetzt is' sie bei Jesus und unsrer heiligen Jungfrau«, sagte Gerrys Vater und weinte erbärmlich.

Gerrys erster Schlag traf seinen Vater im Rücken und raubte ihm den Atem. »Halt den Mund!« Dann kam Gerry um den Sessel herum und trat ihn gegen die Beine. Er prügelte auf seine Arme und seine Schultern ein. Nach einer kurzen Pause verpasste er ihm einen Faustschlag mitten ins Gesicht. Dann schlug er kaltblütig, ungerührt auf ihn ein, gedankenlos wie ein losbrechendes Gewitter. »Halt den Mund«, flehte er immer wieder, auf jeden Schlag folgte diese Bitte, und sein Stöhnen verlieh den Schlägen Nachdruck. »Halt den Mund! Halt den Mund! Halt den Mund! Du hast meiner Mam das Leben zur Hölle gemacht. Du dreckiger, nutzloser Bastard! Du hast Bridie vertrieben! Du hast deine Familie kaputtgemacht! Du warst nie für uns da! Du warst nie für mich da! Du hast nie auch nur mal 'ne Tasse Tee für uns gemacht! Hörst du mich? Ich hab nie auch nur 'ne Tasse Tee von dir gekriegt! Und ich bin dein Sohn! Ich bin dein Sohn! Ich bin dein Sohn!«

Als er sich wieder aufrichtete, betrachtete er seinen Vater, der zusammengekrümmt im Sessel kauerte und voller Angst zu ihm emporblickte. Ihre Augen trafen sich. In Gerrys Kopf jaulten die Sirenen, wurden schwächer und weniger aufdringlich, verstummten schließlich ganz. »Warum?«, stieß er hervor. Und dann kniete er sich auf den Boden und übergab sich, würgte, bis nichts mehr übrig war. Dann warf er seinem Vater einen letzten Blick zu und ging.

Er trabte den gleichen Weg zurück, den er gekommen war. Sein Atem ging leicht und regelmäßig. Hinter der Spartan Redheugh blieb er plötzlich stehen. »Nee«, sagte er und schüttelte heftig den Kopf. »Das kann nich' sein. Das kann nich' sein.« Er setzte sich wieder in Bewegung, diesmal schneller, als würde er angeschoben. Immer schneller rannte er, Ellbogen und Knie bewegten sich wie Pumpenschwengel. Er kehrte den Häusern den Rücken und sauste den Abhang hinunter. Überall Schösslinge und verstreuter Müll, schulterhohe Bäumchen, die er rammte und an denen er sich bei Bedarf festhielt. Inzwischen war er nicht mehr zu bremsen. Er sprang über einen Schutthaufen, sauste durch die Luft und landete etwas ungeschickt, sodass er das Gleichgewicht verlor und gegen das Geländer knallte, das einen dumpfen, metallischen Ton von sich gab. Unter ihm floss der Tyne, doch jetzt kam die Ebbe. Er atmete die feuchte Luft ein. Eine Weile starrte er in den Fluss, während sein Atem sich allmählich beruhigte und seine Brust sich nicht mehr ganz so heftig hob und senkte. Im dunklen Schlamm flog ein Rotschenkel auf und segelte leise klagend davon.

Es hatte zu regnen begonnen, ein feines, kühles Nieseln. Am Himmel erschien wieder der Polizeihubschrauber. Gerry kletterte übers Geländer, ließ sich ein Stück daran hinunter und sprang. Der Schlamm federte den Aufprall ab und er versank bis zu den Knien. Eng an die Mauer gedrückt beobachtete er, wie der Helikopter das Wasser absuchte und endlich davonflog. Als er verschwunden war, ging Gerry weiter, immer an der Schlammgrenze des Tyne entlang, und seine Füße schlappten im Morast.

Er entdeckte Sewell, der ihm auf einer der feuchten Gassen der Quayside entgegenstolperte. Seine Jacke war zerrissen und hing ihm in Fetzen vom Leib, seine Jogginghose war voller Blut, sein Gesicht so übel zugerichtet, dass man es kaum erkannte. Er brachte kaum einen zusammenhängenden

Satz heraus. »Sie ham dich erwischt, stimmt's?«, fragte Gerry leise.

»Ich hab 'ne Ewigkeit auf dich gewartet«, stammelte Sewell. »Aber du bist einfach nich' aufgetaucht. Die Jungs ham mich erwischt. Die Eishockeyspieler. Ham mir in einer Gasse aufgelauert. An den Rest kann ich mich nich' erinnern. Ich weiß bloß, wie ich ... wie ich auf einmal in der Gegend rumgewandert bin. Dann ... dann hab ich dich gesehn.«

Gerry senkte den Kopf. »Na komm schon«, sagte er schließlich leise, »das wird schon wieder.«

»Sicher?«

»Ganz bestimmt.«

»Gerry?«, stammelte Sewell, und es klang, als hätte er einen Zahn ausgespuckt. »Gerry?«

»Was denn, Mann?«

»Es tut mir so Leid wegen dem Schild. In dem Laden. Wegen dem Schild in dem Laden. Das tut mir echt Leid.«

»Vergiss es.«

Einen Augenblick wurde Sewell etwas munterer. »Ich hab nachgedacht. Über alles. Der Mann is' in Ordnung, er is' nich' tot. Alles wird wieder gut, Mann. Keine Sorge. Wenn uns jemand fragt, dann sagen wir einfach, dass wir zwei Typen gesehn ham, die aus dem Laden gerannt sind, die Straße rauf in Richtung Newcastle. Oder nee. Wir sagen ... wir sagen ...« Sewell hielt inne. Dann begann sein zerschundenes Gesicht zu strahlen. »Wir sagen, wir ham zwei Mädchen die Straße raufrennen sehn.« Mit einem breiten Grinsen blickte er Gerry an. »So tricksen wir sie garantiert aus, stimmt's?«

»O ja«, sagte Gerry und sah weg. »Wir tricksen sie einfach aus.«

»Siehste? Manchmal hab ich auch Grips im Kopf, genau wie du.«

Irgendwo tief in Sewells Innerem gurgelte etwas. »Geh heim, Gerry, Mann. Versteck dich.«

»Dir geht's nich' gut, Sewell. Du musst ins Krankenhaus.«

Kaum waren die Worte aus seinem Mund, machte Sewell

auch schon schlapp. Er wedelte Halt suchend mit den Armen, dann sank er zu Boden. Gerry kniete nieder und legte behutsam die Hände um den Kopf seines Freundes. »Lass mich ... ruf an ... ano ... ano ... ano ... anonym...«, flüsterte Sewell.

Aber Gerry schüttelte heftig den Kopf. »Nee«, sagte er. »Dir geht's nich' gut.«

»Gerry«, keuchte Sewell. »Ich komm schon wieder auf die Beine. Geh nach Hause ... oder hau jedenfalls ab ... geh in' Pub und ruf an.«

»Nee. Wenn ich irgendwo hingehe, dann kommst du mit. Wir müssen dich ins Krankenhaus schaffen.«

Unter Aufbietung all seiner Kräfte zog Gerry seinen Freund hoch. Seine Beine knickten unter dem Gewicht ein, er schwankte und bemühte sich, Sewell in die Senkrechte zu kriegen. Einen Moment standen sie so da, Sewell schlaff an Gerry gelehnt, der vor Anstrengung kaum Luft bekam. Dann setzten sie sich in Bewegung, gingen schlurfend die Gasse entlang, torkelten wie zwei Betrunkene.

Inzwischen wimmelte es auf der Quayside von Besoffenen, die in Gruppen von zehn bis zwanzig Leuten von einem Pub zum anderen zogen. Als die beiden Freunde auf die Hauptstraße kamen, reihten sie sich in die Menge ein. Eine Frau hockte neben einem Auto, die Unterhose um die Knöchel, der Hintern schimmernd weiß wie zwei Monde im leeren Sonnensystem der Gosse, während der Urin über ihre hochhackigen Schuhe schäumte und von dort den Abhang hinunterlief.

Sie schafften es bis zur Drehbrücke, als sie die erste Sirene hörten. Sie wurde lauter, aus einer wurden zwei, dann drei. »Gerry!«, keuchte Sewell verzweifelt. »Lauf! ... Lass mich ...«

»Wir gehn ins Krankenhaus«, entgegnete Gerry, und seine Stimme klang, als käme sie aus großer Entfernung. »Du musst ins Krankenhaus.«

»Gerry«, grummelte Sewell und seine gebrochenen Hände schlugen schmerzhaft gegen Gerrys Gesicht, um seine Aufmerksamkeit zu erregen. »Hör doch ... die Polizei ... lauf, Mann ... lauf.«

Schon waren sie halbwegs über der Brücke. Der Streifenwagen bahnte sich blinkend einen Weg die Quayside von Newcastle herunter, wobei er immer wieder von schwankenden Nachtschwärmern behindert wurde. Der Weg nach Gateshead war frei. »Mach schon, Mann … lauf!«, flehte Sewell. Aber Gerry lächelte nur.

Zwei Polizeiwagen erreichten das Ende der Brücke auf der Newcastle-Seite und blockierten den Fluchtweg. Zwei weitere trafen auf der Gateshead-Seite ein. Wagentüren wurden aufgerissen und lautstark zugeknallt. Sechs Polizisten, drei auf jeder Seite, kamen auf Gerry und Sewell zu. »Na gut«, flüsterte Gerry vor sich hin, »da muss der bescheuerte Engel wohl weggeflogen sein.«

Die Luft war kühl und frisch vom Nieselregen. Gerry beugte sich über die Brüstung und starrte ins Wasser. Unter ihnen rollte der Tyne, er wurde breiter über dem Gezeitenschlamm, er floss endlos, es wiederholte sich endlos, wie eine immer gleiche Geschichte. Gerry seufzte, während er Sewell sanft zu Boden gleiten ließ. Die Polizisten kamen näher. Als Zeichen der Kapitulation breitete Gerry weit die Arme aus, und so stand er über seinem Freund. »Ja, so ist's recht«, flüsterte er, als Sewells Gemurmel verstummte. »Das haste mal wieder alles genau geplant, stimmt's, mein Freund? Bald sind wir wieder draußen. Vielleicht reicht's nich' für diese Saison. Aber trotzdem bald. Bestimmt kommen wir früher raus wegen guter Führung. Vielleicht. Schließlich wollten wir dem Alten ja nix Böses. Die werden uns glauben, weil es die Wahrheit is'. Vielleicht. In ein paar Jahren lassen die uns wieder raus. Und dann kriegen wir unsre Dauerkarte. Dann hält uns nix mehr auf. Sobald wir draußen sind, besorgen wir uns die Dauerkarte, Sewell, Mann. Für jeden eine. Und dann können wir einfach dasitzen auf den Plätzen, die uns ganz allein gehören, und keiner macht uns Vorschriften. Mit 'ner Tasse Tee. Vielleicht Milch. Und so viel Zucker, wie du möchtest.«

Jean Hanff

Stille Wasser sind tief

Aus dem Englischen von Manfred Ohl und Hans Sartorius

Roman

Band 15293

Als Naomi an einem Septembermorgen beim Joggen ein totes Baby im Fluss findet, ist sie zutiefst erschüttert. Statt die Polizei zu alarmieren, bringt sie die kleine Leiche, in einer Decke sorgfältig eingehüllt, selbst aufs Revier. Entsetzt merkt sie, dass man sie dort für die Mörderin hält. Nur mit großer Mühe kann sie die Polizei und den Staatsanwalt von ihrer Unschuld überzeugen. Schon bald verdichtet sich in der kleinen Stadt Goddard ein Gerücht: Heather Pratt, eine junge, alleinerziehende Mutter, die auch noch ein Verhältnis mit einem verheirateten Mann hat, ist alles zuzutrauen. Nur Naomi, die selbst eine Außenseiterin in der kleinen Stadt geblieben ist, hält Heather für unschuldig. Doch als am Ende die ganze Wahrheit ans Licht kommt, gerät Naomis Welt vollkommen aus den Fugen, und sie muss begreifen, wie wenig sie von der kleinen Stadt, ihren Freunden und letztlich von sich selbst verstanden hat.

»Atemberaubend spannend.«
Scott Turow

Fischer Taschenbuch Verlag

fi 15293 / 1

Mary Logue
Fasanenschrei
Roman
Aus dem Amerikanischen von Veronika Cordes
Band 15286

Ein zweiter Fall für Claire Watkins. Als Claire mit ihrem neuen Freund Rich, dem Fasanenzüchter, ein Straßenfest besucht, hofft sie, endlich einmal wieder unbeschwert feiern zu können, und freut sich auf die erste gemeinsame Nacht mit dem Freund. Doch dann dringt ein schriller Schrei in ihr Ohr.

Jed Spitzler war als unauffälliger, etwas eigenbrötlerischer Mann bekannt. Niemand schien viel über ihn zu wissen, und niemand schien Probleme mit ihm gehabt zu haben. Aber warum wurde ihm dann inmitten der feiernden Menschenmenge ein Messer in die Brust gestoßen? Und keiner will etwas gesehen haben. Drei verstörte Teenager, die Kinder des Opfers, bleiben als Vollwaisen zurück. Während Claire die spärlichen Spuren auswertet, versucht sie zugleich, den Kindern, insbesondere der 15-jährigen Jenny, beizustehen und den Mörder ihres Vaters zu finden …

»Wunderbare Charaktere, ein glaubwürdiger Plot und ein geradezu lyrischer Erzählton – Mary Logues ›Fasanenschrei‹ ist ein spannender und faszinierender Krimi, ihr bisher bester.«
Kirkus Review

Fischer Taschenbuch Verlag

fi 15286 / 1

Mary Logue
Dunkle Ernte
Roman
Aus dem Amerikanischen von Veronika Cordes
Band 15291

Nach dem Tod ihres Mannes verlässt Claire den Polizeidienst der Großstadt Minneapolis und zieht mit ihrer zehnjährigen Tochter Meg aufs Land, in die kleine Stadt Fort St. Antoine in West-Wisconsin, wo man vom Getreideanbau lebt, seinen Garten pflegt und Kapitalverbrechen nur aus dem Fernsehen kennt. In dieser friedlichen Umgebung will sie ein neues Leben beginnen – weit weg von allen quälenden Erinnerungen. So hofft sie. Was Claire nicht ahnen kann: ihre Tochter Meg war Zeugin des Verkehrsunfalls, dem der Vater zum Opfer fiel. Und der Mann am Steuer des Lasters, der Fahrerflucht beging, weiß, dass er gesehen wurde ...